감로화

달

감로화 1

초판 1쇄 인쇄 2016년 7월 20일
초판 1쇄 발행 2016년 8월 9일

지은이 나르얀
발행인 오영배
기획 박성인
책임편집 김규영
표지 · 본문 디자인 권지연
일러스트 pepper
제작 조하늬

펴낸곳 (주)삼양출판사 · 단글
주소 서울시 강북구 도봉로 173
대표 전화 02-980-2112 **팩스** / 02-983-0660
편집부 전화 02-980-2116 **팩스** / 02-983-8201
블로그 blog.naver.com/dan_gul
출판등록 1999년 3월 11일 제9-00046호

ISBN 979-11-313-0637-6 (04810) / 979-11-313-0636-9 (세트)

단글은 (주)삼양출판사의 로맨스 문학 브랜드입니다.

차 례

一花. 천 년을 삼킨 꽃 * 007

二花. 꽃을 탐하는 자 * 053

三花. 감별 의식 * 099

四花. 꽃을 지키는 운명 * 133

五花. 원하고, 원망하고 * 161

六花. 어두운 그림자 * 203

七花. 매혹의 인[印] * 287

八花. 여정 * 311

九花. 뱀의 미끼 * 379

一花
천 년을 삼킨 꽃

가온 1021년. 아라연국.

벼랑 인근은 어둠이 태양을 삼킨 듯, 한 치 앞도 보이지 않았다. 먹먹한 어둠이 주변을 잠식한 가운데, 가파른 칼벼랑의 끝에서 덩치 큰 바위 하나가 파르스름한 빛을 냈다. 하얀 소금 바위였다. 서슬 푸른 바람이 사정없이 바위를 할퀴고 지나갔다. 하얗게 부서진 소금 가루들이 흩날렸다.

그 안에서 하제는 깊이 잠들어 있었다. 천 년이라는 시간이 흐르는 동안 아무도 그를 깨우지 못했다. 봉인의 주문이 바위 주변을 여러 겹으로 둘러싸고 있었다. 원형의 투명한 띠들이 바위를 돌았다. 그때였다.

바위의 가장 깊숙한 곳에서부터 무언가가 바스락대며 일순 움직임을 보였다. 그러자 바위 전체로 퍼지는 옅은 기운.

두근두근.

천 년간 멈추었던 심장의 맥이 뛰었다. 혈관 속의 피가 뜨겁게 흐르고 불규칙하던 호흡이 고르게 변했다.

쿵쾅!

다시 한 번 심장이 거세게 뛰었다. 마치 어미의 자궁 속에서 태동하는 태아처럼 작지만 거센 움직임이었다. 하제가 눈을 번쩍 떴다. 핏방울이 번진 듯 붉은 눈동자였다.

그는 조심스레 자신을 에워싸고 있는 모든 것들을 느꼈다. 의식을 짓누르고 몸을 굳혔던 차가운 속박의 봉인들. 그 모든 것을 떨쳐 내려 몸을 비틀었지만, 천 년간 굳어 있던 육체가 쉽사리 움직일 리 없었다. 발버둥 쳐 보았자 아무 소용이 없을지도 몰랐다.

그러나 미미하지만 느껴진다. 그의 깊은 의식을 날카롭게 뚫고 들어온 감각은…… 분명 그것이다.

**세상에 단 하나뿐인
꿀처럼 달콤하고
영원한 힘과 생명, 젊음을 주는
달콤한 이슬과도 같은 꽃,**

감로화.

선인들에게 불사의 영약이라 불리는 바로 그것이다. 하제는 온몸에 느껴지는 본능과 감각으로 알 수 있었다. 감로화가 세상에 다시 존재하고 있음을, 그 강한 기운이 자신을 깨웠음을……자신을 부르고 있음을…….

일순 칼벼랑 소금 바위로 벼락이라도 친 듯 날카로운 빛이 내리꽂혔다. 동시에 쩌저저적, 소리가 들렸다. 하얀 소금 바위에 금이 죽죽 그어지기 시작한 것이다.

*   *   *

흔한 가로등 하나 없는 시골길이라 코앞도 분간하기 어려운 어둠이 짙게 깔렸다. 낯설고 인적이 드문 밤길을 혼자 걸으려니 겁이 나기도 했다.

'다시 돌아갈까?'

그러나 은소는 고개를 가로저었다. 밤이 되면 으레 그러하듯이 별일 아닌 것에도 놀라곤 한다. 그렇게 마음을 다잡자 한결 용기가 났다. 콘도 안으로 돌아가긴 싫었다.

안은 와자지껄한 술자리가 한창일 것이다. 삼겹살을 굽고 테이블마다 술병이 쌓여가고, 후끈 달아오른 분위기에 직원들 몇몇은 술이 얼큰하게 취해서 발간 얼굴로 떠들 터였다. 술을 싫어하는 건 아니지만 시끄러운 술자리는 영 체질에 맞지 않았다. 몇

분 전까지 멍하니 앉아 소주잔을 들이켜던 은소는 눈치를 봐서 그 자리를 빠져나왔다.

요즘 은소에게는 정말이지 혼자만의 시간이란 존재하지 않았다. 혼자 조용히 살던 그녀의 집에 갑작스레 엄마가 들이닥치고, 결혼을 앞둔 예비 시어머니의 간섭이 이어졌다. 때맞춰 회사 워크숍까지 겹쳐 정신이 하나도 없었다.

그런 은소에게 유일하게 숨통을 틔게 해 주는 사람은 연인 지석뿐이었다. 하지만 지금은 새벽 세 시가 훌쩍 넘은 시각. 내일 출근할 사람에게 전화하기는 미안했다. 은소는 지석에게 전화를 걸려다 말고 그냥 밤길을 걷기로 했다.

핸드폰의 플래시 불빛을 켜니 당장 앞은 보이는 듯했다. 얼마쯤 걷자 저만치 멀리 금강변이 보였다.

이렇게 어두운 시골길을 혼자 걸어보는 게 대체 얼마 만일까. 축축한 밤공기가 폐부 깊이 들어왔다. 상쾌하고 시원하다. 남들은 이상하게 생각할지 몰라도 은소는 이 어둠이 주는 안락함과 고요가 마음에 들었다.

푸드드드.

새의 날갯짓 소리다. 근처에 새라도 있는 모양이었다.

유장한 금강의 끝자락에 위치한 금강 하굿둑은 국내 최대 철새 도래지였다. 3월 중순까지도 겨울철새들이 털을 고르며 머무르는 쉼터였다. 숙소인 콘도와는 거리가 있었지만 강줄기를 따라서 철새들이 오가는 듯싶었다.

오후에 철새 조망대를 돌아보며 하늘 위에 떠오른 웅장한 철새 떼를 보았을 때, 은소는 부럽다는 생각만 가득했다. 제게도 날개가 있다면, 보다 자유로울 텐데……. 마음 같아서는 새들을 따라 훌쩍 어디론가 떠나고 싶었다.

결혼을 앞둔 지석에게는 미안하지만 벌써부터 숨이 막혀오는 건 부정할 수 없었다. 혼자만의 묵직한 생각을 깨뜨린 것은 새의 울음이었다.

뚜루루루. 뚜루루.

꽤나 가까이에서 들려왔다. 이윽고 느닷없이 수풀 속에서 검은색의 뭔가가 튀어나왔다. 아니, 날아올랐다. 순간 그것이 펄럭이며 은소의 머리 위를 지나쳤다. 아주 거대한 새였다. 똑똑히 보았다. 어둠 속에서도 형형히 빛나던 두 개의 빨간 점. 공포영화에나 나올 듯 기괴하고 으스스한 기분이 들었다. 흠칫 놀란 은소는 비명을 삼킨 채 부들부들 떨었다.

창공으로 날아간 검은 새는 주변을 회전하고선 다시 우아하게 자신 앞에 내려앉았다. 세상에 저렇게나 큰 새가 있을 줄은 몰랐다. 검은 새가 날개를 접고 모가지를 쳐들었다. 자신을 향하는 붉은 눈은 마치 지옥에서 온 사신 같았다. 현학은 제 커다란 날개를 다시금 활짝 펼쳤다. 날개의 길이는 5미터를 훌쩍 넘었고, 몸체는 족히 중형 자동차에 달했다.

생김새로만 따져본다면 이 새를 어디선가 본 적이 있었다. 신선이 타고 다니는 신비로운 날짐승, 고고한 선비의 기상을 닮은 학이었다. 그러나 일반적인 학이 주는 느낌과는 판이했다. 눈앞의 새는 불길하게도 귀신이 타고 다닐 만치 기괴하고 흉흉한 검은 깃털을 가졌다.

이윽고 그 날짐승이 부리를 열었다. 성인 남자의 것과 흡사한 기이한 목소리가 흘러나왔다. 앵무새나 구관조가 말하는 것과는 차원이 달랐다. 그저 흉내 낸 것이 아닌 아주 정확하게 인간의 언어를 구사했다.

"확실히 찾았다."

날짐승이 자신에게 바짝 다가서서 머리부터 발끝까지 살폈다. 겁에 질린 은소는 바닥에 풀썩 쓰러졌다. 사람의 말을 하는 거대하고 흉측한 검은 새. 대체 이 괴물은 어디에서 튀어나온 것일까.

간신히 일어난 은소는 뒤도 돌아보지 않고 달리기 시작했다. 어느 쪽으로 가는지도 모른 채 정신없이 달렸다.

"헉헉헉!"

그러나 날짐승에게서 달아난다는 건 애초부터 가능한 일이 아니었다.

화악! 날랜 속도로 새가 덮쳐 왔다. 새카만 날개가 둥글게 그녀를 에워쌌다.

은소는 놀라서 바닥에 엎드렸다. 자신을 덮쳐 온 괴물이 사라지길 빌면서. 이건 꿈일지도 모른다. 일순 조용해진 기운에 은소는 조심스레 고개를 들었다. 그때, 시야에 들어온 것은 검은 학이 아닌 창백한 피부의 남자였다. 그는 아무것도 걸치지 않았다.

시리도록 차가운 표정을 지었지만 남자는 퍽 매혹적인 외모를 가지고 있었다. 이런 곳에서 만나지 않았다면 말이다.

붉은빛이 감도는 검은 머리카락은 제멋대로 자랐고, 서늘한 눈매를 채우는 눈빛 또한 인상적이었다. 표적을 놓치지 않겠다는 듯이, 등골이 서늘해질 만큼 아찔하고 따가웠기 때문이었다. 산등성이처럼 우뚝한 콧날과 남자치고는 붉고 긴 입술, 날카로운 턱 선에 은소는 홀린 듯 그를 보았다.

눈앞의 남자가 가느다란 손을 들어 은소의 턱을 가볍게 쥐고 자신과 시선을 맞췄다. 그러곤 곧장 은소를 한 손으로 그러쥐었다. 억세고 강한 힘이었다. 떨쳐내려 해도 떨쳐낼 수 없는 절대적인 그런 힘. 남자의 얼굴이 슥 다가왔다. 다짜고짜 은소의 얼굴과 목덜미에 코를 박고 냄새를 맡았다.

"당신, 뭐하는……."

남자의 거침없는 행동에 은소는 말을 채 잇지 못했다. 높다란 사내의 코가 얼굴을 쓸었다. 온몸 구석구석을 그렇게 코로 쓸었다.

그 감촉에 은소가 다소 놀라고 민망해하는 표정이 역력하자, 사내는 이상한 행동을 멈추고 말했다.

"이 상서로운 기운, 틀림없다."

"네?"

"이봐. 너는 내 것이다."

남자가 경고하듯 붉은 눈으로 은소를 내려다보며 그리 말했다. 그 위압감에 살려 달라는 말조차 할 수 없었다. 차라리 그녀는 현실적인 질문을 던졌다.

"……나를, 죽일 건가요?"

"씹어 삼키는 것도 죽이는 것에 속하긴 하지."

남자의 커다란 손이 목을 조였다. 단숨에 그의 손가락에서 길고 검은 손톱이 쑥 튀어나왔다.

"흐흑!"

비명이 터져 나왔다. 비릿한 피 냄새가 났다. 은소의 하얀 목덜미를 타고 피가 흘렀다. 갑작스러운 통증에 은소는 눈물이 왈칵 날 뻔했다. 정체 모를 괴물의 습격으로 죽을 줄 누가 알았을까. 영화에서만 보던 일이 현실로 다가올 줄은 꿈에도 몰랐다. 이 괴물에게 갈기갈기 찢겨죽느니 차라리 벼랑이라도 있다면 뛰어내리는 쪽을 택하고 싶었다. 그러나 제게 선택지는 없었다.

은소는 눈을 질끈 감았다. 그의 그림자가 다가오는 것이 느껴졌다. 눈물이 절로 볼을 타고 흘렀다.

남자는 은소의 하얀 목덜미를 보곤 입맛을 다셨다. 스스스. 금세 그의 머리 부분이 현학의 머리로 변했다. 학의 정수리에 드러난 붉은 피부가 더욱 진해지며 범위가 넓어졌다. 그것은 흥분의 최고조에 달한 상태라는 증거였다.

뚜루루루, 학이 기이한 울음소리를 뱉었다.

'이제 정말 끝장인가.'

은소는 제풀에 지쳐 사형 선고를 받은 죄인처럼 그저 가만히 숨도 제대로 쉬지 못한 채 그대로 얼어붙었다.

그러나 움직이는 기척이 없다.

기다란 부리를 세운 채 목덜미를 노리던 학은 웬일인지 움직임을 멈췄다. 머뭇거리던 부리가 살결에 닿기 전에 다시 사람의 모습으로 돌아왔다.

'살려 주는 것인가?'

퍽!

은소가 안도하는 순간, 대신에 둔탁한 충격이 곧 그녀의 뒤통수에 전해져왔다. 의식을 잃은 몸이 힘없이 쓰러졌다.

*　　*　　*

새벽 달빛이 어스름 비쳤다.

까만 밤하늘 위로 하제가 검붉은 날개를 완전히 펼쳐 날았다.

힘차게 펄럭이는 날갯짓을 하면서 그는 이제야 원하는 것을 제 손에 얻은 만족감에 자꾸만 몸이 떨려 왔다. 단단한 발톱에는 몸을 축 늘어뜨린 여자가 살포시 쥐어져 있었다.

확실했다. 그토록 찾아다니던 기운이 '이것'에게서 느껴졌다.

이것에게 코를 대자마자, 살결에 닿자마자 자신의 모든 감각이 확장되면서 놀랄 만치 기운이 샘솟았다. 만지는 것만으로도 생명력으로 가득 차오르는 벅찬 기분. 이 이름 모를 기분들은 느껴본 자만이 알 것이다.

한번 그 맛을 보면 헤어 나올 수 없다. 신선들의 병을 고치고 인간을 신선으로 만들어 주며, 늙지도 죽지도 않는 영원불멸의 힘을 준다. 기적과도 같은 힘의 원천.

얼마나 오랫동안 이 꽃을 기다려 왔던가. 무려 천 년을 찾아 헤맸다.

불로불사의 달콤한 영약, 감로화를 말이다.

하제는 미칠 듯이 심장이 두방망이질 쳤다. 흥분으로 인해 아무 생각도 들지 않았다. 그저 오로지 어서 이것을 삼키고 뱃속 깊은 곳까지 채우고 싶었다.

그리하면 누구도 저를 얕보지 못할 것이다. 만인이 그의 힘 아래 굴복할 것이다. 그 오만한 신들 역시도 자신을 건드리지 못할 것이다.

그러나 아직 때가 아니었다. 한 가지 확인이 필요했다. 이것을 보자마자 식욕이 극에 달했다. 하마터면 일을 그르칠 뻔했다. 노루 할멈의 경고가 떠오르지 않았다면 벌써 씹어 삼켰을 터였다. 천 년하고도 이십구 년을 참았는데, 며칠 정도는 더 참을 수 있었다.

꽃이라면 싹까지 났는지, 꽃망울이 맺혔는지, 만개했는지 육안으로 확인이 가능했으나 이것, 이 인간 모습의 감로화는 당장에 확인이 불가했다. 꽃망울 상태의 감로화라면 그 효력과 힘이 제한적이다. 꽃잎이 완전히 벌어지는 날까지 기다려야 한다.

머지않아 금강 인근에 위치한 수풀이 무성한 습지가 모습을 드러냈다. 하제가 슬쩍 아래를 내려다보았다. 서서히 그의 안식처가 가까워지고 있었다. 우거진 수풀 사이를 헤집고 들어갔다. 이윽고 거대한 둥지에 안착했다. 이 낯선 세계에서 감로화를 찾는 동안 임시로 만들어 둔 보금자리다.

날개를 접은 하제는 둥지에 여자를 올려놓았다. 스스스, 곧장 변신이 풀리면서 사내의 모습으로 돌아왔다. 둥지 위에 쓰러진 여자를 살펴보았다.

새하얀 얼굴에 반듯한 이마, 감은 눈매와 고집스레 다문 입술. 이것이 진정 감로화란 말인가. 몇 번이고 다시 들여다보아도 신기했다.

하제는 가만히 여자의 뺨에 손을 댔다. 손끝에서부터 따스한 감촉과 함께 온화한 생명의 기운이 퍼져온다. 그것은 명백하게 이 계집이 감로화라는 증거.

헌데 정작 여자는 갓 태어난 새끼 짐승처럼 바르르 떨고 있었다. 삼월이었지만 추위에 오랫동안 날아와서일까. 인간들은 몸에 털이 없어 추위를 잘 탄다고 들었다. 하제는 여자를 제 품 안으로 끌어당겼다. 그러곤 왼쪽 날개를 반만 펼쳤다. 외부의 추위를 차단시킨 채, 하제는 여자 옆에 누워 잠을 청했다. 곁에서 숨을 고르는 소리가 들려오자 그의 붉은 눈동자가 더욱 진해졌다.

아까는 미처 몰랐지만 나란히 누우니 알겠다. 인간 계집에게서는 향긋하고 기분 좋은 내음이 흘렀다. 온몸에서 꿀 떨어지듯이 달콤한 향이 계속해서 그의 후각을 자극시켰다.

하제는 마른침을 삼켰다. 인간과 가까이해 본 것이 처음이라서 그런 것일까. 불쑥불쑥 치밀어 오르는 이 뜨거운 열기. 꾹꾹 누르려고 해도 고개 들어 빙글빙글 소용돌이치는 이 욕망. 하제의 입가에 비릿한 미소가 걸렸다.

생각해 보니 우스운 일이다. 감로화가 꽃이든 인간 계집이든 제 수중에 있다. 하여 어차피 이 여자는 자신의 것이다. 제 마음대로 다룰 수 있는 것이다.

자신의 소유, 누구든 범접할 수 없는 자신의 영역이란 뜻이다. 허면 욕망을 누를 것도 참을 것도 없지.

잔뜩 흥분한 탓에 그는 왼팔의 날개를 접어버렸다. 날개보다야 몸의 온도로 체온을 뜨겁게 해 줄 수 있었다. 그의 몸 곳곳에는 차가운 피를 재빨리 더운 피로 바꾸어주는 힘이 있었다. 체온을 조절하는 능력이었다. 그래서 얼음장처럼 차가운 강물에 다리를 넣고 서 있어도 동상에 걸리는 법이 없었다.

하제는 슬며시 고개를 들고는 여자의 작고 붉은 입술에 제 입술을 부볐다. 그러곤 혀끝으로 입술을 맛보았다. 달콤함에 목을 살짝 축이고 미끄러지듯 내려간다. 그녀의 하얀 목덜미까지 낙인을 찍듯 제 입술로 도장을 찍었다. 하나. 둘. 그리고 셀 수도 없이.

여자의 여린 살갗에는 붉고 진하게 그의 흔적들이 남겨졌다. 하제는 그것을 만족스럽게 바라보았다. 자신의 것이라는 소유 표시이자, 속박의 낙인이었다.

이것을 뭐라 해야 할까? 천 년 전에 급하게 씹어 삼킨 그 감로 화도 이처럼 맛있지는 않았다. 선계에 있을 때 먹었던 그 어떤 천상의 과일도 이보다 달콤하지 않았다.

이윽고 목덜미 아래 보드라운 살결을 핥았다. 뜨거워진 입술 에 심장까지 길길이 날뛰었다. 하제는 이 새로운 감로화가 무척 이나 마음에 들었다.

* * *

아주 오랜만에 기분 좋게 푹 잔 느낌이었다. 보드라운 촉감이 뺨에 와 닿았다. 뜨거운 숨결이 얼굴 앞에서 어른거리며 코끝을 간질였다. 지석의 품은 언제나 따스했다. 은소는 아이처럼 그의 품에 파고들었다. 입가에 미소가 떠올랐다. 이대로 아무 것도 안 하고 누워있으면 좋겠다.

"언제 왔어?"

은소는 웅얼대듯 물었다. 대답이 없다.

가만, 오늘이 며칠이더라? 지석과 함께 있는 걸 보니 휴일일 터였다. 으음, 아침은 가벼운 토스트가 좋겠다. 지석이 일어나기 전에 아침 준비라도 해둘까. 계란 프라이를 만들고 원두를 내리는 거다. 집 안 곳곳에 풍기는 원두커피 향이 그녀는 좋았다. 왠지 모르게 안정감을 준다고 해야 할까. 밤새 기획안을 작성하고 기사를 정리하려면 커피는 필수였다. 그러나 몸을 일으키기가 귀찮았다. 마치 돌덩이를 떠안은 것처럼 무겁기만 했다.

그녀는 슬쩍 장난기가 동했다. 손을 뻗어 자신을 품 안에 안고 있는 지석의 얼굴을 더듬거렸다. 숱이 풍성한 눈썹과 높다란 콧날, 도톰한 입술에 다다른 손가락이 멈칫하며 떨어졌다. 은소는 고개를 갸웃거렸다. 무언가 이상했다.

지석의 옆얼굴이 이랬던가. 그녀가 아는 얼굴은 이렇지 않았다. 무언가 다른 느낌이었다. 그러자 달콤하게만 느껴지던 그의 숨결이 생소하고 낯설게 다가왔다.

은소는 눈을 떴다. 따사로운 햇살이 들어와 눈이 부셨다. 이내 손가락 사이로 잠에 푹 빠져있는 낯선 남자가 보였다.

'누구지?'

지석이 아니었다. 낯선 얼굴에 전혀 모르는 사람이었다. 게다가 중국 무협 영화에서 뛰쳐나온 듯 긴 머리카락을 늘어뜨린 비현실적으로 잘생긴 남자였다. 그녀가 알 만한 사람은 아니었다. 따끔거리며 머리가 아팠다.

별안간 불안해진 은소는 미간을 찌푸렸다. 그녀가 관자놀이를 지그시 문지르며 곰곰이 생각을 더듬자, 그제야 간밤의 모든 게 떠올랐다.

'너는 내 것이다.'

　자신을 덮친 거대한 새, 자신을 죽이려 했던 괴물. 그게 바로 이 남자의 정체였다.

　"흡!"

　은소는 터져 나오는 비명을 제 손으로 막았다.

　일어나 앉으려는데 몸이 일으켜지지 않았다. 알몸의 남자가 자신을 꼭 끌어안고 있었다. 남자의 맨살이 닿는 감촉을 애써 무시하며 그의 품에서 벗어나려 안간힘을 썼다. 실로 낯 뜨거운 상황이었다. 다행히 그녀가 걸친 옷은 온전했다. 은소는 그의 팔뚝을 들어 올린 뒤, 그 사이로 힘겹게 빠져나왔다.

　나와서 보니 더욱 상황이 기가 막혔다. 지푸라기와 마른 풀, 흙 따위로 만든 커다란 둥지였다. 낯선 남자와 단둘이 둥지에서 잠을 잤던 것이다.

　'이건 말도 안 돼…….'

　온몸에 소름이 돋는 듯했다. 이러고 있을 틈이 없었다. 여기서 도망쳐야 한다. 아직 저자가 눈을 뜨지 않았으니, 지금이 벗어날 기회였다.

　둥지는 습지의 수풀 깊은 곳에 있었다. 물 깊이가 어느 정도인지 가늠이 되지 않았지만, 어림잡아 보아도 1m는 족히 넘어 보였다. 수풀과 수초로 뒤엉킨 습지는 짙푸른 빛깔이라 안이 보이지 않아, 더욱 음습한 분위기를 자아냈다. 물속에서 무언가 튀어

나올 것 같다는 생각이 들 정도였다.

은소가 둥지에 다리를 걸쳐놓고는 남자의 기색을 살폈다. 그는 여전히 평온한 얼굴로 잠들어 있었다. 은소는 이를 질끈 물고는 둥지 밖으로 나머지 다리도 뺐다. 습지를 가로질러 넘어가면 되었다. 저 멀리에 뭍이 보였다.

결심을 할 틈도 없이 물에 들어갔다. 급격하게 체온이 내려가는 섬뜩함이 몸을 감쌌다. 그러나 은소는 개의치 않고 물속을 이동했다. 어떤 곳은 물이 가슴까지 차는 곳도 있었다.

물에 젖은 긴 머리카락이 시야를 가렸다. 차가운 물이 무거워져 몸을 눌렀다. 그러나 은소는 부지런히 빠져나갔다. 저 괴물에게서 벗어나야겠다는 일념 하나였다.

드디어 뭍에 발을 디뎠다. 습지를 빠져나오는 데까지 그리 오랜 시간이 걸린 건 아니지만, 그녀에게는 몇 시간처럼 느껴졌다. 차가운 물속을 건너오느라 입술이 파랗게 질렸다. 희미해지는 의식 속에서 마지막 남은 정신이 한 단어를 떠올렸다.

'휴대폰.'

축 늘어진 옷 주머니에 들어있던 휴대폰은 전원이 나간 지 오래였다. 간신히 뭍에 올라온 은소는 파리한 얼굴로 주위를 둘러보며, 인적 없는 흙길을 터덜터덜 걷기 시작했다. 그렇게 오들오들 떨면서 얼마쯤 걸었을까.

'최소한 사람 있는 데까지는 가야 해. 정신 차리자.'

그렇게 다짐하며 악으로 버티고 버텼다. 시야가 반쯤 사라졌다. 머지않아서 다리에 힘이 풀리며 은소는 흙 위로 나뒹굴며 쓰러졌다. 이윽고 누군가가 성큼성큼 급히 걸음을 옮겨 다가왔다. 저를 부축하는 아주머니의 얼굴을 확인한 은소가 힘겹게 입을 열었다.

"……도와주세요."

＊　　＊　　＊

똑— 똑—

링거액 떨어지는 소리가 들려왔다.

병원 특유의 냄새가 코를 찔러오자, 은소는 슬며시 눈을 반쯤 떴다. 자신의 손을 잡은 채 졸고 있던 지석이 눈에 들어왔다. 은소가 말했다.

"언제…… 왔어?"

지석이 놀란 눈으로 은소를 감싸듯 안았다.

"김은소. 이제 좀 정신이 들어?"

"……응. 있지, 나……."

"무리해서 말하지 마. 안정을 좀 찾아야 돼. 의사 선생님 말로는 체온이 심하게 떨어져 있어서 위험했대. 안 춥니?"

지석이 이불 위에 담요 하나를 더 덮어 주면서 말했다. 잔뜩 움츠렸던 긴장감이 걷히자 나른한 졸음이 쏟아져왔다.

"따뜻해."

"다행이네. 너 자는 동안 회사 사람들 다녀갔어. 서울로 벌써 갔을 거야. 너희 팀장님이 병가 처리한다고 했으니까 내일까진 꼼짝 말고 푹 쉬어."

"우리 엄마한테도 연락했어?"

"아…… 어머니께는 내가 잘 말씀드렸어. 바로 달려오신다고 했는데, 내일이면 퇴원해도 되니까 그럴 필요 없다고 그랬지."

"고마워, 지석 씨. 알아서 척척이네."

지석의 말에 은소는 한시름 놓았다. 안 그래도 유난스러운 엄마가 찾아올까 봐 내심 걱정했다. 역시 지석이었다. 뭐랄까, 지석은 그녀 인생에 있어서 해결사 같다고 해야 할까. 언제나 은소의 마음을 정확하게 짚어서 귀찮은 문제를 해결해주곤 했다. 바로 지금처럼.

지석에게 어젯밤 자신이 겪은 일들을 꺼낼까 싶었지만 입을 닫았다. 그게 꿈이든 현실이든 결코 다시 떠올리고 싶은 일은 아니었다.

그런데,

'그 기분은 뭐였을까?'

그 짐승을 처음 보았을 때 전신이 뒤흔들릴 정도로 느낀 감정은 단순한 공포와 두려움을 넘어서 무언가가 더 있었다. 몸속 곳곳에 묘한 흥분감이 달라붙어 있었다. 그와 동시에 불안감이 엄습해왔다.

벗어났는데 벗어난 것 같지 않은 느낌. 오히려 점점 더 가까이

죄여드는 기묘한 이 기분.

　날짐승의 먹잇감으로 유린당할 뻔했던 그 아찔했던 순간이 불쑥 틈을 비집고 나왔다. 그러고 보니 목덜미가 따끔거렸다.

　이제 걱정할 일은 없다. 내일 지석과 함께 서울에 있는 집으로 돌아가면 된다. 하루쯤 더 쉬고, 말끔한 기분으로 회사에 가서 일을 할 것이다. 이번 주에 처리할 업무들이 산더미처럼 쌓여있을 터였다.

　은소는 고개를 흔들며 그 기분을 떨쳐냈다. 그건 현실이 아니었을지 모른다. 아니었을 것이다. 아니어야 한다.

　"은소야, 너 목에 무언가가 있는데?"

　"어?"

　"울긋불긋하다."

　"그래? 두드러기라도 났나? 따가워."

　"아픈 애한테 이런 말하긴 그렇지만 의심할 뻔했어."

　"무슨 말이야?"

　"아냐. 아무것도."

　다소 장난스럽게 은소의 얼굴을 흘기는 척하며 어물쩍 지나가려는 지석의 표정이 왠지 거슬렸다.

　"나 잠시만."

　세면대 거울에 비친 자신의 목덜미는 누가 봐도 남녀가 나눈 애정 행각의 흔적으로 보였다. 키스를 한 적도 없는데 키스마크라니……. 기분이 이상했다.

그때였다. 화장실의 조명이 탁 꺼졌다.

마치 어린 시절에 동급생이 걸던 유치한 장난 같았다. 이따위 장난에 겁을 먹었던 적은 단 한 번도 없다. 은소는 그대로 수도꼭지를 틀어 손을 씻었다. 그리고 출구로 나가려는 순간이었다. 출구까지는 보폭으로 열 걸음 정도였다.

텅!

거칠게 화장실의 들창이 열렸다. 순간 냉기와 함께 찬바람이 휙휙 들었다.

끼이이이익. 끼기긱!

날카로운 물체로 벽을 긁는 소리가 귀를 찢었다. 이쯤 되면 귀여운 장난도 질 나쁜 장난질이 된다.

은소가 모른 체하고 그대로 문의 손잡이로 손을 뻗었지만 철 컥하고 잠겼다. 문이 열리지 않았다. 어둠 속에서 뭔가가 잰 걸음으로 빠르게 다가왔다.

찐득한 음성이 귀에 날아들었다.

"아, 이 달콤한 살 내음."

하고는 킁킁대며 축축한 것이 다가와 은소의 냄새를 맡았다. 동시에 썩은 내가 진동했다.

은소는 불현듯 눈앞의 이도 인간은 아니라는 생각이 들었다. 짐승의 냄새였다. 그러나 그 날짐승과는 다르다.

"누구야?"

대답 대신 상대는 은소의 뒤로 순간이동이라도 한 듯이 날래게 움직였다. 흡사 귀신이 있다면 이런 느낌이 아닐까. 그제야 현실로 다가온 서늘한 공포감이 등을 때렸다.

"히야아, 보면서도 믿기지가 않는군. 이번 감로화가 인간 여자라니……. 그래서 그런가? 더 침이 고이네. 뭐 귀하신 몸이니 귀하게 대접해드려야지."

이윽고 끈적이는 것이 은소를 포박하듯 묶었고, 입을 손으로 막았다. 은소는 온몸으로 버티며 필사의 저항을 했다. 등 뒤에 느껴지는 축축한 털에서도 고린내가 났다. 상대는 커다란 이빨을 세게 딱딱 부딪쳤다.

"그럼 놈이 오기 전에 모시도록 하지."

퍽!

화장실 들창을 그대로 부숴 던진 털 달린 짐승은 은소를 사신의 등에 지고, 그대로 건물 위를 빠르게 기어 올라갔다. 바깥으로 나오자 달빛에 비친 괴한의 모습이 드러났다. 그는 사람처럼 두발로 다니는 쥐의 형상을 하고 있었다. 턱까지 뻗어있는 거대한 앞니는 붉었다.

쥐 요괴가 병원의 옥상으로 올라가더니, 서쪽 하늘을 바라보았다.

"쳇, 그렇게나 기척을 숨겼는데……!"

거대한 바람 소리가 들려오며 하늘을 뒤덮은 듯, 거대한 검은 학, 하제가 날아들었다.

뚜루루룻!

강하게 날이 선 울음소리.

잔뜩 날을 세운 하제의 검은 발톱이 붉은 쥐, 자우의 머리를 파고들었다.

"크하아아악! 망할 두루미 놈."

"죽어라."

그러자 고통에 찬 신음을 흘리던 자우의 머릿속에서 피가 줄줄 흘렀다. 자우가 날랜 솜씨로 두 바퀴를 연속 돌자, 자그마한 붉은 쥐로 변했다. 둔갑술을 이용한 것이었다. 그 바람에 꼬리에 묶여있던 은소의 몸이 지면으로 떨어졌다.

타다다닷!

자우가 이전보다 몇 배나 빠른 속도로 움직여 옥상 위에 올라온 건물의 환풍구 속으로 쏙 들어갔다.

'싸울 생각은 없나 보군.'

하기사 제깟 쥐새끼가 할 줄 아는 것이라곤 도망질과 엿듣는 짓뿐이다. 감히 두루미 일족인 자신과 동등하게 싸울 힘은 없을 터였다.

하제가 순식간에 커다란 날개를 접고 인간의 모습으로 변신했다. 은소는 긴장한 채로 눈동자를 굴렸다.

또다시 놈은 자신을 노리는 듯했다. 아까 쥐 요괴를 일격에 내쫓은 무서운 힘을 가진 자다. 은소는 마음속으로 외쳤다.

'건물 안으로 뛰는 거야.'

은소는 다급히 옥상의 비상구를 찾아가 문을 열어젖혔다.

"내게서 도망쳐도 소용없다."

그를 무시하고 비상문 안으로 들어가 문을 걸어 잠갔다. 하지만 그녀의 힘이 튕겨져 나오는 듯하더니 문이 다시 열렸다. 하제는 천천히 걸어 들어왔다. 다가오는 그를 피해 은소는 점점 뒷걸음질 치다가 복도의 벽면에 등이 부딪혔다. 더는 달아날 곳이 없었다.

"당신, 대체 나에게 뭘 원하는 거야?"

"내가 말했잖나. 너는 내 것이라고."

하제가 다가와 그녀를 내려다보았다. 먹이를 노리는 맹수의 눈빛이었다. 은소는 목을 쳐들고 외쳤다.

"내 목숨이 탐나는 거야?"

하제의 붉은 눈동자가 짙어졌다.

"지금은 아니다. 확인이 필요해."

"확인이라니?"

"지금은 일일이 설명해줄 수 없다. 일단 이리 와라. 때가 다 되었다. 가온으로 갈 것이다."

"그게 무슨…… 우읍!"

느닷없이 이어진 입맞춤에 은소는 눈을 동그랗게 떴다. 입 안으로 씁쓰름한 맛의 진액이 흘러들어왔다.

'역시 목에 생긴 그 흔적, 이 짐승의 소행이야.'

생각이 그에 미칠 때쯤, 은소는 독한 진액의 맛에 취해 다시 정신을 잃었다.

하제는 약 기운에 쓰러진 여자를 품에 안았다. 어젯밤 그녀의 목덜미에 남긴 낙인은 제게 속한다는 속박의 표시였다. 그랬기에 자우 놈이 하제의 냄새를 맡고 모습을 드러냈을 것이다.

감로화를 찾고, 지키는 것은 언제나 자신의 몫이고 그 누구도 그것을 대신할 수 없었다. 옥황상제와 해왕, 염라. 세 왕이 모인 자리에서 나눈 영원한 결속이자 뜻이었다.

그랬기에 한낱 요괴에 불과한 자우 놈이 감로화를 찾아냈을 리는 없다. 놈은 생긴 그대로 더러운 쥐새끼처럼 숨어 있다가 자신이 남긴 표시를 보고, 찾아온 거였다. 그놈을 다시 돌아가지 못하게 뱀의 비늘로 만들어 주었어야 했는데…….

"역시 간교한 뱀이 가장 먼저 움직이기 시작했다. 이제 꽃을 얻었으니 돌아가야지."

하제는 입가에 걸린 미소를 지우곤 단숨에 강대한 날개를 폈다.

집채만치 커다란 현학이 점령한 하늘 아래로, 늦은 봄까지 남아 있던 겨울철새 떼들도 무리지어 그 뒤를 따랐다. 새 떼를 지휘하듯 유려한 곡선을 그리며 선두에 날던 하제는 이윽고 금강 하굿둑에 펼쳐진 너른 갈대밭에 안착했다.

끼루루룩!

수만 마리의 새 떼가 일제히 울었다. 그것은 하제에게 보내는 메시지였다. 새들이 하제의 주변을 엄호하듯 빙빙 돌면서 군무를 선사했다.

이곳이 바로, 가온으로 가는 문이 있는 곳이다.

하제는 은소를 품에 안은 채 힘껏 강물에 뛰어들었다. 서해로 흘러들어 가는 강물이 겹겹이 층을 이루었다. 그 물살을 타면서 둘의 모습은 순식간에 깊고 깊은 바닷속으로 가라앉았다.

*　　*　　*

깊고 푸른 바다 안이었다.

붉은 산호초가 깔린 신묘한 하얀 바위 틈새에 신비로운 빛을 내는 꽃이 있었다. 꽃은 아직 채 피어나지 않았는지 하얀 꽃봉오리가 맺혀 있었다.

'여긴 어딜까?'

분명 물속이지만 은소의 몸은 둥실둥실 자유롭게 유영하고 있었다. 마치 한 마리의 물고기가 된 것처럼. 은소는 신비한 빛을 내는 그 꽃으로 손을 뻗었다. 그러자 눈부신 빛이 온몸을 휘감았다.

다시 눈을 떴을 때는 절벽 끝이었다.

절벽 아래는 계곡이 흐르고 구름에 가리운 산봉우리가 솟아 있었다. 꿈처럼 아득히 멀고도 가까운 풍경 같았다.

뒤에서 소름끼치는 느낌이 덮쳤다. 검붉은 날짐승이 뒤에서 나타났다.

붉은 눈이 번뜩였다. 탐욕스러운 부리는 점차 크게 벌어졌다. 저 정도면 한 입에 자신을 삼켜버릴지도 몰랐다. 그러나 부리 안에서 쑤욱 하고 길게 뻗어 나온 혓바닥이 날름거리며 자신의 볼을 쓸었다.

"너를 갈가리 찢어서 씹어 삼킬 것이다."

짐승의 말에 그녀는 저항하듯 노려보았다. 정말 이 괴물에게 죽게 된다면 그런 식으로 죽고 싶지 않았다. 차라리 조용히 고통 없이 죽는 게 나았다.

"끼야아아아악!"

짐승의 발톱이 은소의 복부에 박혔다. 형용할 수 없는 고통이 몸을 강타했다. 피가 분수처럼 뿜어져 눈앞에서 뿌려졌다.

"아아아아아악!"

식은땀으로 온몸이 흥건했다. 은소가 눈을 떴다. 자신의 머리 위에 차가운 물수건이 올려져 있었다. 비명을 내지르던 은소가 놀라서 잠에서 깨어났다.

"헉…… 헉헉!"

아직도 숨이 가쁘다. 가슴이 심하게 쿵쾅거렸다. 가만히 앉아 숨을 몰아쉬자, 누군가의 목소리가 들려왔다.

"괜찮아, 괜찮고말고. 흉몽을 꾸었나 보구만."

눈에 들어오는 것은 주름이 자글자글한 노파였다. 얼굴에는 하얗게 분칠을 하고, 입술은 산호색으로 물들여 다소 요란스러워 보였다.

"그럴 만도 하지. 문을 넘어오는 것은 매우 피로한 일이니……. 너는 며칠 동안이나 쓰러져 기절해 있었단다."

며칠이나 기절해 있었다니……. 그래서인지 몸이 무척이나 무거웠다.

은소는 주변을 둘러보았다. 정갈하고 화사한 방이었다. 비단을 커튼처럼 쳐놓은 팔각형의 창문, 금빛 천으로 장식한 거대한 침구, 구불구불한 문양이 새겨진 작은 목재 가구들이 화사했다. 곳곳에 꽃과 나비, 달과 나무 문양들이 가득해 화려하고 여성스러운 방이었다.

"여, 여긴 어디죠?"

"가온의 아라연국이라 한단다. 그나저나 꽤 예쁘장한 아이로구나."

노파가 은소의 뺨을 쓰다듬었다. 이상스레 달라붙는 시선이 수상쩍었다.

"가온? 아라연국?"

"쉽게 말하자면 차원만 다를 뿐, 이곳은 네가 살던 곳이 아니란다. 일단 이곳 가온은 너와 같은 인간들이 모여 사는 세상이다."

노파의 부드러운 목소리를 멍하니 듣고 있던 은소가 눈동자를 굴리며 물었다.

"……여기가 인간들이 사는 곳이라면, 인간들 외의 것도 산다는 뜻인가요?"

"똑똑한 아이로구나. 인간들의 세상인 가온 말고도 여러 세상
이 있지."

노파가 손목을 들었다. 기다란 소맷자락에서 그녀는 작은 두
루마리를 꺼내 촤륵 펼쳤다.

"자, 이걸 보거라. 일단 너에게 네 가지 세상에 대해서 알려 주
마."

세로로 긴 두루마리에는 한 폭의 그림이 그려져 있었다. 그림
에는 구름 낀 하늘과 깊은 바다, 산과 들이 있는 대지와 어두운
지하가 있었다.

"구름 위 하늘은 신선들이 사는 곳, 선계이니라. 옥황상제가
다스리는 곳이지."

"옥황상제? 그런 것이 존재한다고요?"

마치 어렸을 적에 읽었던 전래동화 같은 말이었다. 노파가 고
개를 끄덕였다.

"깊고 깊은 바다 속 해랑궁은 해왕이 다스리고, 이 대지가 인
간들이 사는 땅, 가온이다. 하늘도 아니고 바다도 아니고 지하도
아닌 딱 가운데란 뜻이지."

"그렇다면 이 지하는……."

"죽은 자들의 세상, 명부이다. 염라대왕이 다스리고 있지."

은소는 경계의 빛을 풀지 않고 노파에게 말했다.

"그래서 이 이상한 세계에 내가 왜 있는 거죠? 나는 전혀 끼어

들고 싶지 않아요."

"너는 원래 이 세상에 있던 존재이니라. 모든 것은 제자리로 돌아왔을 뿐."

"뭐라구요?"

"네가 바로 불로불사의 영약 감로화이니라."

노파가 두루마리를 뒤집자, 중앙에 일곱 개의 꽃잎이 달린 하얀 꽃이 하나 그려져 있었다. 그 주위로 둥글게 토끼와 두루미, 사슴과 까마귀, 거북과 해룡, 뱀까지 일곱 마리 동물이 있었다.

노파가 다가와 말했다.

"앞으로 수없이 너를 노리는 자들이 있을 것이야. 조심하거라. 그들로부터 네 자신을 지킬 줄 알아야 한다."

"나를…… 말인가요?"

"그렇단다. 지금은 잘 모르겠지만 차차 알게 될 것이다. 네가 얼마나 소중한 존재인가를."

이게 대체 무슨 뚱딴지같은 소리일까? 은소는 입술을 꾹 다문 채 잠시 생각에 잠겼다.

'내가 소중한 존재라고? 불로불사의 힘을 가진 꽃이라고?'

도무지 믿을 수 없는 이야기가 아닌가.

'이 할머니는 역시 정신 나간 사람이 아닐까.'

그런 의구심만 계속해서 들었다.

"제게 불로불사의 힘이 있다고요?"

"그렇단다."

"그걸 어떻게 믿죠?"

"내 얼굴을 똑똑히 보아라."

노파가 나긋하게 웃으며 은소의 얼굴을 어루만졌다.

"나 역시 너를 만지고만 있어도 네 기운이 이렇게 생생히 느껴진다."

그러자 일순 노파의 얼굴이 젊게 변했다. 주름과 검버섯이 옅어지고 눈은 생기가 넘쳤으며 오똑한 콧날과 붉은 입술이 꽃처럼 어여뻤다. 마치 하늘의 선녀와도 같이 해사한 미모였다.

"……지금 대체 어떻게 하신 거예요?"

노파가 은소의 얼굴에서 손을 다시 떼자마자, 원래의 모습대로 돌아왔다.

"자신의 힘에 대한 자각이 전혀 없는 걸 보아하니, 아마도 아직 피어나지 않은 모양이야. 좋아. 그렇다면 한번 옛날을 생각해 보거라."

"옛날?"

"이유도 없이 사내들이 따르지는 않더냐?"

은소는 깜짝 놀라 노파의 얼굴을 물끄러미 보았다.

어렸을 때부터 유독 은소의 주변에는 남자들이 많이 엮이곤 했다. 처음에는 그저 자신을 향한 친절함 혹은 호의라고 생각했다.

같은 반 친구와 선생님, 제과점의 아저씨, 시간이 흐를수록 숫자는 늘어났다. 지하철을 타서도, 길을 걷다가도 시간 있냐며,

차 한잔하자며 접근해오는 말들.

　여중, 여고, 여대까지 졸업하고 취업한 첫 회사에서는 부인까지 있는 사장이 치근대는 바람에 해고되었고, 평판도 안 좋아졌다. 스토킹을 당한 적도 있었다. 도화살이 있는 팔자가 아닐까 싶어 해결책을 찾으려 들른 점집에서는 황당한 말을 하며 그녀를 돌려보냈다.

　'아이고, 잘못 찾아오셨습니다. 돌아가십시오. 이 미천한 것이 드릴 말씀은 없습니다. 본디 이 세상 운명이 아닙니다. 제 소관이 아니란 뜻입니다.'

　그때 보았던 무당의 그 소름끼치는 서슬 푸른 눈빛이 아직도 은소의 뇌리에 선명했다.

　노파의 눈에서도 그 서늘한 기운이 느껴지는 듯했다. 영혼을 읽히는 느낌에 왠지 팔뚝에 소름이 오소소 돋았다.

　"……굳은 얼굴을 보니 맞구먼."

　"어떻게 그걸 알고 있죠? 당신은 누구예요?"

　"노루, 노루 할멈이라 부르거라. 상대를 속속들이 들여다보는 우물. 고것이 내 운명이니라."

　노루 할멈이 해사한 웃음을 입에 물었다.

　"이제야 내 말이 좀 다가오누?"

　"아직은 잘 모르겠어요."

쉽게 믿을 수 있는 이야기는 아니었다. 하지만 자신이 낯설고 이상한 세계에 온 것은 분명했다. 왜 자신에게 이런 일이 일어나는 것일까?

노루 할멈의 이야기대로라면, 이곳은 가온이라는 세계의 아라연국이라는 땅이다. 그 검은 새가 자신을 여기로 데려온 것이다.

"여기가 아라연국이라 그랬죠? 이 집은 정확히 어디인가요?"

"네 눈으로 직접 보려무나."

그 말에 은소는 이불을 차고 나와 창문으로 다가갔다. 비단 커튼을 들추고 문을 열자, 바깥 풍경이 보였다. 온통 낯선 곳이었다.

으리으리하게 널따란 집이었다.

푸른색 기둥과 매끄럽고 넓은 마루, 하늘을 향해 날아갈 듯 치마폭처럼 높이 솟은 지붕, 꽃나무가 곳곳에 피어있고 저 멀리 커다란 정원까지 보였다. 고적하고 아름다운 집이었다. 한옥처럼 단아했으나 더욱 화려한 맛이 있었다.

"이곳은 대체……."

"아라연국의 궁궐이지."

은소가 감탄한 듯 중얼거리자 뒤에서 노파가 덧붙였다. 그렇다면 자신은 정말로 다른 세상에 왔다는 말인가. 쉬이 와 닿지 않았다. 이해할 수 없었다. 자신이 어째서 그런 힘을 타고났다는 것일까.

"궁궐이라면, 임금이 거처하는 곳 말인가요? 그럼 임금님도 있나요?"

"당연하지. 곧 새로운 임금이 등극할 것이란다."

고개를 끄덕이던 노루 할멈이 말했다.

"새로운 임금?"

"아라연국의 새 임금 말이다."

끼이이에에엑!

그때 느닷없이 괴이한 울음소리가 울려 퍼졌다. 무슨 일이 벌어지고 있는 것일까?

녹슨 악기를 연주하듯, 고막을 찢을 듯 애처로운 울음소리였다. 궁금증에 은소는 노루 할멈의 만류에도 기어이 방문 밖으로 걸음을 옮겼다.

* * *

"하, 그것 참."

하제는 헛웃음을 삼키며 궁인들의 시중을 받았다.

선녀 같은 궁인 둘이 붙어 단풍색의 긴 의복을 그의 양어깨에 걸쳐 주었다. 거칠던 검붉은 머리카락은 곱게 빗어 올렸다. 의복을 단정히 갖추자, 한결 수려한 외모가 돋보였다.

하얀 얼굴과 대조되는 검미(劍眉) 아래로 힘 있게 자리한 이목구비에 궁인들은 임금의 얼굴을 흘깃흘깃 훔쳐보았다. 게다가 훤칠한 키와 적당한 몸집은 또 어떠한가. 사내답게 떡 벌어진 가슴하며, 곧게 뻗은 팔다리에서 뿜어져 나오는 고아한 분위기는 분명 격조 높은 학의 기상이었다.

세월의 풍파에 시달려 지저분했던 몸을 정갈히 하는 동안, 하제는 속으로 탄식했다.

'한 나라를 갖는 것이 이토록 쉬운 일이었던가!'

가온의 땅 한가운데에 위치한 인간들의 나라.

기름진 땅과 풍부한 바다의 자원을 고루 갖춘 곳이자, 다름 아닌 어머니의 고향이었다.

바닷물길이 열리는 아름다운 나라라 하여 그 이름, 아라연국이었다.

선계와 심해, 명부.

그 어느 곳에도 속하지 않는 독립된 땅.

달리 말하자면, 독자적으로 세력을 키울 수 있는 공간이란 뜻이다.

하여 아라연국의 확보는 하제에게는 불가피한 것이었다.

허나 한 포기 저항도 없었다.

가온에 돌아오자마자, 하제는 노루와 접촉하여 도읍 아라야에 있는 아라궁을 점령했다. 불과 6시간이 채 되기 전에 모든 것이 끝났다. 하제의 힘을 본 자들은 그의 막강함 앞에 무릎을 꿇었다.

"나를 거스르는 자는 죽일 것이고, 따르는 자는 부하로 삼겠다."

아라연국의 전대 임금 연제비는 스스럼없이 자신의 왕위를 내려놓았다. 이미 나이가 많아 어제오늘 하던 유약(柔弱)한 왕이었다. 하제의 뜻에 반대하던 신하들은 목이 달아났다. 그의 아들은 너무나도 어렸다. 왕가의 핏줄들을 모조리 옥에 가두고 곧장 하제는 왕위에 올랐다.

그토록 바라던 아라연국의 새 임금에 오른 것이다. 손바닥 뒤집듯이 쉬운 일이라 그만한 여흥이 없다는 게 아쉬울 따름이었다.

하제는 자신에게 보탬이 될 만한 자들에게 속속들이 전갈을 보냈다. 혼자만의 왕국이 되게 하지는 않을 것이다.

백성들은 강하고 담대한 임금이 창고를 열어 곡식과 비단, 금은과 보석을 베풀자 궁을 향해 절을 하며 환호했다. 하여, 하제는 이렇게 임금 자리를 보전할 기틀을 하나둘 다지던 중이었다. 궁을 점령한 지 불과 일주일도 되지 않았다.

이리 싱겁게 끝날 줄 누가 알았으랴.

이래서는 아무런 재미도 흥도 없는 것이다. 차라리 그 고얀 것을 건드리는 재미가 더 좋았다.

감로화로 태어난 그 계집……

약효가 너무 강하였는지, 바다를 건너 다른 세상에 도착한 곤함 때문인지 아직도 의식이 없다고 들었다. 벌써 열흘 째였다.

"하제 전하. 맛난 간식이라도 올릴까요?"

궁인의 나긋한 목소리가 들려왔다. 새초롬한 눈빛을 빛내는 궁인의 뽀얀 살결이 눈에 들어왔다. 그녀는 웃옷을 풀어놓고 살살 눈빛을 보내왔다. 자신을 두려워하지도 않고 대담하고 야무지게 잘 모시기에 마음에 든 아이였다. 그런데 대놓고 유혹을 해오는 몸짓에, 하제의 눈초리가 한층 서늘하게 가라앉았다.

"감히 무슨 짓이냐?"

"서로에게 좋은 짓을 하자는 것이지요. 전하."

"당돌한지고. 내가 무엇인 줄 알고?"

"이 나라에서 제일 강한 분 아니십니까? 여자의 본능이랄까요. 저는 강한 사내가 좋습니다."

하제의 한쪽 눈썹이 꿈틀대며 올라갔다.

"솔직히 고하라. 전대 임금의 첩이냐?"

그러자 궁인이 고개를 살랑살랑 끄덕이며 말했다.

"예. 하지만 제 마음은 의심치 마십시오. 그런 늙은 쭈글탱이 영감님은 싫습니다."

"이를 어쩐다. 나도 거추장스러운 것은 싫은데…… . 목이 달아나고 싶으면 계속 남거라."

소름끼치도록 차가운 목소리.

스릉!

순간 하제가 허리춤에 차고 있던 검을 꺼내려 하자, 흠칫 놀란 궁인이 뒷걸음질을 치며 달아났다.

"꺄아아악! 자, 잘못했습니다."

하제는 이상스러운 느낌을 받았다.

본디 자신은 여인에게 욕구가 없는 사내는 아니었다. 아니, 오히려 과하다 싶을 정도로 넘쳤던 적도 있었다. 그러나 그것도 모두 옛날이야기.

헌데 요즘은 도통 마음이 동하지 않는다.

'뭐, 부족한 것이 과한 것보다는 나을 터이지.'

"오늘은 고것에게 가보아야겠다."

불현듯 결심이 들자, 그는 자리에서 일어나 방문을 박차고 나왔다. 날개를 펼치려던 하제는 참고 걸음을 성큼성큼 옮기기 시작했다.

왠지 모를 희열이 느껴졌다. 그리도 제게서 도망치던 그녀였다. 도망치려거든 얼마든 도망쳐 보라지.

*　　*　　*

같은 시각 은소는 드넓은 궁궐을 헤매고 있었다.

흐드러지게 가지를 늘어뜨린 버드나무들이 연못 둘레에 무성하게 자라있었다. 운치가 좋았다. 고요한 수면 위에는 수줍게 피어있는 수련이 고개를 내밀었다. 이따금씩 물고기들이 헤엄치며 물살을 가르는 자그마한 소리가 들렸다.

귀를 찢는 비명 소리를 쫓아서 왔으나, 자신이 잘못 들은 모양이었다. 소리의 주인공은 보이지 않았다.

한적한 분위기기 마음에 들었나. 산산한 연못을 보고 있자니 조금 마음이 가라앉는 것 같았다. 연못 앞에는 보드라운 풀이 자라있었다. 가만히 여린 풀밭에 앉아서 고개를 파묻었다.

'이제 다시는 돌아갈 수 없는 건가?'

지석이 그리웠다. 따스하게 자신을 보듬어주던 지석. 그에게 의존하고 싶지 않아 했지만 결국에는 항상 그에게 기대고 있었나 보다. 그가 보고 싶다. 어느새 눈가에는 눈물이 차올랐다.

부스럭.

울다가 고개를 들었을 때 무언가와 눈이 마주쳤다. 맑고 투명한 눈망울, 보드랍게 반짝이는 금빛 털과 하얀 반점들, 매끄럽고 탄력 있는 몸과 날씬한 다리를 가진 작은 짐승. 사슴이었다.

'어쩜 저리 예쁠까?'

아직 새끼라서 그런지 작은 발굽마저 더욱 여리고 귀여웠다. 사슴은 물을 마시다가 귀를 쫑긋 세우고는 은소를 바라보았다. 작지만 두 개의 뿔이 머리 위에 자라고 있었다. 어쩐지 뿔도 반짝반짝 빛이 났다.

"와아!"

저도 모르게 감탄이 흘러나왔다. 동물원이나 공원에서도 우리에 갇혀있던 사슴을 본 적은 있었지만, 이 사슴은 왠지 느낌이 달랐다. 사람의 손을 타지 않은 야생의 사슴이라 그런 것일까.

순진한 눈망울로 은소를 올려다보던 사슴은 고개를 갸웃했다. 사슴이 조심스레 다가왔다. 은소는 동심으로 돌아간 듯 사슴이 달아날까 조마조마한 마음으로 손을 뻗었다.

보드라운 금빛 등을 쓰다듬었다. 사슴이 기분 좋은 듯 눈을 깜빡거렸다. 등을 내준 답례를 받으려는 걸까. 사슴은 머리를 돌리더니 혀를 쏙 내밀어 은소의 팔등을 할짝였다.

"아, 간지러워."

"당신, 향긋한 맛이 나."

미성의 목소리가 사슴에게서 흘러나왔다. 깜짝 놀란 은소는 주변을 두리번거렸다. 주변에는 아무도 없었다. 그렇다면 역시…… 이 사슴이 말을 한 것일까?

"방금 뭐였지?"

사슴이 커다란 눈망울을 끔뻑이며 다시 말했다.

"향긋하고 달고…… 맛있어."

"뭐? 너도 말을 하는구나. 넌 누구야?"

은소의 물음에 사슴은 대답 대신 급히 몸을 세웠다. 그러곤 귀를 움직이더니 말했다.

"이만 가봐야겠어. 날 보고 싶으면 북쪽 정원 감옥으로 찾아와."

"감옥이라고?"

"아쉽지만 안녕, 다시 만난다면 좋겠어."

그 말을 끝으로 금빛 새끼 사슴은 깡충깡충 달려서 금세 저만치 사라졌다.

'저 사슴도 그럼 그 일족이라는 존재인가?'

거칠고 사나운 검은 새와는 다르게 이쪽은 꽤나 상냥하고 얌전했다. 상대에게 전혀 위화감이나 겁을 주지 않는 이로운 짐승일 듯했다.

저벅저벅.

이윽고 거친 발걸음 소리가 들려와 은소는 그쪽을 올려다보았다. 그곳에는 아름답지만 잔혹한 표정의 사내가 자신을 내려다보고 있었다. 은소는 깜짝 놀라며 뒤늦게 깨달았다.

'이자가 와서 사슴이 달아난 거였구나.'

사내는 아름다운 문양이 수놓아진 비단 옷자락을 걸치고 있었다. 귀한 이들만 입는 옷 같았다. 왕이나 황제가 입는 옷이 저러할까?

그제야 노루 할멈이 이야기한 것이 생각났다.

'아라연국의 새 임금 말이다.'

이런 흉포한 검은 짐승이 임금이라고?

사뭇 인상이 달라 보이긴 했으나 무서운 눈초리만은 그대로였다.

은소를 잠시 바라보던 하제의 입술이 달싹였다.

"너를 찾았다."

"……"

"깨어나자마자 여기에서 뭘 하고 있지?"

"……"

그를 보자마자 간이 쪼그라드는 듯했다. 그간 자신은 겁 따위는 없는 아이라고 자부했는데, 이 날짐승 앞에서는 아무런 소용도 없는 말이었다.

남자의 거친 시선이 자신의 온몸에 달라붙는 것이 느껴졌다.

"아직도 그날 행색 그대로군. 목욕을 하고 옷을 갈아입어라."

어쩐지 어울리지 않게 온화한 말투였다. 그러나 방심할 수 없는 자였다. 불시에 자신을 향해 부리를 겨누고, 발톱을 세울 것만 같았다.

형형하게 빛나는 붉은 눈동자가 자신을 흡입할 듯 빨아들였다.

"왜, 말이 없나."

하제가 손을 뻗어 은소의 자그마한 얼굴을 어루만졌다. 커다란 손이 그녀의 얼굴을 반쯤 뒤덮었다. 은소는 숨 한 번 편히 쉬지 못한 채 그대로 굳었다.

하제는 잠시 눈을 감았다. 얼굴을 쓸어내린 손을 내려 그녀의 팔을 붙잡았다. 가느다란 팔이었다. 슬쩍 붙잡은 손에 힘을 주고 끌어당겼다. 힘없이 따라오는 그녀의 몸을 더욱 끌어당겼다.

품에 와락 안은 꼴이 되었다. 그제야 만족한 미소가 입가에 떠오른다. 금세 자신 안에 차오르는 생명력……. 미세한 힘의 변화가 느껴졌다.

"항상 내 곁에 있어야 한다."

역시 계집은 대답이 없었지만 아무래도 상관없었다. 그저 이렇게 제 곁에 존재하면 된다. 하제는 끝없이 기분이 좋아졌다. 반대로 그녀의 기분이 끝없이 나빠지는 줄도 모른 채.

은소는 이를 사려 물었다. 끔찍한 날짐승, 이자는 제게 왜 이리도 집착하는 것일까. 이자를 자신에게 떼어낼 수 있는 방법은 없었다. 이 낯선 땅에서 그녀가 의지할 것은 하나도 없었다. 어쩐지 그 사실이 너무나 슬퍼져서 눈물이 다시 앞을 가렸다. 그러나 기필코, 벗어날 것이다. 이자의 품에서 달아나고 말 것이다. 은소는 마음속으로 단단히 결심을 했다.

"……난 당신 것이 아니야."

내내 입을 다물었던 은소가 말을 한 것이 신기한 듯 하제는 잠시 그녀를 응시했다.

"이름이 무엇이냐?"

"없어. 당신에게 불릴 이름 따위."

하제의 품 안에서 빠져나오려 안간힘을 쓰며 은소가 말했다. 그러나 하제는 가볍게 힘을 주는 것만으로도 그녀가 옴짝달싹할 수 없게 만들었다.

"그만 포기하는 게 좋을 것이다. 나를 벗어날 수 없다."

"싫어……!"

"네 의사를 물은 적은 없다. 잘 들어둬. 내 이름은 하제다."

바짝 다가온 하제의 숨결이 입술에 뜨겁게 와 닿았다. 하제가 그녀의 얼굴을 붙잡고는 거칠게 입술을 포개었다.

"으읍……!"

탐욕스러운 하제의 거친 숨이 끝없이 들어왔다. 쉽사리 열리지 않던 작고 보드라운 입술을 강제로 열었다. 자그맣게 부딪쳐 오는 고른 치열들, 제 아무리 깨물려고 발버둥 쳐도 마음대로 되지 않을 것이다.

하제는 힘주어 그대로 혀를 밀어 넣었다. 어찌할 도리 없이 엉켜드는 둘. 질척한 소리가 나도록 빨아 들이켜고 마셨다. 어느새 입맞춤은 일방적인 것이 아니게 되었다. 하제와의 접촉은 정신이 아뜩해질 만큼 감미롭고 달았다. 몸이 녹아서 사라지는 기분이 이러할까? 혀끝에서부터 온몸으로 전이되는 지릿한 흥분감에 은소는 몸이 떨렸다.

불쾌하다.

그러나 은소는 자신도 모르게 느낀 쾌감에 불현듯 놀랐다. 섬뜩할 만치 강렬한 입맞춤이었다. 아무래도 자신이 저 괴물에게 잠시 홀려 정신이 어떻게 되었던 게 아닐까.

'좋았을 리가 없는데…… 강제로 당한 키스 따위에.'

두렵고 싫었다. 저 짐승보다도 이런 마음이 불쑥 솟는 자신이 더 두렵고 싫었다.

입술을 뗀 하제는 그녀의 턱을 움켜쥐어 들었다. 자신을 피하는 시선을 애써 무시하곤 은소에게 제 눈을 맞췄다. 이리저리 굴리며 도망치던 갈색 눈동자는, 덫에 걸린 것처럼 붉은 눈동자 안에 갇히고 말았다.

"알려다오. 네 이름."

하제가 지그시 입을 열었다. 주문을 건 듯 말에 미묘한 힘이라도 있었던 게 아닐까 의심스러웠다. 대답하지 않으려 했지만, 은소는 그런 자신의 마음조차 거스르고 순순히 대답했다.

"……은소. 김은소."

"은소라……."

입 안에서 굴리니 작게 터지는 휘파람처럼 가벼웁고 경쾌한 이름. 어쩐지 이 가녀린 여인에게 잘 어울렸다.

"안으로 들어가자, 은소."

"……."

은소가 고개를 저었다.

"싫은가?"

"……싫어."

"……상관없다."

하제는 그리 말하고는 은소를 번쩍 안아들었다.

"……! 놓으란 말이야!"

반항의 표시로 그녀의 몸부림이 더욱 거세졌다. 그의 머리카락을 쥐어뜯고, 꼬집고 퍽퍽 쳤다. 할 수만 있다면 물어뜯을 기세였다. 그러나 하제에게는 그저 여인의 귀여운 애교로만 보였다.

비뚜름하게 올라간 입매가 매력적인 미소였다.

"시체처럼 반응 없는 것보다야 이 편이 훨씬 낫군."

"당신은…… 미쳤어."

"미치지 않고서는 살아갈 수 없는 세상에서 살았다."

그의 등 뒤에서 흑빛 날개가 쑥 튀어나왔다. 눈앞에 흩뿌려지는 검은 깃털들. 급작스럽게 날개를 펴는 바람에 빠진 깃털들이었다. 순식간에 허공으로 날아오른 하제는 은소를 품에 안아든 채 자신의 거처로 향했다.

二花
꽃을 탐하는 자

명부 암연궁(暗煙宮).

어둑한 지하 깊은 굴에는 촛불이나 초롱 하나 걸려있지 않았다. 뿌옇고 습한 연기가 자욱이 깔렸다. 손을 휘저어 봐도 자꾸만 깔리는 연기에 붉은 털을 가진 쥐, 자우는 앞발톱을 이빨로 쉴 새 없이 갈아댔다. 조악한 눈동자를 굴리던 자우는 안개 속으로 외쳤다.

"어찌 말씀이 없으십니까? 분부를 내려주십시오, 대왕."

쩌렁하게 울리는 제 목소리에 자우는 불안하게 코를 벌름거렸다. 하제에게 당해 일을 그르쳤다는 보고를 했으나, 안개 속에 앉아있는 대왕은 말이 없었다. 한참 뒤, 비로소 안개 뒤에 그림자 희끄니기 비쳤다.

"……아니, 당분간은 되었다. 돌아가 대기하여라."

그 말뜻은 제가 너무 약하단 것이었다. 애초에 그 수천 년 묵은 검은 학, 하제 놈과 호각으로 싸울 자가 있을까? 그러나, 인간 계집인 감로화의 경우는 다르지. 하제 놈의 주의만 돌린다면 어떻게든 감당이 될 것이다. 하지만 하제 놈의 감로화에 대한 집착이 상당한 터라……. 그 역시 어렵긴 마찬가지였다.

"허면 이만 물러가겠습니다."

"잠깐. 꽃은…… 어떠하더냐?"

안개 사이로, 샛노란 사안이 빛났다. 그 살기에 놀란 자우가 머뭇거리다 이내 머리를 조아리며 대답했다.

"예, 그것이 아주 살결도 희고 보드랍고, 달콤한 내음이 풀풀 났습니다. 먹음직스러운 계집이었습니다."

"그래. 기대되는군."

"예, 대왕의 마음에도 꼭 드실 것이옵니다."

"그것 위험하구나. 그렇다면, 그 두루미 놈도 좋아할 터인데. 뭐, 차라리 잘 됐다. 잠시 멍청하게 사랑 놀음에 빠지게 하는 것도 좋지."

자우가 물러가고 나자, 염라는 긴 곰방대를 연거푸 깊게 빨아들이곤, 길고 검은 혓바닥을 날름거렸다. 스스슷, 비늘이 부딪치는 소리가 났다.

"감로화로 태어난 인간 계집이라, 과연 궁금하긴 하다."

스솨.

순식간에 염라의 한쪽 팔등에 비늘이 오소소 돋았다. 그는 비늘 하나를 떼어내었다. 그것을 바닥에 집어던지고 담배 연기를 후우 내뿜었다.

이윽고 하얀 연기 속에서 그림자가 점차 커졌다. 비로소 여인의 몸이 비치자 염라는 만족스러운 미소를 지었다. 두루마리가 툭 그림자 앞으로 떨어졌다.

"후……. 네 명줄을 늘린 문서다. 지상으로 올라가 아라연으로 가거라."

"……예."

*　　*　　*

녹옥(綠玉)의 궐에 들어서자마자, 하제는 품에 있던 은소를 내동댕이치듯 이부자리로 던졌다. 푹신한 금침 이불이라 다치지는 않을 터였다. 은소는 갓 태어난 아기 새처럼 팔다리를 바르작거렸다. 불쑥 하제가 손을 뻗었다. 잔뜩 웅크린 자그마한 어깨가 떨렸다.

눈동자에는 물기가 촉촉이 어렸다. 하제는 더는 두고 볼 것도 없이 여린 입술을 탐하려 했지만, 은소는 눈을 감고 이를 꽉 다문 채로 부들부들 떨었다.

마치 싫은 일을 억지로 참고 있는 듯, 끔찍한 일을 이겨내려는 듯, 괴로운 표정이었다.

그 고통에 일그러진 표정이 슥, 하제의 마음을 못으로 할퀴고 지나간 것 같았다.

"그렇게 싫은가?"

"……그래. 괴물하고 그런 짓 하고 싶지 않아."

은소가 눈을 떴다. 울음을 삼킨 목소리였다. 그러나 하제는 제 마음을 할퀸 느낌에 날이 서 버렸다. 어쩐지 조금 더 고통스러운 얼굴을 보는 것도 나쁘지 않았다. 제가 겪은 일말의 작은 상처에도 상대는 몇 갑절의 상처를 겪길 바랐다. 이상스럽고도 비뚤어진 마음. 분명 스스로 생각해도 정상은 아니었다.

하제가 커다란 손을 뻗었다. 은소가 걸친 얇은 환자복 위로 그녀의 몸을 얼굴에서부터 천천히 쓸어내렸다.

"그런 짓이라? 내가 어떤 짓을 할 것 같나?"

비스듬히 열리는 주삿빛 입술 사이로 흘러나오는 음성은 흡사 사람을 홀리는 듯한 마력이 있었지만, 은소에게는 효력이 없었다.

하제의 손길이 그녀의 맨발에 이를 때까지, 은소는 고르지 못한 숨결을 진정시키며 그를 노려보았다.

하제는 손안에 들어오는 작고 하얀 발을 어루만졌다. 다시 역행해 올라가는 손길을, 은소가 제 손으로 제지했다.

"……그만해."

하제가 그 순간을 포착해, 다시 한 번 입술을 훔쳤다. 말라버린 여린 입술을 적시고 더욱 깊은 입맞춤을 하려는데, 은소가 몸을 뒤로 빼었다.

"언제까지 거부할 참인가?"

그러자 돌아오는 당돌한 대답에 하제는 코웃음을 쳤다.

"나를 다시 돌려보내줄 때까지……."

은소는 그 자리에서 일어나, 하제를 밀치고 맨발 차림으로 방을 빠져나갔다.

어림도 없는 소리다. 계집이든 꽃이든 도무지 알 수 없는 노릇이다.

'그까짓 입술 한 번 내어주는 것이 무에 그리 아깝기에?'

"쳇……."

보통 성질 같아서는 단숨에 저 계집을 때려눕혀서든 기절시켜서든 원하는 것을 강탈했을 텐데…….

그것이 몸이 기억하는 짐승의 원리원칙이었다. 약한 자는 강한 자에게 먹히고 짓밟히는…… 약육강식의 법칙.

'꽃을 즈려밟고 탐할 것인가?'

그러한 의문이 머릿속에 가득 찰 무렵이었다. 하제의 눈이 돌연 매섭게 빛났다.

"내가 너무 무르게 대했나? 아무래도 저것의 성질 머리를 고쳐놓긴 해야겠다."

하제는 느긋하게 걸어 나가 그녀의 향을 쫓았다. 은소가 향하던 곳은 그녀가 머무르는 궁 방향이었다.

정원의 담을 넘자, 한결 가까이 느껴졌다. 달콤한 내음만을 쫓으며 벌처럼 꽃을 찾아가던 중, 그 향에 취해 다른 이가 말을 거는지도 모르고 있었다. 노루 할멈이었다. 전전긍긍하며 은소에게 다가가는 하제를 보며 노루는 쯧쯧, 혀를 찼다.

"수중에 들어온 꽃인데 뭐가 그리 급하누?"

"……천년을 기다린 꽃이다."

"그리 오래 기다린 꽃이니 더욱 정성껏 보살펴야 할 것 아니냐. 벌써부터 혀를 날름거린다면 꽃은 지레 겁먹을 것이야. 조심조심 다루어. 어찌 됐든 인간 계집이야. 여인은 자고로 너그럽게 대해주어야 하는 법이지."

조심조심 너그럽게 대하라고? 어려운 일이다. 그리 하려면 어찌 행동해야 할까 고민하는 사이, 노루가 이어 말했다.

"그런데 놀랍구먼."

"……무슨 뜻이냐?"

"천하의 하제가 그리 애를 먹는 것을 보아하니 놀랍단 말이야. 네 매력에 빠지지 않는 계집을 보기는 처음이구나. 보통은 네 기운이 강하여 계집들이 먼저 좋아 죽으면서 달려들었는데……."

듣고 보니 노루의 말이 맞았다.

환수 일족은 힘이 강할수록 그 성적인 기운이며 매력이 흘러넘쳤다. 하여, 하제 역시 힘이 강한 만큼 아름답고 강한 외모와 사내적인 매력을 지닌 것이다.

그때 곁에서 노루가 부추겼다.

"하제, 네 매력으로 그 애를 유혹하면 그만이지. 자고로 여인의 마음부터 잡는 게 먼저이거늘……."

하제의 눈썹이 꿈틀대며 크게 치켜 올라갔다. 하제가 은소의 방 문고리를 붙잡았다. 뒤에서 노루의 마지막 한마디가 한 번 더 박혔다.

"돌아오는 그믐밤에 꽃의 상태를 확인해 볼 수 있을 것이야. 그전까지 꽃의 마음을 단단히 붙들어 두도록 해."

그 말을 들은 하제가 노루에게 말했다.

"그녀는 지금 화가 나 있는 것 같으니 내일 다시 오지. 궁인을 하나 붙여서 시중을 들게 해."

"알았다. 강제로 입이라도 맞추었나 보구먼, 후후."

뒤돌아서 가던 하제가 움찔하다가 저벅저벅 걸어갔다.

*   *   *

은소는 이불을 푹 뒤집어쓴 채로, 처음 자신이 누워있던 방에 틀어박혀 있었다. 연이은 두 번의 입맞춤으로 인해 입술이 아직도 뜨겁다. 몸에 느껴지는 지워지지 않는 기억, 지워지지 않는 감촉이 강렬하게 남아있었다.

"더러운 놈……."

저 시커멓고 귀신같은 학이 자신의 입술과 몸을 탐할 때면, 어찌할 도리 없이 당하고 만다. 벌써 두 번째였다. 나약하고 힘없는 인산이 심승을 낭할 수 없다는 것은 알지만, 왠지 서럽고 서

글펐다. 알 수도 없는 낯선 땅에 끌려와 이런 취급을 받는다는 게 서러워 견딜 수가 없었다.

'언제쯤 다시 집으로 돌아갈 수 있을까. 이 모든 게 내일 아침 일어났을 때 사라질 꿈이었으면 얼마나 좋을까.'

한참 동안 뜨거운 눈물이 볼을 타고 흘렀다. 자신이 이렇게 여리고 감정적인 사람인 줄 처음 알았다.

"흑……흐흑."

이젠 울음소리마저 낯설다.

지석은 자신을 얼마나 찾고 있을까? 위기의 순간에도 항상 어른스럽던 지석이니까 담담하게 경찰에 신고를 하고 자신을 기다리고 있을까?

엄마……. 그러고 보니 엄마를 늘 귀찮은 존재라고 생각했는데 지금은 너무나 그리웠다. 이럴 줄 알았으면 살갑게 굴어줄걸. 사람이 죽을 때는 후회가 물밀듯이 밀려온다는데, 지금이 딱 그러했다. 언제 짐승에게 먹혀 죽을지도 모르니, 스물아홉 제 인생이 그저 답답하게 느껴졌다.

그렇게 울고 생각하고 후회하다가 지친 은소는 까무룩 잠이 들었다. 극심한 갈증 탓에 눈을 떴다. 퉁퉁 붓고 갈라진 입술에서는 피가 났다. 입 안으로 설핏 들어온 피 맛이 비렸다. 물을 마시기 위해서 방문을 열자마자 쏟아지는 햇살에 눈이 부셨다.

"이제 깨어나셨습니까. 은소 님."

기다렸다는 듯 목소리가 들려왔다. 은소는 눈을 부비고 상대를 보았다.

곱게 단장한 여인이었다. 감색의 의복을 단정히 걸친 것으로 보아 이 궁궐에 머무르는 사람인 듯싶었다. 갈색 머리카락에 또렷한 이목구비, 맵시 있는 몸매를 가졌다. 상당한 미인이었다. 온화하게 미소 띤 얼굴이 보기 좋았다. 나이는 이제 갓 서른 정도 되었을까? 저보다 한두 살 정도 많아 보였다.

"……누구시죠?"

"오늘부터 은소 님의 시중을 들게 된 설란이라고 합니다."

"……네? 그런 말을 전해들은 기억이 없는데."

"노루 님께서 직접 시중을 부탁하셨습니다. 입궐한 지 얼마 되지 않은 터라, 여러 가지로 부족한 것이 많을지 모르나 성심을 다하여 모실 것입니다."

"……그래요? 나도 이곳에 온 지 얼마 되지 않았어요."

"말씀 편히 하십시오."

"저는 이게 더 편합니다."

"그럼 원하시는 대로 하십시오. 아랫사람에게 하대하는 것이 차차 익숙해지실 것이옵니다. 은소 님은 특별한 분이시니 말입니다."

설란이 웃으며 친근하게 말했다.

"……그렇지 않아요. 난 특별한 게 아니라 불행해요."

저도 모르게 낯선 사람에게 속내를 보인 듯해서 은소는 말을 하다가 돌연 멈춰버렸다.

"기분 전환을 위해서라도 목욕을 하셔야겠습니다. 의복도 어여쁜 것으로 갈아입으시는 게 좋을 듯합니다. 곧 준비를 하겠습니다."

"……아, 저기…… 괜찮아요. 그런 것까지 일일이 시중을 들 필요는……."

은소가 나가려던 설란의 팔을 붙잡자, 그녀는 상냥한 얼굴로 말했다.

"제 할 일입니다. 은소 님이 궁에서 편히 지내실 수 있도록 도와드리는 것이 제 의무랍니다. 그것이 우리들 아랫것들에게는 기쁨이자 행복입니다. 그러니 너무 심려치마세요."

다정한 태도와 따스한 말들에 은소는 마음이 안정되는 것 같았다. 하지만 이런 대접은 낯설고 부담스러웠다.

길쭉한 원형 목간통에 몸을 뉘이자, 한결 기분이 나아졌다. 설란이 몸을 씻겨주겠다는 것을 억지로 내보낸 뒤에야, 목욕간(沐浴間)에서 편히 쉴 수 있었다.

따끈한 물에 고개만 빼고 몸을 담그니 피로가 점차 가셨다. 은소의 매끄러운 몸에서 희미한 빛이 흘렀지만, 본인은 자각하지 못했다.

목욕을 마치자 설란이 의복을 챙겨주었다.

비단 옷이 옷장 가득히 있었다. 알록달록 빛깔 고운 옷감들은 하나같이 귀해보였다.

그중 은소가 고른 것은 선녀의 날개옷처럼 보드라운 살굿빛 옷이었다. 촉감이 살결에 닿자 너무나도 가벼워 옷을 입었는지 말았는지 느낌도 나지 않았다. 봉긋 부푼 가슴 아래 잘록한 허리에는 붉은 끈으로 여미고 옥이 달린 장신구를 달았다. 긴 생머리는 옆으로 반만 땋아 내렸다.

"하늘에서 내려온 선녀님이 따로 없습니다."

설란이 웃으며 거울을 보여주자, 은소는 부끄러운 듯 손사래를 쳤다.

"아뇨. 옷이 날개라잖아요."

말은 그리 했지만 제 자신도 화사함에 놀랐다. 거추장스러운 옷이었지만 걸쳐 보니 잘 어울렸다.

설란은 궁인들이 직접 제조한 화장품을 가득 챙겨온 바구니를 펼쳤다. 안에는 갖가지 진귀한 천연 화장품이 있었다. 입술에 찍어 바르는 붉은 열매를 빻은 즙부터, 얼굴이 희게 보이는 고운 가루분, 촉촉한 피부를 만들어주는 물풀까지 다양했다.

평소 기초 화장품 정도만 챙겨 바르던 은소에게는 그야말로 신세계였다. 야무지게 눈썹부터 다시 그려놓자, 인상이 새침해진 듯했다.

*   *   *

하제의 전갈을 받고 달려온 이는 가막 가문의 사람이었다. 그들의 조상과 하제는 막역한 친분이 있었다. 가온 땅에 뿌리내린 환수 일족인 가막 가문은 기존 아라연국의 왕권을 잡고 있던 연씨 가문과는 상극으로, 대부분 깊은 산중에 숨어있었다. 허나, 하제가 아라연국을 점령함으로써 그 소식을 듣고 나라를 세우는 데 일조하고, 새로운 세상을 찾겠노라 일족의 식솔들을 데리고 수도로 찾아온 터였다.

그중 우두머리 격이 가문의 가장 어른인 가막진이었다. 그의 나이는 인간 나이로 사백 살에 가까웠지만, 모습은 50대의 중년 남성이었다. 잿빛 점을 가진 검은 까마귀, 가막진.

하제는 오래전 친우의 손자인 가막진을 대사 자리에 앉혔다. 이천 년 전 이러한 약조를 했다.

지상의 까마귀와 하늘의 두루미는 한편이다.

하여 서로 어려운 일이 있을 때마다 감싸주고, 도와주었다. 그 맹약이 깨지는 순간에는 서로가 서로의 일족을 멸한다는 조건은 덧붙이지도 않아도 모두가 암묵적으로 알고 있었다.

"사슴이 물러갔으니, 이제 그대들 까마귀가 나설 때이지."

"모든 것이 하제 님의 강력한 힘 덕분입니다. 그들은 모두 어찌하셨습니까?"

가막진이 조심스레 하제에게 물었다.

"연씨 왕가 말인가? 모두 하옥시켰다. 조만간 목을 칠 것이다."

"소문에 듣기로 어차피 연제비는, 노쇠하고 병든지라 이제나 저제나 하여 힘도 제대로 쓰지 못 한다 들었습니다. 멀리 귀양이라도 보내두면 저절로 죽을 것입니다. 차라리 그 아들만 죽이시어 후환을 없애시면……. 남은 사슴 일족도 거둘 수 있지 않겠습니까."

"힘없는 아비는 살려두고 쌩쌩한 그 아들을 쳐라?"

"그렇습니다."

"실상 그 아들도 별 볼 일 없는 어린애가 아닌가."

"본래 사슴은 태어난 지 1년 후면 독립을 한다고 합니다. 사슴 일족은 15살이 되면, 성인이 될 것입니다."

"그린가. 허면 새끼를 죽여야겠다. 그대가 큰 도움이 되어주는군. 깊은 산중에서 내려왔으니 일족의 보금자리를 다지고 사흘 뒤 입궐하라."

"그리하겠습니다."

가막진이 물러가자, 하제는 입맛을 다셨다. 아까부터 궁인 상덕을 시켜 은소가 무엇을 하고 있는지 들여다보라 했는데 조용하기만 하다.

턱을 받친 채 벽옥으로 장식된 옥좌에 앉아서 헛기침을 흠흠하고 있는데, 때마침 기다리던 소식이 왔다.

"깨어나서 목욕도 마치시고, 의복과 몸치장까지 정갈히 하셨다고 합니다."

"함께 식사라도 하자고 전하라."

"예, 알겠습니다. 하제 전하."

그러나 몇 분 후, 돌아온 대답에 하제는 눈이 번쩍 뜨였다.

"은소 님께서 배가 고프지 않으니 함께 식사를 하실 수 없다고 하십니다."

"허! 뭐라고……?"

기가 막힐 노릇이었다.

당장에 임금님 업무 보시라고 놓인 죄 없는 오동나무 책상이 던져져 박살이 났다.

"제정신이 아니군."

이것이 오냐오냐 해주었더니 막무가내로 기어올랐다. 이제는 제 머리끝까지 올라앉을 셈인가?

상덕은 마치 제 몸이 둘로 박살이 난 줄 알고 부들부들 떨었다.

"초롱이나 준비해라. 그것이 머무는 궁으로 갈 테니."

어디 한번 제대로 상대해줄 것이다. 누가 위이고, 누가 아래인지. 누가 바짝 엎드려야 하는 상황인가를. 발발 떨면서 고개를 수그려도 모자를 판에……. 하등 먹잇감에 불과한 저를 그리도 편하게 대해 주었더니…….

"……오늘은 그 버르장머리를 단단히 고쳐 줄 것이다."

부루퉁 나온 입술은 쉬이 들어가질 않는다. 바투 잡은 도포 자락에 괜히 힘이 들어갔다. 애꿎은 상덕만 바르르 떨면서 초롱을 가지고 나왔다.

　　　　　*　　　*　　　*

　"전하께서 납시었습니다."

　초롱불을 든 상덕 뒤에 나타난 하제의 모습을 본 설란이 냉큼 고개를 숙였다.

　얼음을 깨고 나온 듯 서늘한 눈매가 전신을 꿰뚫자 설란은 입 꼬리에 웃음을 물었다.

　"처음 보는 얼굴이다. 누구인가?"

　"오늘부터 은소 님을 모시게 된 궁인입니다. 전하."

　하제는 흘깃 눈동자를 굴려 설란이라는 궁인을 이리조리 뜯어보았다. 요사스러운 기운은 느껴지지 않지만 왠지 모르게 마음에 들지 않는 궁인이었다. 그러나 겉으로 보기에는 얌전하고 몸가짐이 정갈했다. 트집 잡을 구석이 없는지라 하제는 입을 다물었다.

　"전하가 납시었다고 은소 님께 전해드리겠습니다."

　"……전할 필요 없다. 들어가 있을 터이니 너는 저녁상이나 가져와라."

　"예."

　쾅!

　하제는 거칠게 문을 열고 들어갔다. 그러자 불투명한 비단 천 사이로 문이 부서지든 말든 고개도 들지 않는 은소의 모습이 비쳤다.

급히 방 안으로 들어서며 걸리적거리는 비단 천을 치웠다. 하제는 순간 자신이 무언가를 잘못 본 줄 알았다. 침대에 가만히 앉아있는 여인은 하늘에서 강림한 선계 사람처럼 아리땁고 빛이 났다. 그러나 자세히 보니 고것, 제 속을 들끓게 하는 망할 계집이 맞았다. 하제가 위엄 어린 목소리로 말했다.

"함께 식사를 하러 왔다."

그러나 은소는 살짝 입술을 비틀며 말했다.

"분명히 난 거절했을 텐데…… 왜 온 거지?"

하제는 슬금슬금 치밀어 오르는 화기를 억누르며 말했다.

"아직도 네가 어느 위치인지 상황 판단이 안 되는가? 말이 통하지 않는 계집이군."

그때 설란과 다른 궁인이 준비한 식사를 내어왔다. 상다리가 부러질 듯 진수성찬이었다. 번쩍번쩍 빛나는 은그릇에 닭고기와 양 구이, 향긋한 채소와 과일이 가득 담겨있었다.

하제가 먼저 상 앞에 앉아서 수저와 젓가락을 들었다.

"앉아라."

그러나 은소는 미동도 하지 않았다.

"안 먹을 건가?"

하제는 혼자서 식사를 하기 시작했다. 고기를 뜯고 야채를 씹고 술을 마셨다.

"굶어 죽을 작정이냐?"

"……식사 다 했으면 나가주시지."

그러자 하제가 은소에게 다가오며 엷은 미소를 입가에 지었다. 그러곤 침대에 걸터앉은 은소의 어깨를 붙잡고 그대로 덮치듯 넘어뜨렸다. 하제는 기회를 노리는 맹수처럼 그 위로 냉큼 기어 올라왔다. 은소의 옅은 숨소리가 들려오자 하제는 만족한 미소를 지었다.

"실은 말이다⋯⋯."

은소가 따갑게 쏘아보든 말든, 힘으로 저항하든 말든 하제의 붉은 입술이 그녀의 귓가까지 갔다.

"저딴 것보다는 꽃을 한입 먹는 게 더 배가 찰 것 같다. 어떠냐? 맛보게 해주겠느냐?"

"으으⋯⋯."

움직이지 못하도록 단단히 붙잡힌 팔에서 점점 힘이 빠져나가는 걸 느끼는 순간, 은소는 귓바퀴를 맴도는 그의 뜨거운 혀의 촉감에 놀라 더욱 발버둥 쳤다.

전신을 휘감은 열기가 느껴져 은소는 정신이 아찔했다. 어찌할 도리가 없다. 검은 두루미, 하제는 이번에도 자신을 철저히 유린할 것이다. 희롱할 것이다.

자신의 양팔을 붙잡은 채 뜨거운 숨결을 불어넣던 하제는 고약한 미소를 지으며 말했다.

"앞으로 내 말에 대답이 없으면 내 멋대로 하라는 것으로 알 것이다."

"⋯⋯."

"하, 대답이 여전히 없으시다 이건가. 좋다."

은소는 하제를 노려보며 입술을 지그시 깨물었다. 어차피 하제는 자기 요량대로 할 것이다.

"오늘밤 너를 거둬야겠다."

입가 가득 베어 문 웃음을 지으며 하제가 말했다. 은소의 양쪽 손목을 제 손 하나로 합쳐 제압했다.

손목이 욱신거리게 아팠다. 그의 얼굴이 다가왔다. 소름끼치도록 잘생긴 얼굴, 은소는 차라리 눈을 감아버렸다. 어서 이 순간이 지나갔으면 하고 바랐다. 그러면서도 동시에, 심장이 쿵쿵 뛰고 있었다.

하제의 입술이 곧장 제 입술로 직행해 가볍게 부딪쳤다. 갑작스런 그의 행동에 은소는 아무런 저항도 하지 못했다. 밀어내려 해도 밀어낼 수 없는 존재.

입 안에 가득 차오른 입맞춤은 더욱 거칠어졌다. 은소의 눈물이 뺨을 적셨다.

*　　*　　*

'당장에라도 먹어치워.'

'저 달콤한 속살을 깨물고, 네 것으로 만들어.'

본능이 속삭이고 있었다.

단내를 뿜어내는 은소의 몸으로 자꾸만 시선이 갔다. 투명한 살결에 눈이 부셨다. 뽀얗고 둥근 어깨, 세찬 박동 때문인지 자신이 두려워서인지 가늘게 오르내리는 가슴. 하제는 그녀의 심장에 가만히 귀를 대었다.

쿵쿵쿵.

이유야 어찌되었든 은소의 심장이 빠르게 뛰고 있었다. 그에 화답하듯, 하제의 심장도 같은 가락으로 뛰었다.

살굿빛 얇은 의복 위로 드러나는 가녀린 몸을 순간 으스러지도록 콱 움켜쥐고 싶었다.

강하게 빛나는 욕망이 하제의 두 눈에 그득해졌다. 하제의 긴 손가락이 허리를 장식하는 붉은 매듭을 스르륵 풀었다. 무덤덤한 얼굴의 은소가 체념한 듯한 눈으로 하제를 물끄러미 올려다보았다.

'이제야 깨달았나? 무엇도 나를 막을 수 없다.'

얇고 부드러운 천을 헤집으려는 순간, 정적을 깨고 은소가 말했다.

"……할 말이 있어."

"……무엇이냐?"

유독 말이 없는 그녀였다. 대체 무슨 말을 할까 궁금한 표정으로 하제가 물었다.

"지난번 나를 잠들게 했던 그 독한 약, 그걸 줘. 그럼 나는 내일 아무 기억도 없을 테니까."

하제의 고개가 삐뚜름해졌다. 그 말을 듣는 순간 단숨에 불쾌해졌다.

"뭐라고…… 했나?"

하제의 눈동자에 불꽃이 튀었다. 자신이 무슨 일을 하든 모르면 그만이라는 건가?

제법 독한 말을 내뱉었다. 고 담담한 눈빛으로 잘도. 그녀의 안에도 어쩌면 제 것과 같은 것이 도사리고 있을지도 몰랐다. 그 서늘한 감촉이 자신과 너무나도 닮아서 하제는 순간 멈칫했다.

이런 계집은 처음 보았다. 죽어도 저를 받아들이지 않겠다는 말이었다.

귀찮아서 풀고 있지 않을 뿐, 하제의 강력한 향을 맡기만 하면 여인들은 꼬리를 살살 말면서 다가왔다. 저들이 먼저 목숨을 바칠 만치 그를 사랑했다. 하룻밤 사랑일지라도 말이다.

그리도 쉽게 여인을 대했던 자신이다.

그런데 이 계집은 어려웠다.

기이한 계집이다. 자꾸만 자신을 콕콕 건드려 화가 나게 만든다. 마음 속 어둠이 우두두 일어났다. 시뻘건 욕망이 그 뒤를 따라온다.

"약을 줘. 아무 기억이 남지 않도록……."

계집의 목소리가 다시 꽂혀든다. 하제가 은소를 노려보았다.

"……웃기는 소리. 다시는 잊을 수 없게 할 것이다. 그 말을 후회하게 해줄 것이다."

은소가 먹먹한 심정으로 그를 바라보았다. 어쩐지 그 눈빛이 가여워하는 눈빛이었다.

"그런 눈빛 하지 마라."

빛깔 곱던 비단 옷이 절반쯤 찢겨졌다. 꽃이 버둥대며 몸을 가렸다. 눈앞에는 그토록 원하던 광경이 펼쳐졌다. 백옥처럼 희고 투명한 살결에서는 미세하게 빛이 났다. 하제는 은소를 강제로 제 품에 밀어 넣었다.

가히, 감로화의 기운은 강했다. 순간적으로 상승하는 기운에 자신도 놀랄 정도였다. 몸의 피로마저 줄어드는 기분이었다. 그러나 그것은 한순간이었다. 금세 은소의 몸에서 나는 빛이 사그라들었고, 샘솟던 힘도 사라졌다. 하제가 이상함을 느낀 순간이었다.

푸른빛이 번쩍였다.

은소가 어느 틈에 품속에 숨긴 것인지, 하제에게 손바닥만 한 칼을 꺼내보였다. 그러곤 제 목에 댔다.

"멈춰라."

"내게서 떨어져. 내가 없어지면 당신도 곤란하겠지."

숨을 꼴깍 넘기고 은소가 칼끝으로 제 목을 겨누며 말했다. 포식자에게 먹히기 전, 잔뜩 겁먹은 어린 짐승의 마지막 몸부림과도 같았다.

하제가 그녀의 몸에서 손을 떼고 한 걸음 물러났다. 은소는 계속해서 칼을 겨눈 채로 방을 나갔다. 그러고는 달리기 시작했다.

혼자 남은 하제는 꽃이 달아난 곳을 바라보았다. 화가 나서 주먹을 부들부들 떨었다. 날카롭게 돋아나온 긴 손톱이, 저도 모르게 제 살을 파고들었다. 핏물이 뚝뚝 흘렀다.

"건방진 것……."

본디 사내의 마음은 정반대라……. 쉽게 안기지 않으니 계집에게 더욱 호기심이 일었다. 모든 일은 조급하면 그르친다는 것을 모르는 바도 아니다. 하제는 분을 억누르며 자신의 거처로 걸음을 옮겼다.

*　　　*　　　*

모든 게 엉망진창이었다.

몸도 마음도……. 은소는 뒤도 돌아보지 않은 채 달렸다. 금방이라도 하제가 쫓아올까 봐 노심초사했으나, 더 이상 그의 기척은 없었다.

끝이 났으되, 끝이 아니었다.

그러나 이 정도로 저항을 해두었으니 다음엔 쉽사리 덤비지 못할 터였다. 아무리 자신을 단순한 놀잇감으로 생각해도 정도가 심했다. 게다가 궁궐 안에 여자가 없는 것도 아닐 터인데…….

'역시 내가 함부로 다루기 좋아서 그런 것일까?'

욕망에 미친 괴물의 희생양, 산 제물.

불사의 영약이라니 언젠가는 자신을 정말 씹어 삼킬지도 모른다. 철저히 이용하고 희롱당하고 죽임당하는 것. 끔찍했다. 사람을 사람답게 대해주지 않는 괴물, 하제.

그자의 꿈틀거리는 욕망이 너무나도 커서 두렵다.

진탕에 빠진 기분으로 터덜터덜 맨발로 걸었다. 신발을 챙겨 신을 틈도 없었다. 찢겨진 옷 사이로 바람이 스며 들어와 옷깃을 여몄다.

어느 순간 초목이 무성한 정원을 지나고 있었다.

"어라."

금빛을 내는 반딧불이가 은소 앞에 머물렀다. 은은하게 빛을 내는 것이 예뻤다. 반딧불을 실제로 본 것은 처음이었다. 자그만 벌레가 이렇게도 강한 빛을 뿜어낼 수 있을까 싶을 정도로 주변을 훤히 비췄다.

반딧불이가 은소의 몸을 빙 돌다가 일순, 북쪽으로 향해 날았다. 그 빛을 쫓다 보니 저 멀리 무언가가 어스름히 비쳤다.

낡은 헛간처럼 생긴 곳이었다. 반딧불들이 일제히 헛간 안으로 들어갔다.

'저긴 뭘까? 이런 외딴 곳에 있는 걸 보면…….'

그때 순간, 일전에 마주했던 사슴의 말이 은소의 머릿속을 스쳤다.

'날 보고 싶으면 북쪽 정원 감옥으로 찾아와.'

눅눅한 계단을 내려오자, 지하 감옥이 모습을 드러냈다. 시린 달빛이 철창 사이로 스며들어왔다. 어림잡아 일곱에서 여덟 개 정도 되어 보이는 작은 방에 사람들이 갇혀 있었다. 문지기도 없는 채였다.

방 한 칸에는 대여섯 명씩 갇혀있었다. 이곳에 갇힌 사람들은 하나같이 눈망울이 슬펐다. 군데군데 찢어지고 낡은 옷을 입고 있었지만, 신분이 귀한 사람인 듯했다. 그러나 은소가 옥을 둘러보자 모두들 철창에 와서 매달렸다. 기운 없이 쓰러져 바닥을 뒹굴던 이들도 일어났다. 누군가 외쳤다.

"달콤한 향기가 난다."

"저 계집의 정체는 뭐지?"

뭔가에 홀린 듯 자신을 바라보는 이들의 눈이 등불처럼 훤히 빛났다.

"이리와. 우리를 도와줘."

텅텅!

이윽고 철창을 뒤흔드는 이들도 있었다. 일부 사람들의 몸에서 빛이 나더니 그 자리에서 핑그르 돌며 갈색의 커다란 사슴으로 변신했다. 얌전하던 사람들이 흥분한 사슴으로 변하자, 은소는 겁이 났다.

쿵!

어두운 고동색의 수사슴 하나가 제 뿔로 철창을 들이받았다. 그러나 철창이 튕겨지듯 사슴을 밀어냈다. 일순 사슴이 비명을 지르며 뒤로 나가떨어졌다.

끼에에에엑!

그때였다. 가장 깊은 구석에 있는 감옥에서 목소리 하나가 들렸다.

"모두 흥분을 가라앉히고 진정하라. 저 여인은 내 손님이다."

"왕자님, 하지만 저 계집에게서 달콤한 향기가 난단 말입니다……."

"쉿! 모두 그녀가 불편하지 않게 변신을 풀도록 해. 나는 손님과 대화를 하고 싶다."

어디선가 들었던 미성이었다. 묘하게 귀를 잡아끄는 울림 가득한 상냥한 목소리였다.

"아가씨, 날 찾아왔지? 조금만 더 끝으로 와줘. 얼굴이 잘 보이지 않으니까."

은소는 그 말을 듣고 가장 깊숙한 감옥까지 걸어갔다. 앞에 다다르자, 한 소년이 기다리고 있었다. 열 살 정도 되어 보이는 소년은 발그레한 볼에 빛나는 갈색 머리칼을 지녔다. 둥글게 휘어진 눈매와 초롱초롱한 눈동자, 선하고 곧게 생긴 어여쁜 소년이었다.

"너는…… 그때 그 연못의 사슴이야?"

소년이 해맑게 웃으며 고개를 끄덕였다.

"오기를 기다렸어. 난 아가씨가 올 줄 알고 있었거든."

"우연히 이 반딧불을 보고 왔는데……."

"밝음이 말하는구나. 내가 부른 거야."

"밝음이?"

"응. 밝음이."

그러고 보니 반딧불의 반짝이는 빛들이 소년의 주위를 빙글빙글 돌고 있었다.

"나를 왜 여기로 부른 거야?"

"보다시피 상황이 안 좋아. 당신이라면 우리를 도와줄 수 있을 것 같아서."

소년의 말에 은소는 옅은 한숨을 쉬었다.

"글쎄 내가 지금 다른 사람을 도울 만한 처지가 아닌데……."

"혹시 그 검은 두루미의 여자야?"

검은 두루미라면 하제를 말하는 듯했다.

"아니. 나는 그가 두렵고 무서워."

"……그의 여자는 아니라는 거군. 다행이다."

"뭐가 다행이란 거니? 그런데 어른에게 반말을 하는 거야?"

그러자 소년이 빙긋 웃었다.

"나도 어리진 않은걸. 그러는 아가씨는 몇 살이길래?"

아이 같은 녀석이 저보다 머리 하나는 큰 자신에게 자꾸 아가씨 거리는 모습이 영 어색했다.

"스물아홉."

그러자 소년이 깜짝 놀라며 대답했다.

"전혀 그렇게 안 보이는데…… 당신도 환수 일족이야?"

은소가 고개를 저었다.

"나는 평범한 사람이야."

"그렇구나. 정식으로 인사할게. 내 이름은 연갈매, 사슴 일족의 후계자야. 지금은 비록 언제 목이 달아날지 모를 신세지만……. 그리고 열아홉 살이지. 세간에는 열 살로 알려져 있지만."

스르륵, 눈앞의 소년이 홀쩍 키가 커지면서 예쁘장하던 얼굴이 늠름해졌다. 자그맣던 체구는 훤칠하게 자라 청년이 되어 있었다. 이제는 자신이 그를 올려봐야 했다.

"어떻게 된 거지?"

"이게 나의 진짜 모습이야. 나는 실제 나이의 절반까지 모습을 바꿀 수 있어."

"그런 게 가능하다니……."

두루미와 사슴이 인간으로 공존하고 요괴가 존재하는 것까지 눈으로 직접 보았지만, 이 세계에는 여전히 자신이 알지 못하는 신비한 일들이 많이 있는 모양이었다.

"응. 우리 사슴 일족 중에서도 순수 혈통을 가진 아버지와 나만이 쓸 수 있는 힘이야."

그러고 보니, 소년의 뒤로 힘없이 쓰러져 잠든 중년 사내의 모습이 눈에 들어왔다. 그는 거의 기력이 없어보였다. 생명의 불이 꺼진 것처럼 얼굴에 생기라고는 찾아볼 수 없었다.

"하제의 힘은 상상을 초월할 정도로 강하대. 그래서 우리는 저항조차 하지 못했어."

"사슴 일족은 두루미 일족보다 힘이 약한 거야? 하지만 지금 사슴이 훨씬 수가 많잖아."

"……우리 일족의 힘을 다 합쳐도 하제를 당해내지 못할 터. 이제 희망은 없다. 쿠훕……!"

대답이 들려온 쪽은 뒤였다. 갈매의 아비이자 전대 아라연국의 임금 연제비였다. 그는 숨결이 금방이라도 멎을 듯 위태로워 보였다. 빛바랜 갈색 머리카락에 가려져 얼굴은 잘 보이지 않았다.

"아바마마!"

갈매가 연제비에게 달려가 그의 머리를 제 무릎에 눕혔다.

"……나…… 나는 괜, 괜찮다."

"조금만 기다리십시오."

그러더니 갈매가 은소를 애처롭게 쳐다보았다.

"부탁이 있어. 가까운 우물에서 물 좀 구해다 줘. 이틀 동안 아무 것도 먹지 못했어. 나도 같이 가고 싶지만, 그날 빠져나간 걸 들켜서 창살에 주술이 걸려있어. 이제 나갈 수 없어."

"하지만……."

"부탁이야. 언제 죽을지 모르는 신세지만 아바마마를 이렇게 모시고 싶진 않아."

"……알겠어. 기다려."

갈매의 선한 눈매가 흔들리며 부서져 내렸다. 은소는 고개를 끄덕이며 옥을 빠져나왔다. 왠지 그들의 신세가 제 신세와 다름

없다는 생각이 들었다.

갈매가 붙여준 밝음이 세 마리가 길을 밝혀주었다. 이윽고 우물에 도착할 수 있었다. 수통으로 물을 길으며 우물 벽을 짚고 안을 들여다보았다. 까마득한 깊이였다. 무언가가 속삭임이 울리는 듯했지만 기분 탓인가 싶었다.

*　　　*　　　*

서쪽 심해 해랑궁(海浪宮).

보글보글, 공기방울이 사방에서 튀어 올라갔다. 길쭉한 수염을 달고 있는 커다란 붉은 해마 한 마리가 부지런히 헤엄쳐 물건 하나를 들고 해왕 앞에 무릎을 꿇었다.

"해왕님, 만리해경을 대령했사옵니다."

커다란 진주와 산호석이 박힌 조가비 옥좌에 앉아있는 이가 바로 서해의 해왕이었다.

상반신을 모두 드러낸 해왕의 기골은 근육이 잘 발달되어 장대해보였다. 짙푸른 녹색의 머리카락, 보라색의 눈동자를 가진 중년의 사내였다. 유난히 이목구비가 시원스럽게 크고 눈과 눈썹 사이가 가깝고 입술은 두툼해 가히 남자답고 호방해보였다.

해왕이 해마에게 손을 내밀었다.

"어허, 잘하였다. 냉큼 가져오너라."

만리해경을 받은 해왕은 물건을 이리저리 살펴보며 어린아이처럼 기쁜 표정을 지었다. 두루미가 돌아왔다는 소식에, 이레 전부터 찾기 시작한 물건이다. 창고에 두었던 것은 분명한데 어디 두었는지 기억이 까마득하여 해마 대신에게 찾아 가져오라 했었다.

만리해경은 길쭉한 소라고둥 안쪽에 투명하고 납작한 구슬을 덧댄 것이었다. 해랑궁의 이모저모는 물론이거니와 멀리 바다 모든 곳, 또한 해랑궁의 비밀 출입문인 지상의 우물까지 둘러볼 수 있는 물건이었다. 그리 중요한 물건이다만, 이제 심해는 제 손바닥 보듯 훤해서 더 들여다보고 말 것 없이 심심한 풍경이기 그지없었다. 허나, 이제 사정은 달라졌다.

그렇게 매일 같이 만리해경을 끼고 들여다보면서 살다보니…… 우물에서 상큼한 내음이 쏟아지는 오늘에 이른 것이다.

우물에 불쑥 얼굴을 비춘 것은 한 인간 계집…….

첫눈에 알 수 있었다. 영롱한 빛이 감도는 것이 감로화가 틀림없다. 두루미 놈이 진짜를 찾아왔다.

"저 아이인가? 옳지, 옳지. 조금만 더 고개를 숙여 보거라. 아아…… 상쾌한 날것 냄새로구나. 신선한 내음이 진동하는걸. 오호라, 저만하면 제법 귀여운 상이로다! 장난을 치고 싶지만 참아야지. 이거 한바탕 재밌어지겠구나!"

*　　*　　*

"여기 물을 가져왔어."

"아바마마, 어서 물을 넘기셔야 합니다."

"……그래. 낭자, 고맙소이다."

은소가 길어온 물을 마시자, 한층 기침이 나아진 연제비는 숨결을 고르며 잠이 들었다. 연갈매가 은소에게 고개를 숙이며 감사를 표했다.

"정말 고마워, 아니지. 은인이시니 이제부터 누님으로 모시겠습니다."

"물 한 번 떠온 것뿐인데 뭘……."

갈매의 태도에 부담스러우면서도 마음이 짠했다.

"아니지요. 죄인을 도운 것은 큰일입니다. 정말 감사합니다. 누님께 누를 끼치고 싶진 않지만, 아바마마 때문에 어쩔 도리가 없었습니다."

갈매의 커다란 눈동자에 눈물이 그렁그렁 맺혔다. 왠지 그 모습에 은소의 마음도 아팠다. 효성 깊은 갈매를 보니 자신이 엄마에게 했던 투정과 냉대가 괜스레 떠올랐다.

그날 우물에서 물을 가져다준 후로, 은소는 옥을 찾아가 몰래 음식을 나눠 주었다. 설란이나 노루, 하제의 눈을 피하기 위해서 자정이 지날 무렵 방을 나섰다. 그렇게 이틀이란 시간이 지났다.

"누님, 이렇게 매일 찾아오시면 어쩐답니까? 들키기라도 하면 큰일일 터인데."

말은 그리했지만, 갈매도 은소가 와준 것이 반가워 눈이 반짝

반짝 빛났다.

"당분간은 괜찮을 거야. 이제 그는 날 찾아오지 않아."

"다행입니다. 그나저나 맛있는 냄새가 나는데요?"

갈매가 코를 벌름거리며 물었다. 은소가 그제야 옆구리에 끼고 온 바구니를 열었다.

"아, 참. 이거 부엌에 남아 있길래 가져왔어. 모두 나눠줄게요. 잠깐만 기다리세요."

"다른 사람들 먼저 나눠주세요."

"그래."

기대에 찬 얼굴로 자신을 바라보는 옥에 갇힌 이들에게 은소는 하나씩, 밥알을 뭉쳐 만든 음식을 나누어 주었다. 주먹밥처럼 생긴 음식인데 안에는 쑥이며 미나리 같은 풀이 들어 있었다.

"아구, 감사합니다."

"잘 먹겠습니다요! 은소 아가씨."

모두들 웃으며 가져온 음식들을 맛나게 먹어주자, 뿌듯함이 느껴졌다. 은소가 남은 음식을 갈매와 연제비에게 하나씩 건네주었다.

"덕분에 살았소."

기운 없던 연제비도 오늘만은 빙그레 미소를 지을 만큼 기운을 차렸다. 갈매도 은소가 나눠주는 주먹밥을 한 입 크게 베어물고는 우걱우걱 씹었다. 형제라고는 없는 그녀였지만 남동생을 챙겨주는 느낌이 이와 비슷할 거라는 생각이 들었다.

"저…… 은소 누님."

밥알을 다 삼킨 갈매가 은소의 이름을 불렀다. 사뭇 진지한 얼굴이었다.

"실은 아바마마와 많이 생각해보았는데…… 누님께 한 가지 청이 있습니다."

갈매가 품 안에서 서신 하나를 꺼내 들었다. 제 손가락을 깨물어서 쓴 혈서였다. 그러나 하나도 알아볼 수 없는 글자인지라 은소는 내용을 알 수 없었다.

"이걸 하제 전하에게 전해 주세요. 저는 그의 부하가 될 생각입니다. 그렇게 하면 옥에 갇힌 일족 모두를 살릴 수 있습니다. 부탁합니다."

"하지만……."

하제와는 그날 그렇게 헤어졌는데…… 다시 그를 마주할 용기가 없었다.

"어려운 부탁인 줄은 알고 있습니다. 하지만 우리 일족 모두의 목숨이 달려있습니다."

그러나 갈매와 사슴 일족의 신세가 너무나도 안티까웠다. 은소는 고개를 끄덕이며 말했다.

"알겠어. 하지만 그자에게 너무 큰 기대는 하지 마."

"알고 있습니다. 그래도 전하는 것만이라도 잘 부탁드립니다."

갈매의 비장한 얼굴을 본 은소는 그길로 서신을 품고 하제가 머무르는 녹옥궐로 향했다. 문 앞에서 궁인 상덕을 만난 은소가 말했다.

"임금님을 뵈러 왔습니다."

"예. 잠시만 기다리십시오."

잠시 후 돌아온 상덕이 말했다.

"안으로 들라 하십니다."

은소는 조마조마한 마음으로 방 안으로 들어갔다. 그날 그렇게 거부하고 도망쳤는데, 제 발로 하제를 찾아오게 될 줄은 은소 자신도 몰랐다. 그러나 하제는 아무런 반응이 없었다.

긴장되어 손에 땀이 흘렀다. 방에 들어가자 고요한 가운데, 하제가 문서 두루마리를 훑어보면서 앉아있었다. 푸른 비단옷을 차려입고 앉아있는 품새가 제법 엄숙하고 고아해 보였다.

바스락거리는 종이 소리만이 허공에 흩어졌다. 제자리에 못 박힌 듯 서 있던 은소를 수분이 흘러서야 하제가 건너보았다. 냉정한 얼굴이었다.

"무슨 일이지? 너를 부른 일이 전혀 없는데."

"……전할 것이 있어서……."

옥좌에서 스윽 일어난 하제가 사납게 쏘아붙였다.

"건방지군. 나는 이 나라의 군주다. 고할 것이 있거든 예를 다해 갖춘 다음에 하라."

불호령이 떨어지자, 은소는 어쩔 수 없이 고개를 조아리곤 다시 입을 열었다.

"전할 것이 있습니다."

오만한 눈동자가 은소를 내려다보며 말했다.

"그게 무엇인데?"

은소가 품 안에서 갈매가 준 서신을 꺼내자, 하제가 궁금함을 참지 못하고 직접 다가왔다. 그러더니 빼앗듯이 서신을 집어갔다.

서신을 읽어 내리던 하제의 손에 힘이 들어갔다. 이윽고 하얀 서신이 조각조각 찢기어 공중에 흩뿌려졌다.

"이게 무슨 짓이에요?"

"……네가 감옥에 드나드는 줄 내가 모를 거라 생각하였느냐?"

"……."

성난 목소리가 귀를 때렸다. 하제가 알고 있었다니 큰일이었다. 저자는 자신의 모든 일거수일투족을 감시하고 있었을 것이다.

"그것도 모자라 죄인의 서신을 내게 가져오다니 보기보다 더 간이 크군. 그날 나에게 협박까지 한 계집이었지."

"……그들을 살려주세요. 항복하겠다잖아요. 살려준다면 부하가 되겠다고 하는데 어째서……."

"……내가 왜 그래야 하지?"

하제가 당장에라도 자신을 찢어 죽일 듯 노려보았다. 은소는 두려움에 몸이 움츠러들었다. 그러나 지지 않고 말했다. 죽을 만치 떨렸지만 갈매와 사슴 일족을 살릴 수도 있다는 생각에 용기가 났다.

"……부탁이야."

하제의 눈빛이 어둡게 가라앉았다.

"뭐?"

"부탁해. 내가 당신에게 이렇게 말할 상황은 아니지만. 아무것도 모르는 내가 보기에도 무의미한 살생이야. 그들도 당신과 같은 환수 일족이잖아. 목숨을 살려준다면 당신의 편에 설 거야. 죽이는 것보다 부하로 만드는 것이 낫잖아?"

"네까짓 게 뭘 안다고 떠드는 거지? 게다가 그들을 살려두었다간 언제 내 뒤통수를 노릴지 모른다."

"그런 어리석은 자는 없을 거야. 지금 당신보다 강한 자는 여기 없어."

은소는 눈을 똑바로 뜨고 말했다. 그 어떤 인간도 하제 앞에서 이렇듯 발칙하게 눈을 마주하지 못할 것이다. 하제는 그런 은소가 얄미운 듯 내뱉었다.

"내 명령을 듣지 않는 자도 너밖에 없지."

스스로 생각해도 유치한 말이지만, 사실이다.

은소가 하제를 끔찍한 눈으로 바라보며 한숨을 내쉬었다. 하제는 그런 은소를 모른 척 뒤돌아섰다.

'그래, 이자는 역시 말이 통하지 않는 자다.'

은소가 멍하니 고개를 저었다. 말해봐야 제 입만 아픈 벽창호

같은 날짐승이 아닌가.

"알겠어. 서신을 전해주는 것으로 내 몫은 끝났어."

그리 말하고 방문을 나서려는데, 뜻밖의 대답이 들려왔다.

"잠깐."

은소는 그를 놀란 눈으로 힐끔 바라볼 수밖에 없었다.

"그 부탁, 들어주겠다. 네가 내게 처음으로 한 부탁이니까. 가 보아라."

다시 자리에 좌정하고 앉은 하제의 입에서 튀어나온 믿을 수 없는 말. 은소는 그게 정말인지 되묻지 않았다. 단단히 화가 난 듯, 굳어버린 하제의 표정이 진심이라는 것을 말해주고 있었다.

내키지 않는 일이지만 너를 위해 하는 것이다. 그런 의미가 담 긴 얼굴이었다. 은소는 곧장 임금의 방을 빠져나갔다. 혼자 남 은 공간에 적막한 공기가 흘렀다. 하제는 입술을 지그시 깨물었 다.

'건방지기가 하늘을 찌른다.'

부탁을 들어주었는데도 감사의 말 한마디는커녕 냉큼 돌아서 서 가버렸다. 앙큼하고 발칙한 계집이다. 괜히 저 계집의 치마폭 아래 놀아난 기분이 들어 또다시 기분이 나빴다. 그러나 어찌하 랴.

그럼에도 불구하고 물 한 모금 요구조차 없던 은소가 스스로 부탁이라 말하니 마음이 심약해졌다.

'부탁을 들어주었으니 대가로 무엇이라도 받을 걸 그랬나?'

자신이 품고도 어린애 같은 생각에 흠칫 놀라고 말았다.

기이하고 기묘하다. 어째서 저 계집만 보면 마음에 들불이 타는 듯 끓어오르는 것인가? 참 알다가도 모를 일이다.

*　　*　　*

도읍(都邑), 아라야.

까악, 까악, 까아악!

새카만 까마귀 떼들이 대가옥 안으로 날아들었다. 이들은 모두 까마귀 일족인 가막 가문이었다. 어느덧 널따란 먹색 지붕에 앉은 까마귀의 수가 일흔에 가까워졌다. 그중의 우두머리, 회색 반점을 가진 까마귀가 검은 부리를 열었다.

"영광스러운 귀환의 자리에 모두 모였느냐?"

까악, 까악 회답하는 울음소리가 돌림노래처럼 일대에 울려 퍼졌다.

"사슴의 시대는 끝났다. 이제 우리 까마귀의 시대가 온 것이다. 하제 전하를 보필하여 오래도록 이 태평성대를 누리고 보전하자."

일족들 모두가 일제히 그 말에 환호했다.

가막진이 말을 마치고, 말갛게 빈 하얀 마당으로 내려앉으면서 인간의 모습으로 변신했다. 잿빛 고수머리를 늘어뜨린 가막진은 가볍게 굴러 착지하면서 보따리 하나에 검을 찔러 넣었다.

여전히 녹슬지 않은 무사의 피를 이어받은 솜씨였다. 잿빛 눈동자가 빛났다.

보따리는 이 대가옥에 터전을 잡고 살다가 먼 고을로 귀양을 가게 된 사슴 일족이 흘리고 간 물건인 듯했다. 어찌나 급히 도망을 갔는지 귀한 보석도 들어있었다.

"아둔한 사슴들."

뒤따라 내려온 가막진의 첫째 아들 가막운이 웃으며 말했다.

"겁 많은 사슴들이니 오죽하겠습니까."

"하제 임금님께서는 잔혹하시나, 반대로 퍽 자애로우시다. 연 가문의 사슴들을 산중 동굴로 귀양 보내는 데 그치시니……."

"그러게 말입니다. 아버님. 하지만 워낙에 평화로운 이들이 아닙니까. 이 정도만 하여도 저들은 충분히 겁을 지레 먹고 세상 끝까지 달아날 것입니다."

그러자 가막진이 매서운 눈초리로 아들 운을 훑어보았다.

"끌끌, 한참 무르구나."

"아버님, 그러나 환수 일족끼리의 이유 없는 살생은 엄격히 금지되어 있지 않습니까."

"우리 손에 직접 피를 묻히지 않아도 될 일이지."

가막진의 잿빛 눈동자가 순간 살기를 뿜어, 운은 그만 흠칫 놀라고 말았다. 그때, 외곽지대에서 까마귀 한 마리가 마당으로 날아들었다.

가막진이나 운에 비하면, 작은 덩치를 가졌다. 까마귀가 부리를 열어 말했다. 셋째 딸 리였다.

"아버님! 지금 당장 입궐하셔야 할 것 같습니다. 하제 전하께서 연제비 일가를 풀어 주고, 그 아들을 부하로 삼겠다는 명을 내리셨습니다."

"뭐라고? 아니 될 일이지!"

가막진의 눈매가 더욱 사나워졌다. 그는 곧장 날개를 펼쳤다. 그 뒤를 운과 리가 따랐다.

*　　*　　*

"하제 전하! 그는 절대 아니 될 일이옵니다. 원기 왕성하게 자란 사슴은 기어이 전하의 뒤를 칠 것입니다. 살려두어선 안 됩니다."

"대사, 그 안건은 이미 결정 난 일이다. 이제 그만 듣겠다 말하지 않았나."

"전하!"

자신을 향해 핏대를 세우는 신하를 더는 두고 볼 하제가 아니었다. 하제는 스스스, 제 기운을 뻗쳤다. 가막진이 그 자리에서 안간힘을 쓰며 버티다가 뒤로 넘어졌다. 하제가 싸늘한 눈으로 말했다.

"더 이상 나를 화나게 하지 말라. 연씨 가문의 새끼 사슴은 아직 어린 소년이다. 잘 기르면 나에게 보탬이 될 터이다. 게다가 우리 환수 일족끼리 서로를 멸문할 필요는 없잖은가."

가막진은 속으로 고개를 설레설레 흔들었다.

'이건 아니다. 어찌하여 고작 며칠 사이에 손바닥 뒤집듯이 마음을 뒤집으셨을까.'

그 의중이 자못 궁금하였지만, 임금이 하도 역정을 내는지라 대놓고 물을 수도 없었다. 어찌 되었든 간에 임금의 명이다. 저토록 단호하게 나오시니 거역할 수 없는 것이다. 벌써부터 밉보이면 좋을 것이 없었다. 가막진은 입술을 꾹 다물고는 알겠노라 고개를 숙였다.

*　　*　　*

"누님! 은소 누님! 제가 왔습니다."

반가운 목소리가 밖에서 들려왔다.

"잠시만 예서 기다리시지요. 은소 님께서는 아직 기침하지 않으셨……."

소년은 당장이라도 은소의 방문을 열어젖힐 듯했다. 활발한 갈매를 제지하는 설란의 목소리가 들렸다.

"아니에요, 설란. 전 일어났어요. 어서 와."

은소는 입가에 살풋 미소를 지으며 방문을 활짝 열었다. 그러자 설란이 에구머니나, 하고 놀라움을 금치 못했다.

의복도 제내로 갖춰 입지 않은 은소에게 갈매가 강아지처럼 달려가 와락 안겼기 때문이었다. 설란이 흠흠 헛기침을 하고 나서야 둘은 떨어졌다. 갈매가 아이의 모습을 하고 있었으나, 남녀지간이 유별한지라 퍽 민망한 광경이긴 하였다. 게다가 은소는 어찌 되었든 임금이 제 것이라 말하는 여인이었다.

허나 갈매와 은소에게는 더없이 정겹고 반가운 만남이었다. 갈매가 귀엽게 웃으며 말했다.

"모든 게 다 누님 덕분입니다. 누님이 제 목숨과, 제 아버님, 그리고 우리 연씨 가문을 살리셨습니다."

"감사해야 할 것은, 내가 아니야. 그건 하제 전하에게 하도록 해."

"알고 있습니다. 하지만 은소 누님이 목숨 걸고 서신을 전해 주시지 않았더라면, 오늘은 오지 않았을 겁니다."

갈매가 한결 진지한 얼굴로 말했다. 무복을 입고 나타나서인지 더욱 의젓해 보였다. 갈매는 은소 앞에 무릎을 꿇고는 말했다.

"평생 은인이라 생각하고 충성을 맹세할 것입니다."

은소가 무어라 대답하기 전에 날 선 목소리가 날아들었다.

"과연, 충신이 되겠구나. 내 여인에게 그리 충성을 맹세하니 내게는 오죽하겠나?"

차갑게 비틀린 미소. 만인을 벌벌 떨게 하는 강대한 검은 두루미 하제 전하였다. 오늘따라 유난히 검은 의복을 입고 온 임금은 저승에서 건너온 사신처럼 싸한 얼굴을 하고 있었다.

"나, 납시었습니까."

설란을 비롯해서 갈매가 하제를 향해 납작 엎드렸다. 은소 역시 내키지는 않았으나 다른 이도 있는 자리라, 고개를 꾸벅 숙였다. 하제의 시선이 은소의 얇은 옷자락에 머물자 더욱 인상이 굳었다. 그러나 이내, 그 앞에 무릎 꿇은 귀여운 소년에게 붉은 눈동자가 머물렀다.

"어떤가? 나도 그대의 충성을 맹세받고 싶은데? 응?"

스르릉.

하제가 허리춤에 차고 있던 장검, 일월(日月)을 꺼내 들었다. 시리도록 하얀 칼날이 햇빛과 부딪쳐 강하게 빛났다.

순간 지켜보는 모든 이의 가슴이 졸아들었다. 잔인무도한 하제라면 무자비하게 갈매를 단칼에 죽여 버릴지도 몰랐다. 은소는 숨을 꼴깍 넘겼다. 만에 하나 무슨 일이 있다면 제지해야 하는 것은 자신이었다.

갈매의 까만 눈동자가 하제를 향했다.

"물론입니다, 하제 전하. 전하가 베풀어주신 은혜에 감복하여 어찌할 바를 모르겠습니다. 목숨도 바치겠나이다."

"그래? 어디 한번 네 실력을 보자."

하제의 입가가 만족스럽게 휘면서, 칼날을 가로로 한 바퀴 휘둘렀다. 빛이 사방으로 튀었다. 단순한 동작이었지만, 절도 있는 모양새가 그의 실력이 가히 보통은 아님을 짐작케 했다.

살매가 조심스럽게 웃으며 말했다.

"하제 전하. 두루미 일족의 검무(劍舞)를 영접하는 기회를 주시려 함은 영광이오나, 안타깝게도 저는 검을 쓸 줄 모릅니다."

"어린 것이 제법 영민하구나. 너는 무얼 다루느냐?"

"활을 다룰 줄 압니다."

"활이라고? 그것참 재미지겠군. 사슴이 쏜 활에 사슴이 맞으면 그건 또 무슨 조화일까 싶구나."

단순한 농 같지만 사슴 일족인 갈매에게는 농으로 들리지 않는 말이었다. 잔혹한 야수 하제라면 제 일족에게 활을 겨누라는 명령을 내릴 수도 있다. 하제는 도발을 던진 것이다. 이런 미끼에 넘어가면 안 되었다. 무슨 생트집을 잡을지 모르는 위인이다. 갈매는 해맑게 웃으며 대답했다.

"이곳에 남은 사슴은 저뿐이잖습니까. 활로 자진을 할 수는 없는 노릇입니다."

하제는 어린 소년의 대응치고는 퍽 유연하여 짐짓 놀란 기색이었다.

"흠…… 네 이름이 무엇이지?"

"연갈매입니다."

자신이 조금 예민하게 군 것인지도 몰랐다. 낯선 곳에 끌려온 은소는, 나라를 잃은 어린아이에게 연민을 갖고 제 처지와 비슷하다고 여길 것이다.

"앞으로가 기대되는군."

"예, 성심을 다해서 전하를 보필하겠습니다."

일단은 은소가 마음 붙일 구석이라도 있으니 다행이란 생각마저 들었다. 하제는 한층 누그러진 눈길로 은소와 갈매를 돌아보았다.

하제는 연약해 보이지만 생각보다 단단한 속을 가진 소년이 부하로서 나쁘지 않다고 판단을 내렸다. 제 도발에도 넘어오지 않은 아이다. 그러나 그것은 그것이고, 은소의 곁에 얼씬거리는 것은 또 다른 문제다.

은소가 제 소유라는 인식을 확실히 박을 필요가 있었다. 무릇 임금이라면, 후궁을 두는 법이다. 그러나 하제는 은소에게 아무런 지위도 주지 않은 것을 떠올렸다.

하제가 은소를 제 품으로 잡아당기고 선포하듯 말했다.

"오늘 밤 내 방으로 들라."

三花
감별 의식

"안 들리느냐? 오늘 밤 내 방으로 들라 하였다."

명령에 답이 없자, 노골적으로 시비조의 목소리가 날아들었다. 자신을 처음 발견할 때 보았던 핏빛 붉은 눈동자였다.

은소는 고개를 설레설레 저으며 단호한 어조로 말했다.

"제 뜻을 전하께 충분히 전해드렸습니다."

"……너를 놓을 생각은 추호도 없다. 오든 안 오든 알아서 하라. 기다릴 것이다."

"당신이 이럴수록, 나는 지칩니다."

"그거 기쁜 소식이군. 나는 그대를 편안하게 해줄 마음이 전혀 없다."

은소는 눈앞이 캄캄해짐을 느꼈다. 마치 덫에 걸린 것만 같았다. 절대로 벗어날 수 없는 짐승의 덫. 정녕 저 짐승은 저를 잡아먹고야 말겠다는 건가?

"우습지 않은가? 내가 내 여인을 부르는데 뭐가 문제가 있단 말이냐?"

그 말에 하등 틀린 것은 없었다. 그는 다른 이도 아닌 이 나라의 임금이다. 부질없는 저항이라는 것은 은소 자신도 알고 있었다. 제 목숨마저 부지하기 어려운 상황이었다. 하지만 저 짐승에게 순응하고 싶지 않았다. 저자가 이빨을 드러내면 자신은 손톱을 억지로 세워서라도, 반항하고 싶었다.

어쩌면 제 안에도 하제만큼이나 포악하고 잔인한 짐승 한 마리가 도사리고 있는지도 몰랐다.

'그래, 오늘 밤에는 결단을 내자.'

눈앞에서 혀라도 깨물고 자진하여야 자신을 놔줄 것인가? 은소는 속으로 그리 결심을 했다.

분위기를 흉흉하게 만들어놓은 하제는 조금의 망설임도 없이 발걸음을 돌렸다. 설란마저 물러갔다. 그제야 갈매가 은소에게 다가와 조심스레 말했다.

"저…… 괜찮으신 겁니까?"

"괜찮아. 그러는 너야말로 괜찮아?"

"하제 전하, 생각보다 더 무서운 분이시군요. 까딱 잘못했다간 누구 하나 목 날아가는 것은 아무 일도 아니겠습니다."

"그래, 너도 조심하는 게 좋을 거야."

갈매가 커다란 검은 눈망울을 굴렸다. 조금 전 위기를 넘긴 사람답지 않게 여유로운 웃음을 입에 물고 말했다.

"두려우시지요? 무서우시지요? 걱정 마십시오. 누님은 제가 지켜드리겠습니다. 오늘 밤 가지 마십시오."

갈매가 다가와 은소를 다독였다. 어린 소년이 저를 다독이자, 그 모습이 기특하여 머리를 쓰다듬어주었다.

"고마워, 갈매야."

그러자 갈매가 쑥스러운 듯 부드럽게 눈매를 휘었다.

"그거 아십니까?"

"응?"

"지금 제 이름을 처음 불러주셨습니다."

이름 하니 불러주었냐고 화사하게 웃는 갈매가 더없이 귀엽게 느껴졌다. 언제 죽을지 모르는 동병상련 신세라서 그런 것일까? 그래서 더욱 정이 가는 듯했다. 반대로 하제에게는 증오만 쌓였다.

"하제 전하에게 가실 것입니까?"

"그건 내가 알아서 해결할게. 오늘 그와 담판을 짓겠어."

그러나 갈매가 고개를 저었다.

"연약한 누님께서 어쩌시려는 겁니까? 그저 몸이 안 좋다고 둘러대세요. 적당히 피해 가면 되는 법입니다."

"아니야. 그는 내게 어느 이상 함부로 하지는 못해."

사실 하제가 힘을 썼더라면, 자신은 이미 오래전에 시체가 되어있거나 희롱거리가 되어있을지도 몰랐다. 그것은 어느 선까지는 자신을 안전히 대해준다는 뜻이다.

그에게 자신은 소중한 생명의 영약이다. 자신을 함부로 다치게 하거나 죽이지 않을 것이다. 놈의 뱃속에 들어가 보약거리가 될 생각을 하니 욕지기가 절로 치밀었다.

*   *   *

하제는 은소의 거처 담벼락에 올라, 불 켜진 건물을 가만히 응시하고 있었다. 갈매의 비단 장화 두 짝이 떡하니 놓여 있었다.

'안에서 대체 무얼 하길래 저리도 나오지 않는 것인가?'

그때, 물을 길어오던 설란이 하제의 모습을 보고 놀라 고개를 조아렸다.

"하제 전하. 아직 계셨사옵니까?"

"흠, 아니다. 잠시 잊은 것이 있어서 돌아왔다."

설란이 이상한 눈초리로 보자, 하제는 냉큼 돌아서서 녹옥궐로 돌아왔다. 하제는 노루가 준 옥구슬 주머니를 손에 꼭 쥐었다.

오늘이 바로 그믐밤이다. 그믐밤에는 달빛이 줄어들어, 옥구슬의 힘이 발휘되기 좋은 날이다. 선계의 옥돌을 갈아 만든 옥구슬에는 달의 힘인 음의 기운이 넘쳤다. 하여, 달빛이 상대적으로 약한 그믐달이나 초승달이 뜨는 밤에 옥구슬을 사용하기가 용이한 것이다.

오늘 밤 꽃의 상태를 확인하는 감별 의식을 치를 것이다. 하제는 노루가 했던 말을 떠올렸다.

'돌아오는 그믐밤에 은소를 꾀어내 확인을 하자는 것이야. 꽃망울 상태라 해도, 은소가 가진 힘이 만만치 않더군. 언제 만개할지 가늠해 보도록 하자꾸나.'

하제가 슥, 입맛을 다셨다. 벌써부터 그 달콤한 것을 안을 생각에 몸이 달아오르는 듯했다.

그러나 그 계집이 생각보다 뻣뻣하게 굴어서 여러모로 곤란했다. 사실 감별 의식이 있기 전까지 그녀를 잘 구워삶아 꼬셔두었어야 했는데, 실패했다. 하지만 만개하기 전까지는 다시 기회가 있을 것이다.

감별 의식 후에도 충분히 꽃을 제 것으로 만들 수 있다.

*　　*　　*

기다란 장죽 구멍 가득히 재워 넣은 담뱃재를 깊게 빨아들이는 숨소리가 귓가에 울렸다. 담뱃불이 타오르며 화기가 사아악 얼굴로 어른거렸다.

"부르셨습니까, 대왕."

사우는 바짝 긴장한 채 손톱을 문지르며 말을 올렸다. 끽연을 마친 염라가 새로 담뱃불을 붙이는 순간, 하얀 얼굴이 드러났다.

섬뜩할 만치 날카로운 얼굴이었다. 노란 사안의 눈동자는 상대를 보는 순간 제압했다. 뾰족한 콧날에 가느다란 입술이 호를 그렸다. 가파른 턱 선 아래로 핏줄처럼 붉은 머리카락이 흩어졌다. 염라는 무언가를 음미하듯 말을 읊조렸다.

"듣자하니 하제가 아라연의 임금 자리에 올랐다지. 꽃 내음을 한번 맡고 싶구나. 실수 없이 다녀올 수 있겠지?"

"……물론입니다. 대왕. 하제를 따돌리고 반드시 꽃을 사로잡아오겠습니다. 제게 맡겨만 주십시오."

"오냐, 기다리고 있겠다."

자우가 날랜 속도로 물러갔다. 그러나 염라는 제 팔뚝을 더듬었다. 새로운 비늘을 찾는 중이었다.

"천천히 쥐도 새도 모르게…… 한입에 삼킨다."

사안이 번뜩이자 염라의 붉은 입술 사이로 유난히 뾰족한 하얀 송곳니가 드러났다. 거대한 어둠의 장막과도 같은 옷자락을 슬쩍 펼치자, 교태로운 얼굴로 염라를 바라보는 나신의 여인 둘이 그에게 안겨있었다. 쌍둥이처럼 닮은 여인들은 멍하니 무언가에 홀린 듯 염라만을 바라보고 있었다.

"호호호…… 대왕마마, 저부터예요."

"아니어요. 저부터라구요."

"귀여운 것들, 한 명씩 예뻐해 주마."

스슷!

염라가 비늘을 부딪치는 소리를 내며 혀를 날름거려 두 여인의 목을 한 명씩 핥았다.

"아이, 좋아라."

그중 한 여인을 움켜쥐고는 목덜미에 날카로운 이빨을 박았다.

"아악!"

여인의 비명이 울려 퍼졌다. 유연히 움직이는 식도의 소리가 뒤를 이었다. 곧 암연궁은 빠르게 연기로 가득 차올랐다.

*　　　*　　　*

금빛이 도는 갈색 머리카락이 바람에 흩날렸다. 소년치고는 사뭇 진지하고 깊은 눈매라, 궁터에 모인 모든 이들의 시선이 경이로웠다. 활시위를 팽팽히 당기는 소년의 손놀림이 예사롭지 않았다.

피웅!

"명중! 이번에도 명중입니다!"

과녁을 보는 병사가 붉은 깃발을 흔들며 외쳤다. 과연 갈매가 쏜 화살은 과녁 정 가운데에 박혀있었다.

내리쬐는 햇볕을 가리는 붉은 차양을 양쪽의 궁인들이 들고 서 있었다. 그 가운데에 앉아있는 하제 임금님이 갈매의 실력에 제법이란 듯 흡족한 미소를 지었다. 하제가 박수를 가벼이 치고는 말했다.

"열 발에 아홉 발이 명중이라! 나이에 비하면 대단한 실력이로다. 연갈매, 훌륭했다."

"더욱 정진하여 전하의 은혜에 보답하겠습니다."

갈매가 인사를 마치고 제자리로 돌아갔다. 하제가 옆자리에 앉은 대사 가막진에게 말했다.

"대사, 자네가 보기엔 저 소년의 실력이 어떠한가?"

불퉁한 얼굴로 앉아 갈매를 내려다보던 대사가 고개를 조아리며 만면에 웃음을 입혔다.

"어린 나이에 저 정도라니 놀랍습니다. 과연 출중한 실력이오나, 저희 가막 가문에도 무예에 능한 자들이 많습니다."

"흠, 그러한가?"

"그렇습니다. 언제든 전하를 보필해드릴 인물이 많이 있으니 말씀만 주십시오……."

"대사가 그리 말하니, 궁금하다. 예부터 가막은 무사의 핏줄이었지. 언제 한번 선을 보이는 자리를 마련하지."

"그날만을 기다리며 실력을 갈고닦으라 이르겠습니다."

"옆에 앉은 대사의 맏아들 실력은 어떤가?"

가막진 옆에 앉은 아들 운이 흠칫 놀라며 임금과 제 아비의 기색을 살폈다. 가막진은 허허 웃으며 대답했다.

"이놈은 무관이 아니라 문관이 될 인물입니다. 저희 가문에선 드문 수재이지요."

늘 저를 꾸짖기만 하던 아버지가 자신을 칭찬하자, 운은 괜스레 민망하고 자랑스럽기도 하여 그저 고개만 조아렸다.

"그렇군. 가막운이라 하였나?"

"예, 전하."

"대사를 잘 보좌하여라."

"전하의 은혜에 감복 드립니다."

"그래, 모두 수고하였다. 내 오늘은 이만 곤하여 들어가 보겠다."

"성은이 망극하옵니다."

궁인 상덕을 따라서 가려는 하제에게 가막진이 불쑥 물었다.

"하제 전하, 약주라도 한잔 접대하게 해주십시오."

"아니다. 내 오늘은 곤한 터라, 다음 기회로 미루는 게 좋겠군."

"허면, 다과상이라도 보내겠습니다. 제 작은 정성입니다."

"그 정도라면 고맙게 받겠다."

하제가 그리 말하자 가막진은 표정을 풀고는, 운에게 귓속말로 무어라 속닥거렸다. 그 이야기를 들은 가막운이 급히 어디론가 날아갔다.

*　　*　　*

해는 금세 떨어졌다. 녹옥궐로 들자 어둑히 땅거미가 져 있었다. 하제는 방에 들어서기 전 하늘을 올려다보았다.

'슬슬 그믐달이 뜨려는가 보다. 은소가 오지 않으면 어찌하지? 손발이라도 묶어 대령하라 해야지.'

그래도 눈 하나 깜짝하지 않을 계집이었다. 하제가 어슬렁어슬렁 옷을 휘휘 벗고는 침전으로 들어가 앉았다. 임금이란 자리는 참으로 거추장스러운 것이 많았다. 그저 얇은 무명 잿빛 도포 하나를 걸친 채, 하제는 자리에 누웠다.

곤하긴 곤했나 보다. 잠이 저절로 스르륵 오려 하는데, 누군가의 기척이 들렸다.

'상덕이 놈인가?'

"하제 전하, 가막 대사께서 다과상을 보내셨습니다."

역시 상덕의 목소리였다.

"거기 놔두어라."

"하온데……."

"무슨 일이냐?"

"다과상을 들고 오신 손님이 계십니다."

"손님? 들여보내라."

"예. 안으로 드십시오."

긴 옷자락이 스치는 소리가 사박사박 들렸다. 여인의 긴 치맛자락이 부딪치는 소리다. 하제가 설마 하는 생각에 귀를 곤두세우고 일어나 앉았다.

그러나 문을 열고 들어온 것은 얼굴이 제법 익숙한 여인이었다. 흑단처럼 검은 머리를 반으로 묶어 늘어뜨린 여인은 눈이 가늘지만 나름의 매력이 있었다. 탐스럽게 칠한 붉은 입술은 매혹적이었다. 어린아이들이 가지고 노는 인형을 닮은 듯도 하였다.

"누구냐?"

"전에 인사드린 적이 있사온데, 기억이 없으신가 봅니다. 가막 대사의 여식 가막리라 하옵니다. 하제 전하."

하제가 기억을 더듬어 보았다. 확실히 이전에 대면이 있었던 가막 대사의 자식들 중 하나였던 것 같다. 새침하면서도 날카로운 눈빛이 가막진과 닮은 구석이 있었다.

"아버님께서 다과상을 보내라 하셔서 제가 직접 가지고 왔습니다."

교묘한 여인이었다. 입으로는 새침하고 얌전한 말을 쏟아내고 있었으나, 얇게 비치는 옷은 탱글탱글한 속살이 훤히 들여다보였다. 풍만한 가슴과 육감적인 허벅지까지, 굴곡진 곡선의 선이 마치 산의 능선을 닮았다.

"상을 거기 내려놓거라. 두면 내가 알아서 먹을 것이다. 고생했다. 이만 가거라. 대사께는 감사히 잘 먹겠다 인사 전해주고."

리가 다과상을 내려놓자, 하제는 도로 자리에 벌렁 누워버렸다. 대놓고 문전박대 당한 상황에 리의 자존심에 금이 갔다. 그러나 리 역시 제 아비를 닮아 끈질긴 면모가 있었다.

실은 제 아비의 명이긴 했으나, 하제 임금 같은 사내의 품에 안기는 것도 여자로서 기쁜 일이었다. 가막 가문의 무뚝뚝한 이들 사이에서 자랐어도 계집다움을 잃지 않은 리였다. 자랄수록 빼어난 미모와 실력을 갖춘 무사 리는 까마귀 환수 일족 내에서도 모두가 탐을 내는 신붓감이기도 했다.

"하제 전하, 얼굴에 유독 곤함이 많이 엿보이십니다. 제가 가져온 술 중에, 피로가 가시는 것이 있사온데…… 한 잔 올려도 되겠습니까?"

농염한 여인의 제안에, 하제는 순간 은소의 얼굴이 불쑥 떠올랐다.

'그래, 오랜만에 사내의 기운을 뿌려 시험을 해볼까?'

하제는 리의 가느다란 눈을 바라보며 말했다.

"술잔을 들고 이리 가까이 오라."

"예."

조신하고 사뿐한 걸음으로 리가 다가오자, 하제가 일순 막아두었던 사내의 기를 흩뿌리기 시작했다. 그러자, 리의 표정이 야릇해지며 하제에게 다가와 대범하게도 그를 와락 껴안고 입을 맞추었다. 짧은 입맞춤 한 번에도 눈이 풀리고 다리가 후들거리던 리가 거친 호흡을 내뱉었다.

"전하!"

제 옷자락을 풀어 달라 말하는 리에게 하제는 입가에 실소를 흘리고는, 차갑게 말했다.

"전하, 저를 거둬주십시오. 은애하옵니다!"

"그것참 맹랑한 계집이다. 가막 대사의 여식이라 좋게 봐주는 것이다. 나가라."

그러나 리가 하제의 바짓가랑이를 붙들고 매달렸다.

"하룻밤이라도 좋사옵니다. 예?"

향에 취해 노골적으로 신음을 흘리며 애원하는 리에게 하제
가 말했다.

"가문의 이름에 먹칠하고 싶은가?"

"전하……."

"상덕, 밖에 있느냐? 가막 대사의 따님께서 돌아간다고 하신
다. 도와드려라."

그러자 밖에서 듣고 있던 상덕이 들어와, 리를 일으켜 세우더
니 끌고 가다시피 데려갔다.

"전하!"

"얌전한 인상이거늘, 별일이군."

하제가 코웃음을 치며, 비단 이불을 덮고는 다시 누웠다. 사내
적인 기가 모자란 것은 아니다. 하제는 어서 저만의 꽃, 은소가
오기를 다시 기다렸다.

*　　*　　*

그믐달이 기운 지 오래였다.

어둑한 밤, 은소는 입술을 질끈 깨물고는 하제가 있는 녹옥궐
로 향했다. 딩도희가, 기다리고 있었다는 듯이 상덕 대신에 노루
할멈이 서 있었다.

"할머니?"

"쉿, 이쪽으로."

노루가 검은 천으로 은소의 눈을 가리더니, 어깨를 두드렸다. 마치 비밀스러운 뭔가를 진행하듯이 노루가 낮게 속닥였다.

"오늘 옥구슬로 너를 들여다볼 것이다. 꽃을 확인하는 감별 의식이다."

"감별 의식?"

"그래, 내가 알려줄 수 있는 것은 거기까지니 아무 말 말거라."

은소는 속으로 다행이란 생각에 안도의 한숨을 내쉬었다. 하제가 또다시 제게 덤벼들려는 줄 알았다.

노루의 주름진 손을 잡고, 복도를 걸어 한 방에 이르렀다. 침전인지 정무를 보는 곳인지는 잘 모르겠다. 녹옥궐만 해도, 방이 여섯 개나 되었다.

"신발과 옷을 모두 벗어야 한다."

노루가 그리 말함과 동시에, 훌훌 은소가 걸친 의복을 벗겨 내렸다.

"잠깐만요. 내가 할게요."

은소의 만류에도 노루 할멈은 옷가지를 빠르게 벗긴 터였다. 노루 할멈이 등을 토닥이며 안으로 들어가도록 은소를 떠밀었다.

방 안은 더운 기운이 가득한 곳이었다. 축축한 기운, 수증기였다. 피부에 와 닿는 따스한 공기, 이 공기를 어디선가 느껴본 적이 있었다. 마치 공중목욕탕에라도 들어온 기분이었다.

노루가 찬찬이 은소의 손을 붙잡고 데려갔다. 조금 더 걸어가자, 이윽고 미온수가 든 계단식의 탕 안으로 은소를 들여보냈다.

"목욕탕인가요?"

"으응, 그래."

"그런데 눈은 왜 가리죠?"

"풀어 주마."

그제야 노루 할멈이 가린 눈을 풀어 주었다. 그러나 뿌연 수증기가 가득 차 한 치 앞도 보이지 않았다. 물의 온도는 그리 뜨겁지 않은데 희한한 일이었다. 가린 눈을 풀었는데도 앞이 보이질 않으니, 답답하고 불안하긴 매한가지였다.

"노루 할머니? 그래도 앞이 보이질 않아요."

노루 할멈은 대답이 없었다. 꽃을 감별하는 의식이라더니, 몸을 먼저 정갈히 해야 하는 듯했다. 탕은 무척이나 넓은 듯했다. 천정에서 물이 똑똑 떨어져 이따금 머리에 맞았다. 계단에 앉아있던 은소는 무언가 불안했다. 그래서 계속 같은 자리에 앉아만 있었다.

"할머니, 어디 계세요?"

여전히 대답이 없었다. 혼자 목욕이나 하라고 놔둔 것일까? 은소가 생각에 빠져들던 그 순간, 청명한 빛 하나가 강하게 비쳤다. 눈이 부셔서 앞이 보이지 않을 만큼 번쩍이는 빛이었다. 금세 눈시울이 일렁일 정도로 눈이 시렸다.

그때, 무언가가 몸에 닿아 은소는 소리를 지를 뻔했다.

"이게 뭐지?"

무언가가 몸을 간질이며 슥 지나갔다. 목욕탕에 물고기가 있을 리는 없다. 은소는 팔을 뻗어 그 미끌거리는 것을 붙잡았다. 손에 쥔 촉감은 몹시 익숙한 것이었다.

그것은 사람의 머리카락이었다. 축축하고 미끈한 감촉의 긴 머리카락이었다. 깜짝 놀란 은소는 뒤로 살짝 물러났다. 그러자 등에 무언가가 닿았다. 단단한 가슴과 복부, 사내의 맨몸이 느껴졌다.

불현듯 은소는 그 사내가 하제라는 것을 알아차렸다. 보지 않고 느낌만으로 그라는 것을 알 수 있다니, 어쩐지 미묘했다.

"기다렸다, 은소."

은소의 머리카락을 왼쪽으로 모아 넘긴 하제가 그녀의 어깨에 입을 맞추었다. 당황한 나머지 은소는 말을 쉬이 꺼내지 못했다. 이윽고 하제의 두 팔이 은소를 뒤에서 단단히 껴안았다. 맞닿은 살이 너무나도 뜨거웠다. 탕의 온도보다도 그의 체온이 더욱 뜨거운 것 같았다.

무방비 상태로 당한지라, 은소는 말을 더듬었다.

"감별 의식이라더니 무슨 짓이야, 당신들? 날 속여서 꾀어낸 거야?"

"무슨 말인가. 널 속인 적 없다."

하제의 낮은 목소리가 귓가에 울렸다. 아직도 그의 품 안에 갇혀있는 채였다.

두근두근, 심장이 의지와 상관없이 널을 뛰었다.

"이거 봐."

"여기까지 온 걸 보면 너도 무언가 마음의 결심을 단단히 하고 온 것이 아니냐?"

심술궂은 목소리에 은소가 거칠게 그를 밀어냈다. 하지만 그럴수록 더욱 자신을 죄어드는 탓에, 은소는 금세 기운이 소진됐다.

"힘 빼는 것을 좋아하나?"

"······당신이란 괴물, 지긋지긋해."

"거짓말. 네 심장도 뛰고 있다."

하제가 은소의 몸을 빙글 돌려 자신을 향하게 만들었다. 뿌연 연기 사이로 비치는 그의 얼굴이 보임과 동시에 갑자기 자신의 손에 기다란 손가락이 감겨들었다.

"두려워서 그런 거잖아."

"네 심장은 나와 연결돼있다. 나 역시 그렇다. 운명을 타고난 것이다."

때 아닌 운명 타령에, 은소는 어이가 없었다.

"당신하고 얽이는 운명? 난 그런 운명 믿지 않아."

"믿게 될 거다."

하제가 속삭이듯 말하면서 은소의 입술에 제 입술을 가볍게 부딪쳐왔다. 촉촉하게 젖은 두 개의 입술이 맞물려 엉켜 들었다. 가볍게 시작한 입맞춤은 닫혔던 입술이 열리면서 급류를 타기 시작했다. 자신을 단단히 옭아매는 부드러운 감촉에 은소의 뒷걸음질이 멈추었다.

어디에도 갈 수 없다. 눈앞에 오직 그만이 있었다. 그 사실에
왠지 서글프면서도 심장의 두근거림은 멈추질 않았다. 제발, 제
발 이것을 누군가 멈춰주었으면 했다. 분명 자신은 이 괴물에게
홀려 당하고 있는 것이다.

숨이 막힐 듯 어지럽고 괴로웠다. 입맞춤 끝에 하제가 은소의
얼굴을 쓰다듬고는 말했다.

"감로화를 지키는 것, 그게 내 일이었다."

이윽고 하제는 숨결을 고르고, 평소와는 다르게 침착한 어조
의 목소리로 말했다.

"이제 눈을 감아. 되도록 눈을 뜨지 마라. 빛이 강해서 자칫 실
명할 수도 있다."

"무슨 말이에요?"

"옥구슬로 잠시 선계에 갈 것이다. 겁먹지 마라."

"선계……?"

"그래, 도착하면 내가 널 찾으러 갈 테니 기다려라."

"잠시만요. 그게 무슨."

"쉿."

하제의 손이 은소의 입술을 막았다.

"어서 눈을 감아."

은소는 하제가 시키는 대로 눈을 감았다. 그러자 곧 파르라니
푸른빛이 감은 눈에 비치는 듯했다. 얼마나 강력한 빛이기에 눈

을 감아도 눈물이 흘러내리는 것일까.

게다가 몸에 기운이 서서히 빠지기 시작했다. 물속으로 가라앉으려는 은소를 하제가 품에 안았다. 그의 몸이 느껴져 버둥거렸지만, 하제의 두 팔은 은소를 단단히 붙잡았다. 이번에는 거칠지 않았다. 부드럽고 조심스러운 손길이었다. 자신을 보호해 주려는 손길이다.

촤아아―

갑자기 어딘가로 쓸려가기 시작했다. 이상하다. 이곳은 목욕탕이 아닌가? 이렇게 많은 물이 어떻게 있는 걸까? 하제가 자신을 그러잡는 손길이 더욱 억세졌다. 은소 역시 생명의 위협을 느끼자, 그를 꼭 껴안았다.

* * *

눈을 뜨고 싶지 않았다.

입맞춤 한 번으론 갈증이 가시지 않지만 별수 없었다. 아쉬웠다. 하제는 아직도 흥분이 쉬이 사라지지 않는 것을 느끼고 피식 웃음을 터뜨렸다.

감로화와 연결된 몸이라 그런 것일까? 분명 제 몸은 은소에게만 반응하는 듯싶었다. 가막 대사의 딸에게는 조금도 동하지 않던 마음이 은소에겐 그렇지 않았다.

은소에게 욕심이 나서 그만 시간을 많이 소비하고 말았다. 지나친 욕심은 일을 그르치는 법이지만, 코앞의 먹잇감을 두고도 모른척할 수는 없었다. 게다가 오늘의 꽃은 더욱 보드라웠다. 하지만 훗날을 위하여 하제는 상념을 떨치고 일어나려 제 의식의 끈을 붙잡았다.

'일어나자.'

하제는 스륵 눈을 떴다.

마주치는 햇살도, 바람도, 공기도 모두가 투명하다.

'어찌 되었든 성공인가?'

옥구슬을 통해서 무사히 들어온 모양이다.

달콤한 과실 향이 폐부 안을 깊숙이 휘저었다. 그러나 어느 것도 감로화보다는 달콤하지 않았다.

하제는 몸을 일으켰다. 주변 어느 곳을 둘러보아도 복숭아나무밭이 펼쳐졌다. 향긋한 복숭아나무 수천 그루가 심겨 있었다. 이곳이 선계의 성스러운 어머니가 돌보시는 반도정원(蟠桃庭園)이었다.

이 복숭아 역시 불로장생의 힘을 가져다주지만, 손을 대었다가는 단숨에 걸릴 것이다. 게다가 저 복숭아는 속세에 찌든 자가 먹어보았자 효력이 없을뿐더러, 불로불사의 감로화에 비하면 형편없이 미약한 힘인 것이다.

자신이 이곳에 들어온 목적은 단 하나, 감로화를 감별하는 것. 이 반도정원 어딘가에 피어있는 꽃을 찾으면 된다. 그리고 꽃의 상태를 파악한 뒤에는 무사히 나가는 것이다.

하제는 정신을 차리고 은밀히 온몸의 감각을 확장했다. 수없이 많은 달콤한 복숭아 내음들이 그를 유혹했다. 그러나 이것들을 물리치고, 감로화의 내음만을 찾아야 했다.

너무 과한 힘을 써서는 안 되었다. 안 그러면 성스러운 어머니가 노한 얼굴로 자신을 내쫓을 것이다. 그리되면 모든 것이 말짱 헛일이 된다.

조심조심, 아무도 모르게 수줍게 피어있는 감로화의 하얀 꽃을 찾아내야 한다.

하제는 조금씩 걸음을 옮겼다. 끝이 없는 정원의 규모에 하제는 혀를 내둘렀다. 하제는 슬쩍 검은 날개를 펴서 높이 날아올랐다.

파칭!

그때, 푸른빛과 함께 순간 무언가가 깨지는 파열음이 들렸다.

"크악!"

쿵!

훨훨 잘 날던 하제는 급히 기운이 빠져 추락했다.

'대체 뭐지?'

그때 노루 할멈의 목소리가 머릿속에 울렸다. 같은 일족끼리는 몸이 떨어져 있어도 생각을 나눌 수 있었다.

[하제, 왜 이리 늦었누? 되도록 힘을 쓰지 말아라. 옥구슬에 균열이 생기기 시작했다.]

[알겠다.]

이 넓고 넓은 반도정원에서 일족의 힘을 쓰지 않고 감로화를 찾아야 한다는 말이었다. 그러나 어쩔 수 없다. 운을 믿어야 했다.

*　　*　　*

선계의 옥천강(玉泉江).

맑고 잠잠한 강물이 흐르는 가운데, 하이얀 새털구름을 잡아타고 둥실 앉아있던 어린 소년이 무심히 금빛 찌를 던졌다. 황금빛의 낚싯대를 단단히 움켜잡은 손이 포동포동했다.

"흐음. 아무것도 없구나. 아무것도……."

소년의 얼굴에는 무료함이 가득 묻어 있었다.

"후하아아암."

절로 하품이 쏟아졌다. 이제 갓 일곱 살 정도로 보이는 아이는 이따금 주머니에 들어있던 무언가를 꺼내 우물거렸다. 조청을 잔뜩 바른 고소한 별깨강정과 한입 베어 물면 사르르 녹는 연구름한과였다.

오물오물, 통통한 볼살 가득히 과자를 씹던 아이가 얼굴을 습관처럼 일그러뜨렸다. 새카만 더벅머리에 더없이 맑은 하늘색 눈동자를 가진 아이는 새하얀 두루마기에 황금빛 자수가 놓인 의복을 입고 있었다. 그 자태나 용모가 빼어나 그림처럼 예뻤다.

"어라."

일순 찌가 움직거렸다. 그러더니 곧 마구 흔들리기 시작했다.

대어라고 생각하면 꼭 이상한 것이 걸려오곤 하니까, 아무짝에도 쓸모없는 것이 왔구나 생각하며 낚싯대를 들어 올렸다.

"으으…… 이놈 엄청 무거운 걸 보니 진짜 쓸모없는 찌꺼기인가 보다!"

힘차게 들어 올린 낚싯바늘에 걸려 올라온 것은 아주 크고 아름다운 거북의 등껍질이었다. 초록빛의 등껍질은 어찌나 큰지, 아이에 비하면 조각배만 하였다. 강물에 둥둥 떠오른 등껍질에서 갑자기 팔다리가 나오더니, 긴 수염을 기른 거북이 목을 빼고 외쳤다.

"이봐, 이래봬도 이 몸이 해왕님이신데 찌꺼기라니……. 찌꺼기라니……?! 말도 안 되는 말이렸다!"

"……그럼 오물이라고 할 걸 그랬어?"

빙그레 천진난만하게 웃는 아이를 상대로 잔뜩 흥분한 해왕이 변신을 풀고는 멱살을 쥐었다. 잘생긴 이마에 주름이 한 줄 생겼다.

"네가 그러고도 하늘의 왕이더냐?"

"흐응. 아, 옥황궁에 있는 사선녀한테 주전부리를 좀 더 가지고 오라고 할까?"

"최대한 빨리!"

툭!

멱살을 푼 해왕이 구름 위로 다시 아이를 내려놓았다. 그의 얼굴에 화색이 돌더니, 강물에 비친 제 앞머리를 가다듬기 시작했다.

"잠깐, 낚싯대 다시 던지구."

"어이, 그러지 마. 할 일 없어 보인다."

"할 일이 너무 많으면 없는 것과 마찬가지지. 손댈 수 없으니."

휘익!

세상을 달관한 듯한 얼굴로 아이가 낚싯대를 힘껏 던졌다.

"이제 어서 불러달란 말이다. 사선녀."

잔뜩 기대에 찬 눈빛으로 들이대는 해왕의 얼굴을 날려버리고 싶다는 욕망을 참고, 아이는 주머니에서 손거울을 하나 꺼냈다. 동그란 손거울을 톡톡 두드리자, 사선녀 중 한 명인 단미의 목소리가 흘러나왔다.

"옥황상제 마마, 무슨 일이십니까?"

"호오, 우리 어여쁜 단미로구나!"

해왕이 대신 끼어들었지만, 소년은 개의치 않고 제 용건을 말했다.

"입이 궁금해. 맛난 것 좀 가져와."

단미는 흠칫 놀라며 불안한 목소리로 말했다.

"혹시 해왕 님께서 오신 것 아닙니까?"

"신경 쓰지 마. 저 바보는 곧 갈 거야."

"단미 언니! 갑자기 저한테 주시면 어찌합니까?"

다른 사선녀인 나래의 목소리가 들려왔다.

"오오, 귀염둥이 나래 아니냐?"

해왕이 반가운 듯 외쳤으나, 그를 묵살하고 옥황상제가 다시 명을 내린 뒤 거울을 집어넣었다.

이윽고 뿔뿔뿔뿔, 소리를 내면서 하얀 구름이 날아오더니, 곱상한 선녀 하나가 과자가 한가득 들어있는 바구니를 옥황상제에게 쥐어 주었다.

"아이참! 여기 있습니다."

"호오, 오늘도 여전히 곱구나. 고와!"

"감사합니다. 해왕 님. 아쉽지만 이만 물러가겠습니다."

"왜 벌써 가는 게냐?"

점점 멀어지는 나래의 흰 구름을 아쉽게 바라보면서 해왕이 손을 흔들었다. 그에 반해 옥황상제는 뭐라고 중얼거리며 엿가락을 하나 입 안에 넣었다.

"너 지금 또 내 욕했지?"

"그건 알아들으니 다행이네. 근데 왜 왔어?"

옥황상제의 푸른 눈동자가 해왕을 향했다. 해왕의 표정이 사뭇 진지해졌다.

"이봐, 옥황. 어떻게 할 거냐? 요즘 재밌는 일이 한창 일어나고 있잖아?"

"네가 더 바보가 되어가고 있다는 거?"

생긋 웃으며 옥황상제가 말했지만, 발끈하지 않고 해왕이 말했다.

"꽃 말이야. 하제 놈이 거의 홀라당 잡아먹을 기세던데…… 이

대로 놔둬도 되는 것이냐?"

"흐응…… 글쎄."

"꽃을 이번에도 빼앗길 수는 없는 노릇이다! 이놈을 도로 붙잡아 묶어 둬야지."

"천 년 뒤에 또 깨어나면?"

"그럼 또 붙잡아야지!"

"그럼 뭐, 아무래도 상관없지 않을까?"

"뭐라고?"

"어차피 똑같아. 일단 두고 보자구. 그 꽃이 어찌 될지. 대어가 될지, 찌꺼기가 될지. 그건 아무도 모르는 거니까."

옥황상제의 입가에 장난스러운 미소가 떠올랐다.

*   *   *

얼마쯤 걸어왔는지도 모를 무렵, 하제는 향긋한 내음을 맡았다. 은소의 향이다. 특유의 상쾌하면서도 잔잔히 스며드는 은소의 향기, 복숭아와는 다르다.

'어느 방향인지 모르지만 근처다.'

하제는 눈을 감고 집중했다. 제 몸은 은소와 연결되어 있으니 점차 가까이 갈 것이다. 그러나 보일 듯 보이지 않았다.

[서둘러라. 동이 트기까지 두 시간 정도 남았다.]

[꽃의 향을 맡았다.]

노루 할멈의 채근에, 하제는 좀 더 날래게 움직이기 시작했다. 북쪽 끝 바위에 뭔가가 반짝거렸다.

"혹시 저것인가?"

하제는 재빨리 다가가 확인했다. 바위에 거꾸로 무언가가 피어나 있었다. 하얀 꽃잎이기에 감로화인 줄 알았는데, 아니었다. 답답한 노릇이었다. 옅은 한숨을 쉬고, 돌아서는데 누군가 어깨를 두드렸다.

하제가 조용히 뒤를 돌자, 카랑한 목소리만이 들렸다.

"허허. 이게 누구야? 변절자 두루미, 하제가 아니신가? 뻔뻔하게 알몸으로 예서 무얼 하는 것이냐?"

하제의 미간이 일순 구겨졌다. 이 목소리는 익히 아는 것이었다.

투명하던 상대가 스르륵 모습을 드러내었다. 이 반도정원의 주인이자 선계의 여신 서왕모였다. 아름다운 소녀의 모습을 하고 있는 서왕모가 연분홍빛의 입술을 열었다.

"네 이놈!! 당장 내 정원에서 나가거라! 예가 어딘 줄 알고 감히."

노기 서린 목소리에 하제는 무표정한 얼굴로 응답했다.

"복숭아를 가지러 온 것이 아니다. 난 반도는 관심 없어."

"거짓말하지 마라. 네놈이 끝없이 생명과 힘을 탐한다고 익히 들었거늘!"

"그건 맞아. 하지만 잘못 짚었다. 나는 감로화의 상태를 확인하기 위해 잠시 들른 것이다."

그 이야기를 들은 서왕모의 입술이 벌어졌다.

"감로화라고? 그것은 바다에서 피는 것이 아니더냐. 내 소관이 아닌데 그것을 왜 여기서 찾아? 대체 그것이 어디 있다는 것이지?"

"내가 데리고 왔다. 옥구슬을 통해, 잠시 이곳으로 흘러들어 왔지. 시간이 없다. 동이 트면 우린 어차피 이곳을 떠나게 되어 있다."

"흥, 그러니까 네놈 잇속을 위해 내 영역에 함부로 발을 들였다는 것인가?"

"말하자면 그렇게 되었군. 어차피 복숭아 도둑만 아니라면 나를 처벌할 권리는 없다고 알고 있다."

하제가 그리 말하자 서왕모가 씨근덕거렸다.

"허나, 옥황상제나, 혹은 선계의 다른 누군가를 부를 수는 있지. 내가 너를 이리 보고도 모른 척할 줄 알았더냐?"

"서로에게 피곤한 일을 벌이고 싶은 건가?"

"내가 아니라 네놈에게 피곤한 일이겠지."

"나는 입씨름 벌일 여유가 없다. 여기로 누군가를 부른다면, 이곳 평화로운 반도정원이 폐허가 되어도 상관없단 뜻인가?"

그러자 서왕모가 분하다는 듯이 쉽사리 대답을 잇지 못했다.

"좋아. 그렇다면 모른 척해 주는 대신에 조건이 있다."

"조건?"

"감로화는 내가 직접 감별해 주겠다."

그러자 하제의 얼굴이 굳었다.

"거절하겠다. 꽃을 확인하기 위해 내가 직접 온 것이다. 내가 보지 않으면 의미가 없어."

"좋아, 그러면 내가 먼저 보고 그다음에 네게 줄 것이다."

"그 말을 어떻게 믿지?"

"내 3만6천 그루의 복숭아나무를 걸고 맹세하지."

하제가 그제야 고개를 끄덕였다.

"그렇다면 꽃을 어서 찾아야 해."

그때였다. 뭔가가 흐느끼는 소리가 들려왔다.

'흑, 흐흑.'

서왕모가 인상을 찌푸리며 말했다.

"이게 네가 찾던 꽃의 소리 같은데? 오죽이나 괴롭힌 모양이구나. 가엾도다."

그 말에 하제는 흐느끼는 울음소리를 찾아서 날개를 펼쳤다. 나무 밑동 아래였다. 깊숙이 파인 물웅덩이에 잠겨있는 꽃 한 송이가 희미한 빛을 깜빡이며 스러져 가고 있었다. 하얀 일곱 개의 꽃잎은 봉오리 상태였지만, 줄기가 꺾인 채로 비실비실 제대로 자라지 못하고 있었다. 한눈에 보아도 꽃은 시름시름 앓고 있었다.

서왕모가 꽃 가까이로 다가가, 손끝으로 기를 느꼈다. 그녀는 이윽고 혀를 끌끌 차더니 말했다.

"감로화가 자라지 못하고 있다. 이대로라면 꽃은 오래 살지 못한다. 도대체 감로화를 어떻게 돌본 것이냐?"

서왕모의 매서운 눈빛이 날아들었다. 그녀의 추궁에 하제는 아무 대답도 하지 못했다. 하제의 얼굴에 한없이 그늘이 드리워졌다.

'꽃이 자라지 못하고 있다.'

일각이라도 빨리 성장시켜야 하는 것이 염원이던 하제에게는 그야말로 청천벽력 같은 말이었다. 석상처럼 그대로 굳어있던 하제에게 서왕모가 말했다.

"쯧쯧쯧. 다디단 감로화가 인간 계집의 모습을 하고 있었다면, 보나 마나 앞뒤 안 가리고 네 좋을 대로 행동했겠구나."

하제는 그동안 은소를 거칠게 대했던 일들이 떠올랐다. 강제로 그녀를 유린하고 제 깊은 욕심을 채웠다. 꽃의 마음은 헤아리지 않고 제 마음 가는 대로만 행동했던 것이다.

은소의 마음 따위, 생각조차 하지 않았다. 꽃이 성장하는 데 그것이 방해가 되리라고는 전혀 예상도 하지 못했다.

하제의 굳은 얼굴이 풀릴 기색이 없자, 서왕모가 감로화를 살펴보면서 옅은 한숨을 흘렸다.

"어쩔 수 없구나. 안됐다. 그러나 그것도 감로화의 운명인 게지."

서왕모의 이야기를 듣고 있던 하제가 더는 안 되겠는지, 다급히 물었다.

"서왕모, 가르쳐 줘. 당신이라면 꽃을 살릴 방도를 알고 있지 않나?"

그러자 서왕모가 하제에게서 휙 고개를 돌리더니 지나가려했다.

"나도 모른다, 그런 것은. 게다가 내가 네놈을 도울 줄 알고?"

하제는 서왕모의 냉대에도 굴하지 않고 말했다.

"일반적인 감로화라면 나도 이렇게 하지는 않았을 것이다. 그녀는 불로불사의 영약으로 태어난 인간이다. 아주 귀중한 존재이지. 반도 복숭아보다도 더 귀한 것이란 말이다."

하제의 말에 서왕모의 갈색 눈동자가 일순 흔들림을 보였다.

"흥! 그래, 그토록 귀한 것을 왜 이리 허술하게 관리를 하였던 것이야?"

"……그건, 내 실수였다."

서왕모가 눈썹을 치켜뜨곤 생각했다.

'천하의 안하무인이라던 하제가 쉽게 제 잘못을 인정하는군.'

하제가 진중한 눈길로 쳐다보자, 서왕모는 별수 없다는 듯이 투덜거리면서 투명한 병 하나를 품속에서 꺼냈다.

"감로화를 관장하는 자가 꽃을 병들게 하다니. 어이없는 일이로고. 자! 내 복숭아나무가 시들 때 사용하는 약이다. 천상의 이슬을 받아 모은 것이지. 특별히 줄 테니, 인간 감로화가 깨어나면 이걸 먹이도록 해."

하제는 서왕모가 준 병을 받아서 품속에 넣었다.

"고맙다."

서왕모가 매서운 눈빛으로 하제를 노리며 말했다.

"이번 일로 내게 빚을 진 것이다."

"알고 있다. 반드시 갚겠다."

하제는 여린 꽃을 보듬었다. 살며시 불어오는 실바람에도 이파리를 떨고 있는 감로화는 불투명한 빛을 내고 있었다. 꽃봉오리는 벌어질 기미조차 없다.

하제는 착잡한 얼굴로 날개를 펼쳐, 처음 자신이 쓰러졌던 호숫가까지 순식간에 날았다.

호숫가로 몸을 던지자 수면 아래로 몸이 잠겼다. 이윽고 하제는 눈을 감았다.

*　　*　　*

입 안으로 차가운 뭔가가 들어왔다.

바람을 한 움큼 집어 먹은 것처럼 상쾌함이 감돌았다. 전신에 올올히 퍼지는 평온한 기운에 기분이 좋았다.

쏴아아아아, 시원한 폭포가 온몸을 강타했다. 쏟아져 내리는 물줄기에 자신도 그 일부가 되어 흘러내리는 것 같았다. 혹은 그 안에 몸을 내맡기고 있으려니 마치 자신이 산속에서 도를 닦는 산신령이라도 된 느낌이었다. 더 이상 폭포수가 느껴지지 않자, 은소는 눈을 떴다.

슈우우우—

바람이 뺨에 부딪혀왔다. 보이는 것은 푸르른 하늘, 그리고 아름다운 궁궐의 전경이었다. 은소가 눈을 뜬 곳은 하늘 위였다. 고개를 들고, 자신의 몸을 받치고 있는 웅대한 존재를 보았다. 검붉은 깃털이 휘날리는 검은 두루미, 하제가 하늘을 곧게 날고 있었다.

폭포수를 맞았던 것이 참이었는지, 은소는 젖은 몸이었다. 누가 옷을 입힌 것인지 모르겠지만, 옷을 입은 후에 몸이 물에 젖은 모양이었다. 무거운 옷자락이 몸에 칭칭 감겨 있었다.

하제 역시 마찬가지였다. 온몸의 깃털이 젖어있었고 군데군데 물기가 남아있었다.

하제가 은소의 움직임을 느끼고, 고개를 우아하게 치켜들었다. 부리에서 그의 목소리가 흘러나왔다.

"몸 상태는 어떤가?"

"······좋아요."

짧은 대화였지만, 지금까지 은소가 하제와 나눈 말 중에서 가장 따스하고 평화로운 대화였다. 날짐승의 살기가 느껴지지도 않았고, 두려움에 휩싸이지도 않았고, 몸이 움츠러들지도 않았다. 그저 느끼는 그대로 이야기를 했다.

거짓이 아니었다.

몸의 상태가 무척 좋았다. 하늘을 날고 있기 때문일까. 손끝부터 마디 하나하나까지, 기운찬 힘이 느껴졌다. 눈앞의 하제를 보고도 원망이나 미움이 들지 않을 정도로 기분이 무척 좋았다.

'신기한 일이다.'

은소가 머무는 궐의 마당으로 하제가 날아들었다. 하제가 자세를 낮추더니, 퍽 다정스러운 어투로 말했다.

"들어가서 옷을 갈아입어라. 젖은 옷을 입고 있으면 감기가 들기 십상이지."

은소가 놀란 눈으로 그를 바라보았다.

'지금 저자가 나를 걱정해 주는 말을 하고 있는 건가?'

진심이든 아니든 놀라운 일이었다. 물론 순전히 제 안위를 걱정한 것은 아닐 터였다. 자신의 먹잇감이 잘못되는 것이 싫어서겠지. 가만 생각해보니 정말로 이상하다. 옥구슬로 들어가기 전과 후의 기억은 있는데, 그 안에서 어떤 일이 있었는지 아무 기억이 없었다. 정신이 들었을 때는 하제의 등이었다.

'감별의식인지 뭔지 무사히 끝난 것이겠지? 아니지. 내가 알게 뭐야…….'

어쩐지 야릇한 분위기의 기억만 남아있었다. 어찌 되었든 알몸으로 둘이 붙어 있지 않았는가. 뒤늦게 그 일을 떠올리자 얼굴이 조금 달아오르는 듯했다. 은소는 냉큼 생각을 떨쳐내고 자신이 기거하는 처소의 방문을 열었다. 그녀는 들어가기 전에 하제에게 고개를 숙였다. 하제는 학의 모습인 채로 은소를 바라보곤 별말이 없었다. 기품 있게 앉아있던 하제는 은소가 들어가자, 그곳을 응시하다가 녹옥궐로 훌쩍 날아가 버렸다.

四花
꽃을 지키는 운명

사사삭—

어둠이 아라궁의 담장을 몰래 넘나드는 재빠른 발걸음 소리마저 지우고 있었다.

궁궐 도처에 깔린 궁인과 병사들의 눈을 피해서, 붉은 쥐 자우는 감로화의 단 내음을 쫓았다. 그날 맡아 두었던 꽃의 내음은 아직도 뇌리에 강렬하게 남아있었다. 자우가 본래 후각이 발달하기도 하였지만, 감로화의 내음이 워낙에 진하여 한번 맡은 그 향취는 절대 잊을 수가 없었다.

하여, 그 잊지 못할 향기 때문에 자우는 감히 대왕의 것이 될 꽃을 제가 가로채는 망상에 부풀기도 했다. 그러나 망상은 거기에서 그칠 뿐, 현실로 옮길 생각은 추호도 없었다. 제 목숨을 내

놓으면서까지 달콤한 꿈에 젖어들고 싶지는 않았다.

'안 될 일이지.'

자우는 대왕의 그 노오란 뱀의 눈동자만 보아도 가슴이 덜컥 내려앉고 오금이 저려왔다. 배신을 했다가는 끝없는 지옥의 굴레를 선사하실 대왕이시다. 마찬가지로 한 치의 오점조차 용납 안 하시는 분이 바로 대왕이시다.

'저 아담한 궐 쪽에서 단내가 난다…… 헤헤헤헤, 대왕. 기다리십시오. 이 자우가 꽃을 가져갈 테니 말입지요.'

자우는 그리 웃으며 볼썽사납게 튀어나온 앞니를 벽에 대고 긁었다. 궐에 가까워질수록 근질거려 미칠 지경이었다. 축축하게 늘어진 붉은 꼬리가 허공 위로 흔들렸다.

"여기 있다. 여기 있어!"

궐의 지붕을 타고 올라간 자우의 갈색 눈자위가 돌면서 희번덕거렸다. 키득키득, 저절로 코에 힘이 들어가면서 홍이 흘렀다.

'지난번처럼 당하지는 않을 것이다.'

하제 놈이 오기 전에 감로화를 둔갑시켜 감출 심산이었다. 분명 미리 그것을 잘 챙겨 두었으니 감로화는 이제 손안에 든 꽃이다.

*　　*　　*

궁궐에는 낙화곡이라는 계곡이 있었다. 달빛이 사붓이 내려

앉은 수면 위로, 하얀 꽃잎들이 휘날렸다. 계곡에 누군가 심어놓은 꽃나무 덕분에, 조금만 바람이 불어도 이리 꽃이 피는 계절에는 하이얀 꽃잎들이 떨어져 풍취가 좋았다.

계곡 아래에는 이 층짜리 정자 하나가 있었다. 여기 누워 물소리를 듣고 있노라면 왠지 그곳 생각이 들었다. 하늘 위의 그곳…… 모든 상념을 떨치자 그 시절로 돌아간 듯 평화로웠다.

하제는 상덕이 마련해 준 술상 위에서 술병을 들어 한 모금 목을 축였다. 달큼함 뒤에 쌉쌀한 뜨거움이 목구멍을 타고 내려갔다.

하얀 꽃잎이 하제의 머리칼과 얼굴로 날아들었다. 하제는 제 뺨에 붙은 꽃잎을 하나 떼었다. 수줍은 꽃잎이 마치 감로화 같았다.

"한시름 놓았다."

천상의 이슬을 은소에게 먹일 수 있었던 것은 천운이었다. 하마터면 귀한 감로화를 제 손으로 찾아내고도 죽일 뻔하였다.

그것을 생각하면 정신이 아찔해진다.

사신이 누구인네, 감로화를 소멸시키는 치욕 어린 결말을 맞이할 수는 없었다. 아득히 먼 그 날부터 하제는 꽃을 지키는 운명이었다.

해맑은 푸른 눈동자를 가진 소년, 하늘보다 높은 그 소년 앞에 무릎 꿇던 날이 있었다. 소년의 지엄한 명령이 세상 전부였던 날이 있었다.

'두루미 일족의 하제, 너를 선계의 꽃 감찰사에 봉한다.'

'상제마마, 영광입니다.'

'기억해둬. 부디 꽃을 온전히 지켜야 해. 너는 꽃을 욕심내어서도 안 되고, 함부로 다루어서도 안 된다. 절대로 탐을 내어선 안 돼. 그리하면 너 스스로 파멸을 맞이하게 될거야.'

'그럴 일은 절대 없습니다.'

'이건, 선계를 위해서도 나를 위해서도 하는 말이 아니야. 바로 너 자신을 위해서다.'

아직도 귓가에 소년의 음성이 또렷이 울리는 듯했다. 하제는 쓰디쓴 웃음을 지었다.

"그러나 어찌할 수 없이 나는, 꽃을 탐할 운명인가 보군. 내가 비록 멸하는 날이 올지라도 말이다. 그리 쉽게 갈 생각은 없지만……."

자조 섞인 말을 내뱉은 하제는 은소가 있는 방향을 바라보았다.

천상의 이슬을 머금은 감로화, 은소는 예전처럼 생명의 기운을 내뿜었다. 아니, 회복했기 때문인지 전보다 더욱 강한 힘이었다.

은소가 살아나서 다행이었지만, 그 때문에 꽃을 원하는 제 본능이 더욱 강해졌다. 그것을 억누르느라 하제는 진땀을 다 뺄 정도였다. 하여 일부러 마지막까지 은소 앞에서 두루미의 모습으로 남아있었던 것이었다.

팽팽하게 부푼 욕망을 들킬까 봐,

자신도 모르게 그녀를 탐할까 봐,

하제는 걱정이 되었다.

그것이 최종에는 이루어지겠지만, 지금은 아니다. 무엇보다 꽃의 성장이 우선이었다. 바로 그런 자신 때문에 꽃이 피어나지 못하고 있던 것이 아닌가.

당장 지금의 욕정 때문에 일을 그르칠 수는 없었다. 하제의 붉은 눈동자가 가늘어졌다.

'헌데, 몸이 반응하는 것은 그렇다 쳐도, 그것을 생각할 적마다 마음 깊은 곳에서 솟는 감정은…… 무엇일까?'

어쩐지 은소만 생각하면, 가슴이 뛴다.

제 심장과 연결되어 있는 꽃이기에 당연하다고 생각했다. 그런데 감로화가 죽을 것이라고 생각하는 순간, 낭떠러지에서 굴러떨어지는 것처럼 심장이 덜컥 내려앉았다. 은소가 다시 돌아오는 순간, 안도감으로 가슴이 벅차올랐다.

은소가 제게 고분하게 대답할 때, 왠지 모르게 아득한 만족감이 차올랐다. 은소의 원망스러운 눈동자를 보는 것이 더 이상 기쁘지 않았다. 제 안을 도는 것들이 무언가 달라지기 시작했다.

'이것은 단순한 욕망과는 다른 성질의 것이 아닌가?'

역시 알 수 없는 노릇이다. 어찌하여 이토록 아무것도 예측이 되지 않을 수가 있는가?

감로화에 대한 모든 것을 꿰뚫어보던 자신이다. 마찬가지로 계집의 속마음도 제멋대로 주무르던 자신이다.

허나 저 비쩍 마른 계집 꼴을 하고 있는 감로화는, 그 속을 하나도 모르겠는 것이다. 또한 날이 가면 갈수록 탐이 났다. 아주 이상스럽고도 기이하고, 또 우스운 상황이라 하제는 혼자 웃음을 터뜨렸다.

그때였다. 순간 날 선 느낌이 제 심장을 긁고 지나갔다.

'방금 그 느낌은…….'

순간 확장된 감각에 하제의 동공이 줄어들었다.

"은소……!"

푸드드드, 곧장 흑빛 날개가 튀어나와 창공을 갈랐다.

*   *   *

분명 기분 좋게 잠이 들었었다.

평소보다 몸이 가볍고, 기운이 펄펄 나는 것이 보약이라도 먹은 듯 컨디션이 좋았다.

사실 그리 피곤하지는 않았지만, 이 낯설고 외로운 곳에서 자신이 취할 수 있는 가장 즐거운 휴식은 잠이었다. 그리고 언제나 현실로 돌아가는 꿈을 꾸도록 주문을 걸곤 했다. 그 주문이 매번 걸리지는 않지만 오늘은 운이 좋았다.

꿈속에서 은소는 지석의 곁에서 행복한 삶을 살고 있었다. 자신이 이루지 못한 미래였다. 눈부시게 하얀 웨딩드레스를 입고, 지석의 팔짱을 끼고 모두가 지켜보는 가운데 식을 올렸다.

모두가 그러하듯이 해외로 신혼여행을 다녀왔고, 지석을 꼭 닮은 아기도 낳았다. 아기가 아장아장 걸음을 옮기며 공원에서 단란한 한때를 보내고 있었다. 아기가 똘망한 눈을 반짝이며 어디론가 마구 기어갔다.

그러자 순간 바닥이 시커메졌다. 땅이 갈라져 내리며 아기가 떨어졌다. 시뻘건 굴속으로 아기가 떨어졌고 은소는 손을 뻗었다. 그러나 아기를 구할 수 없었다.

굴이 눈앞에서 닫혔다. 아기를 삼킨 것은 거대한 아가리였다.

그것이 두루미인지, 아니면 다른 무엇인지는 모르겠으나 무척이나 검었다. 기분 나쁜 꿈이었다.

'기분 좋게 잠들었는데 왜 그런 꿈을 꾼 걸까?'

은소는 침대에서 일어나 앉았다. 갑자기 커피가 마시고 싶었다. 전화가 하고 싶었다. 인터넷이 하고 싶었다. 집에 있는 모든 것들이 그리웠다. 하다못해 고장 난 노트북이라도 만지고 싶었다. 빨래 통에 대충 던져놓은 빨래마저, 말라붙은 선인장 화분마저 궁금했다.

어쩌면 자신의 모든 흔적이 지워졌을지도 모른다는 생각마저 들었다. 몸을 일으킨 은소는 옷장 깊숙한 곳을 뒤졌다. 그곳에는 군산에서 입원했을 때 입었던 병원 환자복이 가지런히 개켜

져 있었다.

현실과 연결되는 것이 이것뿐이라니, 참 암담했다. 병원에 입원하느라고 커플링까지 빼놓았다. 이럴 줄 알았으면 환자복 안에 손목시계라도 넣어둘걸. 쓸데없는 후회마저 들었다.

은소는 그렇게 쭈그려 앉아서 환자복을 붙들고 소리 없이 눈물을 흘렸다.

'그런데 이게 무슨 냄새지?'

은소는 눈물을 얼른 훔치고 고개를 들었다. 느닷없이 풍기는 악취와 함께 뭔가가 뒤에서 어른거렸다. 은소가 고개를 돌아보기도 전에 축축한 손바닥이 그녀의 입을 막았다.

"우웁!"

"여전히 말랑말랑 뽀얗고 달콤하구나. 아니, 오히려 더 맛있는 향기를 뿜어내는걸."

등 뒤에서 진득한 털이 가득한 몸이 느껴졌다. 목소리가 어디선가 들은 것이었다. 기억났다. 병원 화장실에서 마주쳤던 더러운 쥐 요괴였다.

순간 노루의 말이 생각났다.

'수없이 많은 자들이 너를 탐할 것이야.'

붉은 쥐는 은소를 뒤에서 단단히 움켜쥐고, 제 꼬리로 칭칭 감았다. 징그러운 붉은 꼬리가 온몸을 조여 왔다.

"읍읍……!"

'……밖에 있는 설란에게 알려야 해.'

은소는 온 힘을 다해서 저항하며 자우와 사투를 벌였다. 온몸을 비틀고, 쿵 소리가 나도록 침대로 자우를 밀어도 보았지만 그럴수록 성질을 더 긁었는지 자우는 포악해졌다.

"얌전히 있으라고!"

자우의 꼬리가 은소의 몸을 묶은 채, 벽에 던졌다. 그제야 소리를 낼 수가 있었다.

"꺄아아아악! 살려 줘! 사람 살려!"

그제야 깜짝 놀란 자우가 어서 도로 은소의 입을 막았다.

"망할. 그 입 닥쳐! 쉿! 좀 가만히 있으란 말이다."

자우는 이제야 기운이 빠진 듯한 감로화를 보고는 어서 품속을 뒤졌다. 그러나 찾는 것이 쉽사리 찾아지지 않는 모양이었다. 제 몸 여기저기를 급하게 뒤지기 시작했다.

"젠장! 분명 가장 안쪽에 넣어두었는데!"

은소는 속으로 기도했다.

'제발 누군가 와주었으면…….'

설란이나 갈매가 지나가다가 발견하지 않을까. 지금 이 순간만큼은 하제라도 와주었으면 하고 바랐다. 자신이 어디에 있든 찾아내곤 하던 그였는데, 오늘은 어째서 나타나지 않는 것일까?

자우가 부적을 드디어 꺼내 들고 외쳤다.

"여기 있다. 이걸로 네년을 잠시 쥐로 둔갑시킬 것이다. 귀여

위해 주지. 흐흐흐!"

그야말로 소름 끼치는 말이었다. 자우가 부적을 은소의 몸에 붙였다. 그러고는 손을 모으고 알 수 없는 주문을 외기 시작했다. 은소가 눈을 질끈 감았다. 이대로라면 그냥 당할 수밖에 없었다.

쑤우욱!

그 순간, 팔각형의 창문을 뚫고 뭔가가 날아들어 왔다. 창문을 등진 채 서 있던 붉은 쥐 자우의 가슴에서 피가 뿜어져 나왔다. 자우는 경련을 일으켰다.

"끅꺼어어, 커헉! 마, 마, 말도 안 돼……."

일격에 자우의 심장을 관통한 것은 길고 새하얀 장검이었다. 창문으로 손을 뻗고 들어온, 검의 주인이 말했다.

"내 것에게 손대지 마라."

털썩.

자우는 그대로 고꾸라졌다. 비릿한 피 냄새가 방 안에 진동했다. 바닥에서 바르작거리던 몸체는 미동이 없었다. 팔딱대던 꼬리는 축 늘어지고 동공은 빛을 잃었다. 이미 숨을 거둔 것 같았다.

붉은 눈동자의 사내, 하제가 다가와 자우의 심장을 꿰뚫은 검을 거두었다. 신중하고도 잽싼 움직임이었다. 그는 칼날에 묻은 피를 잿빛 도포 자락으로 스윽 문질러 닦았다.

은소는 어느 순간 맥이 탁 빠져 눈물을 흘리고 있었다. 쉴 새 없이 뺨을 타고 흐르는 눈물에 시야가 뿌옇게 변했다. 그러나 이

내 눈물을 슥 닦아내곤, 복부에 질척하게 달라붙어 있던 부적을 뜯어 버렸다.

하제는 그런 은소를 바라보곤 그녀를 안아 들었다. 억센 힘이 느껴지는 손길은 따듯했다.

이 남자는 참 알 수 없었다. 얼음장처럼 차가운 듯도 하고 화톳불처럼 따스하기도 했다. 또한 잔혹한 짐승처럼 상대에게 날을 세우다가도 한없이 이렇게 부드러워질 때가 있다. 인정하고 싶지 않지만, 그 말을 내뱉어야 할 순간이라는 것을 깨달았다.

은소가 하제를 올려다보며 입술을 열었다.

"당신……이 와서 다행이야."

흘리듯 쏟아낸 그 말에 하제의 눈이 빛났다.

자신에게 고정되어있는 핏빛 눈동자, 붉게 타오르는 눈동자가 자신을 삼켜버릴 것만 같았다. 은소는 왠지 몸이 으스스 떨렸다. 하제가 천천히 말했다.

"내가 늦었다."

"……늦지 않았어."

은소의 볼을 어루만지던 하제는, 자우의 시체로 눈을 돌렸다.

"더러운 것을 치우라 해야겠다. 당분간 내 처소에 머물도록."

하제의 말에 은소가 그를 올려다보았다.

"손끝 하나 건드리지 않을 테니 그런 눈으로 볼 것 없다."

"응……."

은소가 고개를 끄덕였다. 하제가 미심쩍은 눈으로 말했다.

"내 말을 믿지는 않겠지만······ 이번엔 믿어 주었으면 하는군."

흔들리는 붉은 눈동자가, 유려한 입술이 제게 주문을 걸었다. 매혹적인 노랫말처럼 들렸다. 은소는 연신 고개를 끄덕였다.

"······믿을게."

하제는 은소의 뺨에 닿을 만치 가까운 거리로 다가가 그녀의 귓가에 나직이 속살거렸다.

"고맙군."

하제는 은소를 안아 들고, 밖으로 걸어나갔다. 그러고는 모두를 깨우는 일갈(一喝)을 외쳤다. 일순 그의 목덜미에서 검은 깃털이 스스슥 일어나 부풀었다.

"비상이다. 모두 일어나라!"

하제의 목소리는 단숨에 궁궐의 곳곳으로 울려 퍼졌다. 궐내에서 그 목소리를 듣지 못한 자는 죽은 자우뿐이었다.

<u>스스스.</u>

그러나 그 죽은 몸마저 시커먼 잿더미가 되어버렸다. 그 잿더미 속에 칠흑의 비늘이 하나 남았다.

*　　*　　*

궁궐은 그야말로 발칵 뒤집혔다.

임금님이 아끼는 여인의 처소로 낯선 자가 침입하여 납치를 시도했다는 소문이 순식간에 불처럼 번졌다. 궁인들 사이에서는 하제 전하와 은소를 노리는 의문의 세력들이 있다는 흉흉한 이야기마저 흘러나왔다.

하제는 보안을 철저히 하고, 병력을 늘리라 명했다. 또한, 윗분을 제대로 지키지 못한 설란에게 이 책임을 물어 문초하였다.

하제 앞에 죄인으로 무릎을 꿇은 설란이 말했다.

"……모든 것은 저의…… 불찰입니다. 하제 전하! 저를 죽이십시오."

하제는 싸늘한 눈으로 병사에게 명을 내렸다.

"……그래? 제 잘못을 순순히 인정하는군. 좋다. 그게 네 원이라면 들어주겠다. 죄인의 목을 쳐라."

일순, 설란의 가늘던 눈동자가 커졌다. 그러나 곧 담담한 얼굴로 고개를 숙였다. 병사가 검을 하늘 위로 들었다. 시퍼런 칼날이 당장에라도 그녀의 목을 댕강 내려칠 것 같았다. 병사가 검을 휘두르기 직전이었다.

"잠깐 멈추어라."

눈을 감고 기다리던 설란이 다시 눈을 떴다. 하제가 비스듬히 앉아서 저를 훑어보고 있었다.

"눈 하나 깜짝하지 않는군. 충심이 너를 살렸다. 목숨을 살려주마."

"……저, 전하의 은혜에 감복드립니다."

"앞으로는 조심하라. 은소의 털끝 하나 다치게 한다면, 네년부터 작살이 날 것이다."

"예, 명심하겠습니다. 전하."

엉망이 되어버린 설란의 얼굴을 타고, 눈물이 흘러내렸다.

"풀어줘라."

"예."

하제는 형장을 나섰다. 일순, 하제의 뒤통수로 소름이 끼치는 시선이 날아들었다. 설란의 눈이 기묘하게 빛났다. 그러나 하제가 다시 뒤를 돌아보았을 때는 고개 숙인 가녀린 여인만이 있을 뿐이었다.

하제 역시 나름의 생각을 하고 있었다.

'분명히 놈은 이쯤에서 끝나지 않을 것이다. 교활한 독사라면 뭔가 다른 일을 꾸미고 있을 터…… 은소를 지킬 대책을 세워야 한다.'

*   *   *

"……누님! 은소 누님! 이쪽을 좀 보아주십시오."

녹옥궐의 후원에 앉아있던 은소는 갑자기 들려온 부드러운 목소리에 화들짝 놀랐다. 싱싱한 초록 잎사귀 사이로 고개를 빼꼼 내민 것은 갈매였다. 푸른색의 무복을 차려입은 갈매의 하얀 얼굴이 햇살에 반짝거렸다. 화사하고 어여쁜 아이다.

"혹시 누가 있습니까?"

"……아니. 지금은 아무도 없어."

은소가 주변을 살피자, 갈매가 조심스레 모습을 드러냈다.

"갈매는 오늘도 예쁘구나."

은소가 자신도 모르게 미소를 지으며 싱긋 웃었다. 안개처럼 금세 흩어지는 옅은 미소였다. 그러나 그 순간을 포착한 갈매의 망막에 은소의 모습이 그대로 맺혔다.

'그건 제가 할 말입니다.'

저도 모르게 불쑥 든 생각에 갈매는 당황했다. 다행이었다. 입 밖으로 내지는 않은 모양이었다.

두근두근…….

갈매의 하얀 얼굴에 살굿빛 홍조가 도는가 싶더니, 연신 기침을 했다. 은소의 얼굴이 갑자기 제게로 달려들자 갈매는 어찌할 바를 모르며 말까지 얼버무렸다.

"왜 그러니? 괜찮아?"

"……그, 그게, 저…….."

"어디 아픈 거야? 얼굴이 붉은 걸 보니 열이 오르는 것 같은데?"

은소의 손바닥이 갈매의 이마를 짚었다. 그 순간, 갈매가 고개를 숙이며 얼굴을 반쯤 손으로 가렸다. 쑥스러운 탓이었다.

또다시 두근거렸다.

가까이 다가온 은소에게서 느껴지는 달콤한 향기에 정신이 아득해졌다.

"저…… 저는 괜찮습니다."

"정말?"

"······예."

은소는 고개를 갸웃거렸다. 오늘의 갈매는 퍽 이상했다. 평소늘 밝고 활발하던 아이였는데, 부쩍 얌전해졌다. 그래서일까, 어색한 분위기가 감돌아 은소가 먼저 용건을 물었다.

"근데 무슨 일로 온 거야?"

"······큰일을 당하셨다고 들은지라 걱정이 되었습니다. 행여 다친 곳은 없으신지요?"

갈매가 은소를 살펴보며 조심스럽게 물었다.

"괜찮아. 그가 구해주었어."

"하제 전하 말씀이시군요."

"응. 참 이상한 일이지만, 그는 내가 어디에 있든 찾아올 수 있는 것 같아. 그런 점은 조금 신기해."

말갛게 빛나던 갈매의 웃음기가 일순 뚝 멈추었다가, 다시 둥글게 웃었다.

"은소 누님의 단향은 백 리 밖에서도 풍길 테니까요. 그것이 비단 하제 전하만 가능한 일은 아닙니다."

갈매는 '저 역시 가능한 일입니다.'라는 말이 목구멍까지 차올랐지만, 참았다. 이미 하제 전하의 영역에 들어간 여인이었다. 제가 감히 손댈 수는 없었다. 게다가 아직 제 마음도 확신할 수 없다.

그저 이 배꽃처럼 하얀 사람만 보면, 마음이 행복하고 기분이 좋은 것이다. 괜히 쑥스러운 기분이 들고 달뜬 얼굴이 되는 것이다.

그런 생각을 품고 있는데, 은소의 손이 갈매의 빛나는 갈색 머리칼에 머물렀다. 쓰다듬는 손길이 봄볕처럼 따사로웠다. 어쩐지 자신을 아이처럼만 대하는 것 같았다.

스르륵.

갈매는 괜히 반항하듯 모습을 바꾸었다. 갑작스레 갈매가 청년의 모습으로 변하자, 그의 머리를 쓰다듬던 은소는 얼른 손을 내렸다.

"갑자기 커지다니, 놀랐네."

"이게 제 본모습이니까, 같이 있을 때는 이 모습으로 있어도 되겠지요? 아무도 모르게."

"그렇구나. 다른 사람은 아이로 알고 있으니……."

"예, 비밀 지켜주십시오."

둥그렇고 새카만 눈동자가 자신을 담으며 말했다. 말쑥하게 자란 갈매의 모습이 어쩐지 아이일 때 대하는 것보다 어색했다. 은소는 웃으며 알겠노라 대답했다.

"곧 훈련이 시작될 시가입니다. 제가 궁병 교관이 되었습니다. 언제고 한번, 궁술장에 들러주십시오."

"자신만만한 걸 보니 궁금해지네. 다음에 한번 구경하러 갈게."

"예, 언제든 기다리겠습니다. 허면 저는 이만 가보겠습니다. 참, 제가 여기 다녀갔단 말은 아무에게도 마십시오."

"걱정하지 말고 어서 가."

은소가 손을 흔들자, 갈매가 다시 어린아이의 모습으로 돌아가더니 녹옥궐을 몰래 빠져나갔다. 은소는 그 모습을 보곤 살풋 웃었다.

＊　　＊　　＊

　두루미 임금의 명을 들은 가막 대사는 눈썹을 까딱 올렸다.

　"예에? 전하, 허나 그것은……."

　"왜, 아니 되는가?"

　"아니 되는 것이 아니옵고……."

　"허면 하고자 하는 말이 무엇인가?"

　"……궁을 새로 짓고자 하시면 시일도 시일이거니와, 인력과 물자가 여간 많이 드는 것이 아니라서 말입니다."

　"……그래서 불가하다는 말인가?"

　임금의 싸늘한 눈초리에 가막 대사는 말을 아꼈다.

　"……준비가 필요할 듯합니다."

　"천만금을 들여서라도 지을 것이다. 그녀가 그리 위험에 처해 있는 것을 더는 두고 볼 수 없다. 그녀를 보호해 줄 궁이 필요하다. 대사는 이를 제대로 처리하라."

　"알겠사옵니다. 하제 전하."

　대사는 마른 입술을 깨물고는 임금에게 인사를 올리고 물러나왔다.

습격을 받았다는 임금의 여인, 아직까지 한 번도 그 얼굴을 본 적이 없었다. 대체 어떻게 치마폭을 휘둘렀기에 저리 냉엄한 왕이 그리 애지중지하도록 만들었을꼬?

가막 대사는 얼마 전 자신의 방을 찾아온 리를 기억했다.

'아버님, 그 순간 저는 죽어도 좋았습니다. 다시 전하 앞에 당당히 설 것입니다. 하제 전하에게는 여인이 있다고 했지요? 그게 누구든, 밀어낼 것입니다. 전하의 옆자리는 제가 차지할 테니까요.'

리는 누구보다도 욕심이 강한 아이였다. 원하는 것이 있으면 어떤 내사를 치르든, 반드시 가질 것이다.

그런 점은 아비인 자신을 쏙 빼닮았다. 하여 제 여식 중에서도 가장 어여삐 여기는 아이였다. 아름답고, 씩씩하고, 도도하고 귀하게 자란 가문의 공주님. 가막 가문의 모든 사내들이 탐을 낸다는 것은 자신도 잘 알고 있었다. 허나 리는 그 누구에게도 제 마음을 쉽사리 주지 않았다.

그리 소중한 딸 리의 마음을 단숨에 사로잡은 것은 저 강대한 검은 두루미, 하제. 리도 원하고, 자신도 원하는 것이다.

"언제 한번 그 계집의 얼굴이라도 보아두어야겠군."

가막 대사의 입매가 비릿하게 틀어 올려졌다.

후원에서 걸음을 멈춘 하제는 주변을 두리번거렸다.

'여기에 있는 게 아니었나?'

분명 이곳에서 은소의 체향이 깊게 배어 나오고 있었다. 은소의 향기만 남아있던 것은 아니다. 희미하게 산짐승의 냄새가 났다. 풀과 바람이 섞인 약한 초식동물의 냄새다. 하제는 그 냄새의 주인을 어렵지 않게 유추할 수 있었다.

"연갈매가 이곳을 다녀갔나?"

마침 꽃풀을 꺾어 들어오던 은소와 하제의 시선이 마주쳤다. 후원의 깊은 꽃밭까지 들어갔었던 모양이었다. 그러나 하제의 시선은 매서워진 뒤였다. 하제가 저벅저벅 걸음을 옮겨, 은소의 코앞까지 다가왔다.

"뭘 했지?"

"그냥. 궐 안이 삭막해 보여서 꽃이라도 놔둘까 하고."

은소는 노랗고 귀여운 들꽃과 풀을 한 움큼 들어 보였다.

"혹시 누구랑 같이 있었나?"

"……아니. 나 혼자 있었어."

'은소가 거짓말을 하고 있다.'

하제는 아무렇지도 않게 제게 거짓말을 하는 은소를 보자 불쾌해졌다.

"그렇군."

하제가 먼저 돌아서서 후원을 빠르게 빠져나가, 방 안으로 들어가 버렸다. 어정쩡하게 그 뒤를 따라오던 은소가 하제의 책상 위에 놓인 빈 화병을 발견했다. 이윽고 그것에 물을 받아 꽃을 꽂아 책상에 올려두었다.

"이러니까 조금 낫지 않아?"

은소가 생긋 웃자, 하제는 괜히 심술이 났다.

"정말 혼자 있었나?"

은소가 당황한 듯 잠시 멈췄다가 말했다.

"정말이야."

"거짓말. 갈매가 다녀가지 않았나?"

어째서 이리 뻔히 보이는 거짓말을 하는 것이지?

쨍그랑!

분노에 일그러진 얼굴로 하제가 순간 화병을 집어 던졌다. 그릇이 깨지고, 물과 꽃이 엉망으로 쏟아졌다.

은소의 눈동자가 크게 흔들렸다. 저 눈, 자신을 괴물 보듯 끔찍이 여기는 그 눈이다.

"나를 감시라도 하는 거야?"

"너는 내게 거짓을 고했다."

하제가 천천히 조여 오듯, 은소를 향해 걸어왔다.

"다 알고 있으면서 그럼 내게 왜 묻는 거야? 당신은 정말로 이상해."

하제가 피식 어이없나는 듯 웃었다.

"괴물에게 뭘 바라나?"

"……뭘 바란 적 없어. 당신이야말로 나를 왜 이렇게까지……."

은소는 뒷말을 잇지 않았다. 눈빛이 이미 그를 다시 증오하고 있었다.

"다른 이유 없다. 너는 나의 꽃이다. 얌전히 자라주었으면 좋겠어. 순순히 내 말을 듣고, 내 보호 아래서 조용히 있어주면 돼."

"여전히 당신은 나를 물건 취급해."

"……."

"이번엔 조금 말이 통한다고 생각했는데…… 역시 아니야. 우리는 영원히 서로를 이해할 수 없을 거야."

"복잡한 계집이군. 난 괴물이라 그런 것 따위 알 턱이 없다."

"그래, 알고 싶지도 않은 거겠지."

은소는 실망스럽다는 듯 그렇게 말을 내뱉고는 임금의 방을 빠져나갔다. 하제는 뒤늦게 제가 한 말과 행동이 후회스러웠다. 허나, 순간적으로 너무 화가 났다. 분노로 가득 차올라서 아무 생각이 나지 않았다.

자신은 저를 위해서 궁궐도 짓고 보호해 주려 하는데, 제 마음도 몰라주는 은소가 미웠다. 그러나 너무 말이 지나쳤다. 겨우 은소가 자신을 향한 원망의 눈빛을 거두고 있었는데. 하릴 소용없는 일이 되고 만 것이다.

하제는 깨진 그릇 사이로 떨어진 노란 꽃 한 송이를 주워들었다. 그릇 조각에 손가락이 베여 핏방울이 맺혔다. 아릿한 아픔이 느껴졌다.

그러나 그것보다 은소와 자신의 사이가 다시 동강 난 것만 같아, 저릿해진 심장의 아픔이 더했다. 심장을 부여잡은 하제는 은소의 마음을 치유하는 것은 자신의 영역이 아니라는 생각이 들었다.

'건드리면 건드릴수록 깨진다.'

저리 자존심이 강하고 목석같은 계집은 처음 보았다. 그러나 그럼에도 불구하고 하제는 은소를 원했다. 여전히 탐이 났다. 제 손안에 잡히지 않는 그녀에게 화가 나는 동시에 애정이 솟았다.

은소를 위한 궁궐이 다 지어지면, 은소를 그곳에 가둬버릴 것이다. 아무도 찾을 수 없게, 자신만이 드나들 수 있는 궁을 지을 것이다. 꽃은 제 곁에서 안전해야 했다. 하제는 몸을 일으켰다. 궁이 지어지기 전까진 제가 보호해야 했다. 억지로라도 붙들어야 했다.

그런 생각을 마칠 때쯤엔 이미 날개를 활짝 펼친 뒤였다. 날개가 없는 은소는 멀리 가지 못했다. 꽃이 품고 있는 꿀은 저만이 취할 것이다. 은소를 발견한 하제는 가볍게 그녀의 앞에 내려앉았다. 그를 외면한 은소를 향해 하제가 말했다.

"너를 위한 궁을 지을 것이다. 완공되기 전까진, 내가 보호할 것이다. 벗어날 수 없다는 것을 알 텐데."

"……뭐라고?"

"그 말 그대로다."

하제의 명령이 들려오는 동시에, 그가 은소를 품에 들어 단숨에 다시 창공을 날았다. 그 속도가 어찌나 빠른지, 은소는 눈을 질끈 감고 말았다.

* * *

"좋은 냄새가 난다."

열에 달뜬 숨결이 다가왔다. 하제가 뒤에서 느닷없이 은소의 어깨에 길게 입 맞췄다. 그에 그치지 않고, 그의 커다란 손이 양어깨를 단단히 붙잡고는 입술로 목덜미 주변을 배회했다.

녹옥궐에서 지낸 지도 벌써 여러 날, 매일 하제가 자신에게 입술을 요구하는 것이 일상이 되었다. 그리고 매일같이 거부하는 은소의 태도에 하제는 웃으며 말했다.

"입술까진 허락한 걸로 알고 있는데?"

하제가 은소의 고개를 자신 쪽으로 돌려 붉은 입술을 탐했다. 뜨거워진 입술 사이로 흘러들어오는 그의 혀는 여전히 강렬했다. 부드러우면서도 단단한 힘이 느껴질 때가 있었다.

질척이는 소리가 들리며 온몸이 굳어버릴 만치 짜릿한 쾌감에 이를 때까지 긴 입맞춤은 몇 번이고 계속되었다. 도무지 끝날 줄 모르는, 벗어날 수 없는 키스였다. 하제의 능수능란한 입맞춤에 은소는 정신을 차릴 수 없었다.

게다가 도무지 키스에는 재주가 없던 자신이 이렇게 긴 입맞춤을 한 적도 드물었다. 키스를 이렇게나 잘하는 짐승이라니, 어쩐지 섹시하긴 했다. 하제는 특히, 입술을 맞대러 올 때면 버릇처럼 도포 자락을 헤치고 다가왔다.

"숨차니까 이제 그만해, 읍!"

다시 들어온 입술에 정전기가 따갑게 일었다. 짧은 입맞춤을 끝낸 하제가 그녀의 등을 쓸어내리곤 말했다.

"맛있군."

길고 길었던 입맞춤을 마치고, 하제는 제 방으로 건너갔다. 은소는 옅은 한숨을 흘렸다.

요즘 하제는 무척이나 제게 부드러웠다. 그의 말대로 자신이 얌전히 제 곁에 있어서일까. 매일 밤 나누는 입맞춤 때문일까.

"입맞춤……."

솔직히 하제와의 입맞춤은 달콤하고 짜릿했다. 간혹 두근거리기까지 했지만, 그래서 더욱 혼란스럽다. 마음은 분명 아직까지 그를 받아들인 것이 아닌데, 입술을 나누고 살을 부대끼고 있는 것이 이상스럽게 느껴졌다.

'대체 뭘까, 이건.'

소위 말하는 가벼운 관계도 아니고. 아니, 이건 구태여 따지자면 주종관계일 것이다. 자신은 하제에게 매일 입술을 바치는 것뿐이다. 그리 정의를 내리니, 이상스럽게 떨리던 마음이 조금은 가라앉는 것 같았다.

쿵쿵.

가슴이 쉴 새 없이 뛰었다. 정말로 이상한 일이다. 그토록 사랑했던 지석을 마주한 것보다 몇 배는 더 가슴이 세찬 박동을 한다. 지석과 나누었던 키스보다 강한 흥분감이 온몸을 강타한다.

그런 자신에게 배신감까지 느껴졌다. 이 말로 설명할 수 없는 느낌과 감정들은 오묘하게 섞여들어 커다란 덩어리를 만들어내고 있었다.

은소는 불쑥불쑥 고개를 내밀고, 시뻘건 혀를 내미는 그것이 두려웠다.

*   *   *

그로부터 석 달이 흘렀다.

도읍 아라야에서 북쪽으로 수십 리를 가면, 아득한 절경이 펼쳐지는 산이 있었다. 그 산은 기운이 영험하고 하늘에 맞닿을 만큼 높아서 구름마루라고 불리기도 했다.

바로 그곳에 은소를 위한 작은 궁이 지어졌다. 웬만한 이들은 쉽게 드나들기도 까다롭고, 산세가 험준하여 궁을 숨기기도 좋았다. 울창하게 자란 소나무들이 빼곡해, 궁은 조금만 걸어 나오면 그 자리에 없었던 것처럼 보이지도 않았다.

모든 것은 하제의 계산속이었다.

오로지 자신만이 이곳을 단숨에 날아들어 드나들 수가 있었다. 미로궁의 존재를 아는 자들은 모조리 잡아다 입막음을 단단히 시켰다. 이를 알고 있는 다른 인물은 가막 대사뿐이 될 것이다. 허나, 그는 제 편이다. 더욱이 염라에게 놀아날 인물은 아니다.

하제는 궁의 대문 앞에 섰다. 그러곤 제 기운을 모두 풀어놓았다.

그오오오오!

일대를 강타하는 하제의 기가 숲 전체를 뒤덮었다. 이제 이곳은 아무도 오지 못할 것이다. 눈에 보이지 않는 투명한 실들이 누에고치처럼 궁 전체를 감쌌다. 만족한 미소를 지은 하제는 순식간에 날개를 펼쳤다.

푸드드드.

푸른 산맥을 단숨에 날아가, 도읍 아라야를 질주한 하제는 이윽고 아라궁에 다다랐다.

'이 정도면 가뿐히 오고 갈 거리는 된다.'

이제는 주인공을 모셔올 차례였다.

아무도 없는 곳으로, 저만이 바라볼 수 있는 곳으로. 그녀를 밀어 넣을 것이다. 꽃을 안전히게 보호할 둥지가 생긴 것이다.

五花
원하고, 원망하고

아궁이를 들여다보던 설란은, 하얀 연기가 자욱이 차오르자 부엌문을 단단히 잠갔다. 이윽고 부엌을 가득 메운 연기 속에서 검은 그림자가 나타났다. 설란은 급히 고개를 숙여 절했다.

"대왕, 오셨습니까."

"오냐, 설란. 오래도록 잘 버텨 주었다. 하제가 의심은 않더냐?"

정신을 지배할 만치 위험하고도 매혹적인 목소리가 설란의 귓가에 파고들었다. 설란은 대왕의 말이 끝날 때까지 기다렸다가 조심스럽게 답했다.

"기색을 감추는 데 온 힘을 기울였습니다. 두루미 임금은 아무런 눈치도 채지 못했을 것입니다. 그 예로 제 목숨을 끊으려하다가, 충심에 감단한다며 살려주었습니다."

"그렇군. 잘했다. 너라면 나를 실망시키지 않을 것 같구나."

"믿어주십시오. 대왕은 제 목숨의 은인이 아니십니까. 저는 대왕의 은혜를 배로 갚을 것입니다. 이제 곧, 감로화 계집을 따라서 저 역시 산중궁궐로 들어갈 것입니다. 그때가 되면 기회는 반드시 찾아올 것입니다. 대왕."

"산중궁궐이라?"

"예, 두루미가 꽃을 보호하기 위해 궁을 지었사옵니다."

"그것참 잘된 일이로구나."

"그렇지요. 그동안 참 오래 기다리셨습니다."

설란이 빙긋 웃자, 염라의 그림자도 흔들렸다.

"오래간만에 설레는군. 기다리겠다, 설란."

"예, 모든 것은 대왕의 뜻대로 성취될 것이옵니다."

이내 부엌에 가득 찬 연기가 수그러들었지만, 설란은 사특한 웃음을 흘렸다.

*   *   *

"이곳은 마치 미로 같아."

궁 안에 들어온 은소의 첫 감상은 그것이었다. 마치 미노타우로스가 지키고 있다는 그리스 신화 속의 미궁이 이러할까.

"아름답지만 쓸쓸한 곳입니다."

은소의 뒤를 조용히 따르던 설란이 말했다. 은소도 그 말에 공감했다.

궁은 무척이나 소담하고 조용했다. 자줏빛 지붕 아래 하얗게 종이를 바르고 첩첩이 문이 달린 건물 여섯 채에 스물네 칸짜리 방이 있는 규모가 작은 궁이었다. 물론 은소와 설란만이 지내기에는 충분히 넓은 공간이었다.

인기척이라고는 느껴지지 않는 휑한 나무 마루에 앉아서 은소는 쓸쓸히 밖을 내다보았다. 하제는 제게 경고하듯이 명을 내리고 돌아갔다.

'너를 지키기 위해서 가두는 것이다. 궁에서 얌전히 있으라. 내가 오기 전까지 궁문은 열리지 않을 것이다.'

명분은 보호였으나, 이것은 유배나 다름없었다. 하제는 자신을 이 외딴 궁궐에 가둔 것이다.

설란이 말했다.

"이곳에서 생활을 하려면, 여러 가지 준비가 필요할 듯합니다. 시장하실 텐데, 곧 준비해 올리겠습니다."

은소는 고개를 저었다.

"내가 부를 때까지 당분간 찾아오지 마세요. 설란."

"예, 그리하겠습니다. 식사는 가장 첫 번째 방문 앞에 두겠습니다."

"고마워요."

설란까지 물러가니 한결 마음이 편안하면서도 또 적적했다.

첫날은 궁의 이곳저곳을 돌아다녔다. 스물네 칸의 방들은 문을 열고 들어가도 단숨에 찾지 못했다. 문을 여섯 번이나 통과해야 나타나는 방도 있고, 이쪽 방에서 저쪽 방으로 이동하려면 방을 세 개나 통과해야 하기도 했다.

과연 미로 같은 궁이다.

사무치는 외로움이 심장을 적셨다. 사실 더 외로울 것이 없다고 생각했는데, 아직 조금 남아있었나 보다. 그 사실에 조금 웃음이 났다.

갈매에게 작별 인사도 하지 못하고 온 것이 아쉬웠다. 낯설지만 넓고 아름다웠던 아라궁궐도 떠나오자 조금은 그리웠다. 가장 그리운 것은 연인과 가족이 있는 현실이었지만, 집을 그리기에는 너무나도 멀리 온 것 같았다.

이튿날은 일을 찾아다녔다. 분명, 그 많은 일을 설란이 하기에는 어려울 터였다.

세간 살림은 넉넉할 정도로 갖추어져 있었고, 헛간에도 곡식이며 온갖 음식이 가득했다. 축사에는 돼지와 소, 닭까지 있었다. 다만 그를 기르는 일손만이 없을 뿐, 이곳은 모든 것이 갖추어져 있었다.

설란은 극구 말렸지만, 일을 하니 오히려 기분이 개운해지는 듯했다. 빨래를 하고 가축들에게 먹이를 나눠주고, 화원에 자란 꽃나무들에 물을 주기 시작했다.

세 번째 날은 미로궁의 창고에서 악기를 발견했다. 마침 설란이 악기 다루는 법을 안다기에 배웠다. 아률이라는 악기인데, 여덟 개의 줄이 달린 현악기로 줄을 잡았다가 놓아 퉁기면 그 영롱한 음색의 울림이 오래도록 지속되었다. 하여, 가락이 무척 천천히 진행되었다.

온종일 아률을 붙잡고 연주하던 은소는 어설프게 쉬운 곡 하나를 익히곤, 미소 지었다. 은소는 그렇게 서서히 새로운 궁에 적응을 해갔다. 하지만 시간이 지날수록 커지는 건 외로움뿐이었다.

하제는 자신을 이곳에 놓아두고, 잊어버리려 한 것일까?

'아니야. 내가 대체 누구 생각을 하고 있는 거야?'

자신두 모르게 하제의 생각을 하고 있었다. 솔직히 조금은 서운한 마음이 드는 것도 사실이었다.

육 일째 밤이 지나고, 칠 일째의 밤이 찾아왔다. 일부러 몸을 바삐 움직이며 부지런을 떨었던 탓에 은소는 일찍 잠이 들었다.

잠결에 눈을 떴을 때였다. 검은 그림자가 제 뒤에 누워있는 듯한 느낌을 받았다. 순간 털이 곤두섰다. 잠이 확 깨었다.

"누구세요?"

그러자 검은 그림자가 은소의 허리를 감싸 안았다. 뜨거운 사내의 체온과 함께 숨결이 느껴졌다.

"하제?"

"……너를 안고 싶어서 왔다."

은소는 뒤를 돌았다. 하제의 붉은 눈동자가 자신을 갈구하는 눈빛을 보내고 있었다.

은소는 슬쩍 그를 밀어낸 뒤 말했다.

"놀랐잖아요."

하제가 입가에 웃음기를 물고는 말했다.

"어떤가, 이곳 생활은?"

"보다시피 적막한 곳이라……."

"많이 외로웠나 보군."

"괜찮아요. 혼자인 게 좋아."

"앞으론 자주 들르마."

"……아뇨. 오히려 당신 얼굴 안 보고 사니까 살 것 같은걸."

"거짓말."

하제가 손바닥을 은소의 심장에 슥 갖다 대었다.

쿵쾅쿵쾅, 더욱 거세지는 울림소리.

"솔직하지 못한 벌을 받아야겠다."

* * *

하제는 깊숙한 곳에서부터 올라오는 열기에 눈을 떴다. 며칠 간 보지 못한 탓일까.

은소를 향했던 그리움이 한꺼번에 쏟아져 나오듯, 하제의 손은 그녀의 몸으로 향했다. 온몸으로 그녀를 짓눌러 주고 싶었다. 아무도 볼 수 없게, 만질 수 없게 영원한 제 것으로 만들고 싶었다.

쿵쾅쿵쾅.

은소의 심장이 고스란히 손바닥에 느껴지자 참을 수가 없었다. 날이 갈수록 향기를 더하는 꽃을 어찌 그냥 두고 볼 수만 있을까?

그럴 때마다 자신의 이성을 제어하는 것은 그날 죽어가던 감로화의 모습이었다. 은소가 죽어도 싫다 하는데 억지로 취할 수는 없었다.

다만 이렇게 그녀의 촉촉하고 보드라운 입술만을 탐하며 허기를 달래는 수밖에. 욕망에 날뛰는 짐승을 그저 입맞춤으로 잠재우는 수밖에.

은소의 입술이 벌어졌다. 하제는 그 틈을 비집고 들어갔다. 며칠간의 시름도 잊어버릴 정도로 꿈결 같은 순간이었다. 은소는 자신과의 입맞춤에 더 이상 거부 반응은 거의 보이지 않는다. 그것만으로는 한참 부족했지만, 지금은 여기서 만족해야 했다.

그나저나 이 궁에 있는 은소는 무척이나 외롭고 답답해 보였다. 말동무라도 하나 붙여주어야 할까. 언뜻 갈매의 얼굴이 떠올랐지만, 그놈을 이곳에 보내면 제가 견디지 못할 것 같았다.

불현듯 하제는 좋은 생각이 떠올랐다. 제가 은소를 태우고, 궁이든 바다든 얼마든지 다녀오면 된다. 밤이라 보는 눈도 없을 터이고, 은소의 울적한 기분도 달래줄 수 있을 것이다.

"은소, 밖에 나가고 싶지 않으냐?"

은소가 반가운 기색으로 말했다.

"나가고 싶어."

"어디든 말해보아라. 데려다줄 테니까."

"하지만, 밖에 나가면 위험하다고 했지 않아?"

조심스레 그렇게 묻는 은소가 귀여웠다. 제 말을 잘 귀담아듣고 있었다.

"내가 함께 있을 때는 괜찮다."

하제가 너그럽게 말하며, 그녀의 머릿결을 쓰다듬었다. 손에 닿는 감촉이 부드러웠다.

"그럼……."

"괜찮다. 솔직히 말해도 된다."

"갈매를 만나고 싶어."

"알았다. 아라궁 갈매의 처소로 데려다주지."

하제가 냉큼 그리 말하자, 은소가 그의 기색을 살폈다. 아마도 자신이 화를 낼 줄 알았나 보다. 물론 조금 섭섭했지만 어쩔 수 없었다. 은소와 어린 사슴이 각별한 우정을 나누었던 것은 자신도 이해하지 못하는 바가 아니었다.

"좋아, 가자."

"고마워요."

하제는 곧장, 검은 두루미로 변신했다. 화악 펼쳐진 아름다운 날개는 까만 밤하늘에도 감추어지질 않았다. 은은히 빛이 나는 몸체와 길게 뻗은 꽁지가 흔들렸다.

"올라와."

하제가 말하자, 은소가 그의 등에 조심스레 올라탔다. 목덜미에 있는 붉은 깃털은 유난히 단단해서 붙잡기가 좋았다.

*　　*　　*

까딱 고개가 넘어갔다. 촛농이 떨어지는 줄도 모르고, 갈매는 제 방에서 밤을 지새우다가 그만 잠이 들었다.

"깜빡 잠들어 버렸구나."

아라연국의 왕자이던 제가 이렇게 두루미 임금 아래에서 목숨을 보전하고, 혼자서만 잘살고 있는 듯해 마음이 불편했다.

잠에서 깬 갈매는 창문을 살짝 열었다. 스산한 바람이 불었다. 궁병 교육을 위해서 이것저것 익히려 하다 보니 하루의 시간이 모자랐다.

벌써 달이 한참 기울었나 보다.

'은소 누님은, 그곳에서 잘 지내시려나?'

궁인들도 어디로 갔는지 모른다고 했다. 오직 하제 전하만이 아시는 깊은 곳에 가셨다고 했다.

갈매는 왠지 슬퍼졌다. 이제 다시는 볼 수 없는 것이 아닐까? 자신이 하제 전하보다 강했더라면, 그보다 먼저 그녀를 구해 줄 수 있었을 텐데…….

허황된 꿈일지라도, 그리 자신이 강대한 존재가 된다면 좋겠다. 그리하면 자신은 잔혹한 두루미 임금처럼 은소를 괴롭히지 않을 터였다.

하제는 은소를 행복하게 해줄 위인은 아니었다. 갈매는 은소를 웃게 해줄 자신이 있었다. 하지만 잘 알고 있다. 환수 일족들끼리는 서로의 기운으로 상대의 힘을 파악한다. 하제의 기운은 범상한 수준이 아니다. 대체 어떻게 하면 그런 힘을 가질 수 있을까?

툭—

그때였다. 열린 창문으로 뭔가가 굴러들어왔다.

창문을 내다보자, 그곳에는 은소가 자신을 보며 웃고 있었다. 갈매의 눈이 일순 크게 뜨였다. 마치 꿈인 것 같아서 갈매는 쉬이 어떤 행동도 말도 할 수 없었다.

"갈매야."

자그맣게 속삭이는 목소리가 들리자, 갈매는 그제야 창문을 넘어서 그대로 그녀에게 달려갔다.

"누님! 어찌 오셨습니까."

"너를 보려고 온 거야."

'이것이 진정 꿈은 아니겠지?'

갈매는 은소의 말에 용기를 내어 은소의 손을 잡았다. 스르륵, 아이의 모습에서 청년의 모습으로 자란 것은 물론이었다. 그러자 당황한 은소의 얼굴이 아른거렸다. 하얀 두 뺨이 붉게 달아오른 것처럼 보여서 갈매는 조금 더 용기를 내었다.

그는 그대로 은소를 품에 안았다. 보드랍고 따뜻하고 작은 그녀의 몸이 와 닿자, 향긋한 내음에 미칠 것만 같았다.

"지금은 안 돼……."

은소가 화들짝 놀라며 밀어내었지만, 갈매는 놓고 싶지 않았다. 더욱 제 품에 가두고 싶었다.

"보고 싶었습니다."

그 모습을 창공에서 지켜보고 있는 시선이 있는 줄도 모르고, 갈매는 은소를 품에서 놓을 줄을 몰랐다.

누군가 자신을 보고 있는 느낌이 들었다.

'하제가 보고 있던 걸까?'

은소는 자신을 더욱 옭아매려는 갈매의 품에서 빠져나오며 말했다.

"……갈매야, 잠깐만. 누군가 있을지도 몰라."

"……예? 누가 말입니까?"

"하제 전하 말이야."

그리 말하며 은소는 하늘 위를 올려다보았다. 갈매도 일순 놀라서 아이의 모습으로 돌아가 살뜰히 주변을 살폈다. 그러나 밤하늘은 텅 비어있었다. 지붕 위에도, 담장 뒤에도 하제의 모습은 보이지 않았다.

"네가 나이를 속인 걸 들키면 위험해……. 조심해서 나쁠 건 없으니까."

"……누님 말이 맞습니다. 제가 너무 경솔했습니다."

은소는 불안한 눈빛으로 생각했다. 하제가 갈매의 처소에 자신을 내려놓고 다시 날아가 버렸지만, 안심할 수는 없었다. 어디서든 자신을 지켜볼 수 있는 자였다. 게다가 느낌이 좋지 않았다.

'분명히 시선이 느껴지는 것 같았는데…….'

어쩌면 제 착각일지 몰랐다. 만에 하나, 청년의 모습을 하고 있는 갈매를 하제가 보았다면 단숨에 내려와 두 사람을 벌했을 것이다. 성질이 불같은 하제가 가만히 있을 리가 없다.

어두워진 은소의 얼굴을 본 갈매가 조심스럽게 물었다. 그 역시 걱정이 되기는 마찬가지였다.

"혹 하제 전하가 이리로 데려다주신 겝니까?"

은소가 고개를 끄덕였다. 갈매는 은소의 손을 잡고는, 자신의 처소 안으로 향했다. 그래도 하제 전하께서 자신과 은소의 우정을 각별히 생각해 주시는 모양이었다.

"제 생각보다 하제 전하는 좋은 분이시군요. 그럼 안으로 들어가서 이야기하지요. 누님께 하고 싶은 이야기가 많습니다."

쪼르륵.

맑은 소리가 찻잔 가득 담기며 귀를 녹였다. 갈매가 정성스레 따른 찻잔을 은소 쪽으로 밀어주었다. 하얀 찻잔에 담긴 분홍빛 차에서는 새콤한 향이 은은히 풍겼다.

"드셔 보세요."

"향이 무척 좋은걸."

차를 한 모금 마시자, 여러 가지 풍성한 과일과 꽃향기가 어우러지며 입 안으로 흘러들어오는 듯했다. 혀끝을 녹이는 달콤하고도 개운한 맛 또한 일품이었다.

"맛있다."

그 모습을 흡족하게 지켜보던 갈매가 미소를 지으며 말했다.

"많이 드세요. 얼마든지 드릴 수 있으니까."

"직접 우려낸 거야?"

"예, 직접 키우고 우려낸 것이지요. 아라연국은 토질이 좋고 기후가 온화해서 많은 종류의 식물이 잘 자라는 편이랍니다."

"잠깐, 궁에서 네가 식섭 키운단 말이야?"

"예. 궁 안에 제 보물이 둘 있는데 그중 하나가 그 정원이지요. 보여드리고 싶어요."

화사한 웃음을 가득 물은 갈매가 눈을 빛내며 은소의 손을 붙잡고 방문을 열었다.

*   *   *

술잔을 붙잡은 손가락이 부들부들 떨리고 있었다. 연거푸 술잔을 깨끗이 비운 하제는 아예 술병째로 들고 입속에 술을 털어 넣었다. 목구멍이 휠활 타오르는 듯 뜨거웠다.

허나, 아무리 술을 마셔도 취하지 않는다. 비정상적으로 강해진 몸은 취기가 오르기가 여간 힘든 게 아니었다. 하여 더욱더 강한 술을 찾는 중이었다.

노루는 아까부터 말없이 분노에 찬 얼굴로 술만 마시는 하제를 바라보며 말했다.

"……이를 어쩌누. 더 센 놈으로 줄까?"

"……그거 좋겠군."

"그래, 네게 필요한 술을 마침 가지고 있다."

노루가 어린 궁인을 하나 불렀다.

"얘 송송아, 그제 묻어둔 술독을 가져 오거라."

"예, 무녀님."

송송이 가져온 술독은 어린아이의 머리통처럼 자그마한 크기였다. 노루는 그것을 탁자 위에 올려놓고는 뚜껑을 열었다. 뚜껑을 열자마자 강렬한 향기가 흘렀다. 하제는 그 익숙한 향기에 술독을 노려보았다.

"……이 냄새는."

두근, 향기만으로도 그의 심장이 반응했다.

'감로화? 분명 은소의 것이다.'

"이게 대체 무엇이지? 어째서 이 술에서 감로화의 향기가 나는 것이냐?"

하제가 벌떡 일어나더니 목깃을 부풀리기 시작했다. 핏빛 눈동자가 날카롭게 빛났다. 그러나 노루 할멈은 여유로운 태도로 하제를 달래듯 말했다.

"진정해라. 이건…… 상사주(相思酒)이니라."

"상사주?"

하제가 일그러진 눈썹을 치켜 올리며 묻자, 노루는 여유로운 손짓으로 독 안에 든 술을 작은 표주박으로 퍼 올렸다. 그러곤 하제의 술잔에 담아주었다. 투명하고 은은한 노란 빛이 나는 술이었다.

"무엇으로 만든 것이냐?"

"무엇으로 만든 것 같누?"

노루가 천연덕스레 되물었다.

"무슨 수작을 부렸기에 감로화의 향이 이 술에서 나는 것이지?"

"후후…… 아무래도 네가 그 애에게 깊이 빠져들었나 보구나."

"그게 무슨 말이지?"

"잔을 쭉 들이켜라. 네게 도움이 되는 것이다."

"그 어떤 술이든 내겐 듣지 않는다."

하제는 의심의 눈초리를 거두지 않았지만, 순순히 잔을 들었다.

술이 목구멍을 타고 넘어가자, 눈앞이 어질어질했다. 하제는 들고 있던 술잔을 놓치고, 그만 탁자에 푹 엎드렸다. 한 잔을 마셨을 뿐인데 훅 끼쳐오는 취기에 얼굴에 열이 바짝 올랐다.

"하제."

"……제법인데."

'어떻게 돼먹은 술인가?'

단 한 잔 만에 주변이 춤을 추듯 흔들렸다. 하제는 탁자 위를 손으로 간신히 짚었다. 앞에 있던 노루는 온데간데없고 은소가 그 자리에 있었다. 하제는 그 자리에서 못 박힌 듯 그녀를 가만히 응시했다.

갸름한 하얀 얼굴에 투명한 눈동자, 은은히 빛을 발하는 꽃 같은 모습이었다. 오늘 은소는 붉은 옷을 입고 있어, 화려하고 고혹적인 여인의 매력까지 풍겼다.

알몸까지 다 보았어도 그저 어린애처럼 마르고 가녀린 줄 알았는데 두고 보면 볼수록 성숙한 향기를 머금은 듯했다.

"……은소, 네가 어떻게……?"

물기 가득한 눈망울로 은소가 물었다.

"하제, 나를 어찌 생각해요?"

"갑자기 왜 그런 것을 묻지?"

"그냥 궁금해서 그래요."

하제가 몸을 일으켜 은소에게로 손을 뻗었다. 보드라운 손을 꼭 붙잡았다. 제 영역에 들어왔다고 생각했지만, 여전히 잡힐 듯 잡히지 않는 꽃이었다. 하제의 입술이 달싹였다.

달콤한 나만의 꽃,
나는 너를…….

"나는 널……."

그 순간 나무 탁자가 기울어 술잔이 바닥에 떨어졌다.

쨍그랑!

"……한다."

그러자 순간 눈앞에 있던 은소가 보이지 않았다. 아니 그가 찾는 얼굴이 아니었다. 하제가 허망한 듯 상대를 보았다.

"노루, 너였나?"

앞에 있는 것은 익숙한 얼굴의 노파였다. 노루가 하제를 보며 아깝다는 듯 입맛을 쩝 다셨다.

"아쉽구만. 술잔 깨지는 소리에 제대로 못 들었다. 다시 한 번 말해보아라."

"하! 미쳤군."

그러자 하제가 굳은 얼굴로 고개를 돌렸다. 어쩐지 얼굴이 뜨거워지는 느낌이 들었다. 저 요망한 할망구가 이상한 술로 제게 장난질을 친 모양이었다. 착 가라앉은 목소리로 하제가 말했다.

"이상한 짓 하지 마라."

"후후, 그래도 어찌하였든 은소가 나타났지? 이 술은 좋아하는 이의 환영을 불러일으키는 술이니라."

"뭐라?"

"네가 은소를 좋아하고 생각하니, 은소의 모습이 비친 것이다."

하제는 콧방귀를 뀌었다.

"……가당치도 않다. 내가 헛것을 본 것이다."

급히 둘러대는 그의 모습에 노루가 설풋 웃었다.

"그 아이가 네게 대체 무엇이냐?"

하제는 쉽사리 대답하지 못했다.

'은소가 자신에게 무엇인가?'

제 심장을 콕콕 건드리는 게 있지만 꽃일 뿐이다. 정성을 다해 돌보고 피어나면 먹어치울 꽃이다. 그런데 저 할망구는 대체 무슨 말을 하는 것인지 알 수가 없다.

본디 태생부터 다르다.

강대한 두루미 일족인 자신과 나약한 인간은 같을 수가 없는 것이다.

나약한 것은 쓸모없는 것이다. 비참한 결과를 맞이할 뿐, 아무도 기억하지 않는다.

'하제야. 하제야. 이리 오렴.'

날선 기억의 파편이 가슴을 갈랐다.

'꺄아아아아아악!'

유약한 인간은 아무 소용이 없는 것이다. 죽어 사라질 육체 따위 가진들 무엇할까. 그런 인간에게 자신이 감정 따위 느낄 리만무하다.

그때 현실을 깨우는 노루의 목소리가 들려왔다.

"하제, 은소를 좋아하는 것이 맞지?"

노골적으로 히히덕거리며 좋아하는 노루 할멈의 모습이 보였다. 스스스— 자신도 모르게 두루미의 모습으로 변했다. 정수리가 붉게 부풀어 올랐다. 하제는 도리질을 치며 버럭 소리 질렀다.

"쓸데없는 추측 따윈 하지 마라. 나는 그런 감정 따위에 놀아날 자가 아니다."

그 모습에 놀란 노루가 슬쩍 뒤로 물러나며 말했다.

"오호, 제법 진심으로 화를 내는구먼."

"닥쳐라."

"헌데…… 그리 화만 내지 말고 잘 들어 보거라. 꽃도 인간이란 말이다. 그것도 성인 여자란 말이지. 허면 꽃을 행복하게 해주는 방법이 무엇인지 잘 생각해보란 말이다."

"무슨 소리인지 알 수가 없군."

"하지만 꽃을 원하는 것도 맞고 탐하는 것도 맞지 않누?"

하제가 말했다.

"꽃을 원하는 것은 내 본능이지. 꽃은 나를 위한 먹잇감일 뿐이다. 먹을 것은 사냥할 순 있어도 사랑할 수는 없잖은가."

"쳇, 핑계 한번 더럽구나."

진뜩 곤두선 하제를 자극할 필요는 없었다. 노루는 입매를 말아 올리며, 속으로 생각했다.

'망할 놈, 이래서는 꽃의 마음이고 뭐고 얻기가 힘들겠구만. 언제야 꽃이 활짝 피는 봄이 오려나?'

*　　　*　　　*

갈매를 따라 도착한 곳은 눈에 익은 곳이었다.

"이곳은⋯⋯."

"그날 우리가 처음 만났던 연못입니다."

밤에 온 연못은 운치가 있고 느껴지는 정취가 사뭇 달랐다. 고요한 수면은 매끄러운 거울처럼 달과 별을 담고 있었다.

"그런데 여긴 왜?"

"이 뒤쪽에 길이 있습니다."

갈매가 연못 뒤를 손짓으로 가리켰다. 그곳에는 아이의 손바닥만 한 연두색 담쟁이넝쿨들이 빼곡히 자라 있었다.

은소는 고개를 갸웃거렸다. 담장으로 가로막혀 있어서 길이 없는 곳이었다. 그러나 갈매의 하는 양을 보고 곧 웃음을 터뜨렸다.

갈매는 넝쿨을 헤치고 기어들어가기 시작했다. 담장 밑에 사람이 기어들어갈 정도로 자그마한 구멍이 있었던 것이다. 몸집이 작은 여자나 아이만이 드나들 수 있는 크기였다.

"조심히 들어오십시오."

"길이 정말 있었구나."

구멍으로 기어들어 와, 옷에 묻은 흙을 털었다. 고개를 들자마자, 팽그르르 도는 푸른 꽃송이들이 은소의 몸에 하나둘 달라붙었다.

"이게 뭐야?"

은소는 몸에 달라붙은 꽃송이를 떼어 살펴보았다. 달빛에 비쳐서인가 더욱 청초하고 예뻤다.

"그건 날개꽃이에요."

"날개꽃이라…… 이름처럼 곱다."

"하늘에서 내려온 선녀가 벗어두고 간 날개옷이 남아서 꽃이 되었다고 해요."

길내가 부드럽게 눈썹을 휘며 웃었다. 해사한 웃음이 보는 이를 기분 좋게 만들었다. 이렇듯 은소는 갈매와 있으면 왠지 기분이 편안하고 좋았다.

"이곳은 아무도 오지 않는 비밀 장소이니, 잠시 어른이 되어야 겠습니다."

"그래."

갈매가 그리 말하며, 청년으로 모습을 바꾸었다. 입고 있는 의복도 체형에 따라 변화하여 볼 때마다 새롭고 신기했다.

신비로운 정원이었다.

크고 작은 꽃나무들은 마치 서로를 보듬고 자란 듯이 보기 좋게 잉거있었나. 구불구불한 나뭇가지에는 오색빛깔의 나뭇잎들이 매달린 나무도 있었고, 숨결을 후우 불면 파르르 떨면서 춤을 추는 꽃도 있었다.

향기롭고 어여쁜 꽃들 속에 있으니 시간 가는 줄 모르고 마음이 편안하고 눈이 즐거웠다. 맑게 웃고 있는 은소의 얼굴을 들여다보던 갈매가 나직이 속살거렸다.

"누님이 오시니 꽃과 나무들이 좋아합니다."

"나도 여기 오니 좋아."

"농이 아니라 참입니다. 저는 이 아이들이 어떤 기분과 상태인지 보기만 해도 알 수 있거든요."

"그래?"

은소의 시선이 그중에서 가장 작게 떨고 있는 풀 한 포기에 닿았다.

"그럼 이 풀은? 잘 자라지 못하는 것 같은데……."

갈매가 그 풀을 살피곤 말했다.

"아, 이 아이는 꽃을 피워내기가 매우 어려운 종입니다. 꽃을 피울 준비를 하느라 잔뜩 긴장한 모양입니다. 기운을 북돋아 주어야겠어요."

갈매가 풀에다 대고, 무어라고 속삭였다. 그러곤 눈을 감고 손을 가까이 대었다. 일순 희미한 빛들이 풀을 감쌌다. 은소는 그 모습을 신기하게 보곤 물었다.

"뭐하는 거야?"

"제 기운을 조금 나눠주었습니다. 아, 이 아이가 누님의 기운도 얻고 싶다고 하는데요."

"내가? 그건 어떻게 하는 거지?"

"풀에게 잘 자라라고 말해 주면서 손으로 보호하듯 감싸 주세요. 집중해서 하면 누구나 할 수 있는 것입니다."

"알겠어."

은소는 갈매가 시키는 대로 눈을 감고 풀에게 그리 해주었다.

"잘됐을까?"

"잘되었습니다."

눈에 띄는 것은 없었지만 왠지 모르게 뿌듯했다. 그러자 갈매가 은소의 어깨를 흔들었다.

"자세히 보세요. 고개가 점차 올라오고 있어요. 여린 잎 사이로 꽃봉오리도 보입니다. 누님의 기운이 아주 컸어요. 이대로라면 내일쯤 꽃을 피울 것입니다."

"다행이다."

갈매의 그 말에 은소는 기분이 좋았다. 게다가 정성스럽게 꽃들을 하나하나 살피고 돌보아주는 갈매의 모습이 인상적이었다.

자신을 꽃이라 부르는 남자가 떠올랐다. 애정 없는 탐욕이 그득한 붉은 두 눈은 자신을 꿰뚫고, 뒤흔들어 놓는다. 시뻘건 혀를 날름거리며 자신을 유린했다. 먹잇감을 뜯어먹는 포식자의 눈, 그 눈이 언제나 두렵고 무서웠다. 그의 앞에선 말 한 마디조차 편하게 할 수 없었다.

'그는 꽃을 전혀 돌보지 않아.'

하제처럼 잔혹한 짐승 대신, 갈매처럼 상냥한 짐승이 꽃을 돌보는 데에 더 어울렸다. 갈매라면 자신을 그렇게 거칠게 대하지는 않았을 터였다.

하제는 제게 그저 욕망밖에 느끼지 않는 자였다.

'언제까지 그의 그늘에서 갇혀 지내야만 할까?'

시한부 판정을 받은 환자처럼 아무런 것도 용납되지 않았다. 이게 살아있는 사람의 삶이라고 할 수 있을까? 은소는 아스라이 빛나는 하늘을 보면서 옅은 한숨을 쉬었다.

'이제 미로궁으로 다시 돌아가야겠지.'

하제는 그 깊은 산 속 낯선 곳에 자신을 가두고, 도망칠 수 없는 자신을 보고 희열을 느낄 터였다.

문득 은소가 다른 생각을 하고 있는 것을 눈치챘는지, 갈매가 질문을 던졌다.

"그곳은 어떻습니까?"

"갇혀 지내는 장소만 달라졌을 뿐이지, 여전히 감옥이나 다름없는 곳이야."

은소가 쓸쓸한 어조로 말하자, 갈매의 눈이 깊어졌다. 제가 해줄 수 있는 것이 없었다.

"그렇습니까."

"너무 오랫동안 있었다. 그곳으로 다시 돌아가야 해. 오늘 즐거웠어. 네 덕분에 우울했던 기분이 다 씻겨 내려간 것 같아."

"······반드시."

"응?"

"반드시 당신을 지켜드리겠습니다."

갈매의 얼굴이 더욱 가까워졌다. 코앞에서 따스한 숨결이 느껴졌다. 가볍게 입술 위로 무언가가 닿는가 싶더니 금세 지나갔다. 나비의 날갯짓처럼 아주 순식간에 지나간 터라, 은소는 그것이 무엇인지 실감이 나지도 않았다.

갈매가 은소의 입술을 매만진 손가락을 들어 쑥스럽게 말했다.

"그게, 뭔가가 묻어서 저도 모르게 그만······."

은소의 눈동자가 당황으로 물들자 갈매가 조심스럽게 말했다.

"놀라셨다면 죄송합니다. 저는 이곳에 더 있겠습니다. 하제 전하는 유독 성미가 급하고 변덕스러우신 분 아닙니까. 이만 돌아가세요."

"······그래, 이만 갈게."

어색한 인사를 마치고, 은소가 넝쿨 사이의 구멍을 빠져나왔다. 녹옥궐로 부지런히 발걸음을 돌렸다.

하제의 등을 타고 자주 드나들던 곳이라, 연못에서 거리가 꽤 되었다. 한참 만에 당도한 궐에는 궁인들만이 비질을 하고 있었다. 하제 전하의 행방을 묻자, 한 궁인이 말했다.

"누님이 머무르시는 흑옥궐에 가셨다고 합니다."

"그럼 여기서 기다릴게요."

은소는 그리 대답한 뒤, 궐 마루에 걸터앉았다. 궐에서는 노루할멈을 무녀님이라고 칭했다. 평소의 하제 같았으면 벌써 그녀에게 날아왔을 터였다. 왠지 모르게 불안한 느낌이 들었다.

얼마쯤 기다리자 냉기가 들었다. 온몸의 털이 곤두설 정도로 싸늘한 공기가 주변을 감쌌다. 이리 공기가 차가울 계절은 아닌데 이상했다. 이윽고 검은 머리칼의 사내가 독한 눈으로 자신을 쏘아보고 있었다. 그 모습에 한순간 잊었던 두려움이 몰려왔다.

한눈에도 그가 무척 화가 났다는 것을 알 수 있었다. 하제는 온몸에서 그의 기분이 저조하다는 기운을 내뿜었다. 그 강력한 기운 때문에 주변 공기가 차가워지고 있다는 것을 은소는 알지 못했다. 늦여름 밤은 이렇게 추운 날이 아니다.

하제가 저벅저벅 걸음을 옮기더니 은소를 돌아보지도 않고 그대로 안으로 들어갔다.

"……하제?"

쾅!

문이 닫혔다. 은소는 자신도 모르게 입술을 질끈 깨물었다. 하제가 단단히 화가 났다. 그 이유는 알 만했다. 청년이 된 갈매가 자신을 껴안은 모습을 본 것이다. 필경 자신을 속였다는 사실에 화가 난 것이다.

은소는 방문 앞에 서서 문을 두드렸다. 그러나 열릴 기색은 없었다. 마침 궐내로 들어서는 상덕의 모습이 보였다. 은소가 상덕에게 다가가 말했다.

"전하를 뵙고 싶다고 전해주세요."

상덕의 가느다란 눈이 순간 둥글어졌다.

"예에? 아, 예."

늘 목석처럼 가만있던 은소가 제게 전하를 먼저 뵙고 싶다고 부탁하니 영 다른 사람처럼 보인 것이었다. 그러나 상덕이 안에 다녀오더니 표정이 파리해졌다.

"저, 전하께옵서 산속 궁궐까지 가실 말을 한 마리 내어주시랍니다."

"네?"

"은소 님은 이만 궁궐로 돌아가라고 하십니다."

지금 저 혼자서 미로궁까지 가라는 말인가? 은소는 어이가 없었다. 자신은 말을 타본 적도 없다. 더욱이 하제의 등을 타고 갔던지라 가는 길조차 몰랐다. 그의 유치한 행동에 기가 질렸다.

'……화가 났으니 나 혼자 그 먼 길을 찾아가라니, 어린애가 따로 없네.'

은소가 말했다.

"저는 말을 탈 줄도 찾아가는 길도 모릅니다. 길을 알려주십시오."

다시 한 번 하제를 아뢰고 온 상덕의 낯빛이 어두웠다.

"알아서 가시든지 처소에서 지내든지 마음대로 하라십니다."

"예? 여기에서 지내던 처소는 무너져서 지낼 데가 없습니다.

허면, 갈매의 처소에서 지내겠다고 전해주십시오."

궁인 상덕이 다시 안으로 들어간 지 얼마 되지 않아서였다.

쾅! 문소리가 또 한 번 크게 울리며 문이 열렸다.

고고한 얼굴로 걸어 나온 하제가 검을 천천히 빼들었다. 칼날 소리가 섬뜩하게 울었다. 하제가 고개를 비뚜름히 돌려 슬쩍 뒤를 보곤 말했다.

"상덕은 이만 밖으로 물러가 대기하라."

"저, 전하?"

검을 뺀 것을 본 상덕이 큰일 났구나 싶어서 도리질을 쳤으나, 하제는 뜻을 굽히지 않았다.

"물러가라지 않느냐!"

검을 든 하제가 맨발로 걸어 나와 은소가 서 있는 흙바닥까지 내려왔다. 느리게 다가오는 그의 걸음에 은소는 등골이 서늘했다. 미세한 움직임조차 할 수 없었다. 그가 뿜어내는 강력한 살기와 냉기에 온몸이 저릴 정도였다.

"네가 감히 임금의 명령을 거역하겠다는 것인가?"

달빛에 빛나는 하얀 칼날은 그가 한 걸음 움직일 때마다 서슬 푸른 빛이 튀었다. 눈앞에는 하제 임금이 아닌, 분노한 짐승 한 마리만이 있을 뿐이었다.

하제는 기어이 은소의 하얀 목을 노리고 바짝 다가갔다. 칼끝이 그녀의 목선을 타고 내려갔다. 얼음처럼 굳은 여린 몸은 그대로 멈춰버렸다. 가쁜 숨결이 긴장한 짐승처럼 마냥 거칠었다.

"······하제?"

「쿠쿠쿠쿠」

서서히 시커먼 그놈이 고개를 들고 있었다. 제 안에 살고 있는 그놈은 아주 깊은 구렁텅이에 처박혀 있지만, 간혹 자신의 마음이 약해지거나 흔들리면 귀신같이 냄새를 맡고 바싹 올라오곤 했다.

콰지직—

위태위태하던 정신이 은소를 보자마자 순식간에 깨져버렸다. 암흑의 불길 속을 걷는 듯 온몸이 뜨겁고, 심장이 조각날 것처럼 아프다.

「쿠쿠쿠」

기분 나쁜 웃음소리가 다시 들려왔다. 그놈의 것이다. 괴물이 나타난 것이다.

'제기랄!'

'젠장!'

하제는 욕설을 연신 내뱉었다. 차라리 죽는 것이 나을 것이다.

염라가 태우던 담뱃재와 연기 내음이 온몸 그득히 깊게 스며들어 있었다. 낮게 이죽거리던 그의 목소리가 귓가에 생생했다.

'아득한 연기 속은 참 재미있지. 무슨 일이 생기든 아무도 모르니 말이다. 나는 늘 그런 생각을 했다. 선악은 한 몸에 있다고 말이다. 그리고 그것을 확인해 보고 싶군. 고상한 선계의 두루미가 어둠에 물들면 어찌 되는지 말이다.'

'으아아아아아아아악!!'

염라가 제게 했던 그것들이 떠올라서 역겹고 고통스러웠다. 힘껏 쥔 하제의 주먹에서 우드득 소리가 났다.

"윽, 흐윽! 캬아아아아악!"

하제의 몸이 순식간에 두루미로 변했다. 화악, 하고 은소의 머리 위로 훌쩍 날아올랐다.

지독한 살의에 몸부림치던 하제는 창공을 몇 바퀴나 돈 후에야 지붕에 올라앉았다. 저 아래에서 은소가 털썩 주저앉아 그를 올려다보고 있었다.

이런 상태가 된 것은 꽤나 오랜만이었다.

'봉인에서 깨어난 후 처음이다.'

염라가 심어놓은 사악한 기운이, 그의 가장 깊은 곳에서부터 흘러나오고 있었다. 마음을 다스릴 수 없을 때, 그 사악한 것은 하제를 지배하고 집어삼켰다. 그것이야말로 하제의 안에 들어 있는 저주받은 진짜 괴물이었다.

꿈틀대는 살의의 본능은 감로화도 예외는 아니었다. 핏빛 눈은 검붉은 지옥 불의 색으로 타오르기 시작했다.

'은소가 위험하다.'

이대로라면, 자신이 무슨 짓을 저지를지 몰랐다. 제 안에 자리한 진짜 괴물에게는 감로화든 아라연국이든, 알 바 아니었다. 그저 파괴하고 죽이고 먹어치울 것이다. 그 괴물을 키운 장본인도 감히 손대지 못하리만치 거대한 놈이었다.

그 끝이 어딘지 모를 정도로 거대한 괴물이 가시를 세우며 말했다.

「계집을 보여줘!」

하제는 고개를 저었다.

'천지 분간도 못하는 네가 끼어들 일이 아니다.'

「왜 그러지? 내게 빼앗길까 봐 그래?」

'아무에게도 빼앗기지 않는다. 그녀는 내 것이다.'

괴물이 몸을 뒤틀었다. 하제가 놀라 날개를 활짝 펼쳤다.

「멍청하긴. 네 것은 곧 내 것이지. 우린 하나니까.」

검은 아가리가 혀를 날름거리며, 사악한 기운이 하제의 몸으로 빠져나왔다.

"으아아악!"

괴물의 사악한 기운이 하제의 몸을 잠식하려 했다. 몸이 제 말을 듣지 않았다.

「저 계집을 완전히 갖고 싶지 않나? 내게 맡겨라.」

괴물이 발을 쿵쿵 구르면서 말했다.

'네 도움 따위 필요 없어.'

「크흐흐흐, 과연 그럴까?」

기분 나쁜 웃음이 쏟아졌다.

끊임없이 뿜어져 나오는 괴물의 검은 기운에 눌려, 하제는 진이 다 빠져버렸다. 몸을 가누기도 어려웠다.

쿠웅!

지붕에서 몸부림치던 하제는 그대로 땅바닥으로 추락했다.

"악!"

오른쪽 날개 뼈가 골절된 듯싶었다. 뒤틀어진 채였다. 우두두둑, 스스로 뼈를 맞춰보려고 이리저리 움직였다. 환수 일족의 몸은 강력한 재생력을 가지고 있었다.

그때 은소가 달려오는 소리가 들렸다.

처참한 몰골로 은소를 보고 싶지 않았으나, 자그만 손이 제 얼굴을 붙잡았다.

"……하제? 당신 정말로 괜찮은 거야?"

달콤하고 따스한 숨결이 감돌았다. 은소가 자신을 어루만지자, 온몸에 뻗치는 온화하고 상냥한 기운에 하제는 정신이 약간 들었다.

그래도 은소가 조금쯤은 자신을 걱정해주는 것 같았다. 불현듯 그녀의 손바닥에서 사슴의 냄새가 났다.

하제는 조금 전의 그 모습이 떠올랐다.

온전히 자란 청년이 은소를 끌어안고 있던 그 모습, 또다시 눈동자에 불꽃이 일었다.

"……손 치워. 들짐승 냄새 따위 맡고 싶지 않다."

하제가 은소를 뿌리치고, 인간의 몸으로 돌아왔다. 잔뜩 성난 하제의 얼굴은 맹수처럼 무서우리만치 차가웠다.

"……하지만 갈매에게 데려다준 건 당신이잖아."

왼손으로 겨우 땅을 짚고 일어났다. 부러진 오른팔은 축 늘어져 탈골된 상태였다.

"크윽. 네가 원한 일이지, 내가 원한 일은 아니야."

"……하제."

"너는 이만 가거라."

"그런데 대체 왜 이렇게 된 거야? 무슨 일이야?"

"내게 무슨 일이 있든 상관없지 않은가?"

"속인 것은 미안해. 하지만……."

"……그놈의 변명을 대신하는 것이냐? 꼴 보기 싫다. 문밖에서 상덕이 기다릴 것이다. 가라."

"……미안해. 속이려던 것은 아니었어."

"죽고 싶지 않으면 눈앞에서 사라져. 미로궁 안에 얌전히 처박히란 말이다."

하제가 다시 검을 들어 보이며 위협했다.

"너를 당장에라도 죽이고 싶지만, 살려둘 가치가 있기에 살려두는 것이다."

"……진심이야?"

"진심이다."

슬픈 눈으로 하제를 바라보던 은소는 이윽고 걸음을 돌렸다. 산신히 괴물이 나오지 않도록 억누른 상태였다. 하제의 눈가에서 처음으로 뜨거운 액체가 흘러나왔다. 어둡고 탁한 무언가가 솟구치듯 가슴 속에서부터 깊이 요동치고 물결쳤다.

* * *

"이 말이 잘 모실 것입니다. 부디 조심히 가십시오."

"예. 고맙습니다."

상덕이 내어준 말은 털의 빛깔이 온통 까만색이었다. 말에 오른 은소는 봇물 터지듯 쏟아지는 눈물에 숨을 쉬기조차 어려웠다. 복받치듯 서러운 감정에 어찌할 바를 모르겠다.

하제의 그 날선 붉은 눈동자가, 자신을 향해 검을 겨누던 그 모습이, 그가 하던 모든 말들이 비수가 되어 날아왔다. 왠지 온몸이 상처투성이가 된 것 같았다.

'그래, 뭘 기대한 거야?'

조금쯤은 자신을 위해 준다고 생각했는데…….

'너를 당장에라도 죽이고 싶지만, 살려둘 가치가 있기에 살려두는 것이다.'

확인사살. 그 말을 듣는 순간 은소는 심장을 누군가 내려친 것처럼 아팠다.

'대체 뭘 기대했을까.'

그자가 짐승이란 사실은 잘 알고 있었다. 사람의 목숨은 파리 목숨만큼도 아끼지 않는 잔혹한 짐승이다. 그에게 납치되었을 때 이미 죽은 목숨이라고 생각한 것이다.

그런데 왜…… 어째서 하제의 입맞춤은 그렇게 달콤했을까. 사랑하는 연인만치 뜨겁게 자신을 바라보았을까.

이런 건 너무한 처사였다. 차라리 제게 그런 기대를 품지 않도록, 그냥 학대를 했더라면 이렇게 비참한 기분은 들지 않았을 것이다.

아니면 자신이 더욱 고통스러워하도록 그리 만든 것일까? 약간의 행복과 위안감을 준 다음에는 철저히 짓밟는 것이다.

그는 자신을 괴롭히기 위해서 살려두는 것이 분명했다.

어느 틈에 정신을 차린 은소는 깜짝 놀랐다. 말을 탄 것이 분명 처음인데도 흑마의 안장은 불편하지 않았다. 도리어 푹신하고 탄탄해 올라탄 이를 편하게 해주었다.

게다가 주변 풍경이 휙휙 바뀌어 여기가 어디인지 가늠을 해볼라치면 금세 지나쳤다. 그렇게 수십여 분간 말을 타자, 이윽고 구름마루 산등성이가 보였다.

산등성이가 보이자마자 또다시 순식간에 미로궁의 문 앞에 다다랐다. 실로 놀라운 속도라 이 말이 범상치 않은 것이 분명했다.

은소가 말에서 내리자, 흑마는 고개를 크게 끄덕였다.

"고마워. 하제에게 내가 잘 도착했다고 전해 줘."

은소가 콧등을 쓰다듬자, 흑마는 기분이 좋은지 커다란 눈을 끔벅이며 푸르르 소리를 내었다. 마치 말이 웃는 것 같았다. 흑마는 곧 그 자리에 없었던 것처럼 사라졌다.

흑마가 떠나자 왠지 아쉬움이 들었다. 오늘의 하제는 무척이나 위태로워 보였다. 괴로움에 울부짖는 짐승처럼 고통스러워 보였다. 그런 생각이 들자 왠지 하제에게 무슨 일이 있는 게 아닐까 그런 걱정마저 들었다.

'바보 같다.'

진심으로 자신을 죽이고 싶다 말하는 남자의 걱정을 하고 있는 자신이 우스웠다. 은소는 고개를 저었다.

'이제 그의 생각은 하지 말자.'

하늘을 보니 어느덧 동이 터오고 있었다.

은소는 미로궁의 대문을 두드렸다. 한참 만에 설란이 고개를 내밀었다.

"밤새 어딜 다녀오셨습니까? 피로한 기색이 짙으십니다."

"아라궁에 다녀왔어요."

"하제 전하와 함께 말입니까?"

은소가 고개를 끄덕였다. 설란이 금세 제가 두르고 있던 옷을 벗어서 은소의 어깨에 걸쳐 주었다.

"역시 하제 전하께서는 은소 님을 많이 아끼십니다. 적적하신 것을 아시고 이렇게 직접……."

"……설란, 나 좀 쉬고 싶어요."

"예, 침수에 드실 수 있도록 준비하겠습니다."

은소의 기운 없는 모습에 걱정스러운 얼굴로 말하던 설란의 입매가 슬쩍 옆으로 올라갔다.

*   *   *

말발굽 소리가 들렸다.

녹옥궐의 앞마당으로 고개를 내민 흑마의 모습을 마주한 하제의 눈에 안도의 빛이 어렸다. 하제가 손을 내밀자, 흑마가 마치 강아지처럼 애교를 부리며 머리를 흔들었다.

"잘 도착한 모양이군. 수고했다."

말의 입에 달콤한 구슬을 넣어 주니, 입 안에 넣고 굴리며 푸르트 웃어대었다. 노루 할멈이 구해준 천리마였다. 천 리도 금세 달린다는 선계의 말이다. 혹여나 자신에게 불상사가 생겨 은소를 미로궁에 데려다주지 못하면 쓸 일이 있을까 하여 구해둔 놈이었다.

하제는 당분간 은소에게 가지 않으리라 굳게 마음먹었다. 은소를 보낸 뒤, 그는 괴물과 끔찍한 사투를 벌였다. 그리고……고개를 든 괴물은 기어코 가시를 세운 뒤에야 잠이 들었다. 하제는 눈앞에 희생된 궁인들의 시체 여러 구를 보곤 눈을 감았다.

그놈은 한 번 나오면, 쉬이 들어가지 않는 놈이다. 간신히 잠재웠다만 아직 위험했다. 필히 꽃을 해치고 자신을 삼켜버릴 괴물이나.

염라가 제게 불어넣은 사악한 어두운 기운, 그것이 낳은 비극의 또 하나가 바로 이 괴물이다. 자신의 안팎을 모두 괴물로 만든 것이다.

하제는 조용히 눈을 감은 채 오른팔에 기운을 집중했다. 한시간 정도 쉬면 팔이 골절된 것 정도는 금세 회복될 만큼 치유력이 강했다. 몇 번이고 팔을 이리저리 돌려보았다. 한결 나아진 것 같았다.

하제는 조용히 날개를 펼쳤다. 하늘을 몇 바퀴 돌고 나면 마음이 안정을 되찾을 것이다. 그는 깊게 심호흡을 하면서 자신을 다스렸다. 어리석은 자들만이 행하는 감정인 줄로만 알던 것이 제 속에도 엄연히 존재했다.

제 꽃을 껴안은 사내를 보는 순간, 속이 뒤집혔다. 그 감정의 이름, 그것은 질투였다. 그것은 제게 어울리지 않는 성질의 것이었다. 갈매에 대한 들끓는 질투가 제 속의 괴물을 부른 시초였다.

갈매를 향한 은소의 마음이 어떤 것인지는 잘 안다. 그것은 그저 어린 짐승에 대한 가여움과 동정, 같은 처지의 사람들만이 나눌 수 있는 공감, 그런 것들이었다.

그러나, 은소를 향한 갈매의 눈동자는 같은 것이 아니었다. 사내의 눈을 하고 있었던 것이다. 이제까지는 그가 어린 소년인 줄 알았기에 몰랐던 것이었다. 갈매가 저리 장성한 청년인 줄 알았다면 은소의 곁에 두지도 않았을 터였다.

그러나 하제는 갈매를 죽이진 않을 것이었다. 단 한 가지 이유 때문이었다. 은소는 그를 사내로 보지 않는다. 친구라고 여기는 것이다. 은소를 위해서 갈매를 죽이지 않을 터였다.

조심스럽게 천천히 꽃을 성장시켜야 한다.

'꽃도 인간이란 말이다. 그것도 성인 여자란 말이지. 허면 꽃을 행복하게 해주는 방법이 무엇인지 잘 생각해보란 말이다.'

노루의 말대로 아무리 감로화라도 은소는 여인의 몸이다. 하제는 일족의 말로 노루 할멈에게 물었다.

[노루, 깨어있나?]

[으음? 무슨 일이 있누?]

[네가 아까 해주었던 이야기 말이다. 꽃도 여인이라는 말. 허면 말이다, 여인의 마음을 천천히 사로잡을 방법이 무엇이냐?]

[이제야 내 말을 좀 귀담아듣는 게야? 은소를 좋아하는 것을 순순히 인정하는 것이야?]

[다른 말은 필요 없다. 내 질문에만 대답해.]

그러자 노루가 웃음을 흘렸다.

[웃지 마라.]

[다른 것 없다. 여인이 좋아할 일을 해주면 되는 것이지.]

[그러니까 그…… 구체적으로 어찌 해주면 여인이 좋아하지?]

하제가 마른 입술을 적시곤 노루의 답을 기다렸다.

[사람이 모두 다르게 생겼으니 그것 또한 여인마다 다를 터, 은소가 좋아하는 것은 너 스스로가 찾아야지 않겠누?]

[……알았다.]

'괜히 쓸데없는 것을 물었다.'

침전에 들어서도 하제는 이쪽으로 눕고 저쪽으로 돌아누워도 잠이 오질 않았다. 꽃에 대한 생각 때문에 번뇌가 깊어진 탓이었다.

지금쯤 은소는 자신을 원망하고 있을 터였다. 그리 잔인하게 죽여 버리겠다 말할 필요는 없었는데…….

언제나 자신의 마음과는 다른 말들이 먼저 튀어나왔다. 이번에는 제 속에 든 그놈에게서 은소를 구하려다 더욱 거친 말이 나왔다. 그러나 아무것도 모르는 은소는 곧이곧대로 들을 터였다.

이제 꽃은 자신을 돌아보지 않을지도 모른다. 허면 아무리 여인으로 잘 대해 준다 한들, 하등 아무 소용없는 일이 될 것이다.

괜스레 가슴이 답답하고 목이 말랐다. 자리끼로 놓인 물 주전자를 들었는데 텅 비어 있었다. 어느덧 아침 햇살이 슬며시 문밖을 비집고 들어왔다.

하제는 흠흠 헛기침을 하곤 상덕의 이름을 불러 물을 가져오라 하였다. 상덕이 물을 바쳐 올리자, 벌컥벌컥 그것을 모두 마셔버린 하제는 넋 나간 듯 멍하게 앉아있었다. 걱정스러운 얼굴로 주군을 돌아보던 상덕이 말했다.

"안색이 안 좋으십니다. 침전에 아니 드셨습니까?"

"……그래. 들 수가 없더군. 잠이 오지 않았다."

"……전하, 송구합니다만 간밤에는 왜 그리하셨습니까. 은소 님께서 무슨 잘못이라도 하셨는지 모르겠으나……."

"은소는 잘못이 없다."

"허면 어찌……."

"이제 모른 척은 그만해도 좋다. 상덕."

"저는 아무것도 보지 못했습니다. 제가 아는 것은 그저 아라 연국의 임금님께옵서 강한 일족의 힘을 가졌다는 것뿐이옵니다. 그 힘으로 천하를 평정하신 게 아닙니까."

상덕의 작은 눈이 조심스레 하제를 향했다.

그동안 말없이 모든 잔일을 처리해준 것이 상덕이었다. 상덕은 모두 알고 있었다. 모를 리가 없다. 궐에서 사람이 갑자기 죽었고, 괴물의 존재는 컸다. 상덕 역시 뿔을 잘리긴 했으나, 사슴 일족 중의 하나였다. 그 기운을 느끼지 못했을 리가 없다.

"자칫 잘못했으면 은소가 죽을 수도 있었다. 일부러 멀리 보낸 것이다."

"……은소 님을 무척 아끼시는군요. 송구했습니다, 전하. 제가 말이 많았습니다."

상덕이 커다란 몸집으로 고개를 숙이고 물러가려 했다.

"아니다. 가끔 이렇게 대화를 나누는 것도 좋겠다. 한 가지 물어보겠나."

"무엇이옵니까?"

"여인들은 뭘 좋아하나?"

그리 질문을 던지자 상덕의 얼굴에 화사하게 웃음꽃이 피었다. 그러자 하제는 바짝 열이 올랐다.

"어째서 그 질문만 하면 다들 웃는 거지?"

"아, 아닙니다. 제가 알기로 여인들은 아름다운 옷도 좋아하고, 장신구나 보석을 무척이나 좋아한다고 알고 있습니다. 그러나 하제 전하 같은 분이라면 그저 바라만 보아도 좋아하지 않을까 싶사옵니다."

"그래? 생각보다 쉽구나."

하제의 얼굴에 살풋 옅은 미소가 흘렀다. 여인들이란 그리 간단한 족속들이라는 생각에 기분이 좋았다가도, 은소는 일반적인 계집 같지는 않아서 다시 걱정이 들었다가도 이래저래 마음이 바쁘게 오가는 아침이었다.

쨱쨱쨱, 창가에 날아든 작은 새 하나가 지저귀었다. 작고 하얀 것이 누군가를 똑 닮았다. 잠 한숨 자지 못했으나 피로가 말끔히 가시고, 묵었던 체증이 내려가는 듯했다.

六花
어두운 그림자

미로궁의 벽은 무척이나 높아 밖을 내다볼 수 없었다. 하여 그 궁벽을 넘어서 날아온 작은 새들이 그리 반가울 수 없었다. 이따금 곳간에 넘쳐나는 쌀알들을 가져다가 뿌려둔 것을 용케 알고 나그네새들이 찾아오곤 했다. 오늘은 처음 보는 하얀 깃털을 가진 작은 새가 퀄 마당에 내려앉았다.

부지런히 뛰어다니며 조그만 부리로 쌀알을 쪼아 먹던 작은 새는, 은소가 앉은 마루 앞까지 종종걸음으로 다가왔다. 그 모습이 귀여워서 한참을 바라보는데, 쩍쩍쩍 언뜻 참새와 같은 노랫소리가 들렸다.

"넌 좋겠다."

흰침 동안 귀엽게 지저귀던 작은 새는 후다닥 날아갔다. 그날

이후, 사흘이란 시간 동안 은소는 미로궁에서 조용히 시간을 보내고 있었다. 오늘은 마루에 앉아서 조용히 아률을 뜯었다.

그 모습을 먼발치에서 살펴보는 그림자가 하나 있었으니, 바로 설란이었다.

산속 외딴곳에 있는 구중궁궐이라 감로화 계집을 납치하는 것이 쉬운 일이라 생각하였는데…… 비단 그런 것도 아니었다.

설란의 눈이 빛나며 주변을 훑어보았다. 미세하게 반짝이는 수십 수백 개의 실타래들이 궁궐의 기둥 위에도, 나무에도 여기 저기 잔뜩 엉켜 있었다. 제가 본래의 힘을 사용한다면 이 실들이 곧장 움직일 것이다.

게다가 미로궁의 온 궁궐 안에는 하제의 결계와 기운들이 곳곳에 남아있었다. 그것들을 없애야 한다. 설란은 손톱 끝을 깨물었다. 하려면 단번에 해야 하는데, 자신의 기색을 감추는 데에 너무 많은 힘을 낭비했다. 그나마 미로궁에 오니 활동은 자연스러워졌지만, 감시하는 실들과 하제가 남긴 결계의 기운 덕분에 딱히 그렇지도 않은 것이다.

게다가 그리 자신만만하게 큰소리를 쳐놓은지라 대왕에게 도움을 청할 수도 없는 노릇이었다.

'분명 방도가 있을 것이다.'

설란은 사나운 눈초리로 사방을 살피며 흉흉한 눈을 빛냈다. 잠시, 그녀의 그림자가 황소만치 커다래졌다가 수그러들었다.

무릇 도읍 아라야는 예부터 사통팔달(四通八達)의 고장으로 길이 막힘없이 뚫린 곳이었다. 궁궐의 사대문 밖에는 드나드는 사람이 많아 매일 큰 장이 들어서 있었다. 그중에서도 남문의 포목점(布木店)은 늘 구름 떼 같은 사람들로 문전성시(門前成市)를 이루었다.

포목점의 주인 왕승은 도읍에서 이름난 거상이었다. 규모도 으리으리한 것이 다른 포목점의 열두 갑절 정도 되는 크기라, 가히 가옥이라 부를 만한 규모였다.

포목점 입구로 행색이 말쑥한 사내가 들어섰다. 남색의 비단 도포 사락을 걸친 사내는 수려한 낯에, 붉은빛이 감도는 흑발을 늘어뜨린 채였다. 허리춤에는 장검까지 차고 있었으나, 존귀해 보이고 강한 인상인지라 일개 무사처럼 보이지는 않았다.

그 뒤로 펑퍼짐한 체구의 중년 사내가 만년 함박웃음을 지을 듯, 인상 좋은 얼굴로 따라다녔다.

"예가 맞더냐?"

"틀림없습니다."

두 사내가 나란히 소곤대는 것을 눈여겨본 왕승이 다가왔다.

'호오라, 이 나라의 장인만이 만들어 낸다는 수초무늬 비단에, 귀하다는 물소 가죽신까지. 삔지르르하구나. 필경 돈푼깨나 있는 집 사세덧나?'

흡족한 얼굴로 청년의 머리꼭대기부터 발끝까지 훑던 왕승은 손을 비비적거리며 그에게 다가갔다. 청년은 서리가 긴 듯 냉담한 얼굴로 옷감을 사기 위해 길게 줄을 선 손님을 바라보며 불평을 던지고 있었다.

"이 포목점에서 파는 비단은 금칠을 하였다더냐? 저 줄이 다 뭐냐?"

냅다 버럭 지르는 소리에 다른 손님들도 일제히 쳐다보았다.

"조, 조금만 목청을 낮추십시오."

"……커흠, 알았다. 아무튼 이 포목점은 안 되겠구나. 다른 곳으로 가자."

하제가 급히 발걸음을 돌리려던 찰나, 그를 불러 세우는 목소리가 들렸다. 콧등에 수박씨만 한 점이 떡하니 있는 왕승의 곰살맞은 얼굴이 불쑥 다가와 앞을 가로막았다.

"자, 잠깐만 기다리십시오!"

"무슨 일이요?"

"저는 이 포목점의 주인입니다. 손님들에게 어울리는 물건을 보여드리고 싶어서 급히 왔습니다. 줄을 서실 필요가 없습니다."

상덕의 귓가에 대고 왕승이 속닥거렸다. 상덕이 하제에게 눈치를 보내자, 하제가 고개를 끄덕였다. 부잣집 청년의 허락이 떨어지자, 왕승은 속으로 쾌재를 부르며 슬그머니 의중을 떠보았다.

"헌데, 어떤 물건을 보러 오셨습니까?"

"이 집에서 가장 귀하고 아름다운 옷감을 보여주게. 귀하신 여인의 옷을 하나 지으시려 한다네."

상덕이 대신해서 대답을 하자, 하제는 입술을 달싹이다가 말았다. 왕승이 손뼉을 치곤, 가장 안쪽에 있는 건물로 두 사람을 안내했다.

"이쪽으로 드시지요."

그곳에는 총기 어린 눈빛으로 옷감을 살피는 소녀와 그 곁에 앉아있는 무뚝뚝한 얼굴의 청년이 있었다. 이제 열여덟 살이 된 단영은 햇병아리처럼 뽀송한 피부결에 커다란 눈동자를 가진 소녀였다. 그러나 고운 눈썹은 찡그린 채였다.

"또 안채로 손님을 데려오실 건 뭐람."

어차피 도읍에서 이 귀한 물건들을 척척 사들일 부자는 정해져 있는데, 그것도 모르고 제 아버지는 조금 부티만 흐른다 싶으면 이리로 손님을 모시고 왔다.

단영이 그리 투덜거리자, 그 말을 묵묵히 들어주던 청년은 소녀를 쳐다보았다. 청년의 얼굴은 마치 수묵화로 그려 넣은 듯, 흑백이 조화로웠다. 언뜻 보면 꾸밈없는 얼굴이지만 눈썹과 머리카락, 눈동자의 빛깔, 입고 있는 옷까지 먹색이었다. 그에 반해 얼굴은 도화지처럼 흰빛이었다.

하제의 시선이 청년에게로 쏠렸다. 저 청년에게서 일족의 기운이 느껴졌다. 꽤나 익숙한 기운이었다. 상쾌한 바람 냄새도 함께 났다. 이는 날개 날린 짐승 특유의 냄새이기도 했다. 가막 가문의 사람인가 싶었다. 상덕도 어느 정도 눈치를 챘는지 하제를 마주 보았다.

두 사람은 왕승을 따라서 안으로 더욱 들어왔다. 왕승이 단영을 향해 외쳤다.

"단영아, 손님께 옷감을 골라드려라. 귀하신 분의 옷을 짓고 싶으시단다. 사우, 너는 밖에 좀 나가 보거라."

사우라 불린 청년이 흘낏 하제와 시선을 부딪쳤으나, 내색 않고 조용히 몸을 일으켜 나갔다. 걸음걸이와 행동에도 일순 불필요한 움직임이 없고, 날렵한 몸을 지닌 자였다. 왠지 마음에 드는 자였다. 가막 가문이라면, 하제와는 인연이 아주 깊었다.

단영이 귀여운 미소를 지으며 하제와 상덕을 맞이했다.

"어서 오십시오. 이 안채에 있는 물건이 저희 포목점의 숨겨진 보물이라 할 수 있답니다. 하나같이 귀한 물건들이라 이 나라 임금님이라도 보시면 탐을 낼 것이어요."

"허허, 말조심하시게. 누가 듣기라도 하면……."

상덕이 하제의 눈치를 살피며 웃자, 그가 헛기침을 하곤 말했다.

"크흠, 어린 것이 배포 한번 크구나. 그래, 어디 한번 보여 다오."

그러자 단영이 뒤에 세워져 있는 비단 두루마리를 하나씩 골라 와서 펼치며 선을 보였다.

"이것은 저 멀리 서쪽 사국(沙國)의 왕족들만 입는다는 비취색의 투명한 비단입니다. 특별한 잔치가 있을 적에 멋 내기로 쓰지요. 또 이것은 물고기 비늘을 하나하나 꿰맨 원단이온데……."

그러나, 하제는 고개를 가로저었다.

"요사스럽기 짝이 없다."

'은소에게는 더욱 고풍스러운 것이 어울린다.'

"허면 조금 비싸지만 이것은 어떠신가요? 모든 여인이 선망해 마지않는 옷감이지요."

단영이 나무함에 들어있던 옷감을 하나 꺼내 들고 말했다. 석류 알처럼 붉은색의 비단옷감으로 금박무늬가 올올히 새겨져 있어 무척 아름답고 귀해 보였다. 그제야 하제의 입가에 미소가 떠올랐다. 저것이라면 은소의 살결에 잘 어울릴 것 같았다.

"그걸로 옷을 하나 지어 주게."

"예, 마음에 드실 줄 알고 있었습니다. 허면, 제가 치수를 재러 직접 가겠습니다."

그러자 하제의 낯빛이 바뀌더니 단영을 슥 훑어보며 말했다.

"아니다. 키는 너보다 더 큰 듯하고, 체구는 너보다 말랐으니 대충 지어 주면 될 것이다."

"그것은 곤란합니다. 이리 귀한 옷감을 가지고 대충 지을 수는 없지 않겠어요? 제가 가서 치수를 잴 수 없는 사정이라도 있습니까?"

"아…… 옷을 입을 이가 병석에 누워서 그렇다."

"허면 쾌차하실 때까지 기다리지요. 지금 지어도 입으실 수 없으니 아무 소용이 없지 않겠습니까?"

조곤조곤 제 뜻에 계속 부딪히는 말만 하는 단영을 하제는 성가시다 생각하곤 말했다.

"아픈 이를 기쁘게 해주고 싶어서 그런 것이다. 정 그렇다면 차도가 있을 시에 이리로 데려오겠다."

"예, 그리하면 되겠습니다. 허면, 대금을 먼저 치르시겠습니까? 150만 금입니다."

하제의 수려한 눈썹이 까딱 치켜 올라갔으나, 그것을 본 자는 상덕밖에 없었다.

"허, 뭐 그 정도면 괜찮은 가격이구나."

"후후후, 그렇지요? 다른 옷감도 보여드릴깝쇼?"

잠자코 있던 왕승의 얼굴에 화색이 돌면서 그가 말을 꺼냈다.

"아니, 옷감은 되었다."

왕승이 단영의 옆구리를 쿡 찌르자, 단영이 재빨리 입을 열었다.

"혹, 사랑하는 정인에게 보내실 생각이라면 비녀도 함께 주셔요."

하제의 눈이 흔들리는 것을 포착한 단영이 살살 말을 이었다.

"여인들은 그저 고운 옷, 고운 비녀 하나에도 마음이 솟았다 꺼졌다 하니까요. 사랑하는 아가씨께 주실 것이라고 하니 아끼지 마시고요."

단영이 부지런히 서랍장 문을 열고 은제 보석함을 가져와 영롱한 빛깔의 옥비녀를 하나 꺼냈다. 은사로 나비를 새겨 넣어, 비녀 위에 은빛 나비 한 마리가 앉아있는 것 같은 착각을 주었다. 그것을 보자마자 하제는 생각했다. 저건 은소의 것이라고. 왕승의 포목점을 나서며 하제는 흡족한 미소를 지었다.

'은소가 기뻐하면 좋겠군.'

창문의 비단 천 사이로, 돌아가는 하제를 바라보는 단영의 얼굴이 비쳤다. 단영의 단 한 가지 소원은 이 나라 제일가는 부자에게 시집을 가는 것이었다. 정확히 말하자면, 그리 부자가 되어서 이 세상 제일가는 거상이 되는 것이었다.

게다가 저 부잣집 청년이 뿜어내는 매혹적인 기운을 단영도 모르진 않았다. 수려한 외모만큼이나 걸출한 매력에 제 마음도 비단결처럼 흔들렸다.

* * *

아률의 가락은 참으로 기묘한 맛이 있었다. 외로운 마음을 달래려고 연주하면, 어느새 마음 깊이 차오르는 즐거움에 누군가 제 연주를 듣길 바라게 되고, 다시 외로워지고…… 그것이 반복되어 끝없이 연주를 하게 되는 것이었다.

하제는 이제 방법을 완전히 바꾼 듯했다. 자신에게는 아무런 신경을 쓰지 않기로 말이다. 그것은 진정 은소가 염원하던 바였시만, 조금도 기쁘지 않았다.

은소는 자조 섞인 미소를 살풋 지었다. 간사스러운 것이 사람의 마음이라더니, 이제 하제가 건드리지 않으니 심심하고 자못 궁금해지는 것이었다. 그러나 은소는 이내 잘된 일이라고 생각했다. 이제 홀가분하게 이곳에서 조용히 살아가면 그만이었다.

저녁 준비를 하던 설란이 다시 아률을 붙잡고 있는 은소에게 말했다.

"날이 갈수록 가락이 깊어지는 듯합니다."

"과찬이에요. 소일거리가 없으니 이것만 연주하고 있네요."

은소가 웃으며 다시 아률을 뜨려는데, 앞마당으로 검은 그림자가 내려앉았다. 하제였다. 귀신이라도 나타난 줄 알고 놀란 은소는 가슴을 쓸어내렸다.

자신을 향해 들이대던 검이 보여, 은소는 쉬이 아무 말도 하지 못했다. 또 무슨 트집을 잡거나 자신을 괴롭히러 온 것이 틀림없었다. 하제가 먼저 입을 열었다.

"잘 있었느냐."

그제야 은소는 마지못해 고개를 숙였다. 하제의 시선이 은소가 들고 있는 나무로 만든 아률에 닿았다.

"그걸 연주하고 있었나? 나도 한 곡 듣고 싶은데."

하제의 청에 망설이던 은소는 말없이 아률을 뜨기 시작했다. 은소의 손가락이 줄을 퉁기며, 청아하고도 느린 가락이 흘렀다.

설란이 자리를 비운 것을 확인한 하제는 은소에게 말했다.

"그날 일은 사과하고 싶다. 네게 검을 겨눈 것은 결코 내 뜻이 아니었다."

손가락이 잠시 멈칫했지만, 은소는 연주를 멈추지 않았다.

"내 속에는 내 몸을 의지대로 할 수 없게 만드는 몹쓸 놈이 하나 들어있다. 내가 분노하면 튀어나오곤 하지."

은소는 하제가 하는 말을 제대로 이해할 수는 없었지만, 왠지 이중인격 같은 것이 있는 건가 싶었다.

"내 속에 괴물이 하나 들어있다."

담담하게 말하는 하제의 눈을 은소가 마주 보았다. 은소는 가볍게 고개를 끄덕였다.

"누구나 속에 괴물을 품고 있어."

"나도 잘 모르겠다. 왜 그렇게 화가 났는지…… 이해할 수 없다는 것은 알지만 말하고 싶었다. 은소, 너에게만은. 나를 얼마든지 원망해도 좋다."

하제의 손이 아룽 위에 얹힌 은소의 손을 그대로 덮었다.

"……응, 실컷 할 거야. 난 죽을 때까지 당신을 원망할 거거든."

하제의 입꼬리가 그제야 늘어지며 웃었다.

"그거 영광이군. 네게 줄 것이 몇 가지 있다."

은소가 고개를 갸웃거리자, 하제가 덧붙였다.

"사과의 의미로 선물을 주지."

"……당신 지금 빈손인데?"

"물론, 네게서 선물을 받은 후에 줄 것이다."

하제가 은소를 안아 들고, 미로궁의 첩첩이 닫힌 방으로 들어갔다.

*　　　*　　　*

　은소는 반항하지 않았다.

　달콤한 이슬을 입 안 가득 머금은 듯한 황홀감에 하제는 끊임없이 작고 붉은 입술에 입을 맞추었다. 보드랍게 엉켜드는 입술과 함께 하제는 은소의 양손에 깍지를 끼고 눕혔다.

　그동안의 힘들었던 마음 모두가 눈 녹듯 사라지는 듯했다. 순간 은소의 몸에서 투명한 빛이 흘러나왔다. 자그만 몸을 당겨 품에 안았다. 제 몸에 가득했던 나쁜 액운이 달아나고, 그 몹쓸 괴물도 멀리 가라앉는 기분이었다.

　한시도 쉬고 싶지 않다.

　하제가 은소의 고개를 붙잡고 다시 격렬하게 입술을 침범했다. 촉촉하고 보드라운 감촉에 미칠 것만 같았다. 강하게 빨아들인 탓에 은소가 숨이 막힌 탓인지 낮은 신음을 터뜨렸다.

　"으음."

　입맞춤만으로 모든 게 끝나버릴 것만 같았다. 깊은 입맞춤을 마치고, 하제는 은소 옆에 나란히 누웠다. 향기로움에 잠이 들 것 같았다. 하제가 무심히 툭 던지듯 말했다.

　"갈매와는 하지 마라."

　"응?"

"넌 내 것이니까. 다른 남자와 신체 접촉은 안 돼."

진지한 얼굴로 하제가 그리 말하자, 은소는 웃음이 났다. 이건 마치…….

"……혹시 질투하는 거야?"

"아니다."

"그럼 왜지? 우리는 연인도 아니잖아."

"……나는 네 주인이니까."

"몰래 하면 되겠네."

"어림없는 소리. 난 보기보다 감각이 좋다. 네가 뭘 하든 알 수 있지. 다른 놈과 얽히지 않는 게 이로울 것이다."

"……."

은소는 그런 협박을 아무렇지도 않게 내뱉는 하제의 얼굴을 빤히 들여다보았다. 하제가 쏟아내는 말들은 모두 의처증 걸린 남편이 하는 말들과 비슷한 것이었다. 고개를 갸웃거리던 은소의 머릿속에 한 가지 생각이 떠올랐다.

"당신, 나를 좋아해?"

직접적인 물음에 하제가 마른 침을 삼켰다.

"감로화를 거부할 존재는 없다."

그런 그를 가만히 바라보던 은소가 다시 물었다.

"그럼 다시 물을게. 당신, 나를 여자로 좋아해?"

'여자로 좋아하느냐고?'

하세의 심상이 쿵 내려앉았다.

은소의 당돌한 물음에 잠시 머뭇거리던 하제가 일순 붉은 눈을 빛냈다. 바싹 다가온 하제는 은소의 얼굴을 붙잡고, 다시금 작고 여린 붉은 입술을 탐하기 시작했다.

깊숙하게 들어온 하제의 물컹한 혀가 입 안 구석구석을 맴돌았다. 잔뜩 빨아 당겼다가 풀어 주는 힘겨루기가 계속되었다. 감미로운 입맞춤에 은소는 순간 정신이 아득했다.

어느새 하제의 커다란 손바닥이 그녀의 허리를 단단히 감쌌다. 꿀처럼 흘러들어오는 입맞춤을 끝내고, 은소의 가슴에 얼굴을 묻은 하제가 하얀 이를 드러냈다. 자근자근 깨물린 가슴이 아파 은소가 비명을 터뜨렸다.

"무슨 짓이야?"

하제가 사악한 얼굴로 나른한 하품을 입에 머금고는 중얼거렸다. 그러나 눈빛만은 소름 끼칠 만치, 일전의 그것처럼 잔뜩 굶주린 짐승의 핏빛이었다.

"……멍청한 소릴 지껄이는군. 나는 사내다. 네가 여인이라 좋은 건 당연지사 아니냐."

이러한 하제의 말에 은소가 차가운 표정으로 그를 흘겨보았다.

"내가 여자라서 즐기기 좋다는 건가?"

"그렇다. 사내가 계집을 좋아하는 것이야말로 만고불변의 순리 아니던가?"

은소는 입술을 굳게 다물었다. 자신이 벌인 것은 이 세상에서 가장 쓸데없는 일 중 하나였다. 이 날짐승에게 기대를 거는 일. 그런 은소의 마음도 모르고 하제는 반쯤 훌훌 벗은 옷자락을 채 입지도 않은 채, 기지개를 쭉 켜고 몸을 일으켰다.

"네 선물을 받았으니 내가 줄 차례로군. 함께 들를 곳이 있다."

"……그냥 여기 있고 싶어."

은소의 이마가 찌푸려졌다. 그는 자신을 좋아하는 것이 아니라 여인을 좋아하는 것이라 답했다. 하제는 자신을 진심으로 대하지 않았다. 사실 그가 자신을 좋아하지 않는다고 해도, 좋아한다고 해도 변하는 게 하나도 없는데 그걸 왜 물었을까.

어차피 하제는 자신을 먹잇감으로밖에 여기지 않는다. 만에 하나라도 자신을 소중히 여기고 여인으로 사랑하게 된다면……. 자신을 살려줄 수도 있지 않을까?

은소는 이내 고개를 저었다. 아니다. 또다시 헛된 희망을 품지 말자. 이자에게서는 살아나갈 수 없다.

'그저 품에 안을 수 있는 여인이라 좋다고?'

제 몸을 탐하는 것이 끝나면 냉정하게 돌아서 버리는 그였다. 제게서는 욕망을 채우기만 할 뿐인 비정한 짐승이었다.

가지 않겠다고 버티는 은소를 향해 하제의 오만한 목소리가 내려앉았다.

"답답히 굴지 말고 일어나라. 이건 임금의 명령이다."

은소를 등에 태운 채 날던 하제는, 목깃을 살짝 부풀렸다. 은소의 물음이 자꾸 귓가에 윙윙거렸다.

'당신, 나를 여자로 좋아해?'

그 순간 하제는 돌처럼 굳었다. 노루가 먹인 상사주처럼 깨고 나면 아무것도 없는 그저 환몽일까 봐…… 눈앞에서 웃고 있던 은소가 아무것도 아닌 게 될까 봐…… 그것이 못내 두려웠다.

좋아한다 말한들 무엇할까. 어차피 은소는 자신을 지독한 괴물로 여기지 않던가?

하제는 자조 섞인 미소를 만면에 띠었다. 우스웠다. 천하를 호령하는 자신이다. 이까짓 계집에게 놀아나서는 안 된다. 요물 같은 계집. 한낱 제 먹잇감에 지나지 않는 영약이다.

'저를 여인으로 좋아하느냐고? 웃기는 소리다. 저따위를 감히 누가!'

하제는 애써 마음을 다잡았다. 꽃을 사로잡아 성장시켜 잡아먹으면 그만이다. 그것이 평생의 숙원인데…… 왜 이토록 심장을 얇게 저미는 것처럼 아픈 것일까.

어째서 감출수록 더 고동이 커지는 것일까.

어째서 품에 안고 있어도 제 것처럼 여겨지지 않는 것일까.

심장 소리가 귀에 박힌 것처럼 크게 들려와서 아무것도 할 수 없을 것 같았다. 등 위에 있는 작은 여인의 존재 하나만으로……

*　　　*　　　*

"예서부터는 걸어가도록 하자."

도읍 아라야가 가까워지자, 하제는 몸을 낮춰 날다가 근처에 자리한 언덕길에서 은소를 내려주었다. 마침 인적이 드문 곳이었다.

검붉은 두루미는 금세 아름다운 나신의 남자로 변했다. 등을 돌리고 서 있는 은소에게 나가선 하제가 그녀를 뒤에서 껴안았다. 어둠 속에서 갑자기 그리하니 깜짝 놀란 은소가 외마디 비명을 지를 뻔했다.

"왜 그렇게 놀라지?"

"……이러지 마."

"새삼스러운 반응이군. 헌데 아까부터 표정이 좋지 않다. 은소, 무슨 일 있나?"

"없어."

"거짓말. 너는 은근히 얼굴에 표정이 다 드러난다."

하제는 은소가 들고 있던 봇짐을 휙 가져갔다. 그러곤 금세 그 안에 들어있던 말쑥한 옷으로 살아입었다. 은소의 손목을 꼭 붙잡고는 하제가 큰길을 향해 걸음을 옮기기 시작했다. 붙들린 손목이 아파 놓으라 했지만, 그는 귀를 막기라도 했는지 들리지 않는 모양이었다.

그의 손을 물어뜯을까 생각하던 순간, 하제가 손을 놓았다.

"저것 좀 보아라."

하제는 피식 웃다가 돌연 하늘을 보며 말했다.

"오늘은 달이 밝군."

정말이었다. 반쪽뿐인 달이었지만 그 밝기가 이루 말할 수 없이 밝고 청아했다. 유심히 달을 바라보던 은소가 슬쩍, 하제에게 시선을 돌렸다.

달빛 아래 비친 그의 얼굴은 무척이나 빛났다. 모르는 이가 본다면 여느 귀한 신분을 가진 도련님쯤으로 보일 것이다.

'저자가 정말 짐승일까?'

때때로 그러한 의문이 들 정도로 하제의 모습은 아름다웠다. 올올히 흩날리는 검은 머리카락이 바람에 나부껴 그의 얼굴을 가리는 것이 안타까울 정도였다.

"……아름답다."

은소는 자신도 모르게 말을 흘렸다. 달을 보고 한 말인지, 하제를 보고 한 말인지, 자신도 모르겠다.

날카로운 발톱과 부리를 가진 매혹적인 검은 짐승. 그 짐승의 소유물이자 불로불사의 영약. 포식자(捕食者)와 피식자(被食者). 어찌 보면 무척이나 기묘한 사이이지 않은가.

은소는 하제의 얼굴을 올려다보았다. 이자는 언제고 자신을 송두리째 삼키고 말 것이다. 하제가 더없이 서늘한 눈빛으로 도포 자락을 은소의 어깨에 걸쳐주며 말했다.

"네게 줄 것이 있다 하였지. 이곳이다."

아라궁의 남문에는 자정이 넘은 시각에도 야시(夜市)가 한창 열려있었다. 하제가 붉은 눈동자를 굴리며 주변을 살피곤, 나직이 속삭였다.

"내게 바싹 몸을 붙여라. 네 살 내음을 다른 놈들이 맡고 노리는 건 참을 수 없다."

"살 내음?"

"그래."

그러고 보니 전부터 갈매도, 그 쥐를 닮은 괴한도 같은 이야기를 했다. 자신에게서 달콤한 내음이 난다고 말이다.

은소는 그것이 무슨 이야기인지 감이 오질 않았다. 제게는 그 냄새가 어떤 것인지 전혀 느껴지지 않았다.

"나는 잘 모르겠는데……."

"그런가? 이렇게나 강렬한데……."

본디 감로화에서 흘러나오는 향은 깊고 짙어 지울 수 없는 것이었다. 하여 나비가 꽃을 찾아들듯이, 주위의 이성을 꼬이게 하는 꿀과 과실이 뒤섞인 듯한 내음이 은소의 몸에서 퍼져 나왔다.

그 내음을 누구라도 한번 맡기 시작하면 은소를 향한 눈길을 보낼 것이고, 그 살을 맛보기 위해 뒤를 쫓을 것이다. 무릇 사내들의 습성이란 그러하다.

그것을 누구보다도 잘 알고 있는 하제였다.

궁 안에서는 모두 하제 전하의 눈치를 보느라 은소에게 대놓고 접근해오지 않았지만, 임금이란 신분을 모르는 밖에서는 상황이 달랐다.

하여, 하제는 누구보다도 감각을 곤두세운 채였다. 밤이라 지나는 이들이 별로 없는 것이 다행이라면 다행이었다.

하제는 은소를 제 옷자락으로 감싸고, 어미 새처럼 그녀를 보호하며 이동했다. 왕승의 포목점으로 향하는 동안, 몇몇 사내들이 은소의 단내를 맡고 기웃거리기 시작했다.

그러나 하제의 위용에 대부분 다가올 용기는 내지 못한 채 멀리서 흘깃흘깃 쳐다보기만 하는 꼴이었다. 조금이라도 거리를 좁힐라치면, 하제가 적의를 가득 담은 눈빛을 보냈으니 그럴 만도 했다.

*   *   *

들락거리는 객의 발걸음이 가장 잦은 곳이 바로 이곳 남문의 포목점이었다.

곳곳에 걸어둔 초롱불 덕분에 불빛이 은은하게 깜박이는 풍경이 호젓했다. 그 흥취를 즐기려고 일부러 야간에만 들르는 사람도 있을 지경이었다. 그 때문인지 포목점 야외 정원에 자리한 정자에 올라앉아서 술을 마시면서 비단을 구경하는 이들도 있었다. 간혹 기방인 줄 알고 발걸음을 잘못 들어선 취객도 더러 있었다.

하제는 은소와 함께 포목점 내부로 들어왔다. 시선 닿는 곳마다 색색의 고운 비단이 걸려 있어 마치 잔칫집을 연상시켰다. 주변을 살피던 은소가 하제에게 물었다.

"여긴 어디예요?"

"보면 모르겠느냐? 네게 옷을 지어주려 한다."

은소의 얼굴에 순간 의외라는 표정이 떠올랐다. 그들이 들어오자마자 왕승의 시종이 쏜살같이 달려 나왔다. 척 보아도 보통이 아닌 사람 같았다. 값비싼 물건을 몸에 두른 잘생긴 귀공자와 그가 닭처럼 품고 있는 청초한 여인.

빛나는 외모는 오히려 귀공자인데도, 시종의 눈은 자꾸만 여인에게로 향하였다. 본능적으로 느껴지는 아릿하면서도 달콤한 향기에 숨 쉬는 것도 잊을 정도였다. 그러나 이내 귀공자의 싸늘한 시선이 닿으며, 모진 말이 날아들었다.

"천한 것이 감히 누구를 훑어보는 것이냐?"

"죄, 죄송합니다. 일부러 그런 것이 아니옵고…… 헌데 어인 일로 걸음 하셨습니까?"

"이 집에서 비단을 주문했는데 치수를 재러 왔다. 안채에 있는 소녀에게 가서 고하라."

"아, 단영 애기씨 말씀이시군요. 냉큼 안채로 안내하겠습니다."

시종은 곧장 안채로 길을 안내했다. 홀로 수를 놓고 있던 단영이 서둘러 일어서서 하제와 은소를 맞이했다.

"어서 오시지요. 안 그래도 기다리고 있었습니다."

"치수를 재러 왔다. 이 여인이 입을 것이야."

활짝 핀 개나리처럼 맑은 소녀의 웃음은 무척 화사해, 보는 이마저 미소 짓게 했다. 단영의 시선이 하제의 곁에 서 있는 가녀린 여인에게로 향했다.

'……저 여인이 바로 정인이란 말이야?'

예상보다 평범하고 수더분한 인상이었다. 오히려 미색으로만 따지면 이제 꽃피기 시작하는 어린 제가 더 싱싱하고 예쁜 게 아닌가 하는 우쭐함도 들었다. 경국지색(傾國之色)의 까무라칠 정도의 미인이라도 데려올 줄 알았건만, 사람 보는 눈은 얕은가 싶었다.

속으로 그리 단정 짓고 코웃음을 치던 단영이 미소를 지으며 말했다.

"처음 뵙겠습니다, 아가씨. 단영이옵니다."

"안녕하세요."

메말라 바스러진 풀포기처럼 작은 목소리였다. 병색이 짙다더니 그래서일까? 여인의 목소리는 너무 작고 낮았다. 그리고 거칠었다. 나긋나긋한 단영의 목소리와는 차원이 달랐다.

단영이 귀엽게 웃으며 하제에게 말했다.

"아가씨의 치수를 재야 하니 잠시 밖에서 기다려 주시겠어요?"

"그러지."

하제가 나가자, 단영이 은소의 어깨너비와 팔을 줄로 재면서 말했다.

"참으로 좋으시겠습니다."

"무슨 말이죠?"

"곧 혼약이라도 하시는 사이이신가요?"

"예? 아니요. 그렇지 않아요."

"어머나, 제가 결례를 저질렀군요. 그저 연모하시는 분에게 사주는 비단이라 치기에도 값이 비쌌기에 주제넘게 여쭈어 보았습니다. 참으로 부러워서요."

'이 애는 뭐가 그리 궁금한 걸까?'

"그런 사이는 아니에요."

"허면요?"

"이를테면 원수 같은 사이죠."

은소가 그리 말하며 씩 웃었다. 그러자 새처럼 재잘거리던 단영의 얼굴에서 슬쩍 웃음기가 가셨다. 순간 대답하는 여인의 눈에 어린 빛들은 예사 것이 아니었다. 이 여인의 말처럼 단순히 연모하는 사이는 아닌 모양이었다.

"원수 같은 사이라니, 이리 다정하게 지내시는데 왜 그런 말씀을 하셔요. 농담도 참 재밌게 하십니다."

"농담 아니에요. 그러니까 우리 사이 더 궁금해할 필요 없어요. 치수 재는 건 모두 끝났나요?"

단영은 은소의 물음에 순간 할 말을 잃었다. 얌전하고 유약해 보이는 인상이라 여겼는데, 보기보다 날카로운 여자였다. 유순해 보이는 외모와는 달랐다. 막상 입을 여니 도도하고 오만한 것이, 그 귀공자와 어딘가 비슷한 구석이 있었다.

게다가 더욱 불편한 것은, 속이 뒤집힐 만큼 향긋한 내음이 이 여인의 전신에서 흐르고 있다는 사실이었다.

"치수 재는 일은 모두 마쳤습니다. 아가씨."

단영이 웃으며 은소와 함께 밖으로 나가자, 하제가 정자에 앉아서 기다리고 있었다. 다른 정자에도 야경의 정취를 즐기던 이들이 있었다. 그런데 이상한 일이었다. 단영의 눈동자가 커졌다. 모든 사내의 시선이 은소를 향하고 있었다.

'이 여자에게 대체 무엇이 있길래?'

대단히 특별할 것도 없는 얼굴에, 흔하디흔한, 도리어 도읍에서는 못난 축에 속하는 여인이었다. 성격도 몸짓도 말투도 계집답지도 않았다.

그러나 사내들의 흑심 가득한 저 눈, 계집을 탐하는 눈이었다. 어렸을 때 어머니가 일하던 기방에서 보았던 그 눈이었다. 마치 본능처럼 사내들은 이 여인에게 끌리고 있었다. 그리고 저 청년은 마치 사내들로부터 여인을 지키기 위해 함께하는 듯 보였다. 이 기이한 상황에도 단영은 미소를 잃지 않았다.

"의복은 사흘 뒤면 완성될 것이어요."

"그날 여기로 사람을 보내지. 이만 돌아가자, 은소."

부랴부랴 은소의 손목을 낚아채 포목점을 빠져나가는 하제는 혹여나 제 것을 누가 어떻게 할까 봐 전전긍긍해 하는 어린애 같았다.

야시장을 빠져나가자, 으슥한 골목길에 접어들었다. 그때였다. 어디선가 나타난 낯선 그림자들이 둘의 뒤를 따랐다. 하제는 그들의 기척을 느끼고, 잠시 움직임을 멈추고 사위를 살폈다.

"잠깐."

갑자기 걸음을 멈춘 하제의 말에 은소가 숨을 죽였다. 이윽고 나타난 자들은 두 명의 사내였다. 털이 덥수룩한 중년의 사내와 까무잡잡한 얼굴의 사내가 차례로 말했다.

"볼수록 눈이 가는 계집이군."

"이보오. 거, 혼자서만 독차지 말고 우리에게도 양보를 좀 하시오."

비단옷을 입은 차림새에 술이 얼큰히 취했는지 그들의 손에는 술병이 들려 있었다.

"당장 눈앞에서 꺼져라."

하제가 낮게 그르렁거리듯 말했다. 붉은 눈에서는 분노가 쌓인 살기를 토해내고 있었다.

"으악!"

순간적으로 발한 살기에 사내 둘이 형편없이 뒹굴며 나자빠졌다. 하제가 그 틈에 은소를 데리고 떠났다.

"바, 방금 뭐였지?"

"모르겠네. 귀신같은 노릇이로군."

술에 취한 사내들은 서로를 돌아보며 중얼거릴 뿐이었다.

*   *   *

화톳불 가득히 연기가 피어올랐다. 뿌옇게 차오르는 연기 사이로 낮고 갈라진 목소리가 들려왔다.

"나를 불렀느냐?"

설란이 엎드려 대답했다.

"예, 대왕. 두루미 왕이 쳐둔 결계를 없애는 데 힘을 보태주십시오."

"……이것이 요긴할 것이다."

"감사합니다. 대왕."

이윽고 검은색의 향 세 개가 설란의 손바닥에 쥐어졌다. 설란의 입꼬리가 사악 올라갔다.

*   *   *

"휘익!"

하제가 휘파람을 불자, 얼마 뒤 말발굽 소리가 들려왔다. 흑색의 털을 가진 천리마였다. 두 사람을 태운 천리마는 단숨에 미로궁으로 다다랐다. 궁 안에 들어서자 설란이 빙긋 웃으며 두 사람을 맞이했다.

"돌아오셨습니까."

말에서 내린 하제가 은소를 내려주며 설란에게 일렀다.

"오늘은 여기서 자고 갈 것이다. 자리를 준비해 주었으면 좋
겠군."

"예."

미로궁에서 가장 크고 화려한 방은 안쪽에 있는 여섯 번째 방
이었다. 녹옥궐 못지않게 꾸며서 임금이 지내기에도 부족함이
없었다.

늘 비어있던 이 방에 오늘은 촛불이 아롱 켜졌다. 은은하게 비
치는 방 중앙에는 나비 문양을 새긴 널찍한 침대가 있었다. 하제
와 은소가 서로를 능진 채 누워있었다. 하제는 아까부터 줄곧 말
이 없는 은소에게 온 신경이 가 있었다.

이불과 옷깃이 스쳐, 바스락거리는 소리만이 들렸다. 처음으
로 이렇게 편안히 누워보는 것 같았다. 언제나 은소와 둘이 남아
있으면 강제로 입을 맞추는 것부터 시작했으니…… 둘이서 편안
히 잠을 잔 것은 둥지에서 그랬던 것을 제외하면 처음이었다.

"혹시 잠이 들었나?"

"……아니."

"잠시 일어나 보아라. 실은 옷이 다 지어지면 주려고 했다
만……."

하제가 냉큼 일어나서 벽에 걸려있던 봇짐 속을 뒤졌다. 그는

하얀 비단에 곱게 싸여있는 은색의 나비 비녀를 꺼내, 앉아있는 은소의 옆 머리칼에 꽂아주었다. 소담스러운 모양새가 은소와 잘 어울렸다.

"어떠냐?"

"……갑자기 내게 왜 이렇게 잘 해주는 거야?"

은소는 비녀를 제대로 보지도 않은 채, 그대로 머리카락에서 잡아 빼내더니 머리맡에 내려놓았다. 기뻐하는 기색은커녕 무미건조한 평소의 표정 그대로였다. 그 하는 양을 가만히 지켜보던 하제는 얼굴이 굳었다.

"왜, 싫더냐?"

"당신답지 않아."

"무슨 말인가?"

"항상 나를 괴롭히고 희롱해왔잖아."

"그야 너는 내 것이니까 당연한 것이잖나."

은소의 얼굴에 실망한 기색이 비치자, 하제의 고개가 비뚜름해졌다. 그의 흥분한 목소리가 점차 커졌다.

"대체 무엇이 마음에 안 드는 것이냐? 주면 그저 고맙다 달게 받으며 웃어주면 될 것을!"

"……당신은 죽어도 내 마음을 모르겠지."

"정녕 건방지기가 하늘을 찌르는군!"

하제는 버럭 소리를 지르곤 신경질적으로 자리에 누웠다. 자신이 기대한 것과는 전혀 다른 반응에, 걷잡을 수 없이 화가 치밀었다. 당장에 비녀를 발로 밟아 부수고 싶은 마음이 간절했지만 참았다. 어쩌면 이런 욱하는 성질머리 때문에 될 것도 아니되는지도 몰랐다.

하지만 생각할수록 은소 저것이 괘씸하다. 갈매 앞에서는 환히 웃기도 잘하면서 저에게는 이렇듯 푸대접이다. 열이 올랐다. 다시는 저 계집에게 잘 대해주지 않겠노라 다짐하면서도, 또 비단옷이 완성된 것을 보면 은소의 마음이 달라지지 않을까 싶었다.

자신은 그저 잘해주려는 마음뿐이었는데, 그걸 몰라주는 은소가 못내 섭섭하고 미웠다.

이불이 다시 바스락 소리를 내었다. 은소도 누운 모양이었다. 하제는 뒤를 힐끔 바라보았다. 은소의 작은 어깨가 보였다. 저 어깨를 끌어당겨 품에 안고 싶은 마음이 굴뚝같았다.

이러니저러니 해도 자신의 본능이 원하는 것은 은소, 그것만은 변치 않는 사실이었다.

*   *   *

어쩐지 새벽녘까지 잠이 오지 않았다. 불면증일까? 등 뒤에서 하제의 거친 숨결이 느껴졌다. 하제는 제 마음 따위는 안중에도 없는 듯했다. 비녀와 옷으로 제 마음을 사려고 했던 것일까? 참으로 경솔하고 안일하기 짝이 없었다. 일곱 살 먹은 어린애도 그보다는 나을 터였다.

그런데도 그와 나란히 누워있는 지금, 새삼 가슴이 두근거렸다. 자신을 바라보는 그의 탐욕스러운 눈길이 싫지 않았다. 은소는 뒤를 돌아 하제의 커다란 등을 바라보았다. 자신보다 두배는 더 넓은 가슴을 가진 남자, 이율배반적이게도 어린애처럼 이기적이고 잔혹한 짐승.

그러나 그 짐승에게 점점 길들여지는 기분이 들었다. 이러면 안 된다는 걸 알면서도. 이성적으로는 거부할 수밖에 없는 괴물이다. 그런데도, 그를 벗어날 수 없다.

본인도 믿을 수 없지만, 단단히 걸어두었던 마음이 조금씩 열리기 시작했다. 그 틈으로 검붉은 짐승의 혓바닥이 은소를 향해 날름거렸다.

부스럭.

갑작스러운 움직임에 은소는 눈을 꼭 감고 잠든 척을 했다. 어둠 속에서 더듬더듬 제 손을 찾는 손길이 느껴졌다. 하제가 똑바로 누워, 제 손을 붙잡았다. 혹 열이라도 있는 것은 아닌지 의심이 들만큼, 뜨거운 손이었다. 그리고 그 온기를 느끼며 잠이 들었다.

아침이 되자마자, 하제는 흔적도 없이 사라졌다. 은소는 머리맡에 놓아둔 은비녀를 쓰다듬었다.

*　　*　　*

닷새 뒤 녹옥궐.

정무를 보고 있던 임금에게 상덕이 다가와 아뢰었다.

"하제 전하, 어제 은소 님께 의복을 잘 전달해 드렸습니다. 무척 감사하다고 인사를 전해드리라 하셨습니다."

"……그래, 옷은 잘 맞는다고 하더냐?"

"예, 활짝 웃으며 좋아하셨습니다."

"거짓을 고하려거든 아무 말 말라. 그리 인사성이 밝은 계집이 아니다."

"……참이옵니다."

"입어보지도 않았겠지."

"저, 전하. 송구하옵니다. 은소 님께서는 원체 감정을 잘 드러내지 않는 분이시라……."

"그 이야기는 더 듣고 싶지 않다. 모레는 돌개 숲으로 사냥 대회를 떠날 것이다. 신료들에게도 알려라."

"예, 전하. 채비를 하겠습니다."

도읍의 서쪽에 위치한 돌개 숲은 아라연국에서도 이름난 사냥터로, 시도 때도 없이 덮쳐오는 돌개바람 때문에 붙여진 지명이었다. 가장 깊이 들어가면 멧돼지를 비롯해 늑대와 이리, 범까지 사나운 짐승들이 출현하는 곳이었다.

가막 대사를 비롯한 신료들은 새 임금이 공식적으로 주최한 사냥 나들이에 반색을 했다. 평소 공적인 자리에서만 얼굴을 비치던 이 나라 임금께서는, 좀처럼 틈을 내어주지 않았다.

가막 가문에서는 한시라도 빨리 임금이 왕비를 맞이하여야 한다는 이야기가 슬금슬금 나오고 있었다. 왕실의 어른이 없는 만큼, 가막 대사가 이 일을 도맡아서 해야 한다고도 입을 모았다.

모두가 알고 있었다. 가장 왕비에 적격한 후보는 가막진의 딸, 리라는 것을 말이다.

가막 가문의 대저택에서는 술자리를 빙자한 회의가 벌어졌다.

"숙부님, 이번 사냥 대회에서 하제 전하께 슬쩍 고하시지요. 이제 자리를 잡으셨으니 왕비를 맞이하실 때가 되지 않았습니까?"

가막진의 조카인 가막훈이 수염을 가다듬으며 말했다. 훈의 실제 나이는 어렸으나 머리가 하얗게 센지라 가막진보다도 훨씬 나이 들어 보였다. 그의 말을 잠자코 듣고 있던 가막진이 입술을 열었다.

"허나, 워낙 강인한 전하이시네. 게다가 지금 미로궁에 첩처럼 데려다 놓은 여인도 하나 있네. 내 말을 곧이곧대로 들어주실 분이 아닐세."

"아버님 말씀대로 하제 전하는 누군가의 말대로 행동하는 분은 아니십니다. 그날 기분 내키는 대로 행동이 자유로운 분이시지요."

두 어른의 말을 듣고는 운도 말을 거들었다.

"그렇다 하더라도 우리 가문을 무시하고 왕비를 뽑을 수는 없을 게 아니냐? 옆에서 살살 입김을 불어넣어야지."

가막진의 아우, 가막호도 흥분해 언성을 높이며 말했다.

"사실상 왕비 후보를 거론해본다면, 우리 가막 가문의 리가 가장 적당한 아이가 아닙니까? 수린은 아직 나이가 어리니 어쩔 수 없고 말입니다."

가막훈이 재차 말했다.

"내 딸이라서가 아니라 빠지는 것이 없는 아이이긴 하나 전하의 심중은 또 모르겠다."

가막진은 지난번에 리가 하제에게 거부당했던 일을 떠올렸다.

"옳거니! 허면 형님, 사냥 대회의 전통을 이용해서 리를 전하의 근처에서 모실 수 있게 하는 게 어떠우?"

머리를 굴리던 아우가 형님에게 넌지시 말했다.

"전통이라고?"

"그래, 본디 사냥 대회 시 행운의 가호가 되어줄 아름다운 여인을 데리고 다니는 전통이 있지 않수. 그날 리가 하제 전하의 행운을 빌어 준다면 전하께서도 리의 매력에 흠뻑 빠지실 것이 아니겠수?"

괜찮은 생각이었다. 어차피 미로궁의 여인은 사냥 대회에 참가하지 못할 터였다.

"제법 좋은 생각이구나, 호야. 그리 추진해봐야겠다."

가막진의 눈빛이 날카로이 빛났다. 리가 아라연의 왕비가 되이 신계의 씨를 잇는다면, 가막 가문의 수장으로서는 그야말로 더 바랄 것이 없었다.

                    *   *   *

뚜우우우우—

지이이이잉—

임금의 행차를 알리는 뿔피리와 타악기 소리가 널리 울려 퍼졌다.

검은 갈기를 가진 준마에 올라탄 임금의 광채에, 백성들은 앞다투어 감탄했다. 가히 이 세상 사람이 아닌 듯 수려한 자태의 임금은 그 서늘한 눈빛 때문에 더욱 선연했다.

견고한 금속과 잿빛 늑대의 꼬리털로 장식된 갈색 갑주를 걸친 하제는 더없이 용맹하고 늠름해 보이기까지 했다. 그 곁에서 새초롬한 표정으로 백마에 오른 여인은, 가막 대사의 딸 리였다. 새카만 머리카락을 가지런히 내린 리는 잘록한 허리를 강조하고, 앙가슴이 훤히 들여다보이는 양가죽 갑옷을 걸치고 공작의 깃털을 단 모자를 썼다.

그 표정은 마치 지금 당장 왕비 자리에 오른 듯, 기세등등한 얼굴이었다.

'아버님, 두고 보시지요. 반드시 하제 전하를 사로잡고야 말겠사옵니다.'

그렇게 속으로 단단히 다짐하는 리였다. 이 자리에 나오기 전에도 가막진에게 신신당부를 받았다. 먼저 전하에게 은애한다 하지 말고, 유혹당하지도 않고 유혹해야 한다. 그러나 리는 하제 전하의 옆에 있는 것만으로도 새삼 가슴이 떨려서 아무 생각도 할 수 없었다.

임금의 뒤를 이어 대사와 각 신료들의 행렬이 이어졌다. 그 틈에는 궁병 교관인 연갈매도 끼어있었다.

사냥 대회에 참가하는 모든 이들은 행운의 가호를 정할 수 있었으며 대상이 설령 다른 이의 부인이라도 상관없었다.

하여, 갈매의 뒤를 따르는 말에는 다름 아닌 임금의 하나뿐인 여인 은소가 타고 있었다.

* * *

하루 전.

옥좌에 앉은 임금에게 가막 대사가 고했다.

"전하, 한 가지 청이 있습니다. 이번 사냥 대회에서 전통을 살려 참가하는 모든 사람이 행운의 가호로 여인을 곁에 두게 하심이 어떨까 합니다."

대사의 말을 들은 하제는 고개를 주억거리며 말했다.

"흠, 그것이 무에 어렵다고 청까지 하는가? 재미나겠구나. 사내들끼리 떠나는 사냥보다야 분위기가 화사하겠다."

"허면 다른 청을 드리겠나이다."

"말해보아라."

"제 여식인 리를 곁에 두시면 사냥 대회에서 풍부한 사냥감을 얻으실 수 있을 것이옵니다."

"하하, 어째서 그런가? 대사가 그런 말을 하는 데에는 타당한 이유가 있으렷다?"

그러자 대사가 회색 눈을 빛내며 말했다.

"예, 그 아이는 전하를 위해 누구보다도 간절히 기도할 것이옵니다."

"과연 그 아버지에 그 딸이군. 충직한 아버지를 따라서 대사의 딸도 그러한 모양이다. 허나, 대사의 딸은 내게 한 번 실례를 범한 적이 있었다."

눈썹을 치켜 올리며 하제가 대사의 눈을 똑똑히 보고 말했다. 그러자 대사는 금시초문이라는 표정으로 의아하다는 듯 말했다.

"그런 일이 있었사옵니까. 딸년 대신 제가 빌겠사옵니다. 용서해 주십시오."

"괜찮다. 지나간 일이다. 대사의 청이니 사냥 대회에서 곁에 두겠다."

"예, 각별히 일러 두겠사옵니다."

가막 대사가 절을 하고 나가자, 하제의 허허 웃던 얼굴이 일순 굳어졌다.

"시커먼 속을 잘도 보여주는군."

가막 대사는 제 여식을 끝까지 정치적으로 이용할 심산인 것 같았다. 사실상, 왕비감으로 가장 적절한 것 또한 대사의 딸이다. 그러나 그리되면, 대사의 기세가 하늘을 찌를 것이다. 궁궐을 뒤덮은 까마귀들의 그림자가 너무나도 짙어진다.

균형이 필요했다.

그렇다고 은소를 덜컥 왕비로 앉혀놓을 수도 없었다. 아무런 힘도, 연고지도 없는 이국의 인간이다. 그리되면 분명 까마귀들의 표적이 될 것이다. 소중한 꽃을 그리 잃을 수는 없다. 그저 있는 듯 없는 듯, 지켜내야 한다. 저만이 취할 수 있도록. 그렇다고 왕비의 자리를 비워놓는다면, 가막에서는 빗발치듯 항의를 할 것이다.

하제 전하가 사냥 대회에 가막 대사의 여식을 데려간다는 이야기는 삽시간에 퍼졌다. 이윽고 활 훈련장에서 병사들을 지도하던 갈매의 귀에까지 들어갔다. 소문은 점점 크게 불어났다. 병사들이 저희들끼리 주고받는 이야기는 이러했다.

"그 이야기 들었는가?"

"무어 말인가?"

"내일 사냥 대회에서 하제 전하의 행운의 가호가 누군지 말이야."

"글쎄?"

"바로 가막 대사의 따님이라네. 장차 왕비감이 될지도 모르는 아가씨야."

"하제 전하는, 본래 여인이 하나 있지 않았나?"

"아닐세. 요즘 산속 궁궐로 여인을 쫓아내고 발길도 뚝 끊으셨다는구만."

갈매의 시선을 느꼈는지, 병사들은 잡담을 멈췄다.

'전하께서 은소 누님을 돌보지 않으시는 모양이다.'

하여, 갈매는 은소가 사냥 대회에 올 수 있도록 제 행운의 가호로 낙점했다.

*　　*　　*

아라연을 상징하는 바다물길 모양의 하얀 깃발이 바람에 나부꼈다. 군졸들을 대동하고 나선 임금의 행렬은 이윽고 도읍의 서문을 지나 한참을 달렸다.

푸른 초원을 가르는 긴 행렬은 장장 여섯 시간 만에 돌개 숲에 도착했다.

휘이이이이잉.

깊게 우거진 숲에 도착하자마자, 일행을 맞이해준 것은 바람의 긴 머리채였다. 순식간에 바람이 지나간 자리에서 일대 작은 소동이 일었다. 바람에 놀란 일부 말들이 히히힝 거리며 앞발을 들었고, 모자가 날아간 이들은 붙잡으러 갔으며, 여인들은 휘날리는 치맛자락을 한껏 부여잡았다.

태풍이 와도 끄떡 않을 얼굴을 하고 있던 임금이 주변을 살피고는 목이 좋은 바위에 올라서서 말했다.

"예서 사냥을 시작하자. 모두 행운의 가호 여인을 곁에 두어라. 가장 크고 많은 산짐승을 잡는 자에게는 포상을 내릴 것이다."

하제가 그리 말하며, 리에게 손을 내밀어 자신이 타고 있는 말 안장에 그녀를 태웠다.

"이리 올라라. 내 말이 그대의 말보다 훨씬 빠를 테니."

*　　　*　　　*

화려한 외모의 두 남녀는 무척이나 잘 어울렸다. 그 모습을 지켜보던 은소는 차라리 다행이란 생각이 들었다. 하제에게 어울리는 짝이 생긴다면 자신을 잊은 채 편히 놔둘 것이라는 기대였다. 이제 그의 괴롭힘을 견뎌내는 일도 모두 끝난 것이다. 그 비녀와 옷은 작별 선물에 지나지 않았던 모양이다.

"그 소문은 신경 쓰지 마십시오."

갈매가 은소의 시선을 눈치채곤 말했다.

"아, 저 미인이 가막 대사의 여식이구나. 정말 인형처럼 예쁘다."

마치 중국 인형처럼 동양적인 얼굴에다 늘씬하고 육감적인 몸매는 서구적인 여자였다. 사내라면 누구든 좋아할 것 같은 아름다운 여자였다. 깡마르기만 한 자신과는 달랐다.

"은소 누님, 제 말에 오르십시오."

"그래."

소년 모습을 하고 있는 갈매의 손을 잡고 말에 오르는 순간, 뜨거운 시선이 느껴졌다. 하제였다. 화가 난 것인지 굳은 것인지 알 수 없는 표정이었다. 그날 그렇게 떠난 이후 처음 보는 것이지만 이렇듯 멀리서 있으니 그날 일이 더욱 아득해지는 것 같았다.

그러나 은소를 주시하고 있는 것은, 비단 하제뿐만이 아니었다. 가막 대사와 가막리를 비롯한 가막 가문의 사람들 모두의 눈길이 은소에게 머물렀다.

리는 은소가 보잘것없는 여인임을 확인하고 만족스러운 미소를 지었다.

'아무 매력도 없는 종이꽃이 아니냐. 그저 단순히 흥미로 데려오신 여인이시구나. 내가 왕비가 되거들랑 자애롭게 살펴줄 것이야.'

또한 그 자리에 모인 사내들은 임금의 여인이라는 것을 알기에 대놓고 드러내진 않지만, 그 달콤한 꿀과 같은 살 내음에 헛기침만 뱉고 있었다.

그 사실을 알고 있는 하제는 불편하기 짝이 없었다. 하제는 재빨리 고삐를 쥐고 말을 몰았다. 리가 하제의 가슴에 와락 안기더니 연약한 척 소리를 질렀다.

"저, 전하. 무섭사옵니다."

"이 정도로 무섭다면 사냥이 곤란할 텐데?"

사실 그리 무섭지는 않았다. 승마를 어려서부터 배운 탓이었다.

리가 하제의 목을 끌어안고 제 몸을 그에게 바싹 붙였다. 이게 꿈인가 생시인가. 너무 좋아서 가슴이 벌렁거렸다. 하제 전하의 곁에 있을 수 있다면 연약한 척쯤은 얼마든 할 수 있었다.

그러나 리의 마음을 자꾸 불안하게 만드는 것은 하제의 시선을 강탈해가는 저 은소라는 계집이었다.

*   *   *

어둑하게 땅거미가 내린 숲은 한층 짙은 녹음으로 가득해졌다.

둥둥둥.

2차 사냥을 알리는 북소리가 울려 퍼지자, 말에게 풀을 먹이거나 쉬고 있던 이들이 일제히 몸을 일으켰다. 대충 사냥하는 흉내만 내는 이들도 있었고, 세 치 혀로 사냥을 하는 이들도 있었으나 진짜 사냥에 몰두하는 이는 극히 드물었다.

오늘따라 하늘은 먹색이었다. 금방이라도 비가 쏟아질 것만 같았다. 궂은 날씨라 승마를 하는 것조차 버거웠으니 누가 사냥에 제대로 임하랴.

그러나 이 나라 임금 하제만은 예외였다.

하제는 돌개 숲 일대를 질풍처럼 누비며, 닥치는 대로 사냥을 했다. 눈에 띄는 모든 사냥감을 잡을 심산인가 싶었다. 본래 검을 다루지만 활 솜씨에도 능한 임금은 먼 거리에서는 활시위를 당겼고, 투척용 창을 던졌다. 그래도 사냥감이 바둥거리면 다가가서 검을 찔러 넣었다. 그 모습이 흡사 사냥에 굶주린 광인(狂人) 같았다.

하제가 사냥한 짐승들이 병사가 지키고 서 있는 간이 우리에 하나둘 쌓이기 시작했다. 벌써 우리에 쌓인 짐승의 사체는 멧돼지가 일곱 마리, 꿩이 다섯 마리로 도합 열둘이었다.

가막 가문의 어떤 이들이 몸을 떨면서 이렇게 수군덕거리는 소리마저 들렸다.

"자네, 전하의 눈을 보았는가? 무엇이든 움직이는 것은 모조리 잡아 죽이신다네."

"이러다가 우리들이 본래 모습으로 변신했을 때 사냥이랍시고 잡아 죽이실 기세야."

숲 속에서 스산한 바람이 불어왔다. 싸한 긴장감이 감돌았다. 하제는 계속해서 깊은 숲으로 들어갔다. 아침에는 마냥 도도하기 짝이 없던 리의 얼굴도 지금에 와서는 그저 모두 그만두면 좋겠다는 표정이었다. 아까부터 싸늘한 얼굴로 사냥만 하는 하제에게 지쳐버린 탓이었다.

피웅!

멧돼지 한 마리를 향해 쏜 화살이 빗나가자, 하제가 욕설을 내뱉었다. 이에 놀란 리가 반사적으로 말했다.

"저, 전하?"

"……."

"이러다 몸을 해치십니다. 사냥도 좋지만 쉬었다가 하시지요."

"……그게 좋겠군."

이윽고 하제는 말이 물을 마실 수 있는 작은 샘가에 다다랐다. 샘가로 가서 세수를 하는 하제를 보고, 리도 무슨 생각에서인지 뒤따라왔다.

샘가에 앉은 리는 얇은 옷이 다 젖는 것도 아랑곳하지 않고, 제 몸에 물을 끼얹었다. 말을 오랫동안 타서 덥기도 했다.

'둘만 있는 지금이야말로 전하를 유혹할 기회다.'

물에 젖은 옷자락이 몸에 달라붙어, 노골적으로 몸매를 훤히 드러냈다.

"전하, 물이 참 시원합니다."

그러나 리의 부름에도 하제는 대답하지 않은 채, 어딘가를 쏘아보고 있었다. 그 시선 끝자락에는 녹색의 갑주를 걸친 소년과 연두색의 옷을 입은 한 여인이 있었다. 둘은 멀리서 보면 마치 오누이처럼 보였다.

리의 입술이 삐죽 도드라졌다.

그 은소라는 계집이었다. 전하께서는 저 계집의 어디가 좋으신 걸까? 저런 볼품없는 계집에게 전하를 뺏기고 싶지는 않았다. 자존심이 허락지 않을 것 같았다. 하제 전하와 나누는 둘만의 오붓한 시간이었다. 제게로 다시 집중을 돌리게 만들어야 했나.

"아얏!"

리가 뭔가를 밟았는지 발을 헛디뎌 미끄러졌다.

"저, 전하! 도와주십시오!"

'풍덩' 소리와 함께 리의 몸이 호숫가로 빠지자, 하제가 빠르게 그녀를 건져내었다.

"괜찮은가?"

"아아…… 발목을 다친 듯합니다."

"어디 보자."

하제가 리의 발목을 자세히 살펴보았다. 확실히 발갛게 퉁퉁 부어 있었다. 발목의 관절이 삐끗하면서 자극을 받은 모양이었다. 하제가 리의 발목을 살짝 돌리면서 풀어 주었다.

"무슨 일입니까? 두 분 괜찮으신지요?"

어느새 갈매의 목소리가 들려왔다. 리가 물에 빠지는 소리를 듣고 달려온 모양이었다. 은소도 놀란 눈동자를 하고 있었다.

"물속에서 다리를 삐끗한 모양이다. 리, 좀 어떠냐? 이제 천천히 일어나 보거라."

"예, 전하. 저는 괜찮습니다."

고개를 끄덕인 리가 천천히 일어섰다. 그러나 걸음을 옮기려다가 하제의 품속으로 픽 쓰러지고 말았다.

"아악, 전하. 아무래도 못 걷겠사옵니다."

"저런, 크게 다치신 모양이에요. 의원을 부를까요?"

"아, 아닙니다."

"연갈매는 신경 쓰지 마라."

하제가 그리 말하며 은소를 매서운 눈으로 노려보았다. 이윽고 보란 듯이 리를 번쩍 안아든 하제가 저벅저벅, 말이 있는 곳으로 걸어갔다.

조심스레 리를 말에 태운 채, 천천히 움직였다. 은소와 거리가 한참 벌어지자, 하제의 얼굴이 그제야 일순 차갑게 굳었다.

"내려라."

"전하?"

"연기는 집어치우고 내리란 말이다."

"하, 하오나 연기가 아니옵고."

하제가 눈을 가느다랗게 떴다. 은소를 자극시키기 위해서 이용을 했던 것뿐인데, 이 계집은 무언가 단단히 착각을 하고 있는 것 같았다.

하제가 겁박하듯 나직하게 말했다. 매혹적인 모습과는 다르게, 내용은 살벌한 것이었다.

"너 역시 환수 일족 아니더냐. 삐끗한 다리가 아니라, 부러진 다리라도 몇 시간이면 다시 붙지. 조금 더 회복 시간이 필요하다면 다리를 부러뜨려주련?"

"전하, 어째서…… 어째서 그런 계집을 좋아하시는 것입니까?"

리가 결국, 참았던 속마음을 터뜨리듯 말했다.

"전하께는 그 계집이 안 어울리십니다. 하등 보잘것없는……,"

"닥쳐."

"전하."

스스스스, 하제의 목깃이 부풀면서 등에서 흑빛 날개가 쑥 돋았다. 손에는 날카로운 손톱이 돋았다. 리는 숨을 꼴깍 삼켰다. 하제에게서 뿜어져 나오는 기운에 순간, 기절을 할 만치 두려워졌다.

'엄청나게 무서운 힘이다.'

"……내게는 무엇보다 소중한 여인이다. 함부로 입에 담고 욕보이지 마라."

"소, 송구합니다. 전하. 살려주시옵소서. 흑, 흐흑."

그제야 정신을 차린 리가 엎드려 싹싹 빌었다. 한참을 울고 있는 리를 버려둔 채, 하제는 하늘 위로 훌쩍 날아올랐다.

순식간에 커다란 두루미로 변한 하제는, 그 위용을 뽐내며 숲을 누볐다. 핏빛 눈동자에 포착된 동물들은, 모두 찢어발기고 물어뜯었다. 피를 뒤집어쓴 모습이 소름끼치도록 섬뜩했다.

멧돼지의 옆구리를 베어 물어, 입가에도 피가 뚝뚝 떨어졌다. 먹고 싶지는 않았다. 그저 이 분을 억누를 만큼의 희생양이 필요했다. 걷잡을 수 없이 화가 치밀어 올랐으니까. 그런 하제의 붉은 눈동자에 갈매의 말을 타고 있는 은소가 보였다.

히이이잉!

하제는 단숨에 날아들어, 그 앞에 내려앉았다. 깜짝 놀라 경기를 일으킨 것은 말뿐이 아니었다. 갈매도 놀라서 말에서 떨어졌다. 하제가 두루미라는 사실은 알고 있었지만, 그의 본모습을 본 것은 처음이었다. 감히 어떤 짐승도 그 앞에서 머리를 들 수 없을 만치 강한 기운이 하제의 온몸에서 흘러나왔다.

검붉은 깃털의 커다란 날개는, 까마귀 환수 일족의 것보다도 크고 길었다. 하제의 위압감에 갈매는 공허한 눈으로 그를 올려다보았다.

은소만이 그런 하제를 가엾다는 듯 바라보았다.

침묵의 냉전이었다.

십여 분이 넘도록 은소를 쏘아보던 하제는 사내의 모습으로 돌아와 발목에 매고 있던 봇짐에서 꺼낸 도포를 대충 걸쳤다. 그리고 그 자리에서 모두가 들을 수 있도록 외쳤다.

"해산이다. 모두 궁으로 돌아가라."

임금이 목소리는 곧상 숲 속 곳곳으로 퍼졌다.

사냥 대회 후에 벌어질 연회를 기대하고 온 자들은 잔뜩 실망한 기색을 감추지 못했으나, 일부는 임금에게서 뿜어 나오는 살기를 보았기에 찍소리 못 하고 서둘러 궁으로 말을 내달렸다. 금세 흙먼지가 뿌옇게 일어났다.

핏빛으로 젖어있는 주군을 찾은 상덕이 황룡포를 덮어주었다.

"전하. 그리도 언짢으십니까. 갈매 님은 은소 님이 적적하실까 봐 그런 것입니다."

하제는 말없이 상덕을 노려보았다.

"내 앞에서 누구의 변명을 하는 것이냐?"

"송구합니다."

화가 치솟은 눈동자가 불꽃처럼 타올랐다. 상덕은 괜히 제가 부채질을 한 것만 같아서 고개를 저으며 물러갔다.

*　　*　　*

궁 안 곳곳에 피워둔 세 개의 향이 타들어 가기 시작했다. 향에서 흘러나온 검은 연기들이 미로궁에 가득 찼다. 이윽고 궁궐의 지붕과 기둥에 달라붙어 있던 실타래들도 사라졌다.

쿠구구구궁, 서서히 결계가 무너져 내렸다. 이제 결계가 뿜어내는 기운들은 미약해졌다.

그러자 제 힘을 풀어 내린 설란이 고개를 들었다. 그동안 웅크리고 있던 탓에 기지개 한 번 켜보지 못했는데, 이렇듯 힘을 되찾으니 매우 흡족했다.

"내 속이 다 시원하구나!"

뚜두두둑!

여인의 모습을 하고 있던 설란의 몸체가 비정상적으로 비대해졌다. 건장한 몸체에 낮게 붙은 머리에는 휘어진 뿔이 있었다. 소의 형상을 한 반인반수의 여인, 그것이 설란의 본모습이었다. 커다란 감색의 의복을 훌훌 벗어 내린 설란은 뜨거운 콧김을 씩씩 내뿜었다. 발굽으로 바닥을 탕탕 구른 설란이 갈색 털로 뒤덮인 몸을 돌아보며 분한 듯이 말했다.

"후우, 그동안의 고생이 드디어 빛을 보는구나."

설란은 절반까지 타들어 가던 향을 집어 들었다. 이제 웬만큼의 결계는 걷어냈다. 미로궁의 외벽을 감싸고 있는 결계는 가장 나중에 무너뜨려야 했다. 두루미 임금의 눈을 속이기 위해서였다.

설란의 모습이 다시 평소 여인의 모습으로 스르륵 돌아갔다. 의복을 다시 단정히 갖춘 설란은 거울을 보며 머리 모양과 옷매무새를 가다듬었다.

*　　*　　*

은소는 하제의 맞은편에 앉아서 그저 가만히 젓가락질을 할 뿐이었다. 먹음직스러운 연회 음식이 연이어 쏟아져 나왔으나, 입맛이 없었다. 사냥 대회에서 포획한 전리품들로 조리한 음식들은 주로 육류가 많았다.

게다가 이따금 자신을 사나운 눈초리로 훑어 내리는 하제와 곁눈질해대는 사람들 틈에서 은소는 숨을 쉴 수조차 없었다.

'나가고 싶어.'

갈매는 아예 먼 자리에 앉았기에, 이야기를 나눌 수도 없었다.

사냥 대회를 기념하는 연회라고는 하나 분위기는 여전히 빙판처럼 얼어붙어 있었다. 그도 그럴 것이 임금의 기분이 몹시 좋지 않았던 것이다.

"전하, 날이 갈수록 용맹함이 하늘을 찌르십니다. 도합 열일곱 마리를 잡으셨다니, 유례없는 기록이옵니다. 참으로 대단하십니다."

가막 대사가 그리 말하며, 하제에게 술잔을 올렸다. 그러나 궁에 돌아온 임금은 한 마디의 말도 하지 않았다. 게다가 사냥 대회 이후로, 하제 전하를 그리도 은애한다던 딸아이가 코빼기도 비치지 않았다.

하제는 가막 대사가 올린 술을 단숨에 마신 채, 다시 잔을 내밀었다. 가막 대사가 눈치를 보면서 다시 술을 올렸다.

악기를 뜯는 궁인들의 가락과 낭창한 목소리가 울려 퍼지고, 유혹적인 몸짓으로 춤을 추는 기러기 같은 여인들이 빙글빙글 하제의 곁을 맴돌았다. 그러나 하제는 연거푸 술만 마실 뿐이었다. 마음 깊은 곳이 답답했다. 울적함을 풀어보고자 마련한 사냥 대회에 다녀왔는데도, 도리어 마음이 더욱 안 좋았다.

꽃을 제대로 성장시키려면, 차라리 갈매와 지내게 놔두어야 하는 것일까? 그런 생각마저 들었다.

그때, 가막 대사의 동생이라는 가막호가 유난을 떨면서 말했다.

"전하! 전하! 저 천 뒤에 줄을 선 아이들을 보십시오. 제가 전하를 위해서 직접 데려온 미인들이옵니다. 이제 갓 피어난 싱그러운 꽃들이옵니다. 크흐흐흐."

간사스러운 웃음을 흘리며 가막호가 말했다. 가막호의 말에,

하제가 고개를 들어 그를 보았다.

"싱그러운 꽃이라 하였나?"

"예, 그렇습지요. 도읍에서 제일가는 미녀들이옵니다."

그 말에 하제가 건너편에 앉은 은소를 쏘아보았다. 일부러 보란 듯이.

"꽃이라 하니 궁금하군. 어디 한번 구경이나 하지."

"예. 에헴! 모두 들어오너라."

얇은 천을 걷어 올리자 열두 명이나 되는 싱그럽고 아름다운 여인들이 줄을 서서 들어왔다. 하나같이 선녀처럼 고운 여인들이었다. 이제 갓 스무 살이 되었을까, 소녀와도 같은 풋풋함과 여인의 성숙함을 한데 가진 여인들이었다.

가마호의 손짓에 그중에서도 가장 살결이 하얗고 고운 한 여인이 술잔을 올렸다. 그러나 바들바들 떠는 모양이 바짝 긴장한 모양이었다. 술잔이 그만 넘쳐 하제에게 약간 쏟고 말았다.

"소, 송구합니다. 전하처럼 멋진 분을 뵙게 되어 온몸이 떨려서 그랬나이다."

하제가 웃으며 말했다.

"귀여운지고. 괜찮다."

그러자 여인이 제 옷자락을 쭉 찢어내더니 그것으로 하제에게 튄 술 방울을 정성스레 닦아내었다. 하제가 가만히 이것 하는 양을 보니, 자신에게 잘 보이려 하는 것인 줄 알면서도 퍽 귀여워 보였다. 하제의 손에도 술 방울이 튀었기에 제 손으로 닦아주면서 은근슬쩍 손등을 갖다 대었다.

부드러운 여인의 손을 하제가 움켜잡았다. 하제의 입가에 매혹적인 미소가 어렸다.

"네 속살도 이리 부드럽더냐?"

"그걸 어찌 제 입으로 말하겠나이까. 하지만 기회를 주신다면 알려드리고 싶사옵니다."

귀여운 얼굴에 교태로움까지 두루 갖춘 계집이었다. 목석처럼 뻣뻣하게 구는 은소와는 판이하게 다르다. 하제는 은소의 얼굴을 똑바로 보면서 말했다.

"좋다. 오늘부터 네가 매일 밤 침소에 들라."

"예, 전하."

여인이 웃음을 삼킨 채 고개를 조아리는 사이, 하제가 불쑥 몸을 일으켰다. 워낙에 장대한 키 때문에 그가 일어서자 모두가 하늘을 보듯 우러러보았다.

일어선 하제가 걸음을 옮겨 은소의 앞에 멈췄다. 다들 하하호호 웃고 있는데 혼자서 가만히 앉아있는 꼴이 아까부터 신경을 거슬렸다. 마치 어울리지 않은 옷을 입은 것처럼, 툭 불거진 은소의 생기 없는 표정이 하제를 자꾸 불편하게 했다.

"퍽 이상하군. 그대는 왜 아직도 여기 있는가? 내 분명, 미로궁에서 가만히 쥐죽은 듯 있으라고 했거늘."

하제의 타박하는 말에 은소가 몸을 일으켰다. 두 사람의 눈빛이 부딪쳤다. 당장이라도 잡아먹을 듯 매서운 눈빛의 하제와, 그러든 말든 아무런 내색 않는 은소의 표정이 대조적이었다.

갈매와 상덕은 이 일을 어찌하나 조마조마한 얼굴이었다. 아무런 까닭 없이 분노하고 날뛰는 임금이시다. 기분이 저조한 것 같으면 그저 아랫것들이 알아서 실실 기어야 목숨을 부지할 판이다.

그러나 임금의 하나뿐인 여인인 은소만은 그리하지 않았다. 필경 몰라서 안 하는 것이 아니라, 일부러 하지 않는 것이었다. 실내를 감도는 싸늘한 냉기에 누구 하나 소리 한 번 내지 못하고 있었다.

은소가 처음으로 입술을 떼었다.

"……안 그래도 나가려던 참입니다. 제가 있을 자리 아닌 것 같군요."

은소는 그대로 연회장을 걸어서 빠져나갔다. 나가는 길에 임금에게 예도 갖추지 않고서. 하제의 짙은 눈썹이 올라갔다.

"오만방자한 계집."

하제의 욕설이 뒤통수에 날아들었다. 은소는 들은 척도 하지 않았다. 관심받고 싶어 하는 어린아이에게는 무관심이 답이다.

'반응하지 말자.'

그저 제 기분 내키는 대로 행동하는 날짐승에게 휘둘린다면 자신만 더 웃음거리가 될 것이다.

지금도 분명, 사람 많은 곳에서 자신에게 수치심을 안겨주려 하는 것이다. 일부러 자신을 자극하기 위해서 다른 여인을 품겠다고 말을 하는 것이다. 은소는 조금 실소가 터졌다. 저 잔혹한 짐승은 왜 자신을 이렇게 비참한 기분으로 만드는 것일까.

그때였다.

"앞으로 그대는, 미로궁 밖으로 다시는 나오지 마라. 연갈매는 궁병 교관 직위에서 박탈한다."

정적을 가르고 하제의 쩌렁쩌렁한 목소리가 다시 울렸다. 한 치의 인정도 없이 차가운 목소리가 귓가에 파고들었다.

은소는 원망스러운 눈으로 그를 보았다. 자신은 그렇다 쳐도 갈매까지…….

조금이나마 그에게 두근거림과 설렘을 느꼈던 그 순간들이 후회스러웠다. 깨끗이 지워내고 싶었다. 애초부터 자신을 납치한 자이다. 그에게 정상적인 애정과 정성을 기대한 것은 자신의 크나큰 착각과 과오였다. 고개 숙인 갈매에게 너무나도 미안했다. 자신 때문에 이리된 것 같아서.

그러나 갈매는 희미하게 웃어 보일 뿐이었다. 입 모양으로 자신은 괜찮다고 말하고 있었다.

* * *

상덕이 내어준 천리마는 다시 단숨에 미로궁으로 은소를 내려주고, 돌아갔다. 궁문을 두드리자, 설란이 방긋 웃으며 맞이했다.

"사냥 대회는 즐거우셨습니까, 은소 님."

"그저 형식적인 자리였어요."

"기분이 좋지 않아 보이십니다. 향을 피워드리겠습니다. 정신이 맑아지실 것이옵니다."

오늘따라 유독 설란이 살갑게 굴었다. 은소는 금방이라도 지쳐 쓰러질 지경이었다. 몸을 씻는 것조차 미루고 싶을 정도로 힘들었다.

천리마를 타고 미로궁으로 돌아오는 내내 자꾸 걱정이 되고 신경이 쓰였다. 갈매는 죄가 없지만, 그 자리에서 하제에게 따지지 못했다. 하제가 더 화가 나는 게 두려워서였다.

하제 안에는 괴물이 하나 산다고 했었다. 그때, 제 목을 겨누던 시뻘건 칼날의 섬뜩한 느낌이 다시금 떠올랐다. 하제가 바라는 것은 그저 가만히 제 요구에 순응하는 먹잇감일 터였다. 그리 산다면 더는 살고 싶지 않았다.

'차라리 죽는 것이 낫다.'

벌레가 좀먹은 듯 가슴 한구석이 갉아 먹혀 사라지는 것 같았다. 아프고 쓰라렸다.

은소가 자리에 눕자, 이윽고 생전 처음 맡아보는 은근하고도 자극적인 향기가 느껴졌다. 꽃을 태운 잿더미나, 오래된 나무의 내음 같기도 했다. 설란이 향을 피워놓고 나간 모양이었다.

왠지 모르게 아무 생각도 나지 않았다. 은소의 눈이 스르륵 감겼다. 주변은 검은 향이 만들어낸 연기로 자욱해졌다.

쿠구구궁!

미로궁 전체가 흔들리며 먼지가 뽀얗게 일어났다.

우드드득, 쾅!

설란의 우왁스러운 손이 은소의 방문을 부수고 들어왔다. 결계가 완전히 해제된 미로궁에는 이제 하제의 기운이 남아있질 않았다.

설란은 은소를 어깨에 메고는 미로궁을 빠르게 빠져나갔다. 산마루를 휙휙 넘어 내려가는 동안 은소는 죽은 사람처럼 축 늘어져 있었다.

*   *   *

갈매는 그늘진 얼굴로 비밀 정원에 앉아있었다. 교관의 지위를 박탈당한 것도 모자라 보름간 훈련장에 나오지 말고 근신하라는 임금의 명이 떨어졌다. 죄목은 임금의 명을 어긴 것이었으나, 실상은 갈매가 본모습을 숨겼기 때문일 터였다.

아이라고 생각하고 은소의 곁에 자신을 두었는데, 알고 보니 아이가 아니라 청년이었으니 하제 전하가 노하실 만도 했다.

그러니 목숨을 살려준 것만으로 감사해야 할 판이었다. 갈매는 자신보다는 은소가 걱정스러웠다. 이제 하제 전하의 미움까지 단단히 사버렸으니, 은소의 앞날은 캄캄해졌다.

'나야 어차피 죽을 목숨이었다가 살았을 뿐. 은소 누님이 걱정

이다.'

거기다가 사방이 까마귀 천지였다. 은소를 지켜주어야 할 하제 전하마저 저 모양에, 자신은 아무 도움도 되지 못한다. 자신의 행동이 경솔했다. 하제 전하에게 잃어버린 신임을 다시 얻어야, 자신도 살고 은소도 살 수 있다.

갈매는 작은 꽃 앞에 섰다. 은소가 기운을 보듬어준 꽃은 무럭무럭 자라 고운 자태를 뽐내고 있었다. 갈매는 그 꽃을 보면서 은소를 대하듯 정성스레 보살폈었다. 그런데 여린 꽃잎을 쓰다듬는 순간, 잎이 축 늘어지며 바닥으로 떨어졌다. 하나둘 떨어지던 꽃잎은 어느새 단 한 장만이 남았다.

'대체 어떻게 된 일이지?'

순간 불길함이 갈매를 덮쳤다. 은소에게 무슨 일이 있는 것은 아닐까 괜한 걱정이 들었다.

"으윽!"

게다가 머리가 무척이나 아팠다. 스르륵, 사슴으로 변하자 뿔이 뽑혀나갈 만치 아팠다. 뿔의 예민함은 나쁜 일을 예견하곤 했다. 갈매는 곧장 달려가 상덕을 찾았다.

* * *

녹옥궐에 웬일로 여인의 웃음소리가 쏟아졌다. 술을 머금은 소녀의 입술은 보드라웠다. 한 잔, 두 잔 이렇게 걸친 것이 셀 수도 없었다. 하제는 비어있는 술잔을 들어 보이며 말했다.

"자, 네가 원하는 대로 술잔을 다 비웠다. 이제 네 이름이 무엇이냐?"

"소녀의 이름을 들으시오면 그 사람의 이름은 잊으라 했지요?"

단정하게 앉아있는 소녀가 사뭇 새침한 얼굴로 으름장을 놓았다. 느른하게 하품을 하던 하제가 물었다.

"무어 말이냐? 은소 고것?"

그러자 소녀가 냉큼 돌아앉았다. 귀엽다 해주니 정말 끝도 없이 귀여운 줄 알았나. 그저 짧게나마 여흥을 돋우며 장단이나 맞춰줄까 했던 기분이 슬슬 따분해지기 시작했다. 하지만, 이 계집이라도 품지 않으면 은소의 생각이 나서 견딜 수 없을 성 싶었다.

"……아직 기억이 생생하신가 봅니다."

"아니, 기억이 가물가물하다."

"제 이름은 희야이옵니다. 전하."

희야가 하제의 목을 끌어안으며 말했다.

"그렇군."

하제가 희야를 품에 안고 입술에 입을 대려는 순간이었다.

가슴 끝이 시리고 **뻣뻣해지는** 기이한 느낌이 들었다. 이상했다. 온몸을 곤두서게 만드는 알 수 없는 꺼림칙한 느낌. 일전에 자우가 은소를 덮쳤을 때와 비슷한 느낌이 들었다.

'혹여나 은소에게 무슨 일이라도?'

허나, 그런 일이 있다면 제가 미로궁에 쳐놓은 결계와 기운이 먼저 알아차렸을 텐데. 아무 기척도 없다.

"저, 전하? 왜 그러시는지요?"

입맞춤을 기다리던 희야가 이상함을 느끼고 눈을 동그랗게 뜨고 물었다. 그러나 하제는 그 자리에서 일어나, 희야를 밀어내고 밖으로 뛰쳐나갔다.

"전하!"

하제는 곧장 옷자락을 휘날리며, 그대로 현학이 되어 천공을 향해 날았다. 한 치의 망설임도 없이 훨훨 날아가는 그 모습을 뒤늦게 뛰쳐나온 희야가 멍하니 바라보았다.

쿵—

쿵—

하제는 날아가는 동안 심장이 떨어지는 소리가 계속되어 미칠 것만 같았다. 몹시도 불안하다. 제 손으로 그리 박대하고 내쫓아버린 은소이건만, 눈앞에 보이지 않는다는 사실이 못내 견디기가 힘들었다.

쿵—

은소와 연결되어 있는 제 심장이다. 이는 필경, 은소에게 무슨 일이 있다는 뜻이다. 금세 미로궁에 도착한 하제는 눈썹을 잔뜩 찌푸렸다.

그오오오!

포효 뒤, 하제는 날개를 접고 궁 안으로 들어갔다. 수상함을 감지한 하제의 얼굴이 당혹감으로 물들었다. 제가 켜커이 쌓아 두었던 결계와 풀어놓은 기운들이 말끔히 사라져 있었다.

궁 안을 샅샅이 훑어보던 하제는 메스꺼움을 느꼈다. 자욱하게 차오른 연기는 분명, 역겨운 그놈의 것이다. 연기를 따라가 보니 검은색의 향이 타면서 이름 모를 내음이 뿜어져 나오고 있었다. 끄트머리까지 태운 향은 잿더미가 되어 스러졌다. 향은 하나가 아니었다. 지금 발견한 것은 두 개째였다.

은소의 방으로 향하던 하제는 감색의 옷자락을 발견했다.

"이건······."

은소를 모시는 궁인의 것이다. 이름이 설란이라고 했다. 하제의 얼굴이 분노로 사정없이 일그러졌다. 바보같이 눈 뜨고 당한 꼴이었다. 염라의 부하에게 제 소중한 꽃을 맡겨두고 있었다니······.

'왜 진작 알아보지 못했나?'

어리석은 자신을 용서할 수 없었다. 허나 아무런 낌새도 느낄 수 없었다.

안쪽에서 특유의 향 내음이 났다. 은소가 머물던 방 쪽이다. 은소의 방은 아예 문이 통째로 뜯겨 나가 있었다. 들어가 보니 역시 방 안에는 마지막 향이 있었다.

"크아아아아!"

분노를 주체하지 못하고 하제가 입을 벌렸다. 이내 하제의 거친 비명이 미로궁을 가득 채웠다. 반드시, 반드시 은소를 되찾을 것이다. 아무도 건드릴 수 없는 제 수중의 꽃이다. 하제는 이성을 잃을 만치 깊은 분노가 몰려옴을 느꼈다. 이대로라면 제 속의 '그놈'도 깨어날 수 있다.

'진정해야 한다. 아직 그리 멀리 가지는 못했을 것이다. 명부에 가기 전에 은소를 찾아야 한다.'

하제는 급히 날개를 펼치면서 하늘로 날아올랐다. 깊은 어둠이 깔린 차가운 하늘은 사방이 분간되지 않았으나, 하제는 익숙하게 방향을 잡았다.

날카로운 두루미의 울음이 저도 모르게 흘러나왔다. 불안감에 몸서리치는 본능적인 울음이었다.

뚜루루룽!

적막한 밤하늘을 하제의 검은 날개가 뒤덮었다. 하제는 다급히 노루에게 일족의 말을 걸었다.

[감로화가 사라졌다. 설란이라는 계집이 염라가 보낸 부하였다.]

* * *

방에서 두 손을 모은 채 앉아있던 노루는 하제의 전어(傳言)에 눈을 번쩍 떴다.

'설란이 염라의 부하였다니……'

노루는 처음 설란을 보았던 때를 떠올렸다. 수더분한 인상의 설란은, 노루가 그 속을 들여다보자 아무것도 보이지 않고 어두컴컴하기만 했었다.

[어쩐지 간밤에 꿈자리가 사납더라니…… 허면, 지금쯤 명부의 암연궁을 향해 가고 있겠구나.]

쾅!

거칠게 문을 열고 들어온 하제의 목소리가 허공을 갈랐다.

"노루. 명부로 가는 길을 말해라."

*　　　*　　　*

선계의 옥황궁(玉皇宮).

하얀 층층 구름 위. 햇살처럼 빛 고운 옥돌로 지어진 궁궐의 문이 열리자 쏜살같이 들어서는 한 그림자가 있었으니 바로 해왕이었다. 해왕이 발을 내디딘 층계마다 물기가 축축하게 감돌아 구름이 사르르 녹았다가 다시 원상태로 돌아왔다.

옥황궁의 내부로 들어선 해왕의 눈에 하늘의 살림을 도맡고 있는 사선녀가 일하는 모습이 들어왔다. 베를 짜던 나래의 등 뒤로 접근한 해왕이 헛기침을 하며 초록빛 머리칼을 넘기고 살펴보았다.

나래는 부지런히 손과 발을 움직여 베를 짰다.

"오호, 오늘자 베를 짜고 있더냐?"

"아유, 깜짝이야……요, 해왕님! 어찌 소리도 없이 오셨사옵니까?"

"허허! 우리 사이에 새삼 뭘 그리 내외를 하는 것이야?"

해왕의 느물거리는 태도에 나래가 질색하며 외쳤다.

"저 지금 바쁩니다. 급한 소식들이 속속 들어오는 중이라구요."

"난 신경 쓰지 말고, 하던 일 계속하거라. 응?"

해왕이 심심하면 선계로 드나드는 것은 어제 오늘 일이 아니지만, 번번이 걸리적거렸다.

탁탁, 탁.

수분 뒤, 베를 모두 완성한 나래가 그것을 돌돌 말아서 들어 보이자, 해왕이 냉큼 달라붙었다.

"나 좀 먼저 한 번만 보자꾸나!"

"어마! 해왕님. 그리 잡아당기시면 어쩝니까?"

"가만 보자……."

나래에게서 낚아챈 일간 소식 베를 훑어보던 해왕의 보라색 눈동자가 가늘어졌다.

"옥황은 지금 어디 있느냐? 옥천강에는 없더군."

"꼭대기 층에 계셔요."

"그래, 이건 내가 전달하마."

헤왕이 한달음에 계단을 올랐다. 앞뒤 보지도 않고 급히 달려가던 중, 누군가와 툭 부딪쳤다.

"이거 죄송하게 되었습니다."

길게 늘어뜨린 은백의 머리카락이 눈에 들어왔다. 눈처럼 새하얗고 고운 얼굴은 머리에 가려 반쯤은 보이지도 않았다. 하얗게 늘어지는 옷을 입은 것이 선계 사람임은 분명한데…… 그는 바람이 빠져나가듯, 옥황궁을 빠져나갔다.

"어디선가 본 듯한데…… 대체 어디서 봤더라? 근데 계집이야, 사내놈이야? 요즘 것들은 영 암수 구분이 가지 않게 하고 다닌다니까."

그리 종알종알 대던 해왕은, 부딪쳐 떨어진 베 두루마리를 주워들었다.

옥황궁의 가장 꼭대기 층까지 힘겹게 올라온 해왕은 주변을 휘둘러보았다. 수백 개의 계단을 올라온지라 기진맥진해 있었다.

드디어 옥황궁의 꼭대기 층이었다. 꼭대기 층은 옥황의 정무실 겸 놀이터였다.

그때, 뿔뿔뿔 소리가 들리며 옥황이 타고 있는 흰 구름이 빙글빙글 회전을 하고 있는 게 보였다. 옥황은 흰 구름에 누워 하반신을 걸치고 상반신은 거꾸로 늘어뜨린 채였다.

"바보 왔나."

"이봐! 지금 네 자세가 더 바보 같거든? 나도 구름 하나만 타게 허용해 달라고. 휘유우, 죽는 줄 알았네."

"구름은 선계인만 탈 수 있잖아. 개나 소나 탈 수 있는 게 아니란 말씀. 불만이면 선계에서 다시 태어나."

"말이 그렇다는 거지! 말이!"

"근데 손에 들고 있는 그건."

"옥황, 큰일 났다."

"큰일 났지. 내 낚싯대가 어디 갔는지 보이지 않아."

"미친놈아. 지금 망할 낚싯대가 문제가 아니라고!"

소리를 빽 지르며, 해왕이 베 두루마리를 내밀었다. 거꾸로 구름을 탄 채 그걸 보던 옥황의 푸른 눈이 일순 붉게 변했다.

"이거 재밌게 되었네?"

"또 보고만 있을 거냐?"

"흘러가는 대로 놔두는 게 가장 자연스러운 법."

"허, 이걸 봐라. 누군가 길을 알아차린 것 같은데?"

해왕의 손가락이 가리키는 곳에는 숲을 내달리는 사슴 한 마리가 보였다.

*   *   *

'저도 비록 뿔은 없지만 그 자리가 아픕니다. 이 천리마를 타고 가십시오. 은소 님을 몇 번 미로궁으로 모시던 영특한 말입니다. 저도 함께 가고 싶지만, 궁에 묶여있는 몸인지라……. 은소 님에게 무슨 일이 있다면 꼭 기별을 주십

시오. 하제 전하께 고하겠습니다.'

상덕의 말을 떠올리던 갈매는, 숲 속을 내달리는 천리마의 고
삐를 꼭 붙들었다. 지금은 마치 기다렸다는 듯이 달리는 말을 믿
을 수밖에 없었다.

'미로궁을 향해 맞게 가고 있는 건가? 은소 누님!'

자꾸만 은소와 떨어지던 꽃잎의 이미지가 겹쳐졌다. 제발, 제
발 그 사람에게 아무 일 없게 해달라고 비는 동안, 천리마는 그
간절한 마음을 읽었는지 어디론가 부지런히 달렸다.

＊　　　＊　　　＊

휙— 휙—

도읍에서 멀어진 지도 벌써 수백 리나 되었다.

깊숙한 어둠의 냄새가 가까워지는 것 같아 설란은 으스스 몸
을 떨었다. 이 홍분감, 제 안의 피를 돌게 하고 제 사악한 힘을
더욱 강하게 만드는 음기가 가득 느껴졌다.

"하하하. 아하하하하."

설란은 은소를 대왕께 바치고 나면, 할 일이 있었다. 염라가
내어준 명부의 두루마리에는 제 명줄을 삼 년 늘려준다는 약조
가 되어 있었다. 그러나 설란이 원하는 진짜 약조는 따로 있었
다. 바로 이 감로화를 대왕께 바치면 명부에서 제 이름을 지우고

명줄을 100세까지 늘려준다는 약조였다.

하여 설란은 자신을 배신하고 억울하게 죽인 남편, 그놈을 찾아가 똑같이 되갚아줄 계획이었다. 그러고 나면 새로운 삶을 살 생각이었다. 죽기 전에 살았던 고향으로 다시 돌아가서 논을 일구고, 밭을 가꾸면서.

설란이 고개를 들었다. 그제야 멀리서 커다란 굴뚝처럼 생긴 산굴을 발견했다. 하늘을 향해 뚫린 굴의 구멍에서는 깊은 연기가 흘렀다. 저곳이 바로, 명부의 암연궁으로 향하는 입구였다.

"이제 진정 끝이다. 다 되었구나."

*　　　*　　　*

[도읍에서 북향을 향해 수백 리를 가면, 연기가 흐르는 산굴이 있을 것이니라. 거기가 바로, 암연궁으로 가는 통로지. 그 통로를 지나 명부에서 하루를 보내면 은소는 다시 돌아올 수 없다. 은소의 명줄이 염라의 소관이 된다는 뜻이야.]

노루의 말을 들은 하제는 강대한 날개를 펼친 뒤, 전속력으로 날기 시작했다. 그의 앞에 보이는 것은 아무것도 없었다.

[절대로 그리되게 놔둘 수야 없지.]

하제는 전신을 휘감은 바람을 가르며 긴 날개를 더욱 우아하게 펼쳤다. 순식간에 도읍의 모습이 멀어졌다. 몇 시간을 달렸다. 조금 우면 농이 틀 시각일 터였다.

하제는 전신에 와 닿는 사악한 음기에 흠칫 놀랐다. 이는 분명 제게는 익숙한 기운이었다. 이윽고 짙은 연기를 뿜어내는 산굴을 발견했을 때였다.

—쿵쿵쿵

갑작스레 심장이 뛰었다. 하제의 입가에 옅은 미소가 걸렸다. 제 심장이 이리 기쁘게 뛰는 것은 연결되어 있는 심장의 주인이 무사하다는 뜻.

"은소, 살아있었군."

게다가 이 근처에 있는 모양이었다. 하제는 곧장, 날개를 접고는 굴속으로 몸을 낮춰 들어갔다. 한 발자국씩 들어갈 때마다 연기가 점점 더 짙은 색을 띠었다. 하제의 몸은 이내 아득한 연기 속으로 사라졌다.

"오랜만이로군."

연기 속에서 낮게 중얼거리는 목소리가 흘렀으나, 하제는 듣지 못했다.

*　　　*　　　*

투둑. 툭.

뺨에 차가운 것이 닿자 은소는 정신을 차렸다. 온몸에 기운이 쭉 빠져 있었다.

복부 쪽이 유달리 당기고 아팠다. 온몸이 흔들리며 어딘가로

이동, 아니 운반되고 있었다. 미로궁의 방은 아닌 듯했다. 온통 습습한 공기가 가득한 곳이었다.

힘겹게 눈을 뜬 순간, 희미한 연기가 어느 정도 가라앉자 뿌옇게 주변이 보였다. 은소는 자신의 몸을 움켜쥔 털이 북실한 발굽을 보고 소리를 꽥 지를 뻔했다.

'이게 대체 어떻게 된 일이지?'

자신을 옆구리에 끼고 가는 것은 소의 머리를 하고 있는 요괴였다. 번뜩 자신을 노리던 쥐 요괴가 생각났다. 미로궁에서 잠든 것이 전부였는데 이런 일이 일어나다니 믿을 수가 없었다. 놀라서 호흡이 거칠어지고 딸꾹질이 나오기 시작했다.

그때였다.

소 요괴의 커다란 눈알이 구르며 자신을 향했다. 소의 얼굴이 기묘하게 미소 지었다. 그 미소는 아주 익숙한 것이었다. 바로 언제나 제 곁에서 시중을 드는 이의 것, 유일하게 미로궁에서 의지하고 믿던 바로 그 사람.

그러나 사람이 아니라 요괴였다. 자신을 해치기 위해 정체를 숨기고 있던…… 은소는 갑자기 마주한 상황에 혼란과 놀람을 반복하며 입을 벌릴 수밖에 없었다.

"은소 님, 깨어나셨사옵니까?"

"……"

"설마 저를 못 알아보시는 것은 아니겠지요? 저는 목숨 바쳐 모셨으니까요."

"서…… 설란?"

등줄기가 오싹해졌다. 은소는 사시나무 떨듯이 온몸이 떨려왔다.

"이건 말도 안 돼!"

"후후후, 믿기지 않겠지?"

"설란, 나한테 대체 왜 이러는 거야?"

은소의 외침에 설란은 비웃으며 그녀의 고개를 발굽이 달린 손으로 올렸다.

"아하하하하! 나는 네년 때문에 목숨도 내놓아야 했다. 그동안 상전을 잘 모시고 시종 노릇을 해주었으니 나도 보답을 받아야지 않겠느냐? 모두들 너를 노리니까 말이야, 감로화. 성질 같아서는 너를 씹어 삼키고 싶지만 참는 것이야."

흉흉한 눈으로 다가서는 설란의 목소리가 은소의 귀를 찢었다.

"왜? 이제야 내가 무서운 게야? 허면 원래 보던 모습을 봐야 안심이 되겠느냐?"

설란이 그리 웃으며, 여인의 모습으로 되돌아왔다. 은소가 말했다.

"설란! 나를 풀어 줘."

"어림없는 소리."

짜악!

설란의 손바닥이 은소의 뺨으로 날아들었다. 잔뜩 세운 손톱에 은소의 여린 살갗이 금세 찢어져 피가 흘렀다.

"흥, 네년 때문에 나는 두루미 임금에게 문초를 당하고 죽을 뻔하였지. 너는 차라리 얌전히 대왕께 바쳐지는 것이 좋을 것이야. 허구한 날 두루미 놈하고 투닥거리질 않느냐? 차라리 죽는 것이 낫다고 생각한 적도 있지?"

"그래서 날 팔아넘기는 거야?"

"내게는 목적이 있다. 그것을 성취하기 위해서 대왕의 청을 들어주는 것이다."

"그게 뭐길래 나에게 이런 짓까지 하는 거야?"

"어차피 죽고 싶다 생각하지 않느냐? 두루미 놈에게 도망치고 싶어 하지 않았느냐? 대왕께서 널 필요로 하신다. 그분은 모든 것을 하실 수 있다. 혹시 아느냐? 네게도 새로운 생을 부여해 주실지."

영혼을 송두리째 빼앗긴 눈으로 설란이 말했다. 은소의 얼굴이 일그러지며 고개를 가로저었다.

"……나더러 먹히고 다시 태어나란 거야? 이 세계에 있는 이들은 어쩜 하나같이 이토록 잔인한 거지?"

은소는 기가 막혔다. 하제에게 먹히나 염라에게 먹히나 매한가지 아닌가.

그러나 저도 모르게, 하제가 와주지는 않을까 불현듯 그런 생각이 들었다. 하지만 그는 다른 여자의 품에 안겨있을 터였다. 이런 순간에 찾을 이가 그토록 원망하던 하제뿐이라니…… 막막

했다.

그는 오지 않을 것이다. 저에 대해 그리 감시하고 집착하면서 모든 것을 지켜보는 척하더니, 최후에는 버리고 방관했다. 내쫓았다.

설란이 웃으며 은소의 멱살을 쥐고 흔들었다.

"으……읍. 그, 그만둬."

"멍청한 계집. 감로화만 아니었더라면 넌 진즉에 살아있을 가치가 없어. 죽었을 것이야."

설란이 눈동자에 핏대를 세우며 무섭게 쏘아붙였다. 모습은 여인이었지만 힘만은 여전히 소처럼 강했다. 은소는 설란의 손을 붙잡고 안간힘을 다해 떼려고 했으나, 인력으로 되는 것이 아니었다. 흡착하듯 자신을 강하게 움켜잡은 설란의 힘은 끔찍하리만치 강했다.

"으윽, 제, 제……발."

"흥, 이제 와서 내게 빌어봤자 소용없다."

그 순간, 그들의 뒤로 자욱한 연기 속에서 그림자 하나가 비쳤다. 이에 흠칫 놀란 설란이 은소를 놔주었다. 털썩 쓰러진 은소가 캑캑거리며 잡혔던 목을 쓰다듬었다.

"대……왕? 대왕이시옵니까? 죄송합니다. 제가 이것에게 그동안 쌓인 것이 있던지라……."

연기 속으로 쩌렁한 목소리가 울렸다.

"그만두어라. 꽃을 어찌하려는 것이냐?"

그러자 설란이 웃으며 고개를 조아렸다.

"꽃을 어찌하려는 게 아니오고. 잠깐……."

수상한 낌새를 느낀 설란의 눈매가 가늘어졌다. 스윽, 연기가 걷힌 뒤 나타난 자는 대왕이 아니었다. 다름 아닌 검붉은 두루미 임금, 하제였다. 소스라치게 놀란 설란이 뒤로 주춤 물러났다.

"아니, 네놈은……?!"

은소 역시 믿을 수 없었다. 눈앞에 하제가 와있었다. 몸에 힘이 풀렸지만 은소는 가까스로 몸을 일으키기 시작했다. 어쩐지 심장이 빨리 뛰는 것을 느끼며, 은소는 입술을 달싹거렸다. 그러나 입 밖으로 나오지 않고, 그것은 속으로만 들렸다.

'하제…….'

"요망한 계집. 감히 내 꽃을 빼돌리려 하다니!"

하제가 날개를 쭉 뻗으며, 긴 다리로 설란을 짓밟아 눌렀다. 검은 발톱이 설란의 뱃속에 박혔다. 사방으로 피가 튀었다.

"아흐윽! 크, 크후후후. 내가 이리 쉽게 당할 성싶으냐?"

설란은 고통스러워하면서도 기이한 웃음을 터트렸다.

우드득!

순식간에 설란은 거칠거칠하게 털이 돋은 소 요괴의 모습으로 돌아왔다. 그러곤 하제를 밀어내고 몸에 발톱이 박힌 채로 일어섰다. 그러는 바람에 더욱 찢겨지고 벌어진 상처에서 피가 줄줄 흘렀다. 하제는 그제야 발톱을 빼냈다.

나앗! 쿵!

격렬한 몸싸움이 벌어졌다. 설란이 단단한 발굽과 날카로운 뿔로 하제를 들이받았다. 그러나 하제는 민첩하게 움직여 피했다.

그 모습을 지켜보던 은소는 한 곳으로 몸을 피했다. 이상하게 자꾸만 머리가 어지러웠다. 하제도 왠지 평소보다 힘을 못 쓰고 있었다.

설란은 자우보다 상대하기 까다로웠다. 덩치도 덩치이거니와, 완력이 웬만한 환수 일족과 맞먹는 듯싶었다.

게다가 이 산굴 가득히 퍼져있는 염라의 곰방대에서 올라온 연기들. 속이 역겨울 만큼 산 자를 어지럽게 만들고 있었다.

쿵!

크오오오!

설란의 두 번째 반격을 날개로 막은 하제는 그대로 제 기운을 내뿜었다. 단단해진 날개가 설란을 튕겨냈다.

"끄흑!"

설란이 굴벽에 처박히며 던져졌다. 하제의 목깃이 잔뜩 부풀었다. 이제 끝을 낼 참이었다. 하제가 고고한 걸음걸이로 다가서며 말했다.

"요괴 주제에…… 잘도 이런 힘을 얻었군. 하지만 이제 끝이다."

파르르 떨리던 하제의 날카로운 부리가 설란을 맹렬히 공격하기 시작했다. 하제의 붉은 눈에는 살기가 가득 차올랐다.

"끄허어어어억!"

이윽고, 설란의 비명이 굴속에 울려 퍼졌다. 하제의 발아래에

난자된 설란의 시체가 이윽고 검게 탔다. 그 참혹한 모습을 지켜보던 은소는 단 한 번도 고개를 돌리지 않았다. 온갖 감정이 한데 뒤섞인 탓일까. 그야말로 엉망진창이었다. 그녀의 곁에서 함께하던 설란의 존재가 자신을 노리는 요괴였다는 사실은 새삼 충격으로 다가왔다. 은소는 더 이상 약해지고 싶지 않다고 생각했다.

하제는 말없이 인간의 모습으로 돌아온 뒤, 가쁜 숨을 몰아쉬었다. 그러곤 나신인 채로 은소를 번쩍 안아 올렸다.

"……하제."

"아무 말 마라."

두근두근, 움직이는 심장이 느껴졌다.

하제의 품속은 따뜻했다. 그는 자신과 심장을 공유했다고 했던가. 그래서일까. 하제의 심장이 뛰는 것처럼 제 심장도 뛰었다. 그 순간 하제를 향하던 원망이나 미움도 눈처럼 사르르 녹은 듯했다. 은소는 그 순간 느꼈다.

어쩌면 요즘의 자신은 하제를 원망하기보다는 원망할 구실을 찾고 있었는지 모른다. 그에게 순응하는 걸 부정하기 위해서…… 정말 바보에 어린애인 건 자신인 것만 같았다. 은소는 가만히 하제의 가슴에 귀를 대고 뺨을 부볐다. 스스로도 놀라울 정도로 하제를 보자마자 안도감을 느꼈다.

하제는 이후 아무 말도 하지 않았다. 그 침묵이 도리어 친절로 느껴졌다. 그저 그가 사신을 구해주었다는 사실만이 커다랗게

다가왔다. 은소가 가만히 하제를 올려다보았다. 그의 붉은 눈에서는 더 이상 살기가 흐르지 않았다. 늘 서늘하기만 하던 눈매에도 온유한 다정함이 흘렀다. 따스한 눈길에 은소의 눈빛 역시 부드러워졌다.

은소가 하제에게 안겨 산굴을 빠져나오자, 저만치에서 말발굽 소리가 들려왔다. 천리마였다.

"누님!"

익숙한 음성이 터졌다. 천리마를 타고 온 사람은 갈매였다. 신기하게도 천리마는 은소의 앞에서 다리를 멈췄다. 하제의 품 안에 있던 은소가 손을 뻗어, 말의 갈기를 쓰다듬었다.

갈매가 물었다.

"누님께서 무사하셨군요. 괜찮으신 겁니까? 대체 어찌 된 것입니까?"

"나는 괜찮아."

청년의 모습으로 나타난 갈매를 흘긋 본 하제가 인상을 구기며 말했다. 조금이라도 갈매가 은소에게 다가가면 공격을 할 것처럼 살벌한 눈초리였다.

"……연갈매, 어째서 네가 왔나."

임금의 까칠한 태도에도 주눅 들지 않고 갈매가 공손히 말했다.

"오늘따라 유독 뿔이 아파 불길한 기분이 들었습니다. 하여 미로궁에 은소 누님을 데려주었다는 천리마를 빌렸는데, 말이

제멋대로 달리기에 와보니 이곳이었습니다."

갈매의 대답을 듣자 하제의 얼굴이 더욱 굳어졌다.

"천리마는 본래 내 것이다. 내어준 것은 상덕의 짓인가?"

상덕에게 불씨가 튀자 갈매는 전전긍긍한 얼굴로 빠르게 대답했다.

"······은소 님을 찾는 가장 빠른 방법이 이것이었습니다. 제가 부탁한 것입니다. 그는 잘못이 없습니다."

"······네가 상관할 일은 아니었다."

어떻게 대답을 해도 갈매는 주제넘은 행동을 한 것이 되어버렸다.

'하제 전하는 지금 사내로서 명백한 질투를 하고 계시는구나.'

하제가 은소를 안고 갈매의 앞을 싸늘하게 지나갔다. 두루미 임금은 오만하고 차갑고 강했다. 분명 자신을 경계하는 것이었다.

"내 꽃은 내가 지킬 것이다."

"명심하겠습니다."

하지만 갈매는 그저 은소가 무사하다는 사실을 확인할 수 있어 기뻤다.

"다행입니다. 정말로. 그런데 누가 은소 님을 해치려 한 것입니까?"

"보면 모르겠나?"

귀찮은 듯 날을 꺼내던 하제가 잠시 걸음을 멈췄다. 일순 그의 등에서 깃털이 날리며 날개가 촤아악 돋았다. 이윽고 온몸을 떨리고 싸하게 만드는 섬뜩한 기운이 주변을 맴돌았다.

"제기랄, 그놈인가."

이 기분 나쁜 기운의 주인은 하제가 알고 있는 단 한 놈뿐이었다.

휘오오오오!

산굴에서 흘러나온 연기가 그들의 주변을 감쌌다. 하제가 재빨리 갈매에게 은소를 넘겨주며 말했다.

"연갈매, 은소를 데리고 여길 떠나라."

"하제, 왜 그래?"

"염라의 기척이 가까이 느껴진다. 어서 가라!"

"알겠습니다, 전하. 누님, 어서 제 뒤에 타십시오."

그때였다.

스사앗!

비늘이 부딪치는 소리가 들렸다. 주변을 감싸던 하얗고 매캐한 연기가 넘실넘실 춤을 추더니, 허공에서 염라의 벗은 상반신만이 쑤욱 튀어나왔다. 붉은 머리카락과 샛노란 사안이 몹시도 번쩍거렸다.

하제가 그를 매섭게 쏘아보았다.

"염라!"

"……여기서 반가운 이들을 다 보는구나. 비록, 설란이 실패했지만 뭐 이것도 좋군. 나쁘지 않아."

소름 끼치는 목소리였다. 몸에 무언가가 기어가는 듯 기묘한 느낌, 냄새, 그리고 촉감. 염라가 나타나자마자 연기의 촉감이 미끌거리면서 피부에 감겼다. 은소가 소릴 질렀다.

"꺄악!"

연기가 마치 징그러운 뱀처럼 달라붙었다. 그와 동시에 스사사, 소리가 들리며 은소의 곁으로 이동한 염라의 손가락이 뺨을 쓸어내렸다. 얼음장처럼 차가운 손길이었다.

"여기 있군. 달콤한 꽃송이가."

"헉!"

숨을 쉬지 못하게 만드는 질식에 가까운 고통이 이어졌다. 하제와 갈매가 동시에 덤벼들었지만 헛수고였다. 스스스, 다시 이동한 염라는 낮게 웃음을 터트렸다. 이윽고 축소된 염라의 동공이 기분 나쁘게 움직였다.

"아주, 아주 향긋하군. 만족스럽다."

그리 말하며 염라가 은소를 쓸었던 제 손가락을 핥았다. 하제가 있는 힘껏 살기를 뿜어냈다. 온몸에서 검붉은 기운이 흘러나왔다. 그 기운에 은소와 갈매는 털이 곤두섰다.

"꽃은 내 것이다. 건드리지 마라."

그러나 염라는 빙글빙글 웃으며 말했다.

"꽃은 모두가 가질 수 있지."

"어림없는 소리다. 내가 저지할 것이다."

"히제, 과거를 노누 잊은 것인가? 뻐약새가 날뛰어봤자, 뱀에

겐 한입에 삼켜지는 법."

"닥쳐라. 나는 더 이상 누구에게도 당하지 않을 것이다."

"제법 반항적이 되었군. 그래, 기대하겠다."

스스스, 염라가 점차 모습을 감췄다.

"멈춰!"

"자만심 하나는 아직도 일품이로구나. 그래서 난 네가 마음에 들었지, 하제. 또 보자. 귀여운 꽃."

스솨사아아—

일순간 물이 빠져나가듯 달라붙던 하얀 연기가 모두 원래대로 되돌아와 흩어졌다. 그러자 갈매와 은소는 다리에 힘이 풀렸는지 풀썩 제자리에 주저앉아버렸다.

갈매가 힘겹게 중얼거렸다.

"어마어마한 힘이군요. 환수 일족인 저까지도…… 이리 만드는 것을 보면."

은소 역시 고개를 끄덕이며 몸을 웅크렸다. 제가 가진 꽃이란 운명이 무서웠다. 시간이 흐를수록 두렵고 도망치고 싶었다. 앞으로 어떤 일이 닥칠지 불안했다.

*　　　*　　　*

어느새 동이 터왔다.

길고 긴 밤이었다. 아스라이 밝아오는 새벽하늘에 왠지 가슴이 시렸다.

은소는 단단히 붙잡은 하제의 깃털에 얼굴을 파묻었다. 따스한 온기가 느껴진다. 이자도 따뜻한 피가 흐르고 있다. 눈물이 왈칵 날 것 같았다. 누군가에게 먹힐 운명이라면, 차라리 그게 하제인 게 나을 것 같다는 생각이 머릿속을 스칠 때쯤이었다.

자신을 등에 태운 채 하늘을 날던 하제의 입에서 의외의 말이 흘러나왔다.

"……다시는 미로궁에 보내지 않겠다. 아무도 너를 넘볼 수 없도록…… 내가 지킬 것이다. 그러니 안심해라."

"……."

"내 말 들은 것이냐?"

"똑똑히 들었어."

"반응이 너무 없군. 무슨 말이라도 해보란 말이다."

살짝 토라진 어조의 하제를 가만히 쓰다듬으며 은소가 말했다.

"다정한 당신이 낯설어서……."

'그리고 좋아서…….'

은소는 뒷말을 삼킨 채 그저 빙긋이 웃었다.

*　　　*　　　*

은향궐(隱香闕).

문에 걸린 비틴 편액을 가만히 쓸어보던 하제가 그것을 들추고 안으로 향했다. 이름처럼 은은한 향기가 감돌았다. 누구도 흉내 낼 수 없는 달콤한 향을 깊이 들이마시던 하제의 입가에 절로 미소가 번졌다.

그날 이후, 무려 보름 만이었다.

노루의 처소에서 지내던 은소도 어제부터 이곳에서 기거하기 시작했다 들었다.

제 욕심 때문에 미로궁에 보냈지만, 그곳도 안전하지 않았다. 제 곁에 두는 것이 오히려 나을 것이다. 하여 하제는 은소에게 새로운 처소를 내어주었다. 원래 왕비를 맞이하면 기거하게 하는 곳인지라, 가막 대사와 신료들의 반대가 많았지만 하제는 이를 모두 묵살했다.

소담한 궐내에 들어서자, 작은 연못이 눈에 띄었다. 어디선가 아률을 뜯는 소리가 들려왔다. 하제는 고개를 두리번거리며 은소를 찾았다.

"어디냐?"

그러나 아무 대답이 없다. 청아하게 울리는 아률의 가락만이 계속되었다.

아률의 가락을 쫓아 이리저리 부산스럽게 움직이던 하제의 눈이 빛났다.

새하얀 비단옷을 걸치고 있는 은소의 모습은 눈이 부실만치 아름다웠다. 화려한 미모는 아니었으나 소박하고 청순함이 물씬 풍겼다. 그 모습이 하제의 눈과 발, 마음까지 끌어당겼다. 영락없이 감로화를 닮았다.

하제가 은소 앞에 우뚝 멈춰 섰다. 아륜을 뜯던 은소의 손가락도 멈췄다.

자연히 얽혀드는 두 사람의 시선. 하제는 불쑥 신선하고 새로운 느낌이 들었다. 무엇인가 은소가 조금 달라진 느낌이다. 예전처럼 저만이 혼자 강렬한 시선을 보내면, 쏘아보는 눈빛이 아니었다. 무심한 눈빛도, 원망의 눈빛도 아니었다.

갈색의 사려 깊은 두 개의 눈동자가 온전히 저를 향했다. 저를 보고 있었다. 그저 눈을 맞추고 있는 것만으로 차오르는 만족감에 하제는 선뜻 어떤 말도, 행동도 하지 못했다.

"오랜만이야."

멍하니 자신을 올려다보며 인사하는 은소에게 무어라 말을 해야 할 것 같았다. 급히 할 말을 떠올린 하제는 그것을 내뱉었다.

"……무던히도 할 일이 없는가 보군. 아륜이나 뜯고 있으니……."

"……."

차라리 아니 하느니 못한 말이었다. 새로운 처소는 어떠한지 물을 걸 그랬다. 은소가 아륜을 들고 일어났다.

"내가 할 줄 아는 건 이것뿐이니까."

"그렇군. 그래, 이 처소는 지낼 만한가?"

"괜찮아."

날이 없는 은소는 유난히 대답이 짧아 대화를 이어 나가기가 힘들었다. 그리고 보니 은소와 둘이서 다정히 밥 한술 배불리 뜬 적이 없다는 사실이 떠올랐다. 마침 슬슬 끼니를 채울 시간이 된 듯싶었다.

"그렇군. 흠…… 벌써 시각이 이리되었군. 어쩐지 배가 헛헛하다."

"저기…… 하제, 갈매와 식사하기로 했는데 함께…….."

갈매의 이름이 나오자마자 하제의 눈썹이 치켜 올라갔다. 부드러웠던 눈빛엔 금세 냉기가 번졌다.

"그렇군. 갈매와 선약이 있었나? 나도 때가 되었으니 가려고 했다."

하면서 하제는 몸을 홱 돌려 나왔다. 망할 것, 괘씸한 것, 고얀 것, 속으로 갖은 욕을 모두 퍼부어도 속이 시원치 않았다. 그러자 하제의 옷깃을 붙잡으며 은소가 말했다.

"하제, 당신도 같이 갈래? 정원에서 먹기로 했는데."

"……천하의 임금이 풀 위에 앉아서 식사를 하란 말이냐. 됐다. 난 그런 것 필요 없다. 교양머리 없군."

"알겠어."

은소의 살짝 실망한 듯한 얼굴이 거슬렸지만, 하제는 씩씩거리며 돌아서서 나왔다. 그러나 발걸음을 옮기면 옮길수록 후회가 샘솟았다. 저 눈치 없는 계집을 마음에 담아두는 건 정말 못할 노릇이었다.

七花
매혹의 인[印]

벌써 후텁지근한 날이 계속되는 여름날이다. 곳곳마다 봄기
운이 가시고 잎이며 줄기가 푸르고 싱싱하게 차올랐다. 초목마
다 맑고 건강함이 가득 느껴지는 계절이었다. 이 낯선 세상에도
세월은 흐르고 계절은 바뀌고 있었다.

저만치에서 저를 보며 손을 흔드는 갈매의 모습이 보였다. 갈
매의 표정은 궁병 교관일 때보다도 한결 편안해 보였다.

"제가 일러 드린 대로 말씀하셨습니까?"

"그래."

"반응은 어떠하셨지요?"

갈매가 해사하게 웃으며 물었다. 은소는 조금 전 하제의 모습
을 떠올렸다.

분한 듯이 씩씩거리며 돌아서서 가는 품새가 제법 화가 났나 싶었다. 걸음걸이가 성난 범처럼 날쌨다. 펄럭이는 도포 자락이 무색하게도 임금은 자못 경박스럽다 느껴질 만치 빠르게 은향 궐을 빠져나갔다.

그 모습을 보던 은소는 설핏 미소 지었다. 무섭고 잔혹한 날 짐승이 어찌 저리 귀엽게도 구는 것일까.

그 이야길 전해 들은 갈매가 빙긋 웃으며 고개를 끄덕였다.

"그만하면 되었습니다."

"무엇이 되었다는 거야?"

은소는 대체 갈매가 무슨 생각에서 이러는 것인가 싶었다. 갈매의 근신은 풀렸으나, 이제 일개 훈련병에 지나지 않았다.

"이제 한 식경쯤 지나서 전하께 오늘이 저와의 마지막 만남이었다고 고하세요."

"갈매야, 대체 무슨."

"전하는 분명 은소 누님을 연모하고 계십니다."

그러나 은소는 고개를 저었다.

"그렇지 않아."

"맞습니다. 사내의 마음은 사내가 잘 안다질 않습니까."

'제가 누님을 연모하는 것처럼요.'

갈매는 속말을 되뇌고, 말을 이어나갔다.

"무릇 사내는 질투를 느끼면 더 뜨거워질 수 있습니다. 전하의 마음을 반드시 얻으세요. 지금 가막 가문에서는 누님을 눈엣

가시로 여기고 있을 거예요. 살아남기 위해서는 누님이 전하의 비가 되어야 하실 겁니다."

갈매의 새카만 눈동자가 진지한 빛을 띠었다. 갈매가 제게 살아남는 법을 말하고 있었다. 그 말을 들은 은소가 한참 있다가 입술을 뗴었다.

"나는 그에게 한낱 소유물에 지나지 않아. 게다가 나는 그런 자리에 오를 자격도, 능력도 없는 사람이야. 난 그냥 조용히 살고 싶어."

"분명, 살고 싶으시다 말씀하셨지요. 그것이 살아남을 유일한 방법입니다."

"……."

"그도 아니면 궁을 떠나 피하십시오."

"그건 불가능해. 하제는 내가 다른 세상에 있을 때도 날 찾아온 자야. 그를 피할 방법은 없어."

은소를 바라보는 갈매의 눈망울이 물기로 채워졌다. 자신을 생각해주는 것이 고마웠으나, 은소는 섣불리 그리하겠다 대답할 수 없었다.

도처에서 자신을 노리는 상황에 처할 줄이야…… 마음이 심란한 까닭에, 은소는 애꿎은 입술만 물었다 뗴기를 반복했다.

갈매가 문득 하얀 손을 내밀었다.

"사실은 오늘 마지막 인사를 드리려고 불렀습니다. 이제 전하께서 제 진짜 모습을 아는 이상, 당분간 만나지 않는 것이 좋겠습니다. 그저 멀리서나마 응원하겠습니다."

은소의 눈이 동그랗게 커지며 고개를 저었다. 긴 머리카락이 흔들렸다.

"그건 싫어. 갈매야. 너만이 유일하게 편한 친구인데."

"저를 만날수록, 하제 전하와 멀어질 겁니다."

그건 맞는 말이었다. 게다가 자신과 가까이할수록 갈매도 위험해진다. 하제의 노여움을 피해갈 수는 없다.

"……알겠어. 아쉽지만 그렇게 하자."

"하제 전하가 누님을 지켜줄 수 없을 때는 제가 지켜드릴 테니 걱정 마십시오."

"나는 괜찮아. 너부터 무사하도록 해."

"그럼 다시 만날 때까지, 안녕."

"안녕, 건강해."

"예."

갈매가 그리 말하며 스르륵 사슴으로 변했다. 은소가 갈매의 머리와 등을 쓰다듬고 안았다. 은소의 손등에 입을 맞춘 갈매는 냉큼 뒤돌아서 폴짝폴짝 뛰어갔다.

은소는 제게 한없이 베풀던 친구의 뒷모습을 멀거니 바라보았다. 이제부터 다시 혼자였다. 은소는 갈매가 제게 해준 말들을 곱씹었다.

*   *   *

수라도 들지 않은 채, 하제는 정무를 보는 책상 앞에 앉아 턱을 괴고 있었다. 은소의 말이 생각할수록 머릿속에 맴맴 돌아 약이 바짝 올랐다.

그때, 상덕의 목소리가 들려왔다.

"하제 전하, 가막 대사께서 전하를 뵈러 왔습니다."

"들라 해라."

이윽고 가막 대사가 다가와 예를 갖추고 인사를 올렸다. 하제가 웬일로 반색하는 얼굴로 그를 맞이했다.

"그래, 내 부탁한 것은 알아보았는가?"

"예, 저희 가문에서 출중한 실력을 가진 아이들을 모두 궁으로 십합시켰사옵니다."

"그러한가. 허면 가자. 당장 보고 싶다."

하제가 그 길로 자리에서 일어나며 말했다. 가막 대사는 임금을 모시고 무예장으로 향했다.

*　　*　　*

하제는 흡족한 듯 내려다보며 말했다. 하나같이 체격이 건장하고 늠름한 청년들이었다.

"과연, 가막의 후예들답게 기상이 좋다. 어디 실력을 보고 싶군."

그러자 가막 대사가 껄껄 웃으며 말했다.

"예, 기대하셔도 좋을 것이옵니다. 전하."

그리 호언장담하는 가막 대사의 태도에 하제도 시선을 집중했다.

"자, 시작해 보거라."

일순, 가막 대사가 손을 들자 하얀 천이 이어진 깃발을 든 병사들이 무예장 주변을 높다랗게 둘렀다. 가막 대사가 양손으로 기를 모았다.

휘오오오.

소용돌이치듯 바람이 불면서 일대는 순식간에 결계가 생성되었다.

챙챙! 스무 명에 달하는 청년들이 일제히 검을 들어 싸우기 시작했다. 금속의 마찰음이 쉴 틈 없이 울렸고, 사방에서 푸른빛이 튀는 장관이 벌어졌다.

날랜 동작으로 뛰어올라 온갖 검술을 선보이는 청년들의 모습 가운데, 홀로 아무런 동작도 취하지 않은 채 서 있는 이가 있었다. 그러나 품고 있는 기운만은 가장 강한지라, 그가 언제 몸을 움직일지 모두가 주목하고 있었다.

자연히 그를 눈여겨보게 된 하제는 저도 모르게 턱을 매만지며 대사에게 물었다.

"저기 우두커니 서 있는 자는 누군가?"

"제 손주 놈인 가막사우이옵니다."

"그렇군."

표정 없는 하얀 얼굴에는 일말의 감정이란 것이 없었다.

그때, 검도 뽑지 않은 사우를 향해 칼날이 들어왔다. 잽싸게 뒤로 한 발자국 물러난 사우는 휙, 피하는 것만으로 상대를 기진맥진하게 만들었다.

상대는 가막호의 손주인 남새였다. 사우보다 어렸지만 남새는 체격도 크고 강한 힘을 가진 터라, 평소 사우를 우습게 여기곤 했다.

같은 가막 가문의 핏줄을 이어받았다곤 하지만 모두 사이가 좋은 건 아니었다. 특히나, 가문에서 가장 중요시 여기는 덕목은 무(武)였다.

때문에 무예가 가장 강한 자가 보다 재산을 많이 얻었고, 훗날 가문의 수장 후보에도 이름을 올릴 수 있었다. 하여 어릴 때부터 어르신들의 지지를 많이 받고 있는 것이 남새였다.

헌데, 어려서부터 말도 없고 힘도 유약해 포목점에서 데릴사위 노릇이나 하던 사우의 기운이 범상치 않음이 최근에 알려졌다.

계집애 뒷수발이나 하던 놈이 어떻게 강해졌는지는 모르겠으나, 남새는 거슬렸다.

지금도 마찬가지였다. 가막 가문의 젊은 청년들을 모아놓고 임금에게 선을 보이는 중요한 자리에서, 저렇듯 대놓고 저만 잘난 듯이 가만히 서 있는 꼴이라니.

남새는 두툼한 입매를 비틀며, 다시 한 번 사우를 노려보았다.

"전하를 우롱이라도 하는 거야? 제대로 할 마음 없어? 검도 뽑지도 않다니, 기본 예의도 없군!"

이죽거리며 남새가 말하자, 사우가 말없이 그를 쳐다보았다. 그러나 여전히 검은 뽑지 않은 채였다.

"할 마음이 없으면 얌전히 쓰러지든가. 남의 앞길 막지 말고 말야. 다들 어때? 우리 가문을 먹칠하는 이부터 어떻게 하자고."

"그거 좋지."

남새의 말에 슬슬 다른 청년들도 고개를 끄덕이며 동조했다. 어려서부터 포목점에서 자란 사우는 일족 내에서도 가까운 이가 없었다.

슬슬 사우에게 무기를 겨누는 청년들이 하나둘 늘어갔다. 남새가 덤벼드는 동시에 모두가 사우를 공격했다.

"흐랴아아압!"

훅!

사우가 날아오는 칼을 가슴을 젖혀 피했다. 일체의 불필요함이 없는 최소한의 동작이었다. 얼굴에도 곤란해 하는 기색 없이 평온했다. 이후 들어오는 공격을 피한 사우가, 제게 가장 처음 덤벼든 남새의 손등을 쳤다. 그 바람에 검을 놓친 남새의 검이 사우의 손에 들어왔다.

그제야 등 뒤의 검을 뽑은 사우는 쌍검으로 하나둘 다가오는 자들의 공격을 막고 퉁겨내었다. 순식간에 다수를 상대한 사우의 침착한 움직임에 하제가 만족스러운 미소를 흘렸다.

'과연, 그때 포목점에서 마주친 그자로군.'

하제가 손짓하자 대사가 말했다.

"모두 그만 멈추어라."

남새가 분한 얼굴로 씩씩대며 사우를 노려보았다. 흙바닥에 뒹굴다가 일어난 그는 일어나 사우가 들고 있던 검을 홱 낚아채려 했다. 그러나 사우는 다른 팔로 검을 옮겨, 땅바닥에 그의 검을 꽂아 넣었다.

"저자와 대면하고 싶군."

*　　*　　*

이상했다. 오늘은 어쩐지 사우 오라버니의 모습이 비치질 않았다. 지겹도록 자신의 곁을 묵묵히 지켜주던, 재미없고 말도 없고 단조로운 그림자 같은 존재. 있는 듯 없는 듯 늘 그 자리에 있던 바위나 나무와도 같은 이였다. 그러나 사시사철 제자리에 있던 이가 자취를 싹 감추니 그러거나 말거나 상관없다고 치부해버려도 그 행적이 궁금해지는 것이었다.

"대체 웬일이람?"

아버지인 왕승에게 물어볼까 하다가 말았다. 단영은 생각을 걷어내고 새로 들여온 비단을 골라 정리하기 시작했다.

때마침 부산스럽게 손님을 모시고 들어오는 왕승이 보였다.

화려하게 차려입은 부인네들로, 여간 귀한 사치품으로 꾸민 것이 아니었다. 단영은 냉큼 자리를 정리하고 일어섰다. 눈이 휘휘 돌아갈 만큼 값진 옥 반지에 순금 뒤꽂이를 하고 있는 묘령의 여인과, 그보다 행색이 조금 소박하고 나이가 더 들어 보이는 여인 둘이 사박사박 소리를 내며 들어섰다.

묘령의 여인은 실로 고혹적인 미색을 갖추어 어린 단영마저도 자꾸만 홀린 듯 빠져들게 되는 미모였다. 게다가 나이를 전혀 가늠할 수 없을 만치 신비로운 얼굴이었다.

왕승이 말할 때까지 단영은 그녀의 정체를 전혀 가늠하지 못했다.

"가막 가문의 큰 마님이 오셨다."

"예에? 허면……."

"네가 단영이란 아이냐? 내가 사우의 할머니란다."

아무리 보아도 사우 오라버니의 누님이면 모를까, 어머니도 아니고 할머니라니 참말이지 모를 일이었다. 단영은 머릿속으로 정리가 되지 않았지만 생긋 웃어 보였다. 그러나 깜짝 놀란 눈동자만은 감춰지질 않는 모양이었다.

"뭘 그리 뚫어져라 보는 게야. 어서 인사 올리지 않고."

왕승이 답답한 듯 단영의 옆구리를 쿡 찔렀다. 단영은 퍽 놀란 얼굴로 공손히 인사를 올렸다.

"왕단영입니다."

"그래, 올해 몇이지?"

"열여덟이어요."

온화한 시선이 와 닿았다. 얼굴은 젊었지만 말투나 태도는 나이 든 이가 맞았다. 가막 마님이 단영의 손을 잡았다.

"아기 손이 야무지게도 생겼구나. 바느질 솜씨가 좋겠구면."

"그저 다른 손보다 부족하지 않을 만큼은 한답니다."

단영이 그리 말하자 마님이 웃음을 터뜨렸다.

"자신감 넘쳐서 좋구나. 자네, 따님은 아주 잘 두셨으이. 내 오늘은 며늘아기들의 옷을 해주러 왔네."

"자애로우셔라. 단영아, 며느님 잘 모시거라. 마님은 저랑 같이 잠시 담소를 나누시지요."

하고 왕승은 큰 마님과 함께 사라졌다.

"이리 가까이 와서 구경하시지요."

단영이 두 며느리에게 비단을 꺼내 구경시켜 주기 시작했다.

"어머나, 빛깔이 참 곱기도 해라."

"이것은 예복에 쓰면 좋겠습니다."

둘 중 얼굴이 갸름한 며느리가 힐끔 단영의 얼굴을 보곤 놀리듯 말했다.

"아가씨도 혼인하기 좋을 나이 아니우? 이 댁 호위무사로 있는 사우 조카는 어때요?"

"아뇨. 아직 저는 그런 생각이 없어요. 게다가 사우 오라버니는 어릴 때부터 그저 동무처럼 지내던 사이인지라. 남녀 간의 정이 싹트기노 전부터 그저 편한 사이랍니다."

단영이 완곡하게 돌려 말한 줄도 모르고, 다른 며느리가 말했다.

"아직 어린 아가씨라 모르나 본데, 자고로 남녀지간에 동무란 것이 어디 있나요? 마음이 맞으면 눈도 맞는 것이죠. 호호호호."

단영의 입술이 설핏 씰룩였지만, 곧바로 애교 있는 눈웃음을 지었기에 두 여인은 보지 못했다.

                    *   *   *

"이리 가까이 오라."

임금의 명이 떨어지자 사우는 한 발자국 앞으로 다가갔다.

"조금 더."

고개를 숙인 채 사우가 다가가자, 임금의 목소리가 다시 울렸다.

"고개를 들어라."

사우의 티 없는 검은 눈동자가 임금의 얼굴을 보곤 일순 흔들렸다. 마치 고요한 호수 위의 파문처럼 순간의 일렁임이었다.

"구면이로군."

"……전하셨습니까."

"아주 마음에 드는군. 가막사우라 하였나. 내 그대에게 제안을 하려 한다."

"말씀하십시오. 무엇입니까?"

"나의 직속 무관이 되어주었으면 한다. 핏줄을 버리고 완전히 내 사람이 되어달란 뜻이다."

그 말은 이제 더 이상 가막 가문과 상관없이 임금의 손과 발이 되어달라는 뜻이었다.

잠깐 생각에 잠긴 사우가 말했다.

"저는 본디, 집 밖에서 길러진 터라 가문의 일족과 가까운 편이 아닙니다. 그러나."

"그러나?"

"저를 어찌 곁에 두려 하십니까?"

"내겐 그 무엇보다 소중히 지킬 것이 있다. 그것을 네가 지켜주었으면 한다."

"혹시 곁에 있던 여인을 이르심입니까?"

하제가 고개를 끄덕였다.

"사방에서 그녀를 노리고 있다. 한낱 인간이라면 내 선에서 간단히 처리할 수 있다만."

"인간이 아닌 자들도 노린다는 말씀입니까."

"이해가 빨라서 좋군. 목숨을 내놓아야 할 것이다."

사우가 곧장 무릎을 꿇고 말했다.

"제 힘으로 할 수 있는 일을 늘 찾고자 했습니다. 이제야 그것을 찾았습니다. 전하, 명 받들겠습니다."

*   *   *

'전하의 마음을 반드시 얻으세요.'

갈매의 목소리가 계속 귓가에 맴돌았다.

은소는 서랍장에서 목단(牧丹) 경대(鏡臺)를 꺼내어 자리에 앉았다. 설란의 일이 있은 후, 치장을 시중드는 궁인을 따로 들이지 않았던 터라 은향궐에는 인적이 드물었다.

은소는 경대의 경첩을 밀어 올렸다. 목단과 나비가 함께 조화를 이룬 자개 장식이 영롱한 빛을 흩뿌렸다. 그 속에는 하제가 주었던 나비 비녀가 들어있었다. 은소는 비녀를 꺼내어 긴 머리를 반쯤 틀어 올린 뒤 꽂았다. 설란이 해준 것처럼 야무지고 곱게 되지는 않았지만 느슨하게 흘러내린 모양이 자연스러웠다.

경대의 거울을 들여다보니 제법 우아하게 어울리는 것 같았다. 붉게 칠한 입술이 부드럽게 호를 그렸다. 스스로의 얼굴을 보면서 웃어본 적은 꽤나 오랜만이었다.

자리에서 일어난 은소는 하얀 의복을 하나씩 벗었다. 금세 투명한 살결이 드러났다. 서랍장 가장 깊은 곳에 넣어두었던 보따리를 풀자, 가지런히 접힌 비단옷이 붉은 빛깔을 뽐냈다.

도읍의 남문에 있던 포목점에서 자신을 데려가 맞춰 주었던 그 비단옷이다. 아직 한 번도 입지 않은 새것이었다. 펼쳐보니 옷자락이 풍성하고 금박이 아랫단에 고루 박혀있어 아름다웠다. 또한 치마폭이 어찌나 넓은지, 치맛자락을 들고 다녀야 할 판이었다.

이 옷을 입으려면 보다 화려한 속치마를 입어야 옷 태가 날 것이란 생각이 들었다. 여러 겹의 치마가 달린 속치마로 갈아입고 옷을 입어보자, 그제야 고유의 선이 살아났다. 은소는 채비를 마치고 궐 밖으로 나섰다.

이윽고 녹옥궐에 당도한 은소는 궐문 앞에서 기다리고 있는 상덕에게 말했다.

"전하를 뵈러 왔습니다."

"예. 마침 은소 님께 전갈을 넣으려던 참인데, 곧바로 드십시오."

안에는 하제 혼자 있는 것이 아니었다. 웬 청년 하나가 하제 앞에 있었다. 어디선가 본 듯한 자였다. 낯이 익었다.

"어서 와라."

"……절 찾으셨다고 들었어요."

"그렇다."

하제의 목소리가 낮게 울렸다. 아까의 화는 누그러졌는지 기분은 나빠 보이지 않았다. 오히려 평소보다 좋아 보였다. 퉁명스럽고 차갑기 그지없던 임금이 아니었다. 하제가 사우를 의식한 탓인지 은소의 모습을 주의 깊게 살피곤, 살갑게 말했다.

"얼굴 좀 풀어보아라, 은소. 늘상 굳어있는 얼굴이로군. 네가 나를 싫어하는 것은 이미 잘 알고 있다."

"그것이 아니라……."

"변명하지 않아도 된다. 쉽게 그 마음이 변할 수 없다는 것도 잘 알고 있다."

그리 말하는 하제의 눈매가 조금 쓸쓸하게 느껴졌다. 하제가 말을 이었다.

"하여, 앞으로는 가막사우가 너를 지켜줄 것이다."

은소의 눈동자가 놀라 휘둥그레졌다. 그러자 사우가 앞으로 한 발짝 나서서 무릎을 굽혔다.

"목숨을 걸고 지켜드리겠습니다. 은소 님."

까만 무복을 입은 사우라는 청년은 믿음직해 보였다. 하지만 그런 것은 중요치 않았다. 은소는 흔들리는 눈동자로 하제를 바라보았다.

"이것으로 너도 조금쯤은 안심이 되겠지. 나와 가까이하지 않으면 마음이 편해진다고 하지 않았나."

순간 심장이 살짝 저릿해졌다. 그 말뜻은 이제 더는 자신 곁을 지켜주지 않겠다는 말일까?

"허면 이만 둘 다 물러가 보아라."

하제의 말에 은소는 입술을 달싹이다가, 물끄러미 사우의 얼굴을 바라보았다. 말이 없는 청년은 은소가 앞장서면 따라오겠다는 수긍의 표시로 고개를 살짝 끄덕였다.

"잠시 자리를 좀 비켜주시겠어요?"

은소의 말에 사우가 짧은 대답 후에 나갔다. 그 모습마저 빈틈없이 듬직했다. 사우가 나가자, 돌연 두 사람 사이에 어색한 공기가 감돌았다. 은소가 먼저 입술을 열었다. 마음먹은 말은 하고 가야겠다 싶었다.

고개를 들자 턱을 괸 채 눈을 내리깔며 딴청을 피우고 있는 하제가 눈에 들어왔다.

"이제 갈매와 만나는 일은 없을 거야. 그러니까……."

그러자 하제가 고개를 들어 은소를 응시하곤 말꼬리를 잘랐다.

"그러니 그를 다시 원래 자리로 앉혀놓으란 부탁을 하려고 온 것이냐?"

"아니."

"허면?"

"그냥 그것뿐이야. 당신이 그 문제에 대해서 마음 쓰는 것을 알고 있으니까."

"……."

"그럼, 돌아갈게."

그리 말하고 돌아서려는데, 손목이 꽉 붙잡혔다. 돌아보니 말 없이 그녀를 내려다보던 하제의 입가에 미소가 차올라 있었다. 사람을 홀리는 매혹적인 미소였다. 주삿빛의 입술이 슬그머니 열렸다.

"어여쁘다."

달콤한 목소리.

심장을 죄이도록 다가오는 뜨거운 숨결.

하제의 붉은 눈동자가 자신을 오롯이 담았다.

그 말에 심장이 쿵쿵 뛰었다. 그 순간 은소는 제 안에 있던 무언가가 마구 솟구치는 듯한 느낌에 잠시 어지러웠다. 불꽃이 타오르는 것처럼 가슴 한 구석이 뜨끈뜨끈했다. 제 몸을 돌던 피가 일순 다른 이의 것이라도 된 것처럼, 감싸 도는 느낌이 마냥 달랐다. 새로운 힘이 자신의 주변을 감돌고 있었다.

'이게 대체 뭐지?'

쿵쿵쿵.

게다가 한시도 쉬지 않는 심장의 고동 때문에 은소는 숨소리하나 내지 못했다.

순간 제게 무슨 일이 생긴 것일까.

"아……!"

은소는 어지러워 그만 그 자리에서 다리가 꺾이며 하제의 품으로 쓰러졌다. 놀란 눈으로 하제가 은소를 붙잡았다.

"대체 무슨 일인가?"

하제의 걱정 어린 시선이 느껴졌다. 그의 얼굴이 흐릿해지면서 은소는 정신이 툭 끊기는 것을 느꼈다.

＊　　　＊　　　＊

하제는 제 품 안에 쓰러진 꽃의 얼굴을 살며시 쓰다듬었다. 깊게 감긴 눈은 다시 뜨일 줄을 몰랐다. 이유는 알 수 없지만, 은소는 갑자기 정신을 잃은 듯했다.

"밖에 상덕 있느냐? 아, 아니다. 들어오지 말라."

"예, 전하."

하제는 놀라서 의원을 부르려다가 말았다. 은소의 몸에 무언가 변화가 일어난 듯했다. 하제는 은소를 안아들어 그녀를 편히 눕게 해주었다.

은소의 온몸에서 투명한 빛이 아른거리며 피어올랐다. 특유의 달콤한 체향이 보다 짙어졌다. 게다가 피부는 더욱 희고 윤이 흘렀고 두 뺨은 복숭아처럼 발그스름해졌다. 맥을 짚어보니 뛰는 속도가 무척 빨라졌다.

그래서일까. 쉼 없이 오르락내리락 거리는 숨결에 하제는 마냥 흥분감이 일었다. 더욱이 제가 지어준 붉은 비단옷을 입고 나비 비녀를 꽂은 은소는 누구보다 아름다웠다. 당장이라도 그 입술에 입 맞추고 밀어를 속삭이고 싶었다.

'나날이 아름다워지는군.'

깊은 시선으로 잠든 은소를 가만히 바라보는데, 긴 속눈썹이 파르르 떨리며 은소가 눈을 반짝 떴다.

"이제 정신이 드는 것이냐?"

제 목소리를 들은 은소가 몸을 일으켜 자신을 바라보았다. 허나, 은소의 눈빛이 이전과 달랐다. 본래 가진 공허한 눈빛이 아니라 또렷해진 눈빛, 보다 확실해진 것은 그녀가 여자의 눈을 하고 있다는 것이었다.

은소가 가만히 일어나 하제를 응시했다. 온몸에서 뿜어져 나오는 도발적이고도 매혹적인 기운에, 하제는 넋을 잃고 바라보았다. 혹 끼쳐오는 계집의 기운에 하제는 자신도 모르게 신음을 흘릴 뻔했다.

본디 자신이 가진 사내의 기운도 무척 강한 것인데, 은소의 기운은 그보다도 더 유혹적이었다. 환수 일족보다도 강한 색기(色氣)가 그녀에게서 흐르고 있었다.

"은소?"

"……너무 어지러워."

은소가 괴로운 듯 미간을 찌푸리며 말했다. 그 모습마저도 아찔해 하제는 마른 침을 삼켰다.

"괜찮은 것이냐?"

"모르겠어."

은소에게 본래 이러한 힘이 있었단 말인가?

"네가 달라진 것 같다."

"무엇이?"

"눈빛도, 느낌도, 네 향기도."

"무슨 말인지 모르겠어. 하제."

그러나 의식적으로 행동하고 있는 것 같지는 않았다. 유혹적인 기운이 그녀의 의지대로 뿜어 나오지는 않는 듯했다.

은소가 제 가슴을 어루만지며 말했다.

"……그저 난 심장이 미칠 듯이 두근거려서. 이렇게 뛰다가 갑자기 멈춰버릴 것만 같아서 무서워."

잔뜩 겁을 먹은 목소리에 하제가 부드럽게 말했다.

"일시적인 것이다. 걱정 마라. 오늘은 일찍 돌아가서 쉬는 게 좋겠군."

하제가 가막사우를 부르자, 방문을 열고 사우가 들어왔다. 그러나 은소와 눈이 마주치는 순간 사우의 작고 까만 동공이 확대되었다. 당황감으로 물든 그의 얼굴은 크게 변화는 없었지만 신체는 아닌 듯했다.

스르륵, 사우는 잠이 들듯이 그대로 기절해 버렸다. 하제는 느낄 수 있었다. 가막사우는 은소의 매혹적인 기운에 넋이 나가 기절한 것이다.

그를 지켜보던 은소는 잔뜩 놀란 눈빛으로 하제를 바라보았다. 하제는 생각했다.

'아무리 은소의 기운이 강하다고는 하나, 환수 일족을 그대로 넋이 빠지게 만들다니, 예사 힘이 아니다.'

"가막사우라는 사람, 왜 갑자기 나를 보고 기절한 거지?"

영문을 몰라 어리둥절해하던 은소는 긴 하품을 토하더니 나른한 몸짓으로 기지개를 켰다.

"몸에 기운이 없어."

고단한 얼굴로 은소가 말하며, 자신의 처소로 돌아가려는 것을 하제가 안아들었다. 그녀는 채 몇 분이 지나지 않아서 곤히 잠이 들었다. 하제는 흑빛 날개를 펼쳐, 흑옥궐로 향했다.

       ✳   ✳   ✳

하제의 품에 잠든 은소를 살펴보던 노루의 눈동자에 기쁜 빛이 어렸다.

"호오."

"왜 그러나?"

"잠깐, 꽃을 이리 내려놓아라."

하제가 노루의 침대 위에 은소를 눕혔다. 미동도 없이 새근새근 잘도 자고 있었다.

"무척 곤했던 모양이구나."

"아까부터 계속 자더군."

"그럴 만도 하지. 자면서도 이렇게 제 기운을 풀풀 풍기고 있으니 말이다."

노루가 슬쩍 코를 벌름거리더니, 웃었다.

"꽃이 확실히 변화한 것 같구나."

"갑자기 말인가?"

"모든 일에는 이유가 있는 법. 분명 꽃의 마음에 변화가 있었을 터. 짐작 가는 일이 없더냐?"

그러나 하제는 고개를 저었다.

"모르겠다. 은소는 여전히 나를 끔찍이 여길 터인데."

그러나 노루가 빙긋 웃으며 말했다.

"꽃이 화사하게 피고 있구면. 은소는 점차 아름다워지고 있다. 게다가 그간 드러내지 않았던 계집의 기운까지 끼친다니 이는 필시 좋은 징조일 것이야."

"그렇다면 곧 감로화가 만개한다는 뜻인가?"

"글쎄다."

"……꽃의 마음을 완전히 사로잡을 수 있다면."

"그래, 그것이 지름길이지. 후후. 하제, 그런데 내가 보기엔 제대로 가고 있는 것 같구나."

"흐음?"

"네가 어떻게 행동하느냐에 따라 달렸지."

"무슨 말이냐?"

"그 애를 변하게 한 것은 바로 너 자신이다. 하제."

"내가 아니라 연갈매, 그놈일 것이다."

노루가 딱하다는 듯, 고개를 저었다.

"사슴은 아직 어린애가 아니냐. 은소는 그 아이를 사내가 아닌 동생으로만 여겼을 것이야."

"그것을 네가 어찌 아나. 은소의 속마음이라도 훤히 들여다보기라도 했단 말인가?"

"후후후, 같은 계집으로서의 촉이다."

노루의 웃음에 하제는 왠지 이번에도 놀림을 당한 것인가 싶어 기분이 미묘했지만, 썩 나쁘지 않았다. 자신으로 인해서 은소가 변화했다는 말인즉, 꽃이 마음을 열었다는 뜻이기도 했으니까.

실은 아주 기쁜 마음이 컸다.

불현듯, 은소를 붙잡고 이제 저를 받아줄 수 있느냐고 다그쳐 묻고 싶었다. 그러나 그리하면 은소는 다시 겁먹은 어린 짐승처럼 제게서 달아나겠지. 하제는 녹옥궐로 돌아와 이런저런 망상에 부풀며 잠들었다.

八花
여정

　은소는 확실히 변화했다. 스스로도 그것을 아는 것인지 아무와 눈을 마주치지 않고 조심스레 말하곤 했다. 이제 하제에게도 곧잘 다정한 어조로 말을 걸었다.

　가막사우는 은소에게 넋이 나간 후로도 변함없이 무뚝뚝한 얼굴로 그녀의 곁을 지켰다. 하제는 그를 벌하지는 않았다. 사우가 넋이 나간 것은, 본인의 의지가 아니었다. 은소 역시 제 의지가 아니었으니 자신이 화를 낼 상황은 아니었다.

　최근 은소는 상덕에게 아라연국의 문자를 조금씩 배우고 있었다. 독서를 좋아하는 그녀였던지라 낯선 세상이라고 해도 까막눈으로 살고 싶진 않았기 때문이었다.

　눈자를 익힌 은소는 붓글씨를 배우고, 서책을 조금씩 읽기 시

작했다. 가끔은 하제의 책상에 놓인 서신을 조금 읽고는 참견을
하기도 했다.

"서쪽의 사국에서 연회를 연다고? 사국은 어떤 곳이지?"

호기심이 가득한 눈동자를 굴리는 모습에 하제가 그녀의 머
리칼을 쓰다듬곤 말했다.

"사방이 모래로 가득한 더운 나라다. 뜨거운 낮이 밤보다 길
고, 계절이 없다는군."

"중동이나 사막 지역과 비슷한 곳인가?"

"뭐라고?"

"아, 아무것도 아니야. 내가 원래 있던 세상에도 그런 비슷한
지역이 있었거든."

"그런가? 너는 제법 아는 것이 많군."

"내가 살던 곳에는 학교란 게 있었어. 그곳에서 어릴 때부터
많은 것을 배워."

"학……교?"

"응, 지식을 배우는 곳이야. 그러고 보니 아라연국에는 학교
가 없나? 아이들은 누구에게 배우지?"

"그 부모가 가르치거나 스스로 타고난다."

"하제도 부모님에게 배웠어?"

순간, 하제는 가슴이 욱신거렸다.

"나는 배울 수 없었다."

은소가 하제의 굳어진 얼굴을 보면서 조심스레 물었다.

"그러면?"

"모시는 주인에게 배웠다."

자신의 하나뿐인 주인은 하늘의 왕이었다. 해맑은 아이의 얼굴이 순간 떠올랐다.

은소는 책장에서 서책을 하나 꺼내 살펴보더니, 이윽고 말했다.

"아라연국은 바다 물길이 열리기 때문에 생긴 이름이라지?"

"상덕이 알려 주었나?"

은소가 살풋 미소 지으면서 고개를 끄덕였다.

"이 나라는 사방이 바다로 되어있다."

"궁 밖으로 나가 바다를 보고 싶어."

"당장은 어렵다. 바다를 함께 보려면 그전에 내가 사국의 연회에 잠석해야 하지."

"당신은 함께 가지 않아도 좋아."

"혼자 갈 셈이냐?"

"사우가 있으니까 걱정 마."

"흐음. 좋다."

하제의 허락이 떨어지자, 은소가 실풋 웃으며 고맙다 말했다. 그 배꽃처럼 하얀 웃음이 고와서 하제는 슬쩍 은소에게로 손을 뻗었다. 그 내민 손을 말끄러미 바라보던 은소는 제 손을 올려놓았다.

부드러운 촉감과 기분 좋은 온도. 손을 잡은 것만으로 하제의 입가에는 비실비실 웃음이 삐져나왔다. 이런 것이 소소한 행복일까?

그러나 그때 상덕의 목소리가 울렸다.

"하제 전하, 가막 대사가 전하를 뵙고자 합니다."

하제는 아쉬운 얼굴을 접고 한숨을 푹 쉬며 말했다.

"흠흠. 그래, 들게 하라. 무슨 일인가?"

"전하, 다름이 아니옵고 남해 도읍에는 아직 도사 자리가 비어 있어 제대로 마을이 관리되지 않고 있사옵니다. 하여, 그곳에 새로운 인사를 부임시키는 것이 어떠실는지요."

"흠, 그래?"

"예, 제 생각에는 가막운이 제 밑에서 일을 많이 배웠으니 남해로 보내시어, 일을 맡게 하심이 어떨까 합니다."

"……흠."

하제가 잠시 생각에 잠겼다. 가만히 가막 대사 하는 꼴을 보아하니, 이 나라를 전부 가막으로 채울 심산인 듯 했다. 주요 보직을 모두 가막 가문이 꿰어차고 있었다. 아무리 자신과 약조를 맺었다 하나, 이리되면 힘이 기울기 마련이었다.

게다가 평범한 인간의 가문 중에서 뽑자하니, 가막 가문을 견제하기가 어려울 것이다. 남해 쪽은 특히 가장 넓은 바다가 펼쳐져 있으며, 해산물이 풍부하고 뱃길이 발달되어 타국을 오갈 수 있는 중요한 지리적 거점이었다.

하제는 고심 끝에 떠올린 이름을 읊조렸다.

"연갈매, 그가 아직 나이는 어리나 선하고 영민하고 용맹하다.

게다가 귀한 가문의 핏줄이었다. 그를 남해의 도사로 보내는 것
이 좋겠다."

그러자 가막 대사의 얼굴이 흙빛으로 변했다. 자리를 하나 내
어달라 하려다가 한 방 얻어맞은 격이었다.

*　　*　　*

스솨앗!

우수수 일어난 비늘을 헤집어 보아도 마음에 드는 것이 없었
다. 뭉근하게 밀려오는 포만감을 떨쳐내려 곰방대를 집어든 염
라는 불을 붙였다. 탁! 순간 노랗게 불꽃이 일었다.

"……후우. 누군가? 내 끽연을 방해하는 것은."

그러자 불꽃이 일렁이며 여인의 목소리가 들렸다. 음습하고
축축한 목소리.

"오라버니, 저예요."

"희나리로구나. 귀여운 내 동생. 사막 생활은 어떠하냐?"

"지겹고 또 지겹기만 한 걸요. 모래사막은 왜 가도 가도 끝이
없을까요?"

"크흐흐, 내 그럴 줄 알았지. 이번 남편은 잘해 주더냐?"

"……모르겠어요. 밤에나 절 기쁘게 해서 살려두는 것이지, 평
소에는 멍청하고 형편없답니다."

"그렇군. 보고 싶구나."

"저도 그래요. 오라버니, 이번에 남편이 큰 잔치를 벌인답니다. 이웃나라 손님들도 모두 초청을 했지요."

"그래?"

염라의 사안이 커졌다.

"예. 황자를 낳아 주었으니 오죽 기쁜 모양이에요."

"이웃국 중에 아라연국도 초대를 했더냐?"

"그렇지요. 이번 아라연국의 새 임금이 올랐다 하니 이번에 얼굴 구경을 하게 생겼습니다."

"후후, 네가 아주 놀랄 만한 자일 것이다."

"그게 무슨 말씀이셔요?"

"아니다. 조카가 태어났으니, 언제 한번 보자꾸나."

"새끼야 언제고 다시 낳을 수 있는데 무얼요. 하지만 오라버니를 보고 싶긴 해요."

"곧 만날 것이다."

염라가 특유의 사악한 웃음을 흘리며 곰방대에 다시 불을 붙이고 깊게 빨아들였다.

'네가 두루미를 보면 나를 찾아올 수밖에 없겠지.'

*　　　*　　　*

"누님?"

뜻밖의 재회였다. 은소의 얼굴을 마주한 갈매의 눈이 빛났다.

이제 다시 만나지 않겠다 맹세했지만, 매일 같이 그리워했던 그 얼굴.

그 사람의 얼굴이 바로 눈앞에 있었다.

남해 도사로 부임하라는 하제 전하의 명을 듣고, 갈매는 진심으로 임금에게 충신이 되리라 다짐했다. 그러나 지우려고 애를 써 봐도 자꾸 떠오르는 은소의 그림자에 스스로 실소를 터뜨렸다. 바보 같은 외사랑이 아닌가.

이제 궁에서 벗어나 남해로 떠나니 다시 보지 못할 거라 생각했는데, 은소 역시 행장을 갖추고 함께 떠난다 하니 아니 놀랄 수 없었다.

"정말 잘됐어."

게다가 다시 만난 사이 더욱 여성스럽고 아름답게 변한 은소 덕분에 갈매의 심장은 쉴 새 없이 두근대고 있었다. 남해까지는 말을 타고 가면 며칠이 걸린다. 그리 장시간 동안 함께 있을 수 있다고 하니 다시금 설레고 기대감에 부풀었다.

그러나 이제 은소는 완연하게 행복해 보였다. 자연스럽고 밝은 표정, 하제 전하와도 잘 지낸다는 소식이 있었다. 아무런 근심 걱정 없는 얼굴은, 바라만 보아도 기분이 좋아졌다.

"그간 잘 지내셨습니까?"

어색하게 말을 건네자, 은소가 고개를 끄덕이며 말했다.

"요즘에는 글을 읽기 시작했어. 어려운 것은 못 읽지만."

"그것 참 잘되었습니다. 헌데 남해에는 어찌 가시는 겁니까?"

"책을 보다보니 이 나라가 궁금해졌달까. 나라 이름이 아라연 국이니 바다가 보고 싶어졌어."

"저도 늘 궁에서만 자란지라 바다를 본 적이 없어 궁금합니다."

무심결에 예전처럼 은소의 곁으로 가까이 다가가면서 이야기 하자, 가막사우가 제지했다.

"멈추시오."

순간 느껴지는 냉기 가득한 공기에 갈매가 행동을 멈추고 사우를 올려다보았다.

"그러는 청년은 누구신지요?"

"아, 미안해. 갈매야. 그는 내 호위무사 가막사우야."

"은소 님께 가까이 다가서는 것은 하제 전하 외에는 허용되지 않습니다."

마치 목석처럼 딱딱한 가막사우의 어투에, 갈매는 가슴이 답 답해짐을 느꼈다. 허나, 그의 말이 틀린 것은 아니었다.

"아닙니다. 주의하겠습니다. 허면, 쉬는 길에 뵙지요."

하고는 갈매가 먼저 말에 올랐다. 은소도 가막사우와 함께 말에 올라탔다. 그 모습을 하제가 멀리서 지켜보고 있었다.

은소는 하제가 있는 녹옥궐 쪽을 바라보았다. 이곳 아라연국에서 하제의 곁을 벗어나 새로운 곳으로 여정을 떠나는 것은 처음이었다.

억지로 끌려온 이곳에서 그동안은 죽지 못해서 살아왔다. 그러나 이제 조금씩 무언가가 달라지고 있었다. 하제에 대한 미움이 사라지니, 아라연국에 사는 동안은 이 나라의 문자를 익히고 싶었다. 문자를 익히니 책이 읽고 싶었고, 이제는 이 땅을 서서히 알고 싶은 단계에 이른 것이다.

그렇다고 마냥 이 땅이 좋고 궁금해져서 평생 살고 싶은 것은 아니었다. 아직도 은소의 마음 깊숙한 곳에서는, 모든 것을 되돌려놓고 집으로 돌아갈 수 있는 방법을 찾고 있었다. 조금의 가능성이라도 있다면, 목숨을 바쳐서라도 돌아가고 싶은 마음이 더 간절했다. 하지만 아무도 그런 것은 가르쳐 주지 않았다. 혹여 그런 방법이 있다고 해도 말이다.

말발굽 소리가 거세졌다. 은소가 탄 백마는 부드럽고 탄력 있게 달렸다. 보통 여인네들이라면 가마를 타고 가지만, 가마보다는 말을 타고 가는 것이 마음이 편했다. 가마는 가마꾼들 여럿이 고생을 해야 했고, 말이 달릴 때 느껴지는 특유의 세찬 맥 뛰는 소리를 들을 수가 없었다. 은소는 가만히 달리는 말의 숨결을 느끼는 것이 좋았다.

힘찬 심장 박동 소리…… 살아있다는 것을 여실히 느끼게 해주는 그 소리. 제 심장마저도 뜨겁게 달아오르게 하는 열띤 바람의 소리.

가만히 눈을 감자 떠오른다. 간밤에 하제의 숨결도 그러했다.

*   *   *

달이 기울고 별들조차 구름 사이에 가리어졌다. 모두가 깊이 잠들었을 야심한 시각이었다. 은향궐로 서슴없이 들어서는 시커먼 그림자가 있었다. 더욱이 홀로 지내는 여인의 방문을 허락도 없이 여는 손길에, 잠귀가 밝은 사우가 그 시커먼 그림자의 목을 칼로 겨누었다.

"임무에 충실해서 좋군."

그림자는 낮게 웃음을 터뜨리며 말했다.

"전하셨습니까?"

곧바로 검을 거두고 사우가 말하자, 하제가 미소를 지으며 말했다.

"오늘 밤은 물러가 있으라."

"존명."

하제가 은소의 방문 고리를 잡아당겼다. 방에 들어서자, 비단 이불을 푹 뒤집어쓴 채 자고 있는 은소의 모습이 눈에 들어왔다. 다가가서 은소의 머리칼을 결을 따라서 쓰다듬어 주던 하제는 문득, 옆얼굴까지 가만가만 손으로 쓸었다.

손에 만져지는 촉감이 마냥 좋았다.

아기처럼 매끄러운 피부와 감은 눈, 작고 오똑한 코, 살짝 벌려진 입술. 펼쳐진 한 손안에 전부 들어오는 작은 얼굴을, 하제는 소중한 물건을 다루듯 그리 한참을 뚫어져라 쳐다보았다.

확실히 꽃은 성장하고 있다. 더욱 아름다워지고, 향내가 진해지고, 잠을 자는 중에도 은연중에 뿜어내는 매혹적인 기운에 하제는 은소를 덮쳐버리고 싶은 욕망을 수십, 수백 번 떨쳐냈다.

허나 은소가 원하지 않는다면 이제 그러고 싶지 않았다. 강제로 범한 입맞춤의 쾌락보다도, 이제 그녀를 소중히 대했을 때, 지켜주었을 때의 그 안온한 만족감이 좋다는 것을 체득했다.

제 손안에 감겨드는 가느다란 손가락의 감촉이 좋았다. 이 손을 영원히 놓고 싶지 않다.

"으음……."

순간 가볍게 뒤척이던 은소가 깰세라, 하제는 냉큼 손을 놓고 일어서려던 참이었다. 제 옷자락을 잡아당기는 가벼운 힘이 느껴졌다. 은소가 슬며시 눈을 부비면서 잠에서 깼다.

"……하제?"

"깼느냐?"

"……이 시각에 어쩐 일로."

"내일 네가 떠나니 그저 얼굴을 보러 온 것이다."

"그랬구나. 나도 당신이 보고 싶었어."

잠결에 흘린 듯 귓가에 날아온 그 말에 하제의 심장이 두근거렸다.

순간, 그 강렬한 느낌이 다시 시작되었다. 상대를 옴짝달싹 못하게 만드는 강력한 주문과도 같은 은소의 기운에 하제는 불현듯, 흥분해 목깃을 세웠다. 그 깊고 붉은 인(印)에서 도망칠 수 없었다.

상대를 가두는 매혹의 인(印). 은소가 가진 치명적인 힘이었다. 은소가 서서히 침대에서 내려와 하제에게 다가왔다. 얇은 속옷 바람의 은소는 새벽녘 교교한 달빛처럼, 은은하고 우아하게 비치는 속살이 드러나 아름다웠다.

마르기만 하던 몸매도 달라진 듯했다. 부풀어 오른 가슴과 엉덩이에 시선이 절로 향하여, 하제는 바짝 긴장한 채, 숨을 넘겼다. 하제의 붉은 눈동자가 커졌다.

'꽃의 몸이 계속해서 변하고 있다. 그것도 더욱 견디기 힘든 쪽으로.'

"네가 이리 나온다면야……."

하제가 실소를 흘린 채 은소를 안아 들어 침대로 향했다. 한 계치에 다다른 듯 팽팽하게 부풀어 오른 욕망이 고개를 쳐들었다. 둘의 시선이 교차하는 순간, 입술은 이미 젖어가고 있었다. 시작이 누구였는지는 중요치 않았다. 서로가 서로를 향해 갈구하고 있었다는 것을 뜨겁게 달아오른 둘의 체온이 말해 주고 있었다.

맞붙은 두 사람의 심장은 점차 거세게 뛰기 시작했다.

하제는 걸치고 있던 도포를 벗은 뒤 허리의 대를 풀었다. 그의 단단한 가슴을 매만지던 은소의 무명 속옷을 하나씩 벗겨내었다. 동여맨 고름을 풀고, 가슴의 앞섶을 헤집었다. 마지막 천까지 걷어내자, 하제는 감탄을 흘렸다.

동그랗고 예쁜 가슴이 환해 눈이 부실 지경이었다. 하제는 분홍빛이 감도는 여린 가슴을 손가락으로 살살 자극하며 매만지

322 감로화

다가 부드럽게 감싸 쥐었다.

"아……."

은소가 작은 신음을 흘리며 몸을 비틀었다. 하제는 붉은 입술에 다시 혀를 밀어 넣었다. 깊은 입맞춤으로 목을 적시고 난 뒤, 점차 입술이 아래로 향했다. 목덜미를 핥자 은소가 간지러운 듯 도리질을 쳤다.

"……그만."

그러나 하제는 멈출 줄을 모른 채 더욱 깊숙이 내려갔다. 이윽고 보드랍고 뽀얀 가슴을 가득 베어 물고, 빨아들였다. 걷잡을 수 없는 욕망에 달뜬 몸은 계속해서 소리치는 것 같았다. 향긋한 단내가 폐부 깊은 곳까지 들어가 이성을 마비시키고, 감각마저 마비시킨 것일까.

하제는 꽃의 구석구석을 매만지고 입 맞추기 시작했다. 진귀한 술이 목구멍으로 넘어가듯, 달콤한 속살이 탐이나 견딜 수가 없었다.

뱃속에서부터 끓어오르는 커다란 욕구가 들고 일어났다. 이미 오래전부터 강대해져 버린 하제는, 마지막 천마저 걷어내고 그녀의 탐스러운 두 다리를 들어올렸다. 다시금 입술을 마주친 하제가 천천히 은소를 끌어안았다. 두 그림자가 가만히 겹쳐졌다. 은소가 고통에 찬 얼굴로 신음을 흘리며, 가냘픈 몸을 떨었다. 하제의 얼굴에는 희열로 가득한 미소가 어렸다.

꽃이 제게 선사한 쾌락은 가히 상상 이상의 것이라. 이루 말할 수 없는 쾌감이 전신을 오래도록 감쌌다. 세상 시름 따위 모두 잊을 것만 같았다. 제 안에 차오르는 은소의 생명력 넘치는 기운에 아무 말도 떠오르지 않았다.

구름 위를 걷는 듯 드넓은 바다를 헤엄치는 듯, 둘은 부드럽고도 깊게 사랑을 나누었다. 풀잎에 맺힌 이슬처럼 촉촉하고 싱그러운 기쁨에 끊임없이 서로에게 빠져드는 두 사람이었다.

＊　　　＊　　　＊

온몸을 휘젓는 부드럽고 격렬한 느낌이 사라지지 않았다. 두근두근두근, 아직도 심장은 죽을 만치 뛰고 있다.

하제는 평소와 달리 거칠게 대하지 않았다. 그저 처음부터 끝까지 부드러웠다. 하제가 은소의 뺨을 매만지면서 말했다. 더없이 부드럽고 나직한 목소리였다.

"당분간 네가 곁에 없을 것을 생각하니 견딜 수가 없더군. 이제 너는 완벽히 내 것이다."

하제가 그리 말하며 또다시 은소의 입술을 열고 들어왔다. 여전히 그의 심장도, 몸도 쉬이 가라앉지 않았는지 불덩이처럼 뜨거웠다.

"무사히 다녀올 테니 걱정 말아."

"그래, 네게 무슨 일이 생기면 곧장 날아갈 것이다."

"당신이 사국에 있고, 내가 남해에 있어도 가능해?"

그러자 촤아아악, 하고 하제가 일순 제 날개를 펼쳐보였다.

"그렇다. 아무리 멀리 있어도 날 막지 못한다."

"……."

"믿어라."

"……응. 믿어."

은소는 하제의 품속에서 눈을 감았다. 갑자기 모든 것이 달라진 것 같았다.

아침에 거울을 볼 때마다 깜짝깜짝 놀라곤 했다. 자꾸만 얼굴이 변하는 듯했다. 눈동자는 한층 투명하고 맑아져 총기가 어렸다. 얼굴빛 또한 밝아지고 생기가 가득했다. 평소 입꼬리가 처진 탓에 우울하고 어두워 보이기만 하던 입매도 달라져, 이제 보기 좋게 웃는 상이 되었다. 그리 볼품없이 마른 몸매에 탱탱한 살이 붙었고, 가슴과 엉덩이도 놀랄 만치 부풀었다.

이제 예전의 자신을 알던 누군가를 만난다면, 왜 이렇게 달라졌느냐는 질문이 쏟아질 것 같았다. 스스로도 자신의 변화에 적응하지 못할 만치 하루가 빠르게 달라져 가고 있었다.

또한, 자신도 이제 미묘한 기운을 느낄 수 있었다. 제 몸속에서 뻗어 나오는 기운이 남자들을 대할 적마다, 꿈틀거렸다. 상대를 유혹하고 사로잡으려는 본능적인 감정에 사로잡히고 마는 것이다. 지난번 하제의 품에서 기절했을 때 이후로 생긴 이 감정은 이성을 마주쳤을 때 불시에 찾아오기도 하고, 참고 억누를 수도 있었다.

가막사우가 한 번 기절한 일이 있었기에 은소는 그 뒤부터 매우 조심하려 했다. 그러나 하제는 일부러 마음먹고 기운을 흘려도, 정신을 잃는 법이 없었다. 하제가 내뿜는 강한 기운이야말로 무척 도발적이고 사람을 홀리게 만들었다.

하지만 모습이나 기운보다도 가장 변화가 큰 것은 제 마음이었다. 언제부턴가 제 마음에 불쑥 들어온 짐승의 존재가 이리 커다랗게 자리 잡았을 줄은 은소 스스로도 예상치 못했던 일이었다.

*　　*　　*

가막 대사의 미간에 주름이 깊어졌다. 잿빛 눈동자에는 수심이 가득했다. 홀로 서재에 앉아 시름에 잠긴 대사의 얼굴은 날로 수척해지는 듯했다. 가막 가문이 연 가문을 몰아내고 권력을 쥐고 있다지만, 두루미 임금이 워낙 강인한 힘을 휘두르는지라 완전히 마음대로 주무를 수가 없었다.

게다가 은근히 가막을 견제하는 듯한 임금의 행보에 촉각이 곤두서고 있었다.

하여, 가막의 내부에서는 한시라도 빨리 임금에게 가막 태생의 왕비를 맞이하게 해야 한다는 의견만이 메아리처럼 계속해서 맴돌고 있었다.

허나, 가장 유력한 후보였던 리는 그 뒤로, 하제 전하의 그림자만 비쳐도 앞에 나서려 들지를 않았다. 대체 무슨 일이 있었느냐 물어도 대답을 통 하지 않아 답답한 노릇이었다.

그렇다고 이제 고작 말을 깨우친 수린을 왕비로 내세우기에도 역부족이었다. 그리 많은 수의 가막의 식솔들 중에서도 계집아이는 몇 명 되지 않았던 것이다. 다른 두 명의 아이가 더 있지만, 왕비감은 아니었다. 한 아이는 선천적으로 앞이 안 보였고, 다른 하나는 지나치게 박색이라 임금이 쳐다보지도 않을 터였다.

"대체 어찌하면 좋단 말인가."

책상머리에 앉아 한숨만 쉬고 있는데, 문득 인기척이 들렸다.

"무슨 근심이라도 있으셔요? 당신 한숨 소리가 문밖까지 들리지 뭡니까."

옥구슬이 구르듯 영롱하고 깊은 목소리가 들려왔다. 가막 대사의 안사람이자, 가막의 살림을 도맡고 있는 큰 마님 서련이었다. 곁에 서 있으니 마치 딸처럼 보일 지경이었지만, 두 사람의 사이는 무척이나 좋았다. 서련이 지아비의 뭉친 어깨를 물수건으로 닦아주곤 두드리고 주물렀다.

가막진이 시원함에 웃으며, 서련의 손을 잡았다.

"그저 머리가 좀 아파서 그렇소, 부인."

"당신은 언제나 머리가 아프시니 큰일입니다. 머리도 지압을 좀 해드려요?"

"아니요."

그러나 거절의 대답도 듣기 전에 서련은 가막진의 머리를 손가락으로 지압하기 시작했다. 막혔던 것이 뻥 뚫리듯 느껴지는 시원함에 가막진이 흡족한 얼굴로 물었다. 무슨 즐거운 일이 있는지 부인의 얼굴이 밝았다.

"무슨 좋은 일이라도 있는 거요?"

"아, 왕승의 포목점에서 귀여운 아기를 보았어요."

"왕승이라면, 사우를 맡겨두었던 그 장사치 말이요?"

"예, 왕승의 외동딸이 얼굴도 아리땁고 재주도 좋더군요. 게다가 그 눈빛이 보통 포부가 큰 것이 아니에요. 그래서 사우의 짝으로 지어주면 좋겠다는 생각이 들었지요."

"흐음, 사우의 짝이라……."

제 장남인 가막운의 차남인 가막사우는, 어려서부터 유난히 말수가 적고 조용하여 다른 드센 손주들에게 무시와 괄시를 받고 살았다.

강한 자를 으뜸으로 치는 가막에서는 마치 돌연변이 같던 아이였다. 싸움을 걸고, 제 먹을 것을 빼앗겨도 반응 없는 유약한 아이. 가문에서 약한 자는 철저하게 버려진다.

제 아비인 가막운도 무예에는 뜻도 재능도 없어, 핏줄로는 가장 유력한 수장의 후보이나, 가문에서 인정을 받지 못하고 있었다.

그 때문에 어려서부터 사우를 도읍에서 유명한 상인인 왕승에게 보낸 것이다. 이름조차 없다가 데릴사위라는 뜻으로 사우라고 지었다.

그랬던 사우가 언제 그리 실력을 갈고 닦았는지 강해졌고, 임금의 눈에 들었다. 임금의 속내가 어떤지는 몰라도 가문과 가장 통하지 않는 자에 속하는 사우를 호위무사로 지목했다. 그것도 임금이 총애하고 있는 그 계집을 지킬 무사로.

강대한 두루미는 그리 호락호락한 자가 아니다. 성정이 급하고 거칠면서도 생각 없이 움직이는 자는 아니었다.

감로화가 임금의 곁을 떠난 지금이 바로 그를 흔들어 놓을 기회였다. 남해는 미로궁처럼 언제든 만날 수 있는 거리는 아니다. 아무리 빨라도 가려면 며칠이 걸리는 거리다.

게다가 서쪽의 사국에서 황자의 탄생을 축하하는 연회에 하제를 초청했다. 이를 구실로 삼아 임금이 연회를 다녀온 후 이나라에도 왕비를 맞이해야 한다 신료들이 목소리를 드높일 것이다. 그때를 노려 임금에게 예비 왕비 후보를 고르게 해야 함이다. 물론 이 모든 것은 왕비감이 있어야 가능한 계획이었다.

가막진이 잿빛 눈을 번뜩이며, 부인에게 말했다.

"나도 그 왕승의 딸아이를 한번 보고 싶군."

*　　*　　*

무릇, 반짝이는 것은 쓸모가 많다. 그게 싸구려 장신구든, 귀한 금이든, 혹은 사람이든. 반짝이면 반짝일수록 그 빛에 현혹되이 수많은 사의 시선을 사로잡는다. 비록 본질은 아무것도 없는 빈 껍데기일지라도 쓸모가 많은 법이다.

가막 대사는 잘 갈고 닦은 옥색의 찻잔에 차를 따라 주는 고운 소녀의 반듯한 이마와 총명한 눈동자, 뽀송한 피부 결을 훑어보았다. 어디 하나 흠집 없이 잘 자란 매끄러운 아이였다. 공손한 태도와 행동 가짐도 여간 예쁜 것이 아니었다.

"지난번 큰 마님께서 좋아하셨던 차입니다. 심기를 편하게 하지요. 허면 말씀들 나누셔요."

단영이 인사를 올리고 물러가자, 가막 대사의 눈썹이 휘어지며 왕승에게 말했다.

"자네 딸이 올해 열여덟이라 했나?"

"예. 이제 시집보낼 때가 되었지요."

"사우의 짝으로는 어울리지 않는 듯싶으이."

왕승은 짐짓 놀라서 물었다. 사실 사우를 데릴사위로 들이기에는 단영이가 퍽 아까운 듯도 싶었다. 이름난 명문가인 가막의 자손이긴 하나, 사우는 집에서 내놓은 자식이나 마찬가지였다. 게다가 단영이가 사우에게 대하는 꼴이 종놈 부리듯 하는 것이 사우를 좋아하는 것도 아니었다. 사우 역시 늘상 말이 없으니 그 속내를 알기도 어려웠다.

그랬으나, 최근에 사우가 임금의 호위무사가 되었다는 소식에 왕승은 내심 기대를 하고 있었다. 그러나 급작스러운 가막 대사의 말에 심장이 쿵 내려앉았다.

"우리 다, 단영이가 많이 부족하긴 합니다만. 둘이 어려서부터 어울려 정이 많이 들었을 겝니다."

"단영이를 내 딸로 들이고 싶네. 우리 가막 가문의 일원으로 말일세."

"예에……?"

그야말로 청천벽력 같은 말인지라 왕승이 어버버하면서 아무 말도 잇지 못했다.

"자네 딸은 훌륭한 재목이니 왕비로 만들 생각일세. 어떠한가?"

엄청난 말들을 한꺼번에 들은 왕승은 당황해 입을 꾹 다물었다.

"허면, 생각할 말미를 주겠네."

가막 대사는 그리 말하고 스르륵 옷자락을 끌면서 돌아갔다.

*　　*　　*

아침 정무 후 산책을 하던 하제는 버릇처럼 은향궐에 홀로 들어서고 말았다. 주인은 없어도 그 향기만은 아직 남아있었다.

간밤에 나눈 일들을 떠올리던 하제는 쓸쓸하게 웃으며 혼잣말을 했다.

"보내 주지 말았어야 했는데……."

이미 결정 내려진 일이라 두 번 다시 되돌릴 수 없건만, 하제는 자꾸만 애틋해지고 걱정되는 마음에, 은소의 얼굴만이 자꾸 어른거렸다.

적어도 보름은 걸리는 긴 여정이 될 것이다. 제 곁에 두고 있어도 다른 놈들이 쳐다볼까 불안한데, 곁에 없으니 오죽할까.

그러나 이번 여행으로 은소가 조금쯤은 이 나라에 마음을 붙이는 기회가 될 것임은 자명한 일이었다. 은소를 위한 마음으로, 지금 당장에 날아가 그녀를 데려오지 않는 것이다. 하제는 녹옥궐로 다시 발걸음을 향했다.

＊　　＊　　＊

너른 벌판과 초목이 우거진 풀숲을 여러 번 거치자, 어느덧 노을이 붉게 지고 있었다. 일행은 말없이 달리고 또 달렸다. 은소와 사우, 은소의 시중을 드는 궁인 한 명, 갈매가 이끄는 열여섯 명의 호위병까지 합하면 모두 스물에 이르는 숫자였다.

갈매가 탄 붉은 갈기를 가진 말이 은소와 사우의 곁으로 다가왔다.

"해도 졌으니 오늘은 인근 마을에서 묵고 가는 것이 좋겠습니다."

"그러는 게 좋겠지?"

은소가 사우에게도 물어보았지만, 사우는 수긍하겠다는 듯 고개를 끄덕일 뿐이었다. 갈매가 지도를 펼쳐 들었다.

"유수정에 이르기 전에 근처에 달곰소라는 작은 마을이 하나 있습니다. 병사를 보내어 지낼 만한 곳이 있는지 알아보겠습니다."

모두가 하루 종일 달린 탓에 지쳐 있었다. 곧 병사가 말을 타고 돌아왔다.

"낡은 주막이 하나 있사온데, 지내기는 어려울 듯합니다."

갈매가 은소의 얼굴을 돌아보며 말했다.

"저는 상관없습니다. 누추한 곳이라도 괜찮으시겠습니까?"

"지금 그런 것을 가릴 처지가 아닌걸."

병사를 따라 들어간 마을 앞에는, 커다란 소(沼)가 있었다. 소 주변으로 무성하게 자란 풀들에서는 메뚜기나 여치 따위의 풀벌레들이 뛰어다녔다. 저 멀리 아담한 초가집이나 너와집들이 띄엄띄엄 있었고, 작은 집마다 밥 짓는 연기가 피어올랐다. 여유롭고 한가로운 그 정경에 마음이 편안해졌다.

그러나 병사가 이야기했던 주막은 생각보다 더 형편없었다. 천정에는 구멍이 뚫려 비가 오면 그대로 들이칠 기세였고, 머무는 객들이 하나도 없었다. 마당에는 싸리비 하나만이 덩그러니 뒹굴었다.

"아무래도 이곳은 안 되겠습니다."

일행은 그 주막을 떠나 마을의 다른 집을 찾아다녔다. 그러나 신세를 질 만한 크기의 집이 마땅히 없었다. 한참 동안 마을을 찾아 헤매는데, 깊은 숲 속에 불빛이 환했다. 무언가하고 가까이 다가가 보니, 커다란 저택이 있었다.

갈매가 다행이라는 듯 말했다.

"저 정노 크기라면 우리 모두가 신세질 수 있을 것 같습니다.

가서 부탁해 보지요."

"근데 아까는 왜 미처 보지 못했을까?"

은소는 살짝 의아했지만, 하나뿐인 희망이었기에 그리로 걸음을 옮길 수밖에 없었다. 가까이에서 보니 과연 저택의 규모가 웅장했다. 이런 작은 마을과는 어울리지 않는 화려한 집이었다. 삼 층 규모의 집은 처마 끝마다 네모난 등이 달려있었다.

쾅쾅쾅.

갈매가 다가가서 대문을 크게 두드렸다.

"이보시오!"

몇 번이나 대문을 두드려보았지만, 안에서는 기척이 없었다. 예까지 올라왔는데도 주인이 대답이 없으니, 맥이 탁 빠졌다.

"하는 수 없겠습니다. 갈매 님. 다른 곳을 찾아봐야 할듯합니다."

모두들 발걸음을 돌리려는데, 은소가 외쳤다.

"잠깐만. 안에 분명 사람이 있어."

방금 집 안에 사람 그림자가 어릿한 게 비친 걸 분명 보았다.

쿵쿵쿵.

"계신가요?"

그러자 거짓말처럼 대문이 삐걱하고 열리면서 안에서 사람이 나왔다. 안색이 푸른빛을 띠는 잘생긴 청년이었다. 입고 있는 의복 또한 푸른빛에 귀해 보이는 것이었다.

"이런 야심한 시각에 어찌 찾아오셨습니까?"

청년의 시선이 은소에게 머물렀다. 가막사우가 은소의 앞을 막았지만, 은소는 괜찮다며 앞으로 나왔다. 은소가 말했다.

"우리는 도읍에서 임금님의 명을 받고 남해로 가는 중입니다. 하룻밤만 지낼 수 있게 해주시면 은혜는 반드시 갚겠습니다."

그러자 청년이 해사한 웃음을 지으며 공손히 말했다.

"귀빈을 접대하게 되어 영광입니다. 모두 안으로 드시지요. 말은 마구간에 묶어 두면 될 것입니다."

"친절에 감사드립니다."

은소가 갈매와 사우의 얼굴을 보면서 미소 지었다. 이제 안심이었다. 임금의 명을 받았다고 하면 귀빈 대접이라니, 새삼 하제의 위치가 대단함을 느끼는 순간이었다.

"제 이름은 청웅입니다. 이 마을에서 대대로 살아왔습니다."

청웅은 푸른빛이 도는 남빛의 머리카락을 가졌는데, 눈동자도 푸른 비취색이었다. 그가 유달리 은소에게 상냥한 눈길을 보내자, 가막사우는 그를 경계하고 있던 참이었다. 갈매 역시 청웅이란 자를 주의 깊게 관찰했다. 덩치는 컸으나, 몸에 검과 같은 무기를 지니고 있지는 않았다.

게다가 청웅의 대접이 너무나도 융숭하고 극진해, 모두들 어쩔 줄을 모르고 있었다. 이토록 작은 마을에서 어찌 재료를 공수해왔는지, 산해진미를 모두 맛볼 수가 있었다.

청웅의 집에 시중을 드는 하녀는 총 셋이었는데, 모두 키가 크고 늘씬한 미녀들이었다. 병사들에게도 훌륭한 대접을 해주었던지라 그들의 얼굴에는 웃음꽃이 어렸다.

즐거운 식사를 마치고, 청웅이 갈매와 가막사우, 은소에게는 각자의 방을 내주었다. 청웅이 돌아가자, 가막사우가 은소의 문을 두드려 말을 건넸다.

"낯선 곳이니 은소 님의 방문 앞을 지키고 있겠습니다."

"사우, 그럴 필요 없어요. 피곤할 텐데 쉬어요."

"그래도 만에 하나라는 게 있는 법입니다. 저는 청웅이란 자를 신뢰할 수 없습니다."

"하지만, 저토록 친절하신걸요."

갈매도 은소의 말에 동의하며 사우를 바라보았다.

"맞습니다. 그쪽은 너무 과민한 성격인 것 같습니다. 그리고 나도 있으니 너무 걱정 마십시오. 은소 누님이 위험에 처하는 순간, 나도 알아차릴 수 있습니다."

그러자 사우가 차갑게 말했다.

"알아차리는 순간, 은소 님의 곁에 있어야 하는 겁니다. 그러면 이미 때는 늦을지도 모릅니다."

"무척이나 계획적이군요. 과연 가막 가문의 후손이십니다."

"……가문과는 상관없습니다만."

갈매와 사우의 냉기가 훅 도는 분위기에 은소가 말했다.

"다들 그만. 무슨 일이 생기거든 도움을 요청할 테니, 다들 푹 쉬세요. 밤이 무척 깊었네."

"네, 내일 뵙겠습니다. 누님."

"쉬십시오."

두 사람을 들여보내고 나서, 은소는 제 방문을 열고 들어섰다. 방 안에는 창문이 열려 푸른색의 얇은 천이 흔들리고 있었다. 창문을 닫으려는 순간, 저택의 뒷마당의 연못가에 앉아있는 시커먼 그림자 하나가 비쳤다. 은소의 창문 쪽을 뚫어져라 응시하고 있었다. 은소의 시선이 닿자, 상대는 고개를 돌리곤 이윽고 사라졌다.

은소는 고개를 갸웃거렸다.

"누구지, 청웅인가? 왜 도망치듯 사라진 거지?"

이상한 생각이 들었으나, 순간 밖에서 푸드드드 하는 날갯짓 소리가 들렸다. 그러자 은소는 일순 가슴이 두근거렸다

'설마 아까 하제였을까? 나를 몰래 쫓았나?'

그러나 아무리 자신이 보고 싶다고 해도 하제가 하루 만에 자신을 찾아올 리는 없었다. 하지만 혹시나 하는 마음에 은소는 다시 창문을 열었다.

새카만 그림자가 또다시 은소를 응시하고 있었다. 붉은색의 눈동자였다. 은소가 아는 붉은 눈농자를 가진 남자는 하제밖에 없었다.

"하제?"

그러나 대답이 없었다. 은소는 답답함에 방에서 나와 저택의 뒷마당으로 향했다. 가보니 아무도 없었다. 자신이 헛것을 본 모양이었다.

터덜터덜 다시 저택 안으로 발걸음을 옮기는데 물소리가 들렸다. 연못에서 물고기가 헤엄이라도 치는지 약간의 파문이 일고 있었다. 커다란 달을 비추는 연못의 정취가 한적하고 아름다웠지만 풍경을 즐기는 것도 잠시, 은소는 피곤한 몸을 누이고 싶었다.

그때였다. 나지막한 목소리가 곁에서 들려 은소는 깜짝 놀랐다.

"은소 아가씨였군요."

돌아보니 연못가에 앉아있던 이가 청웅인 모양이었다.

"아직 안 주무셨습니까?"

"저는 본래 여름에는 그다지 잠이 없습니다. 대체로 잠은 겨울에 빠지는 터라……."

"겨울잠이라도 주무시나요?"

"그런 셈입니다."

"특이하시군요. 저는 이만 쉬러 가겠습니다."

은소가 그리 말을 끊고, 돌아서려 하는데 청웅의 대답이 들려왔다.

"……참으로 향기롭습니다."

"……청웅?"

청웅의 눈이 일순 붉어지며 말했다.

"당신에게서 아주 달콤한 내음이 나는군요. 이성을 꼬이게 만들 만큼……."

은소는 청웅도 자신을 노리는 자인가 싶어 대충 얼버무렸다.

"글쎄요……. 저는 모르겠어요. 과일은 아주 좋아하지만……."

"조심하는 게 좋을 겁니다. 어떤 자들은 그런 단내를 맡으면 미치기도 하니까요."

"청웅, 어째서 제게 그런 이야기를 들려주시는 거죠? 당신의 정체는 뭔가요?"

그러자 청웅의 몸집이 쑥쑥 자라 비대해졌다. 푸른빛이 감도는 검은 털이 온몸을 뒤덮었다. 짧고 둥근 귀와, 흑빛의 코, 입에는 단단한 42개의 이빨이 있었다. 짧고 튼튼한 발에는 갈고리 같은 발톱이 생겼다. 앞가슴에 흰 띠가 있는 거대한 곰이었다. 은소의 눈이 놀라서 커졌다.

"역시 보통 사람이 아니었군요?"

"그렇습니다. 사실 나는 이 마을의 수호신으로, 커다란 소(沼)에 살고 있습니다. 나는 당신을 해칠 뜻이 전혀 없습니다. 놀라게 했다면 죄송합니다만 당신에게 꼭 주의를 주고 싶었습니다."

은소는 청웅의 눈을 들여다보았다. 그의 눈동자는 탁한 기운이 없이 맑고 깨끗했다.

"알아요. 우리에게 극진히 대접해 주었잖아요. 좋은 분이란 걸 알고 있어요."

"사실 이토록 달콤한 내음이 나는 것이 무얼까 궁금해서 당신의 일행을 일부러 꾀어내려고 허름한 주막으로 장난을 쳤지요. 처음에는 당신들이 달콤한 음식을 가지고 있는 줄 알았는데, 그것은 당신에게서 나는 것이었습니다."

그 말에 은소가 의아한 표정을 지었다.

"단 음식을 좋아하시나 봐요."

"예. 사족을 못 씁니다. 게다가 이 아라연에는 전설이 하나 내려오고 있지요. 꿀처럼 달콤한 내음을 뿜어내는 불로불사의 영약 감로화에 대한 전설 말입니다."

그 이야기를 듣는 순간 은소는 깜짝 놀랐으나 모른 척했다.

"가, 감로화……라고요?"

"예, 감로화를 지니면 불로불사의 힘과 강력한 힘을 얻는다고들 합니다."

"저, 전설 속에서나 나올 법한 이야기네요. 하하."

"전설은 없는 이야기가 아닙니다. 그나저나 체향이 그리 달콤해서 불편하겠습니다. 여행길에는 주의를 하시는 게 좋겠습니다."

"……이야기, 즐거웠어요. 청웅."

"제 말 명심하십시오, 소중한 꽃이여."

돌아서는 은소의 귓가에 청웅의 말이 박혔다. 청웅이 자신의 정체를 알아챌까 봐, 가슴이 조마조마했다.

흔들리는 마음을 떨쳐내고 은소는 침소로 돌아왔다. 그 후 그녀는 깊이 잠들었다.

*　　　*　　　*

이른 아침 곱게 단장한 단영은 아버지인 왕승의 배웅을 받으며 가마에 올랐다. 제가 스스로 그 제안을 받아들였다. 가막 대사의 딸이 되어 왕비 자리에 오르는 것. 아라연 최고의 거상이 되는 것도 좋지만, 그보다 더 좋은 것이었다. 온갖 부귀영화를 누리고, 만인의 우러름을 받는 바로 그 자리. 비단 장수의 여식이라면 올라가기 힘든 자리일 터, 가막 대사의 딸이 된다면 그 뒷배경도 든든해지는 것이다.

어린 나이에도 셈이 빠른 단영은 대사의 딸이 되기로 결론을 내렸다. 울며불며 가지 마라 매달리는 왕승을 달래고 가마에 오른 단영은 왠지 후련함을 느꼈다.

"이제 나는 세상에서 가장 높은 자리에 오르게 될 거예요, 아버지."

*　　　*　　　*

이윽고, 은소 일행은 달곰소 마을을 빠져나가 무사히 유수정에 도착했다. 은소는 청웅과 있었던 일을 아무에게도 말하지 않았다. 그리고 행동이 더욱 조심스러워졌다. 감로화의 내음 때문에 다가오는 남자들을 차단하기 위해서, 밖을 돌아다닐 때는 얼굴을 천으로 모두 가린 채였다.

유수정은 제법 큰 읍인지라, 지낼만한 곳이 많았기에 걱정이 없었다. 특히 이곳저곳에서 온천수가 샘솟는 곳이었다. 어려움

없이 유수정을 지나, 큰 강을 건너 크고 작은 여러 마을을 지나는 동안 사흘이란 시간이 지났다.

"저기 보십시오. 남해입니다."

갈매가 가리키는 방향을 보자, 넘실거리는 푸른 바다가 보였다. 가슴이 탁 트이는 광경에 불어오는 바람마저 상쾌하게 만들었다.

이윽고 말에서 내리자 전방으로는 드넓고 푸른 바다가, 후방으로는 야트막한 층층의 어촌이 한눈에 들어왔다. 저 멀리 바다 가운데 솟아난 절벽 위로 기암괴석이 위용을 뽐내고 있었다.

철썩, 철썩.

비릿한 바다 내음마저 기분 좋게 폐부를 채웠다. 그저 바다를 하루 종일 바라보고 있으라고 해도 그럴 수 있을 것 같았다. 한가로운 바닷가에는 사람이 없었다.

은소는 바다를 보자 마음이 편안해짐을 느꼈다. 본래 그렇게 바다를 좋아하는 편이 아니었는데, 이상했다. 아라연국의 바다는 알 수 없는 따뜻한 기운이 느껴졌다. 은소는 살며시 신발을 벗고는 발을 담갔다.

옥빛의 깨끗한 바닷물이 은소의 발을 적셨다. 이윽고 신비한 일이 일어났다.

수면 위로 은빛의 물고기들이 은소의 주변을 회전하면서 튀어 오르기 시작한 것이다.

"왜 이러는 거지?"

그를 지켜보던 갈매와 사우도 기이하다는 듯 놀라 서로를 바라보았다. 갈매가 빙그레 웃으며 말했다.

"물고기들도 누님을 알아보고 신이 난 것이 아닐까요?"

푸화아아악!

일순 커다란 파도가 밀려와 은소와 일행들에게 물벼락을 선사했다. 이윽고 초록빛의 단단한 껍질을 가진 거대한 거북이 신비로운 빛에 감싸여 나타났다.

깜짝 놀란 사우가 검을 뽑아들었고, 갈매 역시 활시위를 겨누었다.

"엄청나게 큰 놈입니다."

"은소 님, 괴물 거북이 공격하기 전에 어서 바다 밖으로 나오십시오."

그러나 뜻밖에도 거북이 수염을 가다듬더니 큰 소리로 호통을 쳤다. 그 근엄한 얼굴은 자못 우습기도 하였다.

"이 노옴들!!! 내가 어딜 봐서 괴물이너냐!"

갈매가 깜짝 놀라며 외쳤다.

"허, 말을 할 줄 아는 것을 보니 아주 요망한 놈입니다."

"아니다! 이놈아!"

촤악!

발끈하여 갈매에게 바닷물을 쏟아 부은 뒤, 거북은 헛기침을 하여 목소리를 가다듬었다.

"커흠흠! 나토 말할 것 같으면 이 넓고 넓은 서해와 남해 바다의 해왕님이시니라."

은소는 그제야 노루 할멈이 설명해 주었던 두루마리를 떠올렸다. 바다를 다스리는 것이 거북이라니……. 이윽고 변신을 푼 거북은 근육질의 중년 남성으로 변했다. 해왕의 보랏빛 눈동자가 은소를 향했다.

"호오, 네가 감로화로군. 나날이 향긋한 내음이 흐르고 예뻐지는구나. 꽃이라 그런 것인가?"

은소가 경계하는 눈빛으로 대답했다.

"무슨 볼일이죠? 당신도 염라와 같은 목적인가요?"

그러자 해왕이 허허 웃으며 말했다.

"제법 맹랑한 계집이로다. 허나, 아무리 그래도 나를 염라와 비교하지는 마라. 기분이 매우 더러우니 말이다."

"그럼 왜 나타난 거죠?"

"후, 아주 오랫동안 너를 지켜보고 있었느니라. 그냥 네가 내 구역에 왔길래 인사차 올라왔다. 너를 해칠 생각일랑 없으니 걱정 말고."

해왕은 그리 말하곤 은소 주변을 빙글빙글 돌면서 훑어보았다. 그 시선이 자못 불쾌한지라 은소는 바다를 빠져나갔다. 은소의 몸매를 가늠하며 보던 해왕은 제법이라는 듯 씨익 미소를 지으며 말했다.

"하제 놈이 무진 애를 쓰더니, 이번 감로화는 참으로 대단하겠군. 애야, 심심하거들랑 바닷속 구경을 시켜줄 테니 나를 부르거

라. 허허허허. 너희들은 날내 나서 안 된다. 이놈들!"

그리 말한 해왕이 갈매와 사우에게 물을 뿌리곤 쏜살같이 바닷속으로 사라졌다.

"정신을 쏙 빼놓는군요."

"저런 자가 해왕이라⋯⋯."

두 사람이 중얼거리자 곧장 해왕의 목소리가 들려왔다.

"다 들린다. 바다에서 내 욕하지 마라!"

나쁜 자는 아닌 것 같지만, 엮여서도 안 될 것 같은 기분이 들었다. 세 사람은 어촌을 향해 가기 시작했다. 어느새 해가 뉘엿뉘엿 지고 있었다.

＊　　＊　　＊

녹옥궐 후원에 앉아서 꽃내음을 맡고 있던 임금 앞으로 상덕이 찾아와 고했다.

"전하, 여기 계셨사옵니까."

"무슨 일인가? 상덕."

"기쁜 소식이옵니다."

"무엇인가?"

"연갈매 님이 금일 남해 도사로 부임하셨사옵니다."

"그 말인즉, 은소도 무사히 남해에 도착했다는 것인가?"

"에, 그리하옵니다."

"혹 은소에게 변고는 없다더냐?"

"예, 머리카락 한 올도 다치는 일 없으셨다고 합니다. 안심하십시오."

"그것참 다행이다."

그제야 며칠 내 굳어있던 임금의 얼굴에 웃음이 어리는 듯했다. 은소가 남해에 도착하지 않았다는 이유로 연회에 가는 것까지 미룬 임금이었다. 다행히도 사국의 연회는 한 달이 넘도록 계속되는 일정인지라, 늦게 가도 참석에는 지장이 없었다.

"허면 사국으로 언제 떠나실 생각이십니까? 준비를 하라 이르겠습니다."

"어차피 잠깐 얼굴만 비치고 오면 될 터. 쓸데없이 이 신하들을 대동하고 갈 필요가 무에 있겠나. 천리마에 안장을 교체하고, 사국의 황자에게 줄 선물이나 실으면 그만이지."

하제는 그리 말하며 생각에 잠겼다.

본디 제가 마음만 먹으면 서쪽의 사국이나 북쪽의 요수국(妖獸國)쯤은 아무것도 아니었다. 사국은 예부터 명부의 환수 일족과 내통하고 있다는 소문이 무성하나, 드러난 것은 없었다. 환수 일족이 없는 대신 사술에 능한 인간들이 많았다. 요수국은 본래 요괴가 세운 나라라서 백성 대부분이 요괴족이나, 대다수가 하찮은 것들뿐이다.

감히, 선계의 두루미 일족인 저를 능가할 만한 힘은 없을 것이다. 하제는 그리 코웃음을 치고 있었으니, 이웃국에 대한 예우

보다는 그저 현상 유지를 위해서 최소한의 친선을 다지는 것, 그 이상도 이하도 아니었다. 일단 나라의 내부 기틀을 더욱 다져야 함이 우선이었다.

*　　*　　*

몸이 무거웠다.

똑딱─ 똑딱─

시계추가 흔들리며 아스라이 멀어지는 세상들, 아빠와 엄마, 지석, 회사 동료들, 친구와 지인들, 자신의 손에 닿는 것은 아무것도 없었다. 아무리 애를 써 봐도 다가갈 수 없었다.

탕탕!

은소는 보이지 않는 벽을 쳤다. 투명한 그 벽은 자신을 현실로 되돌아갈 수 없게 가로막고 있었다.

탕탕탕!

아무리 두드려보았자 일체의 미동도 없었다. 은소는 뒤를 돌았다. 그 순간 무언가가 자신을 빨아 당겼다. 끊임없이 끌려가던 은소의 몸은 어느새 바닷속에 있었다.

바닷속을 유유히 노닐며 더욱 깊은 곳으로 들어갔다. 그곳에는 알싸하고 짙은, 관능적이고도 유혹적인 향기를 내뿜는 흰색의 꽃이 보였다.

하제가 그토록 원하는 삼로화였다. 불로불사의 영약, 감로화.

신비로운 빛이 꽃잎을 감싸며, 조금씩 꽃잎이 벌어지고 있었다.

은소는 그 꽃을 제 손바닥으로 감싸듯 어루만졌다. 따스하고 온화한 기운이 온몸으로 퍼졌다. 만족감에 차올라 가만히 눈을 감았다.

깊고 따스하고 부드러웠다. 그때 느닷없이 심장이 울렸다.

두근…… 두근…….

어째서일까? 두근대는 심장을 가만히 어루만지다 보니, 눈에서 뜨거운 눈물이 흘러내렸다. 기뻐서? 혹은 슬퍼서? 걷잡을 수 없이 감정이 복받쳐 흐느끼다가, 지쳤을 때쯤 축축하고 무거운 눈꺼풀을 들어 올렸다.

눈을 뜨자 보이는 것은 칠흑처럼 새카만 머리카락 사이로 드러난 붉은 눈동자의 수려한 남자였다. 남자의 표정은 읽어내기가 어려웠다. 서늘한 것이 더 어울리던 눈빛은 처연할 정도로 슬퍼 보였다.

남자가 다가와 손을 내밀었다. 그의 손은 무척이나 따스했다. 마주잡은 손의 감촉이 너무나도 소중하고 그리워서 다시는 놓을 수 없을 것만 같았다.

그러나 그것도 잠깐이었다.

불쑥 손을 먼저 놓은 쪽은 남자였다. 휘오오오오, 시커먼 회오리바람이 일었다. 따가운 바람에 눈조차 뜨지 못하던 은소는, 그대로 가만히 있을 수밖에 없었다. 바람이 멈추는 동시에 눈을 떴다. 그러자 서걱, 하는 소리와 함께 여느 때보다 아름답게 피어 빛나던 감로화의 꽃봉오리가 뎅강 떨어져 나갔다.

남자는 냉정한 얼굴로 웃으며 검 끝에 맺힌 핏방울을 바라보았다. 잘린 감로화에서 흐르는 것은, 인간의 것처럼 붉디붉은 피였다.

＊　　＊　　＊

"으음."

은소가 뒤척이며 옅은 신음을 토해냈다. 찌뿌드드한 몸을 일으켜 앉았다. 악몽을 꾼 모양이었다.

아직도 골이 띵한 게 영 기분이 좋지 않았다. 꺼림칙하고 소름 끼치는 느낌, 하제의 냉정한 마지막 얼굴이 자꾸만 떠올랐다. 불안에 떨면서 일어났을 때, 그의 손이라도 잡고 있었다면 조금은 덜했을까.

은소는 이부자리에서 일어났다. 미색의 깨끗하고 뽀송한 이부자리에서는 왠지 젖비린내와 비슷한 냄새가 났다.

"아기의 이불일까?"

그렇게 중얼거리며 협소한 방 안을 나서자, 아기를 업고 있는 여자가 은소를 발견하고는 외쳤다. 동그랗고 귀여운 얼굴에 검은색의 머리를 하나로 올려 묶어, 발랄해 보이는 여자였다.

"어마! 아가씨, 이제 일어나셨어요?"

"에, 여긴 어니죠? 제 일행은 어디 갔나요?"

"여기는 갈매기 주막입니다. 일행이라면 그 키 크고 얼굴이 하얀 청년 말씀이신가요?"

"다른 일행도 있는데……."

"청년 한 분뿐이었어요."

"그는 지금 어디로 갔죠?"

"잠시 시장에 들렀다 오겠다고 하던걸요. 쉬고 계시면 금세 돌아올 거여요. 아, 잠시만요. 이거 제가 끓인 닭죽인데 간 좀 봐주시겠어요?"

"네?……그래요."

주막집 주인일까? 주인이라 하기엔 나이가 어려 보였다. 친근함이 남다른 여자의 요청에 은소는 다가가서 그녀가 내민 국자에 담긴 닭죽을 후후 불어서 조금 맛보았다. 적당히 밴 간이 먹기 좋았다.

"맛있어요. 간이 딱 좋아요."

가마솥에서 펄펄 끓는 닭죽의 구수한 냄새가 왠지 식욕을 자극했다. 은소의 반응을 살피던 여자가 방긋 웃으며 말했다.

"열아홉 번째 도전인데, 드디어 간 맞추기 성공했네요. 안 그래도 우리 어머니께서 저를 어찌나 구박을 하시는지……. 이래서는 궁궐은커녕 시집도 못 간다고요."

"저보다 훨씬 잘하는데요? 솜씨 있어요."

"참말요? 언니…… 아니, 아구 요놈의 입이 방정이어요. 아가씨, 감사해요!"

"언니라는 말 듣기 좋네요."

은소는 요리에 성공했다며 환히 웃는 그녀가 무척이나 귀여워 보였다. 스스럼없이 자신에게 대하는 사람을 만나는 것은 언제나 반가운 일이었다. 이렇듯 낯선 세상에서는 더더욱.

"애야, 리리!"

"어엇, 어머니 오셨네요. 전 가볼게요. 네, 지금 가요!"

리리가 곧장 주막의 대문으로 달려가더니, 머리가 하얗게 센 여인이 지게에 지고 온 채소 보따리들을 받았다. 리리의 어머니가 은소를 보곤 무뚝뚝하게 말했다.

"귀한 댁 아가씨라 들었는데, 그리 말라가지고 어찌 사시오? 닭죽을 두 그릇씩은 드셔야겠소."

"그럴게요."

리리보다 덩치가 두 배는 컸지만, 예쁜 미소만은 똑 닮은 모녀였다. 이윽고 익숙한 검은 무복의 사내가 들어섰다. 가막사우였다.

사우가 저벅저벅 은소에게 걸어왔다.

"기침하셨습니까."

"사우, 나 왜 이 주막에 온 기억이 없죠?"

"……바닷물에 많이 취하셨더군요."

"바닷물에 취한다고요?"

"어제 나타난 해왕이라는 자 때문에 바다의 일부 기운이 술처럼 환각 증세를 일으킨 것 같습니다. 혹시 기이한 꿈에 시달리지 않으셨습니까?"

은소가 고개를 끄덕였다.

"······기분 나쁜 꿈을 꿨어요."

"저도 잘은 모릅니다만, 새로 부임한 남해 도사께서 말해주더군요."

"아······ 갈매가 부임하는데 보지도 못했네. 축하하러 가는 것까지 막지는 않겠죠?"

"그럴 리가 있겠습니까. 다만 그와 너무 가까이 지내지 마십시오."

사우의 까만 눈이 반짝이며 말했다.

"그렇게 불안하면 같이 가면 되잖아요. 어차피 당신의 할 일은 나를 호위하는 것이니까."

"그럴 생각입니다."

"······하제 전하가 아주 기뻐하시겠어요."

"과찬이십니다."

은소는 무슨 일이든 하제의 명령이 최우선인 사우가 얄밉다가도 든든해졌다.

그때, 리리의 목소리가 들려왔다.

"저기······ 식사부터 하시고 말씀들 나누셔요."

왠지 아까 은소와 둘이 있을 때랑은 목소리가 조금 다른 듯했다. 손을 가만히 놔두질 않고 다른 곳을 바라보면서 말하는 모양이 영락없이 부끄럼을 타고 있었다. 식사를 하던 은소는 문득 리리가 다른 곳을 보는 척하면서 사우를 흘깃흘깃 훔쳐보고 있는 것을 보았다.

그 모습이 귀여워 설핏 웃음이 새어 나왔다. 은소가 웃자 리리가 의아한 얼굴로 물었다.

"왜 그러십니까? 맛이 이상한가요?"

"아니요. 너무 맛있어서 그만."

"아가씬 참말로 상냥하신 분이시군요…… 무사님께서는 입맛에 맞지 않으신지요?"

리리가 조심스레 사우의 기척을 살피며 물었다.

"……먹을 만합니다."

은소는 속으로 '고작 그렇게밖에 말 못 해요?'라고 말하고 싶은 것을 참았다. 리리가 분명 실망할 것이라고 예상했지만, 보기 좋게 빗나갔다.

"저저저, 저…… 정말요? 가, 감사합니다."

기뻐하면서 사라지는 리리를 사우가 이상하게 여기며 쳐다보았다.

*　　*　　*

까악― 까악―

달이 몹시도 붉었다. 가막 가문의 대저택에서는 일시 불긴하게 노여는 까마귀 환수 일족들이 저마다 목청 돋워 울었다.

그 가운데, 가장 덩치가 큰 잿빛 눈을 가진 까마귀가 다른 까마귀들의 선두에 서서 통솔을 하고 있었다. 가막 대사, 아니 가막진이 짙은 먹색의 부리를 열었다.

"지금부터 네가 우리 가막의 일원으로 새롭게 태어나는 의식을 치를 것이다. 이를 받아들이겠느냐?"

까악— 까악— 까악—

까마귀들이 날개를 퍼덕거리며 울어댔다.

그제야 너른 앞마당에 엎드리듯 누워있던 검은 옷을 입은 단영이 고개를 쳐들었다. 말갛고 뽀얗기만 하던 단영의 얼굴에는 어느새 비장함마저 서려 있었다.

"받아들이겠습니다."

그러자 가막진이 일순 거칠게 부리를 들어 일족 중 한 마리를 공격했다. 그러자 일제히 다른 까마귀들이 가막진이 공격한 까마귀를 공격하기 시작했다. 시뻘건 피가 흥건히 흘러내렸다. 이제 그것이 누구였는지조차 모를 정도로 형체가 남아있지 않게 되었다. 앞마당에 있던 단영에게로 가막진이 날아가 그 피를 단영에게 묻혔다. 그러곤 제 부리로 스스로 날갯죽지를 후벼 팠다. 날카로운 부리에 생살이 뜯겨 금세 피가 흘렀다.

"마셔라."

단영은 가막진의 검은 날개를 타고 흐르는 핏방울을 마셨다. 그러자 소리를 지르면서 단영이 쓰러졌다.

"끼야아아아아악!"

우드드득!

온몸이 비틀리듯 꺾이고 끔찍한 소리가 들려왔다. 단영은 죽음에 달하는 고통이 엄습해오자, 발광하며 몸부림을 쳤다. 단영의 귓가로 가막진의 말이 들려왔다.

"이제 삼 일 밤이 지나면 너는 완전히 우리 일족의 몸으로 변화한다."

*   *   *

남해 지방에 새로이 부임한 도사는 시찰을 할 겸 말에 올라 주변을 돌아보고 있었다. 겉보기에는 배들이 바삐 오가는 분주한 지방으로 모든 것이 잘 정돈되어 보였으나 실상은 그렇지 않았다.

항구에 정박한 배들은 고기잡이배들과, 물건이나 사람을 싣고 타국을 드나드는 상선이 대다수였다. 그러나 배의 크기마다 정박한 삯이 달라야 하는 것이 당연한 법도이거늘, 무조건 50은 통일이었다. 게다가 어부들을 위협하는 해적 떼들 또한 설치고 다니는 모양이었다.

남해 도사는 이를 바로잡기 위해, 일차적으로 모든 배를 가진 이들에게 배의 크기와 실을 수 있는 무게, 용도, 연식 등에 대한 정보를 문서로 기록하여 고하라는 자진 신고제를 시행했다.

노한 간악한 해적 무리를 소탕하기 위한 병사들을 추가로 모집하고, 그 두목을 잡아오는 자에게는 현상금을 내리겠다는 벽보를 골목마다 붙였다.

"행색은 어린아이인데, 일 처리 하나는 확실하더구만!"

"남해 도사님이 오시니 한시름 놓고 바다로 나갈 수 있겠어."

하나둘 남해 도사를 칭송하는 백성들의 목소리가 높아졌다.

은소의 발걸음이 시장에서 잠시 멈추었다. 여기저기에서 남해 도사가 훌륭하다는 입소문이 돌았다. 괜히 자신의 어깨마저도 으쓱해지는 것 같았다. 그 뒤를 따라 가막사우가 느릿하면서도 은소와는 거리가 많이 벌어지지 않게 쫓았다.

돌을 깎아 만든 남해 도성은 인상적이었다.

수많은 세월 동안 해풍과 바닷물에 이리저리 저절로 파이고 파인 널찍한 바위섬 위에, 석공들이 성을 지어놓은 것이었다.

웅장하고 기이한 암석들은 제각기 모습이 달라 구경을 하는 데만도 한참 시간이 걸렸다. 성으로 향하는 돌층계에 오르자, 저 멀리 장관이 펼쳐졌다.

새파란 바닷물은 끝없이 바위에 몸을 부딪치며 하얀 포말을 만들어냈다. 자연이 만들어낸 웅장한 아름다움에 은소는 감탄사를 절로 흘렸다.

도성의 입구로 들어가자, 의젓한 남색의 의복과 관모를 갖춰 입고 앉은 갈매를 만날 수 있었다.

"오셨습니까?"

"부임 축하드립니다. 남해 도사님."

갈매가 쑥스러운 듯 특유의 해사한 미소를 지어 보였다.

"그렇게 부르지 마십시오. 아직도 어색합니다."

"시장에서 백성들이 칭송하는 목소리가 대단하던걸?"

"누가 오더라도 할 일이었습니다. 그나저나, 바다에 취하셨던 것은 괜찮으신 거지요?"

"응, 그 이야기를 자세히 듣고 싶어."

"그날 나타난 해왕 거북 말입니다. 기운이 어찌나 강하던지 저나 가막사우는 가까이 다가가지도 못했습니다. 사실 그쪽에서 우리가 다가오는 것을 꺼렸던 것 같습니다. 헌데, 누님은 아니었습니다. 오히려 무척이나 끌어들이고 싶은 기운을 받았습니다. 악의는 없었던 것 같지만, 해왕이 기분이 좋아서 자신도 모르게 바다에 제 기운을 가득 풀어버린 것 같았습니다. 그 때문에 누님의 정신이 몽롱해지고 기이한 꿈을 꾸셨을 겁니다. 해왕도 신입니다. 그들과 접촉했을 경우 막대한 영향을 받을 수가 있습니다. 아버님께 들은 것입니다."

갈매의 이야기를 들은 은소가 고개를 끄덕거렸다.

"그렇구나. 그럼 그 꿈이 예지몽은 아니겠지?"

"어떤 꿈을 꾸었습니까? 맞을 확률에 가깝긴 합니다만."

불안한 그 꿈을 다시 떠올리던 은소는 고개를 흔들었다.

"아, 아무것도 아니야."

"너무 허무맹랑한 꿈이라면 그저 꿈이겠지요. 마음 편히 가지세요."

"요새는 나쁜 일 없이 모두 좋아. 아라연이 이토록 아름다운 나라일 줄은 몰랐어."

'그래서 오히려 더 불안하지만…… 지금쯤 하제는 사국의 연회에 가 있을까?'

그때 갈매가 싱긋 웃으며 물었다.

"하제 전하 안부가 궁금하지 않으십니까?"

"……그야 나랏일을 잘하고 있겠지."

"사실 저는 상덕과 뿔을 통해서 의사전달을 할 수 있습니다. 은소 누님이 잘 도착한 것도 전해드렸습니다."

"그게 정말이야?"

그 이야기를 전해들은 은소의 표정이 바뀌었다. 헤어진 지 불과 며칠이 지났을 뿐인데, 몇 달은 흐른 듯했다. 하제와 자신과의 거리가 까마득히 멀어진 것만 같았다.

"예, 지금 상덕에게 여쭈어 보았는데 사국으로 곧 떠나실 예정이랍니다."

"사국은 많이 먼 곳이지?"

"예, 하지만 하제 전하의 천리마라면 우리가 남해에 오는 여정보다 더 빨리 도착하실 겁니다."

그제야 은소의 어두웠던 얼굴이 일순 밝아졌다. 갈매는 그것을 느끼고 씁쓸하게 웃었다. 그토록 하제 전하를 두려워하던 은소가 이제는 그리워하고, 걱정하고 있었다. 온전히 여자의 얼굴로 그를 마음에 품고 있었다.

갈매의 눈동자에 파문이 일었다.

'역시 하제 전하입니까. 누님이 변화한 진짜 이유…….'

*　　　*　　　*

"쿨럭쿨럭."

지독한 연기에 쿨럭이던 여인은 손목의 핏줄을 누군가의 이빨이 끊어내는 줄도 모른 채 배시시 웃고만 있었다. 끔찍하게 빨아들이는 소리와 함께, 여인의 손목을 양손으로 쥐고 마시던 염라가 흡혈을 멈췄다. 이윽고 어둠 속에서 검은 시녀들이 다가와 나신의 여인을 데리고 갔다. 육신도 영혼도 없는 그녀들은, 암연궁의 사익한 연기를 먹고 자란 존재들이었다.

염라의 몸이 내뿜는 사악한 기운들이 만들어낸 사념체(邪念體)에 가까운 것이 바로 그녀들이었다. 말을 하지도, 확실한 모습을 드러내지도 않는 조용한 그림자들, 허나 귀찮은 일처리는 확실히 해주는 이들이 바로 검은 시녀들이었다.

그 수는 정확히 몇인지 알지 못하지만 암연궁 곳곳에서 떠돌고 실재하는 이들이었다. 또한 검은 시녀들이 모습을 자주 드러내는 것은, 두 가지를 의미했다. 염라의 기분이 무척 좋지 않다는 뜻이거나 염라가 바삐 움직일 준비를 하고 있거나. 그녀들은 주인의 의지에 따르기 때문이었다.

"…… 킥킥…… 그렇군. 하제가 꽃과 떨어져 있다는 말이지."

느릿한 어조로 검은 시녀들이 귓가에 속삭이는 내용을 되뇌던 염라는 웃음을 터뜨리며 긴 송곳니를 드러냈다. 염라는 일전에 마주쳤던 꽃의 살내음을 기억하며 중얼거렸다.

"……꽃을 외로이 두는 것은 예의가 아니지."

스스슷!

염라가 온몸의 비늘을 세우며 노란 눈을 빛냈다.

감로화가 혼자 있는 지금이야말로, 마음을 헤집어놓을 좋은 기회였다. 칠흑의 비늘을 가만히 쓰다듬던 염라는 그것을 떼어내려다가 말고, 눈동자를 천천히 굴렸다.

        ＊   ＊   ＊

남해 도성에는 은소와 사우가 머무를 충분한 방이 있었지만, 은소는 한사코 갈매기 주막에서 머무르고 싶다고 고집을 부렸다. 사실 은소가 주막에 더욱 오래 머물게 된 사연이 하나 생긴 터였다.

리리의 어머니가 최근 알 수 없는 두통에 시달렸으나 은소가 이마를 짚어주고 손을 잡아준 것만으로 통증이 씻은 듯이 사라졌던 것이다.

"아유, 아가씨 손이 내 머리에 닿으니 무겁기만 하던 머리가 훨훨 날아간 듯이 가벼워지고, 아픈 것도 싹 나았습니다. 정말 고맙소."

"은소 아가씨, 우리 어머니의 은인이셔요. 정말 감사합니다."

기뻐하는 두 사람의 얼굴을 보면서 은소는 여러 생각이 교차했다.

그게 참말로 자신 때문일까 싶기도 하고, 자신이 불로불사의 영약이기에 손에 닿는 것만으로도 치유의 힘을 가지고 있다면 사람들에게 도움이 되는 것도 나쁘지 않겠다는 생각이 들었다.

은소의 손이 닿으면 병이 낫는다는 소문이 쉬쉬하면서도 암암리에 조금씩 퍼져 나갔다. 소문을 들은 병자들이 하나둘 찾아왔다. 작은 마을이지만 윗마을에서도 찾아오고 옆 마을에서도 찾아오니 그 수가 꽤 되는 것이었다.

하지만 사람을 치료한 적이 없던 은소는 그저 병자의 아픈 곳을 어루만져주기만 할 뿐이었다.

"응애, 응애, 응애—"

"아이고, 아가씨. 우리 딸랑구 좀 봐주십쇼! 어제부터 고열에 시달리고 있습니다요."

밤늦게 한 사내가 태어난 지 얼마 되지 않은 아기를 안고 달려왔다. 아기의 볼은 열로 인해 붉게 달아올라 있었다.

잠옷 바람으로 급히 뛰쳐나온 은소가 아기를 안아 들었다.

"리리, 미안하지만 차가운 물수건 좀 가져다 줘요."

"네, 금방 다녀올게요."

아기의 이마는 펄펄 끓고 있었다.

"여기 가져왔어요."

리리가 가져온 물수건을 받은 은소가 아기의 이마를 꼼꼼히 닦아주고 어루만져주자, 이윽고 곧 열이 내리기 시작했다. 어느새 아기의 발갛던 얼굴이 본래의 하얀 낯빛으로 돌아왔다. 거짓말처럼 몇 분 지나지 않아 울음소리가 잦아들자, 사내는 고개 숙여 은소에게 인사했다.

"아구, 감사합니다. 감사합니다. 혹시 하늘에서 내려온 선녀님이 아니신지, 그런 생각이 다 들었지 뭡니까요?"

"아니에요. 열이 내려서 참으로 다행입니다."

사내가 돌아갈 때까지 잠자코 지켜보던 사우가 방에 들어가려던 은소를 따라와 조심스레 입을 열었다.

"……병자는 그만 만나시는 게 좋을 것 같습니다."

"……사우, 난 괜찮아요. 사실 나 기뻐요. 그동안 감로화라는 내 운명이 저주에 가깝다고 생각했거든요. 근데 이렇게라도 누군가를 도울 수 있어서 다행이에요."

그건 진심이었다.

감로화로 태어난 운명은 자신에게 저주와도 같았다. 자신을 노리는 존재들 때문에 두려웠다. 고통스러웠던 누군가가 이렇게 자신으로 인해서 치유되고 기력을 회복하는 것을 보니 마치 자신의 몸이 치유되는 것 같았다. 누군가의 병을 고친 보람이 이렇게나 커다란 만족감을 가져다주는지 여태까지 몰랐다. 지금 이 순간만큼은 자신이 간호사나 의사라도 된 기분이 살짝 들었다.

울음을 뚝 그친 아기의 해맑은 얼굴을 보자 그것이 얼마나 소중한지 새삼 깨닫게 되는 듯했다.

"하지만 용하다는 소문이 나서 은소 님께 좋을 것은 없습니다. 정체를 숨기셔야 합니다. 자칫 잘못해서 위험한 자들에게 발각되어 그들이 이곳에 나타나면, 은소 님은 물론 이곳 마을 사람들도 위험해집니다."

사우의 날카로운 지적에 은소는 머뭇거리다가 말을 이었다.

"……차마 그 생각은 못 했어요. 사우 말도 일리가 있어요. 나뿐만 아니라 다른 사람을 위험에 빠뜨릴 순 없어요."

은소는 고개를 끄덕이며 말했다. 이튿날부터는 찾아오는 손님을 다른 의원에게 보낼 생각이었다.

"그런데 난 아직도 믿기지 않아요. 내가 꽃이라는 거."

은소는 가만히 자신의 손바닥을 들여다보았다. 손만 닿아도 상대가 기운을 얻는다는 걸 그동안 왜 몰랐을까? 진즉에 알았다면…… 그러고 보니 문득 한 가지 기억이 떠올랐다. 자신은 남들만 낫게 하는 것도 아니었다. 그것은 스스로에게도 유효한 힘이었다.

아주 어려서부터 은소는 다쳐도 상처 낫는 속도가 다른 아이보다 빨랐다. 똑같이 넘어져도 다른 아이들의 상처가 낫는 데 2주가 걸린다면 은소는 하루 만에 낫고 마는 것이다.

불로불사의 영약 감로화…….

제게는 그러한 치유의 힘도 미약하나마 깃들어 있는 것이란 생각이 들었다.

그래서 하제가 저를 품 안에 넣기를 좋아했던 것일까?

"때로는 믿을 수 없는 진실도 많습니다."

"……그런 것 같아요."

"시각이 늦었습니다, 은소 님. 침수에 드십시오."

"사우도 잘 자요."

사우가 고개를 숙이고는 제 숙소로 돌아갔다.

방 안에 홀로 남은 은소는 이부자리를 펼쳤지만 잠을 잘 수 없었다. 문득 떠오른 하제의 생각에 공연히 손톱을 깨물었다.

자청해서 온 남해였건만, 항상 자신을 물건 취급하듯 하던 사악한 두루미였건만, 시시때때로 불쑥불쑥 떠오르는 하제의 얼굴에 은소 자신도 놀랄 정도였다. 그의 붉은 눈동자, 흥분하면 부풀어 오르는 붉은 목깃, 거친 말투와는 상반적으로 따뜻한 그의 품속…….

그리고 온몸을 죄여들게 하는 하제의 입맞춤…… 소용돌이처럼 돌고 돌며 빠져들게 하는 그 느낌은 지울 수 없는 감촉이었다. 생각하지 않으려 하면 더욱 파고드는 하제의 잔상들.

'……내가 하제를 그리워하고 있다니.'

어쩐지 그런 자신이 낯설었다. 한때는 그의 곁에서 벗어나길 소망한 적도 있었지 않은가.

새벽이 가까워질 때까지 잠을 이루지 못한 은소는 이윽고 몸을 다시 일으켜 방을 나섰다.

밖에서는 리리의 어머니가 아침 준비 때문에 아궁이에 불을 지펴놓은 모양이었다. 모락모락 피어오르는 하얀 연기가 보였다.

그런데 그 정도가 심했다. 처음에는 조금씩 피어오르던 하얀 연기가 이내 자욱하게 주변에 깔려 짙어졌다. 순간 불길한 느낌이 들었다. 아궁이 쪽에서 시커먼 그림자가 드리워지는 것 같기도 했다. 리리의 어머니나 리리인 것 같았다. 펄펄 끓어오르는 가마솥에서 구수한 음식 냄새가 흘러나왔다. 은소가 다급히 외쳤다.

"아궁이의 불을 약하게 줄여야 할 것 같아요."

그러나 그 순간,

아득한 연기 속에서 보이지 않는 무언가가 은소를 단단히 움켜잡는 느낌이 들었다. 이윽고 귓가에 느껴지는 뜨거운 숨결에 은소는 소름이 돋았다.

검은 그림자가 스스스 움직였다. 털이 곤두섰다. 아주머니나 리리가 아니었다. 이렇게 불쾌하고 낯선 기분을 주는 이라면…….

"……귀여운 꽃. 두루미와 함께가 아니로구나."

"당신은……!"

"날 알아보는군. 어떤가, 이제 나와도 놀 차례인 것 같은데."

비명은 목구멍에서 나오지 않고 가로막혔다. 숨을 죽인 은소가 살짝 고개를 돌렸을 때, 붉은 머리카락들이 시야를 덮쳤다.

"……으읍!"

입술에 맞닿은 차가운 감각에 은소는 기이한 기분이 들었다. 몇 번이고 아득해졌다가 다시 정신이 뜨이는 감각. 깜짝깜짝 놀랄 때처럼 정신이 몹시도 산란해졌다.

수분이 흐른 후에야, 은소는 제 입술에 닿은 것이 염라의 입술이라는 것을 깨달았다. 끝없이 쏟아져 들어오던 냉기 어린 혀가 이윽고 뱀처럼 미끄럽게 빠져나갔다.

"으으음, 좋아, 아주 좋다. 이 강인한 생명력."

염라가 제 팔에 돋아난 비늘을 바라보며 흡족한 미소를 지었다. 게다가 지금은 완전체가 아닌, 연기를 통한 자신의 분신이 접촉한 것뿐인데도 기운이 사뭇 달랐다. 단 한 번의 입맞춤으로도 이리 강력한 기운을 받을 수 있다니, 감로화만 있다면 쓸데없이 처녀의 피를 마시는 것도 불필요할 듯싶었다. 속히 꽃을 갖고 싶다, 라는 생각이 다시금 염라의 뇌리를 스쳤다.

은소는 아직도 숨을 몰아쉬었다. 섬뜩하고도 차가운 키스였다. 은소는 염라를 증오의 눈으로 바라보았다. 염라가 웃으며 말했다.

"내 입맞춤이 마음에 들었나?"

"……무슨. 헛소리 집어 치워. 정말이지 끔찍해……."

은소의 새된 목소리에 염라의 입매가 더욱 느른하게 올라갔다.

"재미있군. 그래, 이 끔찍한 현실을 벗어나고 싶지 않은가? 나는 네게 많은 것을 줄 수 있다."

더러운 것과 닿은 양 입술을 비벼 닦던 은소가 물었다.

"그게 무슨 말이지?"

"네가 있던 원래 세계. 네가 그리워하는 모든 것들. 난 그것들을 돌려줄 수도 있다."

"……뭐라고?"

"집으로 돌아가고 싶지 않은가?"

염라의 그 말에 심장이 몹시도 쿵쾅거렸다. 집으로 돌아가는 방법을 저자가 알고 있다는 말인가?

염라의 사안이 번뜩였다.

"이만 시간이 다 된 것 같다. 오늘 밤을 기대하지. 이건 피우고 잠들도록."

그리 말한 염라는 은소에게 향 하나를 내밀었다. 그가 연기 속으로 서서히 사라지더니, 이내 아궁이 주변을 감싸던 자욱한 하얀 연기도 스르륵 어디론가 없어졌다.

*　　　*　　　*

"흐읍!"

하제가 심장을 부여잡으며 침전에서 일어났다. 불현듯 잔뜩 날이 선 무언가에 긁혀버린 느낌이 들었다. 절대로 느끼고 싶지 않은 바로 그 감각이었다.

은소에게 위험이 닥친 것은 아니겠지? 허나 매우 찰나의 순간으로 지나간 것이라 자신의 착각일 수도 있었다.

"밖에 상덕 있느냐?"

"예, 전하."

"지금 당장 갈매에게 전언을 보내 은소가 무사한지 알아오라."

"알겠사옵니다. 허나 이른 시각인지라……."

"기다릴 테니, 어서."

상덕은 곧장, 남해 도사에게 전언을 보냈다. 그러나 은소가 도성에 머무는 것이 아니라 잠시 시간이 걸린다고 하였다. 이 이야기를 다시 고하자, 하제는 가라앉은 얼굴로 말했다.

"대체 그럼 어디에서 머물고 있단 말인가?"

"마을의 주막이라고 합니다."

"주막이라면 사내들이 자주 드나드는 곳이 아닌가? 정신이 나간 게로군. 여인의 몸으로 어찌 그리 겁도 없어?"

"허나, 무사 사우가 곁에 있지 않습니까. 전하, 혹여 흉몽이라도 꾸셨습니까? 조금 안정을 취하시지요."

상덕이 조심스럽게 하제에게 고했다. 가히 하제의 모습은 가관이었다. 잠을 제대로 이루지 못한 것인지 눈가에는 검은 그늘이 늘어져 있었고, 왠지 얼굴이 수척하고 곤함이 가득해보였다. 게다가 아까부터 가만히 앉아 있지를 못하고, 방 안을 빙빙 도는 모습이란……. 이른 아침부터 영 딱해 보이기도 하는 것이다.

"잔말 필요 없다. 은소더러 도성에 머무르라 해라."

괜한 역정을 상덕에게 내고 있는데, 마침 답신이 온 것 같았다. 상덕이 눈을 감고 머리에 손가락을 가져다 대었다. 상덕이 이내 눈을 떴다.

"뭐라는가?"

"은소 님께서는 무탈히 지내고 계시답니다. 그것 보십시오. 전하."

"⋯⋯그, 그런가?"

"예, 은소 님께서 사국에 조심히 다녀오시라 하셨답니다."

"남해 도성으로 당장 옮기라고 해라. 아니다, 이제 바다를 다 보았으면 냉큼 돌아오라 해라. 사국에는 같이 가면 되겠군."

잔뜩 흥분한 어린아이마냥 말하는 임금에게 상덕이 조용히 속삭였다.

"전하, 은소 님은 사국에 가실 명목이 없으시지 않습니까?"

"내 여인인데, 같이 가지 못할 것은 또 무어란 말인가."

"그렇긴 하옵니다만, 은소 님께서 남해에 좀 더 머무르고 싶다 하십니다."

그 말을 들은 하제의 눈썹이 씰룩이며 입가가 굳었다.

"⋯⋯알았다. 고얀 것, 누가 저하고 같이 가려고 기다린다더냐? 사국에는 내일 당장 떠나는 것으로 하자."

"예, 전하. 궁인들을 불러 준비시키라 하겠습니다."

애꿎은 이불만 걷어차는 임금의 모습을 보면서 상덕이 옅은 웃음을 터뜨리며 물러갔다.

＊　　＊　　＊

"오늘따라 기운이 없어 보이십니다. 괜찮으신 겁니까?"

갈매가 재차 물었다. 하제 전하 덕분에 이른 아침부터 은소의 얼굴을 볼 수 있었다.

"……응? 뭐라고 했지?"

"무슨 일이 있거든 제게 말씀해 주세요."

"무슨 일은."

오늘 은소의 눈동자에는 무언가 불안감이 엿보였다. 아침부터 멍하니 무슨 생각을 하고 있는지 알 수 없었다.

"남해 도사님, 도성으로 향할 시간 아닙니까?"

은소가 웃으며 그리 말하자, 갈매는 은소의 손을 붙들었다.

"정말 아무 일도 없는 것 맞으시지요?"

"그럼. 사실은 집이 좀 그리워서 그래."

그 말을 듣자, 갈매는 무어라 할 말을 잇지 못했다. 그녀의 고향은 이 세상이 아닌 저편의 다른 세상이라고 그랬다. 갈 수 없는 고향을 그리워하는 것은 마음이 무너지는 일이었다. 자신 역시, 그 옛날 연 가문이 번창했던 그 시절로 돌아갈 수 없다는 것을 잘 알고 있었다.

갈매가 은소에게 한층 가까이 다가왔다. 그리고 그녀의 얼굴을 가만히 쓰다듬었다. 아무리 자제하려고 해도, 이 사람만 보면 안아주고 싶고, 무언가 위로를 해주고 싶었다. 생면부지의 사람들과 섞여서 살고 있는 은소가 안쓰러운 날들이 하루 이틀 이야기가 아니었다.

"기운 내십시오. 누님."

은소가 갈매의 손을 어루만졌다. 제게 힘을 주려는 갈매가 더없이 고마웠다.

"너도 많이 힘들 텐데 기운 내."

"저는 기운이 넘칩니다. 누님 얼굴을 봐서 그런가 봐요."

"나도 덕분에 기분이 좀 좋아졌어. 늦겠다. 어서 가."

"예. 나중에 뵙지요."

갈매는 늘 어린애 같다가도 저리 말하는 것을 보면 훌쩍 자란 어른 같았다.

새벽에 느닷없이 나타난 염라와의 접촉에, 은소는 왠지 불안감이 번졌다. 그가 한 말이 자꾸만 떠올랐다.

'네가 있던 원래 세계. 네가 그리워하는 모든 것들. 난 그
것들을 돌려줄 수도 있다.'

절대로 불가능하리라 생각했던 은소의 염원이었다. 다시는 돌아갈 수 없다고 생각했던 집, 그리고 그곳에서 기다리고 있을 그리운 노는 것들. 그것들을 돌려줄 수 있다고?

'정말 그럴 수만 있다면 무엇이든 할 텐데.'

순간 떠오르는 하제의 얼굴에 은소의 시름은 깊어졌다. 하제
는 자신이 집에 돌아가는 것을 원하지 않을 것이다. 꽃이 사라지
는 것을 두고 볼 하제가 아니었다.

*　　　*　　　*

끼기기긱!

소름 끼치는 소리였다. 제 몸에서 나는 것이라 더욱 섬뜩한 소
리였다. 사흘간 단영이 목구멍으로 삼킨 것은 물 한 모금뿐이었
다. 이제 골격이 자리를 모두 갖추었으나, 아직도 움직일 때마다
몸이 욱신거렸다.

가막의 피가 제 안에 도는 것임을 입증하는 것일까. 시력과 청
각이 놀랍도록 발달해, 단영은 작은 소리 하나에도 민감하게 반
응하는 자신이 신기했다.

"애, 아기야."

가막의 큰 마님 서련이 단영을 불렀다.

"네, 어머니."

커다란 둥지 위에 알몸으로 누워 있던 단영은 앵두 같은 입술
을 움직여 말했다. 서련이 다가와 단영의 얼굴을 살며시 쓰다듬
었다.

"이제 제법 가막의 여인 태가 나는구나. 넌 가장 빛나는 까마

귀가 될 거야."

"어머니처럼요?"

"나보다도 훨씬 더. 아라연에서 가장 높은 여인이 될 것이니 말이다."

단영의 채 영글지 않은 여린 몸을 바라보던 서련은 흡족한 미소를 머금었다.

*　　　*　　　*

자리에 누워 있던 은소는 몸을 일으켰다. 서랍장에 숨겨놓은 것을 조심스레 꺼내 들었다. 검은색의 향이었다. 문득 설란이 피워수던 향과 똑같이 생긴 것임을 느꼈다. 그러나 염라와 조금 더 이야기를 하고 싶기도 했다. 분명 위험한 자다. 스스로 불구덩이로 들어가는 꼴이긴 했으나 그만큼 집으로 돌아가는 것은 간절했다.

은소는 향에 불을 붙이고, 다시 자리에 누웠다. 알싸한 향내가 코를 간질이고 아득한 기분으로 만들어 주었다.

'……잘하면 집에 돌아갈 단서를 찾을 수 있어.'

생각의 고리를 굴릴 때쯤 은소는 깊은 잠의 수렁에 빠져들었다.

심연의 늪으로 빨려 들어간 듯 어둠이 몸을 짓눌렀다 이내 주면이 밝아졌다.

은소는 문득 정신이 또렷해짐을 느꼈다. 눈을 떴다. 익숙한 풍경이 하나둘 펼쳐졌다. 은소는 일어나서 주변을 둘러보았다. 그토록 그리웠던 자신의 방에 와 있었다. 실감이 나지 않았다.

미색의 벽지와 동그란 전등, 복층 구조의 열아홉 평짜리 원룸. 지석과 함께 둘러보고 계약한 집이었다. 두 사람이 함께 돈을 모아 마련한 신혼집이었지만, 은소가 미리 들어가 살던 집이었다.

거실 중앙의 TV 옆에는 엄마가 사주신 오렌지색 원형 테이블과 하얀색 러그가 깔려 있었다. 창문 앞 원목 책상에는 고장 난 노트북과 태블릿 PC가 놓여 있고, 창가에는 화분이 놓여 있었다. 누군가 물을 주었는지 이파리가 싱싱했다. 이 층에 있는 침대 옆 책장에는 책이며 잡지 따위가 칸칸이 가득 채워져 있었다. 두 사람 정도 서서 요리하고 설거지가 가능한 싱크대가 딸린 부엌과 접이식의 식탁까지 하나도 변한 것이 없었다.

달라진 것이라곤 한쪽 벽에 장식된 커다란 액자였다. 베네치아의 곤돌라를 찍은 아름다운 풍경 사진이었다. 나중에 지석이 꼭 한번 가고 싶다고 노래를 불렀던 곳이 베네치아였다.

이내 현관문을 여는 철컥 소리와 함께 들려온 목소리는 분명, 자신이 가장 잘 알고 있던 사람…… 연인 지석이었다.

"……은소야, 일어났네. 뭐 먹고 싶어?"

하얀 반팔 티셔츠를 입은 지석이 얼굴을 들이밀며 은소의 어깨에 고개를 파묻었다. 순간 눈물이 날 것 같았다. 얼마나 그리웠던 사람이었나. 지석은 바로 어제 본 사람처럼 반갑게 말했다.

"오늘은 맛있는 거 먹으러 가자."

하지만 지석의 얼굴을 마주한 은소는 혼란스러웠다. 이게 대체 어떻게 된 일일까? 염라가 자신을 정말로 집으로 되돌려 보내 주기라도 했다는 말인가?

"어…… 지석 씨, 언제부터 와 있었어?"

그러자 지석은 웃음을 참느라 힘든지, 입을 가리며 겨우 말했다.

"무슨 뚱딴지같은 소리야? 우리 결혼한 거 잊었어? 내 옆에서 신나게 잠 잘 자놓고 딴소리네?"

"결혼이라고? 우리가…… 결혼을 했어?"

가늘게 떨리는 목소리로 반문하는 은소를 보며, 지석은 왜 그러느냐는 듯 베네치아 사진이 담긴 액자를 가리켰다.

"그래, 같이 산 지 두 달 됐잖아. 신혼여행 다녀온 것도 기억 안 나? 갑자기 무섭게 왜 그래?"

"어…… 그랬구나."

처음엔 뜬금없고 믿지 못할 이야기라고 생각했으나, 가온으로 가지 않았다면 지금쯤 결혼을 했을 터였다. 결혼 예정일을 두 달 앞두고 있었으니까.

"그래, 이 바보야. 너 나랑 법적으로 부부 맞아요. 혼인 증명서에 도장 꾹 찍었어. 그러니까 도망칠 생각 하지 마."

지석이 장난스럽게 은소를 껴안으며 그렇게 말했다 은소가 서랍을 열자, 웨딩앨범이 나왔다. 사진 속 은소와 지석은 결혼식장에서 환히 웃고 있었다. 일가친척이 모두 모여 찍은 사진도 보였다.

"정말 기억 안 나는 거야? 요즘에는 젊은 사람도 알츠하이머에 걸린다고 하는데. 슬슬 장난 그만해라."

"아, 아니야. 미안. 내가 좀 피곤해서."

주변을 둘러보자, 누가 봐도 신혼부부의 집이었다. 옷장에도 지석의 옷이 가득 들어 있었다. 머리가 지끈거렸다.

"아니면 혹시 너 꿈이라도 꿨니?"

"꿈이라고?"

그래, 혹시 그 모든 게 꿈인 건가.

이쪽 세상이 꿈이든, 그쪽 세상이 꿈이든. 둘 중 하나는 꿈인 것이 틀림없었다. 지석이 은소를 채근했다.

"씻고 준비해. 나가자. 어디든. 밖에 날씨도 좋으니까 바람 쐬기 딱이야."

"그러자. 그런데 지석 씨."

"응?"

"나 그때 군산에서 쓰러져서 병원에 입원한 적 있었잖아. 그후로 어떻게 됐어?"

"아아, 퇴원하고 서울로 잘 올라왔잖아. 어떻게 되긴."

"그랬어?"

"응. 얼른 씻고 와."

그때, 침대 속 이불에서 우우우웅, 하고 진동음이 들렸다. 은소가 멈칫거리자, 지석이 이불 속을 헤집어 흰색의 휴대폰을 집어왔다. 은소의 휴대폰이었다.

액정에는 엄마라는 두 글자가 찍혀 있었다. 통화 버튼을 누르기도 전에 볼에 뜨거운 눈물이 뚝뚝 떨어졌다.

지석이 놀라서 물었다.

"은소야, 왜 그래?"

"어, 아니야, 아무것도."

"전화 받을 수 있겠어?"

"응. 괜찮아. 여보세요?"

─여보세요? 응, 은소야. 열무김치하고 깍두기 담근 것 좀 가지고 가. 윤 서방이랑 같이 저녁 때 잠시 들르든지.

"……엄마, 잘 지내요? 별일 없구?"

─별일은 무슨. 근데 너는 목소리가 왜 이렇게 기운이 없어?

"아니. 우리 엄마 목소리가 이랬구나, 미안해. 나 전화 끊을게. 이따 들를게요."

오랜만에 듣는 엄마의 목소리가 생소하면서도 그립고 여러 가지 복잡한 감정들이 한데 뒤섞였다. 목이 자꾸 메어오는 탓에 은소는 통화를 계속할 수 없었다.

"장모님, 무슨 일 있으시대?"

"아니. 이따가 반찬 좀 가져가라고 하셔."

"그래. 장모님 덕분에 먹을 게 좀 생기겠다."

지석의 이야기를 들으며 은소는 휴대폰을 만지작거렸다. 언제 보내고 받았는지도 모를 메시지들과 통화 내역들이 잔뜩 쌓여 있었다.

자신이 하지 않았던 일들, 겪지 않았던 경험들이 쌓여 있는 것을 보자니 기분이 무척이나 이상했다.

"지석 씨, 나 얼굴 좀 씻고 올게."

"잠깐만."

"응?"

지석이 눈을 감으며 입술을 내밀었다. 입맞춤을 해달라는 뜻이었다.

'그런데, 그런데…… 어쩌지. 지석 씨, 미안해.'

아무리 꿈속이라고 해도, 뭐가 꿈이고 뭐가 현실인지 모르겠다고 해도, 지석에게 죄책감이 드는 동시에 마음이 엉망진창이 되는 느낌이었다. 별안간 하제의 얼굴이 떠올랐다. 도저히 지석에게 입을 맞춰줄 수 없었다. 상황이 어찌 됐든, 이유가 어찌 됐든 다른 남자와 키스를 했고, 관계를 했다.

"미안해, 지석 씨. 양치하고 와서 해 줄게."

"우리 사이에 뭐 그런 걸 따져? 알겠어. 다녀와."

은소가 그리 둘러대고 돌아서는 순간, 지석의 눈이 노랗게 변했다.

九花
뱀의 미끼

　욕실로 들어가 문을 잠갔다. 수도꼭지를 틀어놓고 찬물에 세수한 뒤, 욕조에 뜨거운 물을 받았다. 입고 있던 롱 셔츠를 벗어던진 은소는 욕조에 몸을 담갔다. 이윽고 뿌연 연기가 욕실에 가득 차올랐다.

　뜨끈한 물속에서 튀어나온 무언가가 다시 은소의 손목을 움켜쥐는 감촉이 느껴졌다.

　"으악!"

　"어때, 만족스럽나?"

　"……뭐, 뭐야. 당신……?"

　음산한 목소리가 축축이 들려왔다. 이윽고 미끄덩한 촉감이 느껴졌다. 염라의 차가운 혓바닥이 그녀의 손바닥을 날름거리며 핥고 있었다.

"후후후…… 내가 보여준 선물이 마음에 들지 않았나?"

"……역시, 당신이 전부 꾸민 거야?"

"그래, 이건 네 꿈속이다. 하지만 나는 이걸 현실로 만들어 줄 수도 있다. 네가 하제를 버리고, 나에게 오기만 한다면…… 하제는 너를 구원해줄 수 없다. 오로지 나만이 가능하지. 기억해둬라, 꽃."

"……내가 당신을 믿을 거라 생각해?"

"후후…… 선택은 네가 하는 것이지. 좋으실 대로."

염라가 차가운 입술로 은소의 손안에 진하게 입을 맞추곤 지그시 깨물었다. 길쭉한 송곳니가 언뜻 보였다. 은소는 손을 뿌리치며 욕조 안에서 버둥거렸다.

"……제법 귀엽게도 구는군. 알겠다. 그렇다면 나도 어쩔 도리가 없겠구나…… 그래도 마음이 바뀌면 언제든지 이야기하려무나."

염라가 스슷, 비늘을 부딪치며 은소의 머리칼을 넘겨주곤 귓가에 말했다.

*　　*　　*

남해 도성의 넓은 방에 앉아 있던 은소는 멍하니 생각에 잠겨 있었다. 이틀 동안 있었던 일에 대한 충격이 가시지 않았다.

몸서리가 처지듯 차가운 감각이 아직도 몸에 달라붙어 있는 것 같았다. 생각할수록 소름이 돋았다.

염라가 만들어낸 꿈은 가히 현실적이었다. 그자는 자신을 가지고 놀았다. 어떻게 한 것인지는 모르지만 깜빡 속을 뻔했다.

헌데, 그보다 더 중요한 것은……

집으로 돌아간 것이 생각만큼 그리 기쁘지 않았다는 점이었다. 그토록 그리워했던 집인데, 보고 싶고 사랑했던 지석인데…… 왜 지석의 얼굴을 마주하는 동안 불편하고 찜찜한 기분이었던 걸까.

어째서 지석에게 입 맞추지 못했던 걸까.

어째서…… 하제의 얼굴이 계속 아른거렸던 걸까.

어쩐지 다시 집으로 돌아간다고 해도, 지석은 만날 수 없을 것 같았다. 자신의 마음은 분명 달라졌다.

*　　　*　　　*

"예쁜 아가씨들, 구경 좀 하고 가시오."

마을의 장터를 지나는데 걸쭉한 사내의 목소리가 귀를 잡아끌었다. 사내가 손에 든 것은 빛깔이 고운 여우 가죽이었다. 빛깔이 어찌나 윤이 돌고 예쁜지, 털 한 올마다 반짝거렸다. 리리가 눈을 반짝이며 은소의 손을 당겼다.

"우리 저것 좀 구경하고 가요!"

"한번 만져보시오."

"히야, 정말 고와요."

리리가 손을 가져가 털가죽을 쓰다듬더니 은소의 얼굴을 쳐다보았다. 은소도 그 시선에 못 이겨 털가죽을 만져보았다. 따스하고 보드라운 감촉에 기분마저 좋아지는 듯했다. 하지만 무지막지한 가격에 두 사람은 그것을 얼른 내려놓았다.

사내는 곧장 다른 물건들도 내놓기 시작했다. 대부분 여우와 곰의 가죽이었는데, 유독 하나만 검은색 소가죽이었다. 은소가 그것을 만지자, 사내는 기회를 잡았다 싶은지 줄줄 읊기 시작했다.

"이것은 검은 물소 가죽으로 만든 허리띠인데, 아주 허리에 감기는 맛이 기가 막힌다오. 어디 가서 돈 주고도 못 구하는 물건이지요. 내가 목숨을 걸고 직접 잡은 놈이거든. 딱 걸치기만 하면 몹시 폼이 난다니까요."

은소는 문득 하제가 떠올랐다. 화려하지 않으면서도 은은한 광택이 도는 것이 마음에 들었다. 하제에게 선물하면 좋아하리란 생각에 은소는 사야겠다고 결심을 했다.

"얼마지요?"

"일금 70금이요. 근데 이것은 사내들이나 어울리는 물건인데?"

"상관없어요. 주세요."

"호쾌한 아가씨로구만. 여기 있소."

장사꾼의 입꼬리가 찢어져 올라갔다. 장사꾼치고는 범상치 않은 인물이었다. 황갈색의 짧은 머리칼과 우뚝 선 콧날, 갈색의 눈동자에는 왠지 모를 위엄이 서려 있었다.

값을 모두 치르고 돌아서는데, 사내의 눈동자가 은소의 뒷모습을 자세히 훑어보면서 뜻 모를 미소를 지었다.

*   *   *

오두막 안에는 박제한 사슴이며 소의 머리, 수없이 많은 짐승의 털가죽이 걸려 있었다. 사내가 장죽 구멍에 불을 붙이자 뿌연 연기가 오두막 안을 채웠다. 이윽고 커다란 그림자가 비쳤다.

"어떤가, 조운. 꽃은 만났나?"

"만났소. 꽃을 명부까지 데려가면 되겠소?"

"그렇다. 꽃을 무사히 데려오기만 하면 약조를 지키겠다."

"좋소이다. 그럼 사냥을 시작하지요."

깊은 포효가 숲 속의 오두막을 뚫고 사방으로 퍼져 나갔다. 조운은 날랜 몸으로 밖으로 뛰쳐나가 숲을 내달렸다. 목표물을 포착한 맹수와도 같은 민첩한 움직임이었다.

조운은 시장에서 만난 은소의 여린 눈망울을 떠올렸다. 얼굴은 가리고 있었지만, 미친 듯이 달콤한 체취에서 알아차렸다.

"어쩐지 가까이 다가왔을 때, 단내가 지독히도 풍기더구 "

신들의 영약이라는 감로화 계집이 바로 그 여인이라는 것을 후각이 먼저 알아차린 것이다. 과연 대왕께서 귀띔해 준 대로였다.

*　　*　　*

은소는 기분이 좋아졌다. 요 며칠 사이 마음이 뒤숭숭했는데 오늘은 그런 마음이 가라앉았다.

정확히는 하제를 위한 선물을 사고 나서부터였다. 언제나 주는 쪽은 하제, 받는 쪽은 자신이었는데 그것이 뒤바뀔 생각을 하니 묘한 느낌이었다.

바위에 휘감기는 푸른 바다를 바라보며 은소는 그날을 떠올렸다. 하제를 처음 만났던 그날…… 모든 것이 변하고 말았다.

군산의 금강 변에서 하제를 처음 마주했을 때는 꼼짝없이 죽었구나 생각했다. 그는 분명 거대한 괴수였다. 자신을 죽이려 하고 거침없이 탐하던 굶주린 괴물에 지나지 않았다. 하지만 이곳 가온이라는 세상에 와서는 많은 것이 바뀌었다.

거대한 학으로 변신해 자신의 목숨을 위협하던 남자는 한 나라의 임금이 되었고, 제 목숨을 구했고, 자신을 원했고, 자신과 사랑을 나누었다. 아직 그의 진심이 무엇인지는 모른다. 하지만 언제부턴가 하제와 자신 사이에는 믿음이라는 작은 싹이 자라고 있었다. 그 싹이 쑥쑥 자라는 탓에 은소는 기쁘면서도 한편으로 걱정이 들었다.

만약에 하제가 없었더라면, 이 세상에서 은소는 예전에 죽었을지도 몰랐다. 그의 곁을 벗어나 보니 알 수 있었다. 하제는 그녀를 기존의 세상으로부터 단절시키고, 새로운 세상으로 문을 열어 주었다.

애써 티를 내고 있지는 않았지만, 오싹한 눈빛의 사내들을 볼 때마다 은소는 가슴이 철렁 내려앉는 것이 한두 번이 아니었다. 자신은 느낄 수 없는 단내라고는 하나, 주변 이들의 반응까지 느낄 수 없는 것은 아니었다.

뒤를 돌자 자신을 그림자처럼 따라다니는 사우가 있었다. 늘 무슨 생각을 하는지 알 수 없는 사람. 가막의 환수 일족이라 듣긴 했지만 그 정체를 본 적은 없는지라 막연하기만 했다.

은소는 문득 굽이치는 파도에 휩쓸려가는 상념을 붙잡았다. 그리고 입술을 열었다.

"사우. 물어볼 게 있어요."

"……무엇입니까?"

"당신이 앞이 보이지 않는 장님이라고 가정해 봐요. 당신 눈을 멀게 한 자가, 눈을 다시 뜨게 한다면 그걸로 용서가 될까요? 사우라면 그자를 어떻게 하겠어요?"

사우는 잠시 입술을 닫았다가 떼었다.

"……한 번은 죽이고 또 한 번은 살릴 것입니다."

"……결국에는 용서한다는 뜻이군요."

"어느 쪽이든 변하지 않는 사실이 있지 않습니까."

어느 쪽이든 변하지 않는 사실이라…… 은소는 자신의 이마를 톡톡 두드리곤 이내 밝게 웃었다.

"사우에게도 눈을 멀게 한 사람이 있나요?"

사우가 조용히 고개를 끄덕였다.

"뜨게 한 사람은?"

"같은 사람입니다."

"그 점에서는 우리 통하는군요. 누군지 맞춰 볼까요?"

"……."

"그 포목점의 아가씨, 맞지요?"

"……."

"그렇죠?"

"아닙니다."

미세하게 흔들리는 눈동자를 보니 확실한데도 사우는 어설프게 고개를 저었다. 그 모습이 우스워 은소가 말했다.

"사우도 귀여운 구석이 있군요."

"예?"

"아무것도 아니에요."

"……."

"단영 아가씨하곤 언제부터 같이 자랐어요?"

"그 아이가 그 댁 마님의 배 속에 있을 때부터지요. 제게는 친동생이나 다름없습니다."

"사우가 거의 키웠겠군요. 무척 싹싹한 아가씨이던걸요."

"그 애는 사람마다 쓰는 가면이 다릅니다."

"가면?"

"예, 제게는 늘 심술궂은 가면을 쓰고 있지만, 속은 그렇지 않죠."

"사우, 역시 그녀를 좋아하죠?"

"……예?"

"단영의 이야기를 할 때면 눈빛이 달라요."

은소가 그리 말하고는 미소 지으면서 먼저 돌아서서 걸어가기 시작했다. 황급히 그 뒤를 쫓던 사우는 무어라 변명을 하지 못하고 입을 꾹 다물었다.

십 년간 쌓아 둔 비밀을 단번에 간파하는 저 사람은 대체 무언까, 그런 호기심이 사우의 얼굴에 떠오를 때쯤이었다. 주변에 누군가의 기척이 있었다.

사우는 곧장, 은소의 앞으로 다가서서 그녀를 보호한 뒤 등 뒤에서 검을 꺼냈다.

"……사우?"

"누군가 있습니다."

사우가 사방을 주시하더니, 이내 중얼거렸다.

"요기(妖氣)가 흐릅니다."

무표정한 얼굴의 사우는 검을 세게 움켜쥐었다. 기운이 보통이 아니었다. 아직 모습을 드러내진 않고 있지만, 어느 틈에 공격이 올지 몰랐다. 그만큼 기운과 기척이 가까웠다.

갈색의 호롱불 같은 눈동자가 피어오르며 우렁찬 포효가 일대를 뒤덮었다.

커어홍!

이윽고 모습을 드러낸 것은 범의 머리를 가진 사내였다.

크챙!

단단한 발톱과 검이 맹렬히 맞부딪쳤다.

한 번, 두 번, 세 번…….

순식간에 조운이 발톱을 세우고 달려들었던 것이다. 사우는 은소를 감싸 보호하면서 몸을 앞으로 뻗었다가 재빨리 그자의 목덜미를 노렸다. 허나 조운은 덩치만 큰 것이 아니라 민첩하기도 하여 눈 깜짝할 사이에 피하는 것이었다.

갑자기 자세를 낮춘 조운이 슬그머니 기색을 엿보더니 앞발을 뻗으며 사우에게 덤벼들었다. 사우는 몸을 굴러 피했다. 놈도 약이 올랐는지 움직이는 것이 급해졌다. 사우는 그 틈을 타 가로로 검을 휘둘렀다.

사아악.

칼날에 살이 베이는 소리가 들리며 붉은 피가 튀었다.

퍽!

화가 난 조운이 앞발로 사우의 등을 내려쳤다. 바닥에 내동댕이쳐진 사우의 시야로 뿌옇게 흙먼지가 일었다. 곧장 달려온 조운이 검을 쥔 사우의 주먹을 발로 짓이기듯 밟았다.

우드드득.

끔찍한 파열음이 들렸다. 사우는 비명을 삼키는 대신, 백지장처럼 하얗던 얼굴에 무늬를 그렸다. 그것은 살의에 가까운 분노였다.

"사우!"

은소가 외쳤다. 고개를 돌린 조운이 느릿느릿 은소를 향해 다가갔다.

"대왕이 너를 필요로 하신다. 순순히 잡혀라."

커어홍!

찰나의 순간이었다. 짧게 포효한 조운이 입을 벌렸다. 금방이라도 물어뜯을 것 같았다. 상하로 사납게 돋아난 이빨들이 매섭게 도사리고 있었다.

크르르르……

거친 숨을 몰아쉴 때마다 뜨거운 바람이 은소의 몸에 달라붙었다. 조운이 양팔로 은소를 터트리려는 듯이 더욱 세게 쥐고 비틀었다.

"흐윽!"

은소의 얼굴이 고통에 일그러졌다. 가까스로 정신을 놓치지 않은 은소는 조운의 눈을 마주했다. 황갈색 눈동자가 희번덕거렸다. 금방이라도 자신을 해치려는 조운에게 맞서 은소는 꿋꿋이 고개를 들었다. 피하지 않았다.

이윽고 은소는, 얼굴을 가리고 있던 천을 던져 버렸다. 눈은 범의 커다란 눈동자에 고정한 채였다.

'피하면 안 돼. 요괴든 무엇이든 이자도 사내니까, 지난번 사우에게 했던 것처럼 넋이 나가게 만들어야 해.'

겁이 났지만 속으로 마음을 그리 다잡았다.

크르르!

순간 동공이 비정상적으로 확대되면서 조운이 크게 심호흡을 했다. 망막에 새겨진 은소의 모습은 움직일 줄을 몰랐다. 조운은 은소의 멱살을 잡았다가 놓고 물끄러미 바라보았다. 그러더니 이윽고 풀썩 소리와 함께 쓰러지고 말았다.

간신히 검을 붙잡고 일어선 사우가 소리 없이 다가와 조운의 등줄기에 검을 박아 넣기 전에 일어난 일이었다.

그러자 스르르륵, 장대한 기골의 몸체가 점점 쪼그라들었다. 마침내 바닥 위에 쓰러진 사내가 얼굴을 드러냈다. 피로 물든 사내에게 사우가 다가섰다. 맥은 아직 뛰고 있었다. 사내가 흘린 핏물로 바닥은 홍건했다.

은소는 그자의 얼굴을 확인하고는 몸을 떨었다.

"이 사람……."

"아는 자입니까?"

사우가 검에 묻은 피를 닦아내면서 물었다.

"낮에 시장에서 본 자예요. 확실해요. 이자에게 물건도 샀는데…… 사람이 아니었군요."

은소가 아직 진정이 덜 되었는지 조금 떨리는 음색으로 말했다. 사우가 고개를 끄덕였다.

"요기가 강한 것으로 보아 요괴인 듯싶습니다."

"……그렇군요."

"자칫하면 위험할 뻔했습니다. 이자, 상당히 위험한 기운을 가진 자입니다. 은소 님 덕분에 살았습니다. 죄송합니다. 제가 부족해서 하마터면……."

은소가 고개를 저었다.

"아니에요. 이렇게 무사하잖아요."

"이제 그 힘, 조절이 가능하신 겁니까?"

사우도 당한 적이 있었던 매혹의 힘이었다. 사실 은소는 그 힘이 통할지 확신이 없는 상태였다. 두려움에 가득 찬 상황에서 하제를 처음 마주했던 것을 떠올리며, 침착하게 '그가 사내라면 간로화를 보고 이성을 잃을 것이다'라고 암시를 걸었다.

결과는…… 통했다. 상대와 눈을 마주치는 것으로 온전히 넋을 나가게 만들었다.

"아직은 잘 모르겠어요. 사우, 이자를 일단 인질로 삼는 게 좋겠어요."

"허나, 위험한 자입니다. 바로 죽이는 것이 후환이 없을 겁니다."

"염라의 계획이 어떤 건지 이자는 알고 있지 않을까요?"

"……허나 하제 전하라면 바로 죽이셨을 것입니다."

"……확인하고 싶은 것이 있어서 그래요."

도통 꺾일 줄 모르는 은소의 고집에, 사우는 결국 낮은 한숨을 쉬고 말했다.

"알겠습니다."

그리 대답하더니, 이윽고 그의 온몸에서 깃털이 돋았다. 마치 밤의 장막이라도 입은 듯 검은색 일색으로 광택이 났다. 눈과 부리조차도 검었고 부리 가운데까지 부리털이 나 있었다. 두루미로 변신한 하제보다 몸집은 작았지만 보통 인간보다는 훨씬 컸다.

까악!

새카만 까마귀로 변신한 사우가 고개를 까딱이며 말했다.

"은소 님, 위에서 천천히 날겠습니다."

사우가 등에 피범벅이 된 남자를 태운 채, 훌쩍 날아올랐다.

* * *

도성에 돌아온 후, 한 시간쯤 지나서였다.

도성의 감옥을 지키고 있던 병사 하나가 은소와 사우를 안쪽으로 안내했다. 그러나 곧 병사가 소스라치게 놀랐다.

"아니! 이게 대체 어떻게 된 일이지?"

조운이 갇혀 있어야 할 감옥은 텅 비어 있었다. 문의 잠금 부분이 통째로 부서져 있었다.

"……놈이 도망쳤군요."

사우의 눈에 당혹스러운 빛이 어렸다. 은소도 놀라기는 마찬가지였다. 기절하고 부상까지 당한 자가 그럴 힘이 있었다는 게 놀라웠다. 사우가 이를 꽉 물고는 밖으로 급히 뛰쳐나갔다.

그러나 요기도 느껴지지 않았고, 흔적도 없었다. 분명 피를 흘리고 있어서 멀리 가진 못했을 터였다. 뒤따라 나온 은소가 마침 병사의 보고를 듣고 온 갈매와 마주쳤다.

은소가 갈매를 보자마자 말했다.

"어서 병사들을 풀어 이 일대를 뒤져야 해. 강한 힘을 가진 요괴야."

"그리하겠습니다. 걱정 마십시오, 누님."

"은소 님, 잠시 도사님 곁에 계십시오. 그자를 붙잡아 오겠습니다."

사우가 그리 말하곤, 검은 날개를 펼친 뒤 하늘로 날았다.

"사우!"

이미 은소의 외침은 들리지도 않는 곳으로 날아가 버렸다. 갈매가 허리춤에 차고 있던 활을 꺼내 들었다.

"어떤 자입니까? 제가 직접 보지는 못한 터라……."

은소는 본 대로 이야기를 해 주었다. 그러자 갈매의 얼굴이 심상치 않다는 듯 점점 굳어져 갔다.

"가막의 무사인 사우도 혼자 감당하기 어려운 자로군요. 이거 쉽지 않겠습니다. 하지만, 하제 전하가 없는 지금은 반드시 제가 지켜드리겠습니다. 걱정 마십시오."

그리 말하는 갈매가 든든했으나, 이미 그들을 바라보는 시선이 하나 있었다.

지붕 위에서 거칠게 돋은 턱수염을 손으로 가다듬으며 누워 있는 그림자였다. 황갈색의 짧은 머리카락이 바람에 휘날렸다. 짙은 눈썹의 사나운 인상이 호락호락하지 않아 보이는 사내, 인조운이었다. 그가 작게 중얼거렸다.

"환수 일족이 더 있었다니."

환수 일족을 둘씩이나 상대할 수는 없었다. 감로화 주변에는 강한 녀석들이 많았다. 대왕에게 이런 이야기는 미처 듣지 못하였는데, 따져 묻고 싶은 심정이었다.

조운은 품속에 있던 장갑을 꺼내어 착용했다. 날카로운 추가 달린 장갑은 상대의 살을 깊숙이 꿰뚫고 긁는 데 유용했다.

종진에 입은 부상으로 인해, 모습을 감추기가 힘들었다. 게다가 멀리 갈 수도 없는 상황이라 지금은 때를 엿보며 숨어 있는 것이다. 환수 일족의 힘은 얕볼 것이 아니다.

게다가 정신을 집중하지 않으면 상대의 기를 흐트러지게 하는 강한 기운으로 봐서, 아까 그 까마귀 놈이나 새끼 사슴이나 전부 순수 혈통의 피를 타고 난 듯싶었다.

*　　*　　*

뿔에 전해져오는 또렷한 통증이 신경을 긁었다. 갈매는 은소의 몸을 당겨서 제게 더욱 바싹 붙였다. 활을 붙잡은 손에 긴장을 늦추지 않았다. 불길했다. 금방이라도 뭔가가 날아들 것만 같은 느낌에 모든 감각을 곤두세웠다.

"여기다."

타닥!

순간 지붕 위에서 한 그림자가 뛰어내렸다. 갈매의 눈썹이 구겨졌다.

"귀여운 사슴도 마중을 나오셨군."

걸쭉한 목소리에 갈매가 외쳤다.

"네놈은 대체 누구냐?"

그러자 상대가 손에 착용한 장갑을 매만지면서 씨익 웃었다.

"사냥꾼에게 이름이 중요한가? 전리품이 중요할 뿐이지."

여유 넘치는 표정과는 다르게 상대는 곧 잽싸게 움직였다.

후욱!

순간 민첩하고 깊게 파고들며 상대가 주먹을 찔러 넣었다. 장갑에 달린 날카로운 추가 꽤나 위험해 보였다.

턱!

갈매가 각궁으로 그의 주먹을 받아쳐냈다. 갈매가 활시위를 당겼으나, 사내가 웃으며 몸을 피했다. 높이 뛰어 오르기도 하는 등 몸놀림이 매우 유연한 자였다.

사내가 또다시 주먹을 휘두르며 다가왔다. 옆구리로 날아든 공격을 피하며 갈매가 말했다.

"누님, 이자는 제가 상대할 테니, 다른 곳으로 피하십시오."

은소가 고개를 끄덕이며 재빨리 달아나려 했다. 그러나 헛수고였다.

"누님!"

"꺄악!"

마치 순간이동이라도 한 듯이 상대가 억센 팔로 은소의 허리를 확 잡아챈 것이었다. 덩치가 큰 사내임에도 그 행동이 순간적으로 보이지 않을 만치 민첩했다. 게다가 원거리 공격에 능한 갈매인지라 근거리에서는 체력과 힘이 역부족이었다. 가히 요괴치고는 범상치 않은 수준이었다.

눈앞에서 은소가 붙잡힌 모습을 본 갈매는 피가 거꾸로 솟았다. 곧장 미친 듯이 연사를 퍼부었다.

피웅, 풋퓨프프!

끝없이 날아간 화살이 힘 있게 날았다. 드디어 놈의 왼쪽 팔에 화살이 박혔다.

턱!

"끄흑."

그러자 상대가 신음을 흘렸다. 곧장 날아간 두 번째 화살이 이번에는 다리를 꿰뚫었다.

"크아아아악!"

순식간에 다시 하늘 위에 나타난 까마귀가 보였다. 사우가 돌아온 것이었다. 이윽고 날카로운 부리가 조운을 인정사정없이 쪼기 시작했다. 갈매는 자세를 바로잡아, 화살을 연속해 쏘았다.

피융!

목덜미에 화살이 명중하자 조운의 입에서 핏물이 터져 나왔다. 이윽고 바닥으로 쓰러졌다. 조운이 입술을 열어 부들부들 떨다가 힘겹게 은소를 가리키며 말했다.

"……너 역시 대왕이 필요할 것이다……."

은소가 조운에게 다가갔다. 피투성이의 조운을 흔들며 물었다.

"말해. 염라의 계획이 무엇인지."

그러나 시체는 이미 말이 없었다. 공허한 황갈색 눈동자는 아무것도 담고 있지 않았다.

거친 숨을 몰아쉬던 갈매가 은소에게 다가왔다.

"이미 숨이 끊어졌습니다."

은소는 다시금 무언가가 복받쳐 올랐다. 그것은 메스꺼움과 비슷했다. 가슴이 미친 듯이 떨리기도 했다. 끔찍한 불안감과 공포가 몸을 지배하는 것 같았다.

지금 이 순간 가장 생각나는 것은 십도, 엄마도, 지석도 아니었다. 커다란 품을 가진 강대한 두루미, 하제였다. 은소는 속으로 되뇌었다.

'하제, 나 지금 당신이 필요한 것 같아.'

* * *

사국(沙國)의 칸할.

텁텁한 모래알이 날개에 쌓이고, 따가운 모래바람이 거듭해서 불어왔다. 단단히 펼쳐 날던 날개를 비스듬히 하여 방향을 바꾸자, 하제의 시야에 사국의 성채 칸할이 웅장한 모습을 드러냈다.

사암, 즉 돌을 깎아서 만들었다는 칸할은 외부로부터의 침입을 막기 위해 높은 장벽으로 겹겹이 쌓은 성채였다. 단단하고 높은 누벽은 지상전에서는 강력함을 발휘하겠으나, 공중에서 공격을 퍼부으면 꼼짝없이 당할 구조이기도 했다.

칸할의 내부를 가늠하고 둘러보는 하제의 붉은 눈은 날카로웠다. 연회장에 들어서면 성채를 공중에서 볼 기회가 없을 듯해 미리 다녀온 것이다. 이윽고 시찰을 마친 하제는 작은 오아시스 마을의 숙소로 돌아왔다.

머리칼에 잔뜩 쌓인 모래를 털어 내는 하제에게 상덕이 다가왔다.

"다녀오셨사옵니까."

"그래. 모래바람이 날로 심해진다. 천리마는 이곳에 맡겨두고, 이쪽 지역에서 타는 낙타라는 놈을 사야겠다."

"이미 사두었습니다. 걱정 마시지요."

"잘했다. 당장에 출발하지."

"예."

이윽고 상덕이 주인장에게 천리마를 맡기고, 낙타 두 마리를 데리고 왔다. 하제는 등에 커다란 혹을 매달고 있는 기이한 네 발 짐승에 올라탔다. 그가 찬찬히 고삐를 말아 쥐자, 곧 바람을 가르며 두 마리의 낙타가 사막 위를 내달렸다. 단숨에 사국을 다녀와야, 은소를 만나는 날이 빨라질 것 같았다.

*　　　*　　　*

일순 박수가 터졌다.

귀가 따갑게 울리는 피리 소리와 함께 요사스러운 몸짓으로 춤을 추는 무희들이 귀한 손님들의 혼을 쏙 빼놓았다.

무려 한 달이나 계속되는 이 연회는 매일매일 볼거리와 먹을거리가 쏟아졌다. 연회를 마련하기 위해서 투입된 인력만도 어마어마할 듯싶었다.

하제는 곁에서 극진하게 자신을 모시는 미녀 다섯에게 둘러싸여 있었다. 먼저 도착해 있던 요수국의 왕과 왕비가 하제에게로 다가왔다. 염소의 얼굴에 박쥐의 날개, 사자의 몸을 가진 요수로, 하제는 그 괴이한 생김새가 신기했으나 내색은 하지 않았다. 게다가 왕비의 눈은 주홍빛으로 무척 빛나고 있었다. 반짝이는 것을 좋아하는 가막의 까마귀들이 본다면 무척이나 탐을 낼 것 같았다.

"아라연의 임금님이시라 들었습니다. 다음에는 우리 요수국에도 방문해 주시지요."

"기꺼이 응하겠습니다. 왕비께서 참으로 아름다운 눈을 가지셨군요."

왕비가 고개를 살짝 숙여 인사하더니 모래 늪처럼 빨려 들어갈 듯한 눈동자로 하제에게 말했다.

"임금님께서도 무척이나 아름다우십니다. 이리도 아름다운 분을 뵙는 것이 처음입니다."

요수족 왕비의 목소리는 까끌하고 차가웠다.

이윽고, 피리 소리가 잦아들더니 챠르르르, 하고 금속의 조각들이 서로 맞부딪치는 악기 소리가 들려왔다.

황자를 데리고 나온 사국의 황제 부부가 등장했다. 온통 황금빛 망토를 둘러 치장한 황제는, 까무잡잡한 피부에 갈색 머리칼을 가진 사내로 호방한 인상이었다. 천으로 얼굴을 가리고 있는 황비는 붉은색의 긴 머리카락을 늘어뜨렸고 몸매가 몹시도 날씬하고 미끈해 보였다.

사국의 왕족과 귀족들은 모두 자리를 잡고 앉아 그들을 경이로운 눈빛으로 바라보고 있었다.

"모두 황자의 탄생을 축하해 주셔서 감사합니다. 오늘도 이 자리를 즐거이 누리시길."

사국의 황제가 기다란 연회 탁자의 중앙에 서서 금빛 잔을 들어 올렸다. 그러자 모두가 앞에 놓인 금잔을 들었다. 하제 역시 금잔을 들고 마셨다.

시커먼 것이 씁쓸하고도 오래도록 감도는 맛이 있었다. 처음

먹어보는 술이었다.

"황자를 이리 주시오. 아라연의 임금님께서 이제 도착하셨으니 인사를 드려야지."

"아라연의 임금님이라면?"

"저기, 검고 긴 머리카락의 수려한 청년 말이오. 정말 놀랍도록 아름다운 얼굴이야."

황제가 눈짓으로 아라연의 임금이 누구인지 알려 주자, 황비가 놀란 어조로 되물었다.

"저 청년이 아라연의 임금님이란 말씀이셔요?"

일순 황비의 샛노란 동공이 확대되었다.

"그렇소. 왜 그러시오?"

"아, 아니어요. 폐하."

그제야 황비가 황자를 넘겨주자, 황제는 아이를 다정하게 안아 들었다. 눈에 넣어도 아프지 않은 자신의 첫 번째 아들이었다. 황제가 아기를 안아 들고 아라연의 임금 앞으로 걸어갔다.

그를 멀리서 지켜보던 황비 희나리는 입술을 파르르 떨었다. 하마터면 놀라서 그만 쓸데없는 행동을 할 뻔하고 말았다. 그녀의 자줏빛 붉은 입술에서 이름이 흘러나왔다.

"……하제."

다행히도 속삭임은 아무도 듣지 못했다.

순간 희나리는 뒤돌아서서 성채의 복도로 들어가 달려갔다. 긴 복도 끝을 지나 자신의 방에 다다르자 문을 걸어 잠근 희나리는 얼마 전 오라버니의 말을 떠올렸다.

'후후, 네가 아주 놀랄 만한 자일 것이다.'

이제야 그 말뜻을 알 것 같았다. 샛노란 사안이 번뜩였다. 희나리는 가느다란 허리를 감싸고 있던 긴 치맛자락을 펼쳤다. 매끄럽고 탄력 있는 다리가 드러났다.

스슷!

이윽고 희나리의 허벅지에 군데군데 비늘이 돋았다.

"이렇게 다시 만나게 되리라고는 상상도 하지 못했어."

하제, 검붉은 두루미는 아직도 제가 가슴속에 품은 사내들 중가장 큰 자리를 차지하고 있었다. 오라버니가 붙잡아 들인 선계의 환수 일족, 잘하면 제 신랑으로 만들 수도 있었던 사내였다. 그러나 꼭두각시처럼 부리기에 하제는 너무나도 강했다. 물론, 그래서 더 끌렸을 터였지만.

희나리는 마른 입술을 적셨다.

다시 마주한 하제는 더욱 아름답고 기운이 짙어졌다. 제 남편인 사르딘이 보든 말든, 당장에라도 하제를 제 것으로 만들고 싶을 만치. 희나리의 붉은 입술이 기다랗게 벌어지며 웃음을 흘렸다.

한순간에 다시 하제를 그토록 사랑했던 시절로 되돌아간 듯했다. 심장이 뛰기 시작하는 것을 느끼며, 희나리는 다시 의복을 갖추고 입술을 붉게 칠했다.

"……이번에야말로 놓치지 않아."

*　　*　　*

"남해 도사에게 전갈을 넣어 보아라."

간밤에 잠 한숨 자지 못했다. 심장을 긁고 지나간 저릿한 통증에 하제의 얼굴이 일순 굳어졌다. 은소가 위험한 순간마다 그의 심장이 반응하고 기분이 불쾌해지는 터였다. 생각 같아선 당장에라도 은소의 곁으로 돌아가고 싶었다.

초조한 얼굴의 하제를 본 상덕은 조용히 고개를 끄덕였다. 상덕의 낯빛 역시 어두워졌다. 여러 번 갈매에게 자신의 의사를 전달했으나 대답이 없었다. 혹여 무슨 일이라도 있는 것이 아닐까 걱정스러웠다.

"일단 연회를 즐기며 기다리셔야 할 것 같습니다. 전하."

"지금 은소가 어찌하고 있는지 알 수 없는데, 연회가 다 무엇인가?"

"전언이 오는 대로 말씀드리겠습니다. 지난번에도 별일 없지 않았습니까."

"……일단 알겠다. 가자."

하제기 그리 대답한 뒤, 연회장으로 나섰다 하제의 모습을 발견한 사르딘 황제가 황자를 안고 데려왔다.

하제의 서늘한 시선이 어린 황자에게 머물렀다. 이제 태어난 지 한 달도 되지 않은 갓난아기였다. 보송보송한 솜털과 곱슬곱슬한 붉은 머리카락, 발그레한 두 뺨이 귀엽고 사랑스러웠다. 아기는 커다란 눈을 말똥말똥 뜨고 있었는데, 어른들이 자신을 내려다보는 것이 무척이나 신기한 모양이었다.

"한번 안아 보시겠습니까?"

사르딘 황제가 웃으며 불쑥 황자를 하제의 품에 넘겨주었다. 아기를 처음 안아본 하제는 손을 어찌해야 할지, 힘은 어느 정도 주어야 할지 몰라 당황한 기색이 역력했다. 자그마한 아기를 어설프게 품 안에 넣자, 보드라운 무게감과 함께 아늑함이 감돌았다. 호기심 어린 눈의 아기를 여전히 서늘한 눈빛으로 대면하던 하제와 아기의 눈길이 맞부딪쳤다. 그 순간 까르륵, 하고 아기가 활짝 웃었다.

일순 하제의 입가에도 옅은 미소가 그려졌다.

'이것이 아기라는 것이군.'

순간 하제는 머릿속으로 무언가를 상상했다가 이내 고개를 절로 흔들었다. 자신의 아기가 생긴다면 어떤 기분이 들까, 문득 그런 생각이 들었기 때문이었다. 동시에 자연스럽게 떠오르는 은소의 얼굴에, 하제는 자신의 목덜미가 붉어졌는지도 모르고 있었다.

불멸의 생을 살던 자신이 한 번도 생각하지 않았던 것들이다. 사랑하는 이를 만들고, 자손을 남기는 것……. 쓸모없는 감정의

산물이라 치부했던 그것. 영원의 생을 사는 자신에게는 그 스스로가 곧 과거였고, 현재이며, 미래였다.

그저 다른 누구보다 강하면 될 뿐이었다. 아무리 죽을 지경에 다다를지언정, 시간이 흐르면 재생을 하는 죽지 않는 몸이었다. 사랑하는 이나 자손 따위 불필요한 약점, 혹은 흔적을 남겨 둘 필요가 없었다.

하지만 그 단단하게 얼어붙었던 심장의 얼음 성벽이 조금씩 녹아내리는 듯했다.

사랑하는 이와 살면 어떤 기분일까?

사랑하는 이와의 아이가 생기면……?

히제는 문득 사로잡힌 상념에서 애써 벗어나기 위해 억지로 미간을 좁혔다. 하제는 아기를 사르딘에게 안겨주고, 멀찌감치 서 있던 상덕을 손짓으로 불렀다.

"황자에게 줄 선물을 달라."

상덕이 비단 보자기를 풀자, 자그만 상자가 나왔다. 그 안에는 물옥으로 만든 투명한 목걸이가 들어 있었다. 아라연의 깊은 바닷속 바위나 산호 틈에서만 채취할 수 있는 희귀한 보석이었다.

투명한 광채는 보는 각도마다 달라져 경이롭기까지 했다. 하제가 그것을 직접 아기의 목에 걸어주었다. 아기가 오동통하고 자그만 손가락으로 물옥을 붙잡았다. 사르딘 황제가 너털웃음을 터트렸다.

"황자가 무척 마음에 드는 모양입니다. 고맙습니다."

화기애애한 분위기가 흐르는 가운데, 잠시 사라졌던 황비가 연회장 안으로 다시 모습을 드러냈다. 사르딘과 황자에게로 다가온 희나리는 웃으며 하제에게 감사의 인사를 했다.

"어머, 이렇게 찬란한 빛깔을 지닌 보석은 처음 봐요. 마치 물이 흐르는 듯하여요. 우리 황자에게 귀한 것을 주셨으니, 저도 귀한 술을 드릴까 합니다."

황비는 곁에 어린 시종을 하나 데리고 있었다. 시종이 곧 쟁반 위에 받쳐 들고 있던 자그만 술병을 하제에게 건넸다. 입구가 좁은 호리병이었다.

"귀한 술이라, 나도 보지 못한 것인데 저게 무엇이오?"

사르딘이 관심을 보이자, 황비가 입가를 말아 올리며 말했다.

"폐하께서는 술을 자중하셔야지요. 폐하께 드릴 술은 더 좋은 것이 있으니 기대하세요. 이 술은 하제 전하를 위한 술이랍니다."

"감사히 들겠습니다."

하제의 여유로운 미소를 본 황비의 표정은 천으로도 다 가려지지 않았다. 한껏 들뜬 모습이었다. 목소리 톤이 높아지고 말이 빨라졌다.

"어서 드시지요. 꽤나 독한 술이니 각오는 하시구요."

"지금껏 내 머리를 지배한 술은 없었는데, 기대를 걸어보겠습니다."

하제는 한 모금 맛을 보았다. 혀끝을 찌를 듯이 알알한 느낌이 입 안을 가득 채웠다. 날것의 익지 않은 푸른 열매를 띠운 술이었다. 오도독하고 과육이 씹히며 과즙이 터졌다. 제법 향긋하면서도 독한 것이 취기가 슬쩍 도는 기분이었다.

하제는 호리병을 들어 마셨다. 목 넘김은 훌륭한 술이었다. 꿀꺽 넘어간 액체가 온몸을 휘젓는 느낌마저 들었다. 자신을 취하게 한 술은 몇 없었는데…… 기대 이상이었다.

"이게 대체 무슨 술입니까?"

하제가 묻자, 황비가 선선히 웃으며 말했다.

"부활주입니다."

"부활주?"

"이 술은 너무 독하여 한 모금 마시면 죽고, 두 모금 마시면 산답니다."

"퍽 무서운 술이지만 제겐 소용이 없군요."

하제는 그리 말하더니, 황제 부부에게 인사를 하곤 어슬렁거리며 성채의 외부 복도로 걸어갔다. 슬슬 오른 취기에 바깥 공기를 쐬고 싶기도 했고, 목적이 있기도 했다.

어둑한 밤, 사국의 온도는 낮과는 정반대였다. 이상할 정도로 추운 날씨였지만, 하제는 그것을 그저 시원하다 여겼다. 그의 몸은 외부의 냉랭한 온도를 어느 정도쯤은 완화할 수 있는 온도 조질 능력이 있었다.

이윽고, 누군가의 기척이 느껴졌다. 하제는 기다렸다는 듯 몸을 돌렸다. 검은 그림자가 말했다.

"너라면 눈치챌 줄 알았어. 하제."

"……희나리."

얼굴을 가린 천을 걷어내자, 희나리의 고혹적인 얼굴이 드러났다. 짙은 화장과 뚜렷한 이목구비, 풍염한 몸매를 가진 희나리는 여전히 젊고 아름다웠다. 염라의 여동생인 그녀는 한때 자신에게 지독히도 집착했다. 본인은 그것을 사랑이라 말했지만.

"……으읍."

그 노란 사안과 마주치자마자, 여인은 곧장 그의 입술을 거칠게 탐하려 들었다. 끊임없이 밀려들어오는 물컹한 혀가 열정적인 입맞춤을 쏟아 냈다.

"아무래도 넌 시간을 망각한 것 같군."

하제는 희나리의 몸을 밀어냈다. 희나리가 아무리 환수 일족이라고는 하나, 하제의 힘을 당할 수는 없었다.

벽에 내동댕이쳐진 희나리가 낮게 웃음을 터트렸다.

"우리에게 그딴 게 중요해?"

하제의 서늘한 눈빛이 희나리를 꿰뚫었다.

"쓸데없는 짓 하지 마라. 경고하려고 왔다."

"난 네가 필요해."

하제가 실소하며 차갑게 말했다.

"아들의 연회장에 온 손님에게 할 말은 아닌 것 같군. 애초부터 너와 나는 이어질 수 없는 운명이었다."

"······거짓말. 우리 사랑했잖아."

"너의 일방적인 집착을 그런 이름으로 부를 수 있나?"

"너무해······."

"네게 더 이상 용건은 없다."

하제가 등을 돌려 곧장 복도를 빠져나갔다. 희나리의 노란 눈
동자에 눈물이 맺혔다.

"하지만 넌 내가 살렸어. 하제. 그러니까 내 거야."

이윽고 굴러 떨어진 눈물이 그녀의 뺨을 타고 흘렀다.

*　　*　　*

은소는 마지막으로 남해를 떠나기 전 바다를 바라보고 있었
다. 끝없이 부딪치는 파도의 하얀 포말을 보고 있자니 부질없다
는 생각이 들었다. 곁에 있던 갈매가 말했다.

"전하께 곧 남해를 떠나신다고 전언을 드렸습니다. 아직 사국
에 계신 모양입니다."

"고마워······ 우리 이제 다시 이별이구나."

"그러게 말입니다. 아쉽습니다. 참, 한 가지 작은 청이 있습니
다."

"네 청이라면 뭐든지 들어줄게."

그 말을 듣자, 갈매의 끼만 눈동자가 맑게 빛났다. 무언가 바
라는 게 있는 모양이었다.

"정말이지요?"

"그럼."

"허면 잠시만, 그대로 있어주세요. 마지막이니까 이 정도는 용서해주시리라 믿지요."

"음? 용서라니."

그리 말한 갈매가 은소의 뺨에 볼을 부볐다. 이윽고 간지럽고 촉촉한 것이 살짝 입술에 와닿았다. 민들레 홀씨처럼 가벼운 입맞춤이었다. 일순 은소가 커다래진 눈동자로 갈매를 돌아보았다.

"……당신을 처음 본 순간부터 지금까지, 한시도 그리지 않은 날이 없습니다. 좋아했습니다. 멈출 생각도 없습니다. 그저 이곳에서 늘 그리고 있겠습니다. 저를 동생으로만 생각하시는 것 잘 알고 있습니다."

"갈매야, 나는…… 미안해. 네 마음을 받아줄 수 없어."

"……알아요. 그래도 기다릴 것입니다. 이 연갈매는 당신 김은소를 영원히 좋아…… 아니, 사랑하는 것 같습니다."

풋풋하고도 경쾌한 그의 고백에 은소는 그만 풋 웃어버렸다.

"……나도 널 좋아해. 물론 동생으로서."

"그런 말씀은 마십시오."

갈매가 입술을 삐죽 내밀었다가 다시 얼굴을 풀었다. 은소가 그 말에 곤란한 표정으로 눈을 감았다. 차마 제 입으로 말하기 어려운 말이었지만 갈매에게는 꼭 이야기해야 할 것 같았다.

"……그를 좋아하게 된 것 같아."

갈매의 눈가가 반짝거리며 슬퍼 보였지만, 이내 그는 밝게 웃었다.

"역시 그러셨군요. 솔직하게 말씀해줘서 고맙습니다. 어찌 됐든 이제 속 시원합니다. 참, 제가 진짜 하려고 했던 청은, 아라궁에 있는 제 정원을 가끔 돌봐달라는 것이에요."

"약속할게."

"그렇게라도 가끔 제 생각 해달라는 뜻이에요."

"……이제 언제 다시 보지?"

"언젠가는 만나겠지요."

그때였다. 바닷가 앞으로 이윽고, 리리가 커다란 보따리를 싸 들고 뛰어나왔다.

"은소 아가씨! 아가씨!"

"……리리?"

"헉헉. 여기 계셨군요. 오늘 떠나신다고 들었어요."

"맞아요. 리리, 시간이 없어서 인사 없이 떠나려 했는데 얼굴은 봐서 다행이네요. 그동안 고마웠어요."

은소가 리리의 손을 붙들고 말하자, 머뭇거리던 리리가 말을 꺼냈다.

"저, 염치 불구하고 말씀 올릴게요. 실은 궁인이 되고 싶습니다. 부탁이어요. 저도 데려가 주세요."

"리리…… 나야말로 고마워요. 함께 가요."

궁에서 가까이 지내던 설란의 배신이 있고 나서는 아무 궁인이나 들이지 못했는데 듣던 중 반가운 말이었다.

"예, 저희 어머니 병을 낫게 해주신 은혜, 제가 곁에서 꼭 갚을 것이어요."

곁에 있던 갈매가 웃으며 말했다.

"누님께 좋은 친구가 생긴 것 같군요."

마지막 눈인사를 나눌 때쯤, 사우가 이동할 말을 끌고 오며 말했다.

"이제 출발하시지요."

*　　*　　*

"전하, 도사께 전언이 도착했습니다. 은소 님께서 남해를 떠나 도읍으로 출발하셨다고 합니다."

"……그런가. 나도 이만 아라야로 돌아가야겠군."

"예."

원래 일정대로라면 하루 이틀 정도 더 사국에서 머물면서 연회를 즐길 예정이었지만, 그럴 만한 상황이 아니었다. 임금께서 당장에 남해로 가자고 하지 않는 것만 해도 다행이었다.

하제는 저절로 깃이 부풀어 오르는 것을 참았다. 끝없이 일그러지는 이마, 끝없이 파문이 이는 붉은 눈동자, 굳게 다문 입술은 그가 얼마나 참기 위해서 무진 애를 쓰고 있는지를 여실히 보여 주었다.

그나마 다행인 것은 심장의 통증이 멈추었다는 점이다. 은소가 일찍 돌아오는 것은 좋은 소식이었지만, 혹여 무슨 일이 있었던 것은 아닌가?

이리도 걱정이 되는 것을…… 한시도 마음이 놓일 수가 없는 것을…… 괜히 그 먼 곳으로 꽃을 보냈다. 꽃에게 무슨 일이 생긴다면, 가만히 있지 않으리라. 그놈이 누구든 간에 배를 갈라 창자를 씹어 삼키고 말 것이다. 순간 살기마저 일으키는 하제의 분노에 상덕이 조용히 고개를 저으며 말했다.

"조금만 진정하십시오. 전하."

황제가 마련해 준 방에 머물고 있었으나, 두 사람은 아직 사국에 있는 까닭이었다. 조심하는 것이 맞았다. 이 살기를 누군가 느끼고 황제를 노린다고 잘못 생각할 수도 있었다.

한결 분노를 가라앉힌 하제가 머리칼을 넘기며 말했다.

"사르딘 황제에게는 금일 내 건강이 좋지 못하다고 둘러대라. 내일 아침 칸할을 떠난다."

* * *

닷새 뒤 아라궁.

은향궐의 정원을 서성이던 하제는 걸음을 우뚝 멈추었다. 닷새 전에 상덕에게서 은소가 도읍으로 떠났다는 이야기를 전해

들은 뒤로, 그는 혹여 언제 도착할까 싶어 이틀 전부터 수시로
이곳에 드나들었다.

무사하다는 이야기를 들었어도 눈으로 확인되지 않아 내내
불안했었다.

그때였다. 눈 안에 들어온 꽃을 보자마자, 하제는 심장이 저릴
듯 떨렸다. 마치 그녀를 처음 보는 그날처럼.

"은소."

은소의 얼굴은 한결 밝아져 있었다. 햇볕에 살짝 그을린 얼굴
은 생기 넘쳤고, 건강해 보였다. 걱정한 게 무색할 정도였다.

"……하제!"

은소가 깜짝 놀랄 만치 발랄한 어조로 자신의 이름을 불렀다.
살며시 은소의 볼을 어루만지던 하제는 으스러지도록 그녀를
꽈악 껴안았다. 숨을 쉬기 어려울 만큼 강한 포옹이었다.

"나 숨 막혀요."

"……."

"내 말 안 들려요?"

"……다시는 어디도 가게 하지 않겠다. 그리 알도록."

그러고 나서야 하제는 은소를 품에서 풀어주었다. 제 말에 휘
둥그레진 은소의 눈동자를 빤히 바라보던 하제는 눈에 입술을
맞췄다. 이마에도, 콧날에도, 입술에도 각각 한 번씩.

얼마나 그리웠던가.

하제는 은소의 얼굴을 붙잡고 오목한 눈가에 제 얼굴을 부벼

대었다. 까슬한 눈썹과 속눈썹이 피부에 느껴졌다. 미세한 떨림 하나조차도, 가느다란 솜털 하나조차도 자신의 것으로 만들고 싶었다.

"그건 곤란…… 우으음……."

잠시 입을 맞췄다가 뗀 하제가 코앞에서 중얼거렸다.

"곤란이라? 이제부터 더욱 곤란하게 만들어 줄까?"

말을 마친 하제는 은소의 입술을 비집고 들어갔다. 말캉한 혀가 주는 부드러운 자극과 만족감에 하제는 이제야 조금 마음이 평온해지는 것을 느꼈다.

유일무이한 자신의 안식처, 은소와 떨어지고 나서야 그녀의 부재가 얼마나 공허한지 알게 되었다. 다시는 어디든 보내지 않겠다는 말은 허투루 내뱉은 것이 아니었다.

입맞춤으로 인해 극에 달아오른 입술의 열기가 온몸까지 퍼졌다. 더욱 깊어지는 입맞춤에 은소가 조용히 하제를 밀어내려 했지만, 그는 아랑곳하지 않았다.

"어머나……!"

리리가 놀란 나머지 뒷말을 삼켰다.

하제에게는 은소 외에 다른 이는 보이지 않는 모양이었다. 사우는 아무렇지 않은 듯했지만, 리리는 그렇지 않았다. 리리가 사우의 옷자락을 잡아당기며 자리를 비켜주자는 눈치를 주었다.

그런 것은 상관하지 않은 채, 하제는 눈앞에 있는 은소에게 몰두했다. 무려 보름이 넘는 기간 동안 자신을 혼자 있게 한 죗값을 톡톡히 치르게 할 터였다.

오랫동안 서로에게 머물렀던 입술이 떨어지자마자, 다시 닿았다. 하제는 내심 놀랐다. 은소가 먼저 입을 맞춘 것은 처음 있는 일이었다.

"보고 싶었다. 은소."

"나도 당신이 보고 싶었어."

싱그러이 불어오는 바람에 그 말들은 흩날려 날아갔지만, 둘의 마음에는 오래 전해졌다.

〈다음 권에 계속〉